Ayleen Beekmann

Nox – Donner und Asche

Roman

PIPER

Mehr über unsere Autoren und Bücher:
www.piper.de

Wenn Ihnen dieser Roman gefallen hat, schreiben Sie uns unter Nennung des Titels »Nox – Donner und Asche« an empfehlungen@piper.de, und wir empfehlen Ihnen gerne vergleichbare Bücher.

ISBN 978-3-492-50468-3

Redaktion: Uwe Raum-Deinzer
Konvertierung auf Grundlage eines CSS-Layouts von digital publishing competence (München) mit abavo vlow (Buchloe)
Covergestaltung: Annika Hanke
Covermotiv: Bilder unter Lizenzierung von Shutterstock.com und Pexels genutzt
Printed in Germany

Für meine Familie, die mir den Mut schenkt,
gegen jedes Monster dieser Welt zu kämpfen.
Und für alle, die den Mut dazu suchen.

Kapitel 1

Zuerst ist es nur ein vages Gefühl, ein Prickeln in meinem Nacken. Wie eine Warnung breitet es sich bis über meine Arme aus, als ich meinen Wagen auf dem Kiesparkplatz zum Stehen bringe. Schaudernd halte ich einen Moment inne.

Meine Schwester Sophie hingegen ist längst aus dem Auto gesprungen und in Richtung Deich gerannt, um das Meer mit ausgebreiteten Armen zu begrüßen. In ihrem Übereifer hat sie vergessen, die Beifahrertür wieder zu schließen, weshalb der Wind jetzt nicht nur ihr Jauchzen, sondern auch das Geschrei von Möwen zu mir herträgt. Frischsalzige Seeluft mischt sich unter den Geruch der Pizza auf dem Rücksitz und erinnert mich daran, warum wir hier sind.

Ich schließe für einen Moment die Augen und zwinge mich, das ungute Gefühl wieder zurückzudrängen. Immerhin ist es heute nicht das erste Mal, dass mich irgendein blöder Instinkt innehalten lässt – vollkommen unbegründet. Es ist, als hätte man mir für kritische Situationen einen kaputten Kompass verpasst, dessen wahrer Zweck es ist, mich zu beunruhigen. Was blöderweise funktioniert.

»Erde an Nika!«

Sophies Stimme direkt neben meinem Ohr lässt mich zusammenzucken. Blinzelnd drehe ich mich nach ihr um.

Sie hat die Fahrertür aufgerissen, und obwohl ihre Augen vor Freude und Abenteuerlust strahlen, kann ich die Skepsis in ihren zusammengeschobenen Brauen erkennen. »Kommst du, oder bist du da drinnen festgewachsen?«

Mit einem liebevollen Kopfschütteln löse ich den Sicherheitsgurt. Ich strecke mich über den Beifahrersitz, um die Tür zu schließen, bevor ich aus meinem Polo steige – im Gegensatz zu meiner Schwester allerdings mit den Pizzakartons in den Händen. Sofort reißt der Seewind an meinen Haaren und peitscht kupferrote Strähnen in mein Gesicht. Was aber nichts daran ändert, dass sich wie von selbst ein Lächeln auf meinen Lippen ausbreitet, sobald ich die salzige Luft auf meiner Haut spüren kann. Ich habe fast vergessen, wie schön das ist.

»Also«, sage ich mit einem Grinsen, »bereit für das Abenteuer?«

Auch Sophies Mundwinkel wandern in die Höhe. »Jederzeit.«

Keine von uns beiden weist die andere darauf hin, dass unser Ausflug an die Nordsee wohl kaum einem wirklichen Abenteuer gleichkommt. Wo sich in Sagen Hexen und Drachen tummeln, haben wir nur dicke Schals, unsere Pizzakartons und eine Küste, die dank der späten Uhrzeit so gut wie verlassen daliegt. Wenn man von den ganzen Möwen einmal absieht. Und statt eines prächtigen Ritters zu Pferd ist da nur ein Jogger, der mit seinem Labrador an uns vorbeiläuft, als wir oben auf dem Deich angekommen sind. Aber das ist nicht schlimm. Ganz im Gegenteil – Sophies Strahlen in diesem Moment bedeutet mir mehr als jedes echte Abenteuer dieser Erde.

Sie sieht jünger aus, so wie sie da steht, mit den von der Kälte geröteten Wangen und den mahagonifarbenen Haaren, die wild in alle Richtungen fliegen. Für einen Moment vergesse ich, dass sie morgen schon sechzehn wird, doch dann schnappt sie sich einen der Pizzakartons in meinen Händen, und der Augenblick ist vorbei. Natürlich wird sie morgen sechzehn – deshalb sind wir ja hier. Genau wie in jeder ihrer letzten acht Geburtstagsnächte, seit unsere Mutter anscheinend gemerkt hat, dass ihr zwei Töchter zu viel Verantwortung sind.

Lächelnd folge ich Sophie zu einer der Steinbänke, die genau dort stehen, wo die Pflastersteine dem Sand weichen, und lasse mich neben sie fallen. Kurz stelle ich die Pizza zur Seite und binde mir unter Sophies ungeduldigem Blick einen Dutt, der vermutlich eher wie ein Vogelnest aussieht. Dann ziehe ich den Pappkarton auf meinen Schoß und nehme mir ein Stück heraus. Wir prosten uns mit den Pizzaschnitten zu, als wären es Biergläser.

»Auf dich«, sage ich feierlich, aber Sophie hat sich bereits ihr Stück in den Mund gestopft und murmelt nur irgendetwas Unverständliches.

Eine Weile sitzen wir bloß da und essen. Irgendwann rutscht Sophie näher zu mir, um das vorletzte Stück meiner Pizza zu klauen.

»Hey!« Ich schlage spielerisch nach ihren Fingern, reiche ihr allerdings im nächsten Moment schon den ganzen Karton.

»Was denn?«, bringt sie zwischen zwei Bissen hervor und grinst mich an, was Entschuldigung genug ist. »Es ist immerhin meine Geburtstagsnacht.«

»Und ich kann trotzdem allein nach Hause fahren, wenn du mich nervst.« Bedeutungsvoll ziehe ich meinen Autoschlüssel aus der Tasche und klimpere damit herum, kann mir das Grinsen aber nicht verkneifen. »Also wäre ich an deiner Stelle lieber nett zu mir.«

Lachend stößt Sophie ihre Schulter gegen meine. Uns beiden ist klar, dass das niemals passieren würde. Mal ganz abgesehen davon, dass ich sie dafür ohnehin viel zu sehr lieb habe, ist es unsere Tradition, am Abend vor ihrem Geburtstag irgendetwas zu tun, das sie gerne macht. Ans Meer fahren zum Beispiel. Oder beim Muffins backen so viel Teig essen, bis uns schlecht wird und wir den Harry-Potter-Marathon quasi komatös erleben. Hauptsache, Sophie ist glücklich.

Deshalb steige ich jetzt auch nicht in mein Auto und fahre zurück nach Attenafehn, sondern schnappe mir die Pizzakartons und stopfe sie in den nächsten Mülleimer. Ich strecke meine Hand nach Sophies aus. »Komm, Zwerg. Dein Strandspaziergang wartet.«

Sie verschränkt ihre Finger mit meinen und lässt sich von mir auf die Füße ziehen. Ihre weißen Sneaker sinken so weit in den Boden, dass sich garantiert zwei Handvoll Sand in ihre Schuhe und Socken ergießen, um es sich später in ihrem Bett gemütlich zu machen. Aber das scheint Sophie gar nicht zu stören. Voller Energie zieht sie mich von den Bänken weg und hin zum Ufer. Die Wellen begrüßen uns mit einem reißenden Krachen, als teilten sie Sophies energische Wiedersehensfreude.

Als das Wasser um ihre Sohlen tanzt, macht sie einen Satz rückwärts und schlüpft nun doch aus ihren Sneakern, ihre Socken folgen dichtauf. Paps wird es ihr danken. Einen Moment lang steht Sophie etwas orientierungslos da, dann knotet sie die Schuhe an den Schnürsenkeln zusammen, stopft ihre Socken hinein und wirft sie sich über die Schulter. Mit einem beinahe schon stolzen Grinsen erwidert sie meinen Blick, ehe sie wieder ins Meer tapst – und quiekt.

»O Gott, ist das kalt!«

Ich lache und vergrabe meine Hände in den Taschen meiner Jacke. Sogar mit meinen Boots kommt es mir ziemlich kühl vor. Wie es ihr barfuß geht, will ich gar nicht wissen. »Es ist September – was hast du erwartet?«

Sie zieht eine Schnute, macht aber keine Anstalten, wieder aus dem Wasser zu kommen. Ganz im Gegenteil: Zielsicher überquert sie das kleine Stück Watt, das das wiederkommende Wasser noch übrig gelassen hat, und tänzelt auf die dunklen Steine, die aus dem Meer ragen wie ein naturgebauter Steg. Wasser quillt von beiden Seiten auf die Felsen und spielt um ihre Füße, ihre bunt lackierten Nägel leuchten wie eine Boje in einem Meer aus Schmutzigblau. Mit jedem Blinzeln kämpft sich die Flut weiter voran, schwappt um Sophies Knöchel.

»Mann, warum hab ich nicht im Sommer Geburtstag?«

»Weil du dann nicht Paps' weltberühmte heiße Schokolade bekommen würdest?«, schlage ich vor, was meine Schwester mit einem Nicken quittiert.

»Das ist ein Argument«, murmelt sie und kämpft sich noch weiter auf die Steine vor. Schwunghaft dreht Sophie sich zu mir um und kommt ein paar Schritte zurück Richtung Ufer. »Komm her.« Sie macht eine halbherzige Handbewegung in Richtung der nass glänzenden Steine unter ihr. »Das macht Spaß.«

Lachend gehe ich über den matschigen Boden bis hin zu den Felsen. Als ich gerade dazu ansetze, zu Sophie zu tänzeln, schleicht sich wieder das ungute Gefühl in meine Glieder und bringt mich dazu innezuhalten. Mein Nacken ist trotz meines Schals eiskalt. Mit der Hand fahre ich darüber, aber das ändert nichts am Prickeln. Ich beiße die Zähne zusammen und schüttle den Kopf, aber auch das bewirkt nichts.

Als sich Sophies Kreischen im nächsten Moment mit dem der Möwen vermischt, weiß ich mit einem Mal, dass das ungute Gefühl doch mehr als ein kaputter Kompass ist.

Sophie rudert mit den Armen, als wäre es nur noch eine Frage der Zeit, bis sie unfreiwillig Bekanntschaft mit der Nordsee macht. Schneller, als ich überhaupt darüber nachdenken kann, stehe ich neben ihr, schnappe mir ihre Hände und lasse sie erst los, nachdem das Zittern in ihren Gliedern wieder verschwunden ist.

Sofort breitet sich ein Grinsen auf ihrem Gesicht aus. »Da bist du ja endlich.«

Ich brauche einen Moment, um ihre Worte richtig zu deuten. Als ich es verstanden habe, kostet es mich alles an Willenskraft, was ich aufbringen kann, Sophie nicht doch noch baden gehen zu lassen. Stattdessen verschränke ich die Arme vor der Brust und bemühe mich vergeblich, das Prickeln in meinem Nacken wieder zurückzudrängen. »Ist das dein Ernst? Du hast mir einen ganz schönen Schrecken eingejagt!«

»Sorry! Aber du musst zugeben ...« Ihre Mundwinkel wandern weiter in die Höhe, als sie ein paar Schritte rückwärts tanzt, direkt auf das Ende des Felspfades zu. »... es macht –«

Sie gerät ins Stolpern, doch dieses Mal falle ich nicht darauf rein. Denke ich zumindest. Für einen viel zu langen Moment. Als ich endlich realisiere, dass es jetzt kein blöder Scherz ist, schlägt ihr Körper an den Steinen vorbei schon auf dem Wasser auf. Bei meinem nächsten Herzschlag kann ich sie nicht mehr sehen. Scheiße!

Ich rufe Sophies Namen, aber natürlich antwortet sie nicht. Und während es um mich herum plötzlich still wird – viel zu still –, schrillen alle Alarmglocken in meinem

Kopf, viel zu laut, um noch einen vernünftigen Gedanken fassen zu können.

Mein Blick huscht über den Strand, ich schreie um Hilfe, aber da ist keiner. Niemand, der mir helfen kann. Verdammt, wieso zur Hölle sind wir mutterseelenallein?

Von meinen Instinkten getrieben sinke ich auf den nassen Steinen auf die Knie, will Sophie wieder aus dem Meer zerren, kann sie jedoch nirgends sehen. Da ist nur Wasser, viel zu viel Wasser, das um mich herum schwappt und mit jeder Welle meine Panik vermehrt. Seit wann ist diese blöde Nordsee schon hier so tief? Und was, wenn Sophie sich unter Wasser den Kopf angestoßen hat?

Da! Ein Ende ihres Schals! Ich bekomme es zu fassen, rosa Wolle, die nassschwer und eiskalt an meinen Fingern klebt. Im nächsten Moment ist Sophies Hand da, dann ihr Arm. Ich komme jedoch nicht an sie heran, strecke mich, strecke mich noch mehr. In dem Augenblick, in dem ihr Kopf die Wasseroberfläche durchbricht, schaffe ich es, nach ihrem Handgelenk zu greifen. Ich packe sie fest, hieve sie hoch, ziehe sie an mich.

»Sophie. O Gott, Sophie!« Ich drücke sie so fest an mich, dass sie auf gar keinen Fall zurück ins Wasser fallen kann. Obwohl all das nur wenige Sekunden gedauert hat, sitzt der Schreck tief in meinen Knochen.

In meinen Armen hustet Sophie, immer und immer wieder. Und wenn das Husten kurz verstummt, bringt das Zittern ihren Körper zum Beben. Sie krächzt irgendetwas Unverständliches und lässt zu, dass ich sie aus ihrer vor Nässe triefenden Jacke schäle. Ich werfe sie hinter uns, hole ihre Sneaker aus dem Wasser und befördere sie ebenfalls nach hinten. Dorthin, wo das Wasser, das um unsere Beine schwappt, sie nicht erreichen kann. Mit meinen Handflächen reibe ich eine Weile über Sophies Gliedmaßen, ehe ich aus meiner Jacke schlüpfe und sie ihr überziehe. Danach wickle ich meinen Schal um sie. Sofort kriecht die Kälte unter meine Kleidung, aber das ist mir egal.

Ich beiße die Zähne zusammen und hieve meine Schwester auf die Füße. Einen Arm um ihren Oberkörper gelegt schnappe ich mir ihre Sachen und führe Sophie Richtung Auto. Der Wind reißt noch stärker an uns, als er es vorhin getan hat. Es dauert eine Ewigkeit, bis wir bei meinem Wagen ankommen.

»Geht es dir gut?«, frage ich zum gefühlt zwanzigsten Mal, als ich Sophie schließlich auf den Beifahrersitz helfe. Ihre Jacke und die Schuhe werfe ich hinten in den Fußraum. Dann hocke ich mich vor sie und streiche ihr eine Haarsträhne hinters Ohr.

Sophie nickt, die Lippen fest aufeinandergepresst – aber die Tränen, die in ihren Augen schimmern, beweisen mir das Gegenteil. Ich hoffe, dass es nur der Schreck ist und sie sich nicht ernsthaft verletzt hat.

»Hey ... warte einen Moment, okay?« Ich streiche mit der Hand über ihr Haar und drücke sie kurz an mich. Nachdem ich mich ein weiteres Mal vergewissert habe, dass alles okay – na ja, eher den Umständen entsprechend okay – ist, gehe ich zum Kofferraum. Bevor wir losgefahren sind, habe ich zwei Wolldecken eingepackt, genau wie frische Socken und Jeans für jeden. Nur für den Fall, dass wir nass werden sollten – wenngleich ich dabei nicht im Traum an so etwas gedacht habe.

Mit den Wolldecken und Sophies Kleidung kehre ich zurück zu ihr. Ich helfe ihr dabei, sich aus ihren klammen Sachen zu schälen, und kontrolliere dreimal, ob sie warm genug eingepackt ist, ehe ich das Auto umrunde und mich auf den Fahrersitz fallen lasse.

»Wir sind gleich zu Hause.« Ich sehe zu meiner Schwester und stecke den Autoschlüssel ins Zündschloss. »Dann wird alles wieder gut, versprochen.«

Brummend erwacht der Motor zum Leben. Als ich den Gang einlege und vom Parkplatz hinunterjage, erfassen meine Scheinwerfer etwas.

Für einen Moment bin ich wie gebannt, kann nur diese Silhouette anstarren, die wenige Meter vor uns steht. Erst halte ich sie für einen Menschen und verfluche den Schatten dafür, dass er nicht ein paar Minuten eher aufgetaucht und mir zu Hilfe gekommen ist. Doch dann wird mir bewusst, dass das dort vorn alles andere als menschlich ist. Und auch kein gewöhnliches Tier. Viel eher ist es eine pechschwarze, seltsame Mischung aus Wolf und ... Hirsch? Was zur Hölle ist das?

In der nächsten Sekunde sind wir schon an dem Ding vorbeigefahren. Einzig das kalte Prickeln in meinem Nacken bleibt. Kopfschüttelnd konzentriere ich mich auf die Straße und drücke aufs Gas. Ich sollte dringend meinen Konsum an Fantasyromanen runterschrauben. Das rede ich mir zumindest ein.

Bis Sophie in meine Richtung sieht und ihre noch immer belegte Stimme mein Herz zum Donnern bringt. »Hast du das auch gesehen?«

Kapitel 2

»Vielleicht hätte ich doch auf Paps hören und zu Hause bleiben sollen.« Sophie dippt überdramatisch eine Pommes in ihren Ketchup, als obläge es ihr, Julius Caesar den Todesstoß zu versetzen. »Dann hätte ich jetzt wenigstens kein Chemie.«

»Aber auch keine Luftballons am Rucksack«, kommentiere ich mit einem Schmunzeln. Normalerweise essen wir in der Schule nicht gemeinsam, aber heute ist ohnehin alles anders als normal. Oder besser gesagt: seit gestern.

Die Erlebnisse vom Vortag sitzen uns noch in den Knochen. Vor allem dieses seltsame Schattending. Deshalb habe ich mir heute meine kleine Schwester geschnappt, sobald sie in den Menschenmengen der Mensa in Sichtweite gekommen ist. Was angesichts der bunten Ballons an ihrer Schultasche wesentlich schneller ging, als ich erwartet hatte.

Sophie stößt einen von ihnen an und verdreht die Augen, aber auf ihre Lippen schleicht sich ein Lächeln. »Die Mädels haben nicht lockergelassen, bis ich mich ergeben habe.«

»Ist doch süß.« Ich hebe einen Mundwinkel und klaue mir eines ihrer Chicken Nuggets.

»Hm.« Wieder tunkt Sophie eine Pommes so heftig in den Ketchup, dass das obere Ende abknickt. Sie selbst scheint das gar nicht wahrzunehmen, doch das wundert mich kaum – physisch ist sie hier bei mir, in Gedanken allerdings … vermutlich ebenfalls bei mir, aber nicht hier. Sondern auf dem Kiesweg beim Parkplatz, nur wenige Dutzend Meter vom Strand entfernt. Und damit bei diesem seltsamen Wesen.

Alles in mir schreit danach, das Ding als Einbildung abzutun und in die hinterste Ecke meines Gehirns zu schieben. Dorthin, wo ich auch die Erinnerung an Horrorfilme verwahre – Dinge, an die ich im Normalfall nicht denken möchte. Aber mein eigener Kopf macht mir einen Strich durch die Rechnung. Diese Gestalt kann keine Einbildung gewesen sein. Nicht, wenn Sophie sie auch gesehen hat und sich alle paar Minuten bei mir vergewissert, ob sie für mich ebenfalls wie eine skurrile Fantasyfigur ausgesehen hat. Wie etwas, das es gar nicht geben dürfte.

Unsere lahmen Versuche, Small Talk zu betreiben, sind seit gestern Nacht allesamt gescheitert. Genau wie jetzt.

Sophie sieht sich um, bevor sie spricht, und beäugt die leeren weißen Plastikstühle neben uns skeptisch, doch selbst danach ist ihre Stimme leise. »Was ist das gestern gewesen, Nika?«

Hilflos schüttle ich den Kopf. »Ich weiß es nicht.«

Sie beißt sich auf die Unterlippe und dreht den diademförmigen Ring an ihrem Finger, den ich ihr heute Morgen zum Geburtstag geschenkt habe.

»Hör mal.« Ich wedle mit einer Pommes vor ihrer Nase herum. »Das war bestimmt nur eine Sinnestäuschung. Ein Baum oder Busch, der im Dämmerlicht seltsam aussah. Immerhin hatten wir Panik. Wir waren ja in dem Moment nicht ganz bei der Sache.«

Trotz ihres Nickens sieht sie nicht überzeugt aus. Verübeln kann ich es ihr nicht – ich glaube mir ja nicht einmal selbst. Wir beide wären miserable Schauspieler.

Wie aus dem Nichts legt ein blondes Mädchen die Hand auf die Schulter meiner Schwester, die vor Schreck förmlich hochhüpft und sich mit einem dumpfen Knall die Knie an der Tischplatte stößt. Auch mir rutscht das Herz in die Hose – was albern ist. Doch die Blonde spricht uns nicht auf unser Geheimnis an, sondern gratuliert Sophie zum Geburtstag und zieht nach ein wenig Geplauder wieder davon.

Natürlich. Solange wir uns nicht plötzlich in Hogwarts befinden, gibt es niemanden außer uns, der an die Existenz irgendwelcher bizarren Mischwesen glaubt. Selbst wenn uns jemand belauschen sollte, würden wir nicht kurz darauf von dunklen Sekten entführt und mit schwarzer Magie zum Schweigen gebracht werden. Man würde uns höchstens in Zwangsjacken stecken und in die nächste Gummizelle schaffen. Was auch nicht viel erstrebenswerter ist.

»Okay, nur mal so fürs Protokoll«, sage ich und vergewissere mich, dass niemand zuhört. »Wir dürfen mit niemandem darüber reden. Die Leute würden uns für verrückt halten.«

»Und was ist mit Paps?«

Entschieden schüttle ich den Kopf. »Es gibt keinen Grund, ihn zu verunsichern, nur weil unsere Fantasie ein bisschen mit uns durchgegangen ist.«

»Und wenn das nicht der Fall ist?« Sie nestelt an der Haut neben ihrem Daumennagel herum und senkt beinahe ehrfürchtig die Stimme. »Wenn wir uns das Ding nicht nur einbildet haben? Wenn es vielleicht sogar wiederkommt?«

Ich bemühe mich, diesen Gedanken aus meinem Kopf zu verjagen, ehe er sich dort einnisten kann, und sage schnell: »Wird es nicht.«

»Wird was nicht?«

Jetzt sind es meine Schultern, auf denen mit einem Mal Hände liegen. Eine honigblonde Strähne kitzelt mein Gesicht und lässt mich die Nase krausziehen. Gleich darauf taucht das Mädchen neben mir auf, das mir neben Sophie am vertrautesten ist. Marleen. Meine beste Freundin, seit sie im Kindergarten gemerkt hat, dass ich Fuchs mit Nachnamen heiße – was hervorragend zu ihrem damaligen Lieblingsstofftier gepasst hat.

Sie geht um den Tisch herum und schließt meine Schwester in die Arme. »Happy Birthday, Sophie!«, ruft sie mit einem Strahlen. »Hübsche Ballons.«

Sophie hebt einen Mundwinkel. »Danke!«

Marleen lässt sich auf den Stuhl neben mir fallen, stützt die Ellenbogen auf den Tisch und umschließt ihr Gesicht mit ihren flachen Händen. »Sag mal, hast du die Mathehausaufgaben schon gemacht?«, fragt sie mich. Ihrem amüsierten Blick nach zu urteilen kennt sie die Antwort darauf längst.

»Dreimal darfst du raten.« Ich wackle mit den Brauen. »Aber wir haben doch erst morgen wieder Mathe, oder?«

Nickend schnappt sie sich eine Pommes von Sophie. »Jap.« Sie beißt genussvoll ab. »Aber Steve und ich wollen später noch nach Oldenburg und schon mal Deko für seine Halloweenparty kaufen.«

Sophie hebt eine Braue. »Ist die nicht erst Ende Oktober? Das ist doch noch Wochen hin.«

»Tja, man kann nie früh genug gruselig sein, oder? Außerdem kann ich das als Ausrede benutzen, um danach shoppen zu gehen. Und keine Hausaufgaben zu machen.« Mit einem breiten Grinsen wickelt Marleen sich eine Strähne um den Finger. Wenn es zwei Dinge gibt, denen sie mit Leidenschaft nachgeht, sind das Shoppen und Halloweenpartys. Und die ihres Freunds sind sozusagen berühmt-berüchtigt. »Apropos gruselig …« Sie nickt mit ihrem Kopf in Richtung Mensaausgang. »Habt ihr bemerkt, dass Elias und Xenia die ganze Zeit zu euch schauen?«

Nahezu gleichzeitig drehen Sophie und ich uns zu den Tischen links von uns. Und tatsächlich – gerade noch rechtzeitig sehe ich, wie Elias den Kopf senkt und sein dunkelbrauner Haarschopf seine Gesichtszüge versteckt. Der Ärmel der Jeansjacke an Xenias Stuhllehne wackelt. Vermutlich hat auch sie gerade herübergesehen. Das ist durchaus merkwürdig, da sich die Zwillinge normalerweise überhaupt nicht für uns interessieren.

Ich runzle die Stirn und fange Sophies ebenso verwirrten Blick auf. Haben sie uns etwa zugehört? Als wir über … dieses Wesen gesprochen haben?

»Wahrscheinlich liegt es an meinen schicken Luftballons.« Meine Schwester setzt ein Grinsen auf.

»Genau.« Ich nicke kraftvoll. »Elias ist schon ganz grün vor Neid, seht ihr? Nicht, dass er sonst besser aussehen würde.«

Marleen verzieht das Gesicht. »Ach Quatsch. Das sagst du nur, weil du ihn nicht leiden kannst.«

Womit sie nicht ganz unrecht hat: Zwar haben Elias Steinbach und ich nur wenig miteinander zu tun, aber wenn wir diese Regel ab und an brechen, dann nicht im Positiven. Zum Beispiel, wenn wir in Unterrichtsdiskussionen vollkommen gegensätzliche Standpunkte vertreten – was aus Zufall begonnen hat, ist mittlerweile schon fast zur Tradition geworden. Auch wenn ich mich normalerweise ungern am Unterricht beteilige – bei Wortgefechten gegen Elias bin ich schon aus Prinzip dabei.

Dabei haben wir nicht mal einen speziellen Grund dafür, uns nicht ausstehen zu können. Zumindest wenn man davon absieht, dass sein Onkel, bei dem Elias und seine Schwester wohnen, regelmäßig mit meinem Vater aneinandergerät. Anscheinend haben die beiden vor Jahren einen heftigen Streit gehabt und halten noch immer nichts voneinander. Genauso wie Elias nichts von mir zu halten scheint – welchen Grund kann es also haben, dass er uns gerade ganz genau beobachtet hat?

Eine helle Mädchenstimme reißt mich aus meinen Gedanken. »Sophie!« Ein Mädchen mit dunklem Pferdeschwanz legt die Arme um Sophies Schultern, während es die letzte Silbe ihres Namens in die Länge zieht. Sophie begrüßt sie mit einem Lächeln. Ich weiß, dass sie zu ihren Freundinnen gehört, aber ihr Name will mir partout nicht einfallen. War es Lara? Oder Laura?

»Kommst du mit zu uns rüber?«, fragt Lara-Laura jetzt. »Dann können wir überlegen, welchen Film wir Samstag angucken. Aber bitte nicht diese seltsame Schnulze. Wie wär's mit dem neuen Hai-Film?«

Sophie wirft ein Lächeln in unsere Richtung, ehe sie ihren Stuhl zurückschiebt, sich den Luftballon-Rucksack schnappt und mit ihrer Freundin zu den anderen Mädchen geht. Soweit ich weiß, möchte meine Schwester tatsächlich »diese seltsame Schnulze« sehen. Nach gestern kann ich mir zumindest nicht vorstellen, dass sie sich freiwillig neunzig Minuten lang irgendwelchen mordgierigen Monsterhaien aussetzt.

Grinsend zieht Marleen sich Sophies Teller rüber, auf dem noch einige einsame Pommes liegen. Sie hält mir auch eine hin, aber ich lehne ab und sehe wieder in die Richtung, aus der Elias und Xenia uns vorhin beobachtet haben. Obwohl ich damit hätte rechnen können, trifft mich sein Blick vollkommen unerwartet. Ganz ruhig liegt er auf mir, als wäre es ihm vollkommen egal, dass ich ihn gerade beim Starren erwischt habe. Ist es wahrscheinlich auch. Er sieht nicht aus, als hätte er irgendwelche großartigen Geheimnisse – im Gegensatz zu mir. Nur mit Mühe kann ich ein Schaudern unterdrücken.

Marleen knufft mich in die Seite und bringt mich so dazu, unseren Blickkontakt als Erste zu unterbrechen. »Hab ich was verpasst?«, fragt sie grinsend. »Irgendwie sah das gerade verdächtig nach Flirten aus.«

»Blödsinn.« Hastig schüttle ich den Kopf. »Das war ... nichts. Ich war nur in Gedanken versunken.«

»Na, wenn du das sagst.« Sie sieht nicht gerade überzeugt aus, lässt aber von dem Thema ab und schiebt sich die letzte Pommes in den Mund. »Hör mal, ich muss noch mal eben was mit Steve klären. Treffen wir uns gleich in der Umkleidekabine?«

Ich zucke mit den Schultern. »Klar.«

»Du bist die Beste.« Im nächsten Moment ist sie bereits an den Tisch ein paar Meter in Richtung Fensterfront verschwunden, an dem Steve mit seinen Kollegen aus der Basketballmannschaft sitzt. Ich sehe zu, wie Marleen ihm von hinten die Hände über die Augen legt und etwas flüstert. Er dreht sich zu ihr um und drückt ihr einen Kuss auf die Lippen. Auf ihrem Gesicht breitet sich ein Strahlen aus, das selbst auf die Distanz ansteckend ist.

Lächelnd schultere ich meinen Rucksack und schnappe mir die beiden Essenstabletts vom Tisch, um sie in die dafür vorgesehenen Ablagen zu schieben. In Gedanken versunken bahne ich mir danach meinen Weg durch die Smartphone-Zombies, die auf zurückgeschobenen Stühlen an ihren Tischen hängen, und die Mädchen, die aufgeregt über irgendetwas tuscheln. Keiner von ihnen nimmt Notiz von mir. Bis auf einen.

Als ich schon fast aus der Mensa verschwunden bin, baut sich mit einem Mal eine große Gestalt vor mir auf. Perplex hebe ich den Kopf und blinzle direkt in Elias' Gesicht. Na klasse!

Ich bemühe mich, ruhig zu bleiben, und sehe ihn einfach nur abwartend an.

Er erwidert meinen Blick. Auf seinen Lippen liegt dieses typisch selbstsichere Lächeln, als hätte er keinen Zweifel daran, dass ihm die Welt zu Füßen liegen wird, sobald er auch nur mit den Fingern schnippt. Normalerweise schüttle ich den Kopf darüber – heute aber macht es mich irgendwie nervös. Hat er doch etwas von unserem Gespräch mitbekommen?

»Annika«, sagt er jetzt. Obwohl seine Stimme vor Desinteresse trieft, schwingt etwas darin mit, das ich nicht so recht deuten kann.

In dem Versuch, meine Aufregung zu verstecken, recke ich das Kinn vor. »Elias.«

Und entgegen all meinen Erwartungen war es das schon. Im nächsten Moment macht er einen Schritt beiseite und lässt mich durch. Ich ziehe die Stirn in Falten und will ihm irgendetwas an den Kopf knallen, muss mich aber widerstandslos geschlagen geben, weil mein Hirn plötzlich wie leer gefegt ist. Da sind keine coolen Sprüche, nur noch Verwirrung und Nervosität. Also gehe ich an ihm vorbei, wage es jedoch erst wieder, auszuatmen, als sein dunkelgrüner Kapuzenpullover aus meinem Blickfeld verschwunden ist.

Okay, das war seltsam. Mehr als seltsam.

Alles in mir drängt danach, einfach weiterzugehen, aber ich kann nicht. Ganz automatisch drehe ich mich um. Noch immer steht Elias da, die Hände in der Tasche seines Pullovers vergraben, und starrt mich an. Er zuckt nicht mal mit der Wimper. Fast bin ich mir sicher, selbst auf diese Distanz das Gewitter in seinen Augen aufziehen zu sehen, vertreibe den Gedanken aber mit einem Kopfschütteln und wende mich ab.

Doch auch als die Glastür schon hinter mir zugefallen ist, brennt Elias' Blick noch in meinem Nacken und frisst sich unter meine Haut. Ich werde das Gefühl nicht los, dass er tatsächlich weiß, worüber Sophie und ich gerade geredet haben.

Dass er unser Geheimnis kennt.

Kapitel 3

»Brr!« Marleen schlingt die Arme um ihren Oberkörper und verzieht das Gesicht. »Es ist echt Quälerei, bei dieser Kälte draußen Sport zu machen. Typisch Herr Naumann.«

»Hm.« Ich nicke abwesend und komme nicht umhin, schon wieder über meine Schulter zu sehen. Wenn man mich fragt, ist es Quälerei, im gleichen Sportkurs wie Elias zu sein. Erst recht, weil der zu allem Überfluss nicht aufhört, meinen Blick aufzufangen und mit einer gehobenen Augenbraue zu erwidern. Als hätte er mich nicht vorhin in der Mensa schon nervös genug gemacht. Vollidiot.

»Meinst du, ich kann mich einfach davonschleichen?« Mit funkelnden Augen schielt Marleen zum Gebäudeeingang, wobei sie in ihrer engen schwarzen Sportkleidung beinahe wie eine Geheimagentin aussieht. Wäre da nicht die triste Rennbahn um uns herum, gleich neben dem Basketballplatz. »Wenn ich Steve frage, schwänzt er bestimmt auch Chemie.«

Ich grinse. »Einen Versuch ist es ja we-«

»Gibt es hier ein Problem?«, fällt mir unser Sportlehrer Herr Naumann ins Wort. Seine Stimme poltert, was ein Indiz dafür ist, dass man seine Geduld gerade nicht überstrapazieren sollte.

Deswegen schütteln Marleen und ich synchron den Kopf.

»Kein Problem«, presse ich knapp hervor.

»Genau.« Aus dem Kopfschütteln meiner besten Freundin wird ein Nicken. »Ich musste mir nur schnell meine Schuhe binden. Wir wollen hier ja keinen Unfall haben. Sport ist Mord, so sagt man doch?«

Herr Naumanns sonnengegerbtes Gesicht zieht sich in Falten, während er irgendetwas Unverständliches murmelt. Im nächsten Moment stolpert ein Mitschüler in unserer Nähe, was unseren Lehrer dazu bringt, auffordernd in seine Hände zu klatschen und »Weitermachen!« in unsere Richtung zu donnern, ehe er zu dem Schüler läuft.

Weitaus weniger energiegeladen, als er es sich vermutlich wünschen würde, trotten wir davon. Wobei wir nicht viel verpasst haben – immerhin besteht unsere einzige Aufgabe, seit der Kurs gemeinschaftlich beim Handball versagt hat, darin, um die Sportplätze zu joggen und uns Ausdauer anzutrainieren. Von der man laut Herr Naumann nie genug haben kann. Niemals. Und die laut Marleen unnötig ist. Vollkommen unnötig.

»Ich kann diesen Kerl nicht ab. Das einzige Problem ist ja wohl er. Und seine lächerlich alten Turnschuhe«, schnaubt sie jetzt und weicht vor einem Mitschüler zurück, der besonders engagiert an uns vorbeisprintet. »*Weitermachen!*«

Über ihre Imitation lachend lege ich ein wenig an Tempo zu. »Wir haben schon den Großteil hinter uns. Die letzte Viertelstunde schaffen wir locker.«

»Was hältst du davon, wenn wir uns einfach dort verkriechen?« Marleen deutet auf eine Stelle neben der graffitibeschmierten Schulwand, die halb hinter Bäumen und halb hinter dem Geräteschuppen verborgen ist. »Da bemerkt uns doch keiner. Angeblich haben Merle und Adrian da letztens rumgemacht.«

Ich verziehe das Gesicht. »Das ist jetzt nicht unbedingt ein Pluspunkt.«

»Ach, jetzt tu nicht so.« Unter ihre Stimme mischt sich ihr angestrengtes Atmen. »Ich habe genau gesehen, wie Elias und du euch gerade angeschaut habt. In der Mensa, meine ich. Und jetzt kann er seinen Blick immer noch nicht von dir lassen.«

Ich folge ihrer wegwerfenden Handbewegung mit meinem Blick – und muss feststellen, dass sie recht hat. Wie auf Kommando beginnt mein Magen zu flattern. Ich werde das Gefühl einfach nicht los, dass er Sophie und mich belauscht haben könnte.

»Also. Gibt es da vielleicht doch etwas, das du mir erzählen möchtest?«

Sofort schüttle ich den Kopf. »Blödsinn«, schnaube ich. »Wer weiß, was der Typ hat.«

Mit fahrigen Fingern nestle ich am Bund meiner Trainingsjacke und streiche eine verirrte Strähne hinter mein Ohr. Doch selbst anschließend finden meine Hände keine Ruhe, sodass ich bei meinem nächsten Schritt stolpere und beinahe mit der Nase auf dem Boden lande. Wütend über mich selbst verdrehe ich die Augen. So geht das nicht. Wenn ich so weitermache, glaubt bald jeder, dass mit mir irgendwas nicht stimmt. Auch wenn keiner ahnen dürfte, dass mir nur ein gruseliger Schatten im Kopf herumspukt.

Ich spüre Marleens Blick auf mir und hebe den Kopf in ihre Richtung. Ihr ist deutlich anzusehen, dass ihr die nächste Frage schon auf der Zunge liegt. Doch irgendetwas scheint sie dazu zu bringen, es sich anders zu überlegen, und so ist ihre gerunzelte Stirn das einzige Indiz für ihre Skepsis. Ich hebe einen Mundwinkel, um sie zu beruhigen, merke jedoch selbst, wie meine Lippen zittern. Verdammt! Ich brauche unbedingt einen Moment für mich, sonst drehe ich wirklich noch durch.

»Ich bin gleich wieder da«, stoße ich hervor und drehe mich auf dem Absatz um. Ich steuere den Hintereingang der Recha-Freier-Gesamtschule an und mache einen Bogen um Elias, wobei ich mich zwinge, nicht in seine Richtung zu sehen. Ich will gar nicht wissen, ob er mich noch immer beobachtet. Und vor allem will ich nicht wegen eines bescheuerten Hirngespinsts verrückt werden.

Als die Türklinke schon in Reichweite ist, ändere ich kurzerhand mein Ziel und biege in die Ecke hinter den Geräteschuppen, die Marleen gerade schon als Fluchtort vorgeschlagen hat. Jetzt ist es mir völlig egal, dass dieser Ort regelmäßig für irgendwelche Knutschereien missbraucht wird. Das Einzige, was zählt, ist, dass mich hier keiner beobachten kann.

Niemand bemerkt, wie ich mich auf den viel zu kalten Boden sinken lasse, mich an die Graffitimauer der Sporthalle lehne und den Kopf in den Händen vergrabe. Geschweige denn, wie ich leise zu fluchen beginne.

Ich habe keine Ahnung, was überhaupt mit mir los ist. Vermutlich bilde ich mir all das bloß ein – nicht nur den seltsamen Schatten auf dem Parkplatz gestern, sondern auch das Verhalten der Zwillinge, insbesondere das von Elias. Ganz bestimmt hat er mir nur durch einen blöden Zufall angemerkt, dass ich heute ein besonders dünnes Fell habe, und nutzt das jetzt zu seiner eigenen Belustigung. So ist er einfach.

Aber das ist es nicht, was mich stresst. Es ist diese eine, winzige Möglichkeit, dass ich mich gerade in falscher Sicherheit wiege. Und so unwahrscheinlich sie auch ist – sie macht mir Angst. Verursacht ein ungutes Gefühl in meinem Magen und lässt meine Kopfhaut prickeln.

»Ist das eine neue Sportart? In der Ecke zu sitzen und in Selbstmitleid zu baden?«

Eine viel zu bekannte Stimme lässt mich aufschrecken. Nur wenige Schritte von mir entfernt steht Elias. Er hat die Hände in den Taschen vergraben und betrachtet mich nur abwartend, eine seiner kräftigen Augenbrauen gehoben. So lässig, als wäre es völlig normal, aufgebrachten Mädchen in irgendeine Ecke zu folgen, um sie aufzuziehen. Was es, nur so fürs Protokoll, definitiv nicht ist.

Er verzieht seine Lippen zu einem Halbgrinsen. »Hat es dir etwa die Sprache verschlagen?«

»Du ...«, bringe ich hervor und ärgere mich selbst darüber, dass ich keinen vernünftigen Satz zustande bringe. Hastig rapple ich mich auf. Zwar muss ich so immer noch zu ihm hochsehen, aber wenigstens nur noch ein paar Zentimeter. »Was willst du?«

»Das Gleiche habe ich mich bei dir gefragt.«

Wie von selbst krallen sich meine Hände in den Stoff meiner Sportleggins. »Ich habe keine Ahnung, wovon du sprichst.«

»Da bin ich mir nicht so sicher.« Ohne sich beirren zu lassen, tritt er ein paar Schritte an mich heran. Aus dieser Nähe sehe ich direkt vor mir die schon etwas verblassten Sommersprossen, die sich auf seinem Nasenrücken verteilen und mir bisher nie aufgefallen sind. Und das stürmische Grau seiner Augen, die mich ebenso unverblümt beobachten wie ich sie.

»Ich weiß wirklich nicht, wovon du sprichst«, wiederhole ich.

Elias hebt eine Braue und kommt noch näher. »Na, wenn du das sagst.«

»Das sage ich«, erwidere ich lahm und ärgere mich selbst über meinen unsicheren Ton, den auch Elias zu bemerken scheint. Der Ausdruck in seinen Augen, so selbstsicher und überlegen, bringt etwas in mir zum Brodeln. Genau diese Wut ist es, die mich jetzt den Mund aufmachen lässt, statt zu hoffen, dass er aus Langeweile einfach wieder verschwindet. »Nur falls du das nicht verstanden hast: Das war gerade dein Signal, dass du dich wieder verziehen sollst.«

Was er anders zu sehen scheint – er zuckt nicht einmal mit der Wimper, bleibt einfach stehen, direkt vor mir. »Und ich dachte schon, du hast etwas zu verbergen. Ein nettes kleines Geheimnis.«

Jetzt bin ich es, die eine Augenbraue hochzieht, wenn auch, um meine Nervosität hinter dieser Geste zu verstecken. »Dass ich dich nicht leiden kann, ist nun wirklich kein Geheimnis und absolut nichts Neues«, sage ich. »Und alles andere geht dich überhaupt nichts an.«

Ich habe damit gerechnet, dass Elias meine Abneigung zu mir zurückschleudern würde wie einen Tennisball, aber das tut er nicht. Stattdessen stützt er sich mit der Hand an der Wand neben meinem Kopf ab und kommt mit seinem Gesicht noch ein wenig näher, ehe er einen Mundwinkel hebt. Wieder auf diese geheimnisvoll wissende Art und Weise wie vorhin in der Mensa.

»Komm schon«, raunt er. »Du kannst dich vor mir nicht verstecken. Ich durchschaue dich.«

Seine Worte bringen mein Herz dazu, nervös über den nächsten Schlag zu stolpern. In meinem Kopf taucht ein Gedanke auf, aber ich schiebe ihn genauso schnell wieder weg, wie er gekommen ist. Doch das ändert nichts. Mit einem Mal ergreift Nervosität von meinem ganzen Körper Besitz, bringt jeden Muskel in mir zum Schwingen. Ein Prickeln beißt in meinen Nacken, breitet sich bis über meine Arme aus und lässt mich erschaudern. Ich grabe meine Finger in den Stoff meines Shirts, obwohl ich sie vor plötzlicher Kälte kaum spüren kann.

Elias' Mundwinkel hebt sich. »Du kannst mir vertrauen.«

Die Antwort darauf liegt mir auf der Zunge – denn ganz ehrlich, abgesehen davon, dass das so ungefähr der dümmste Satz ist, den man sagen kann, um jemandes Vertrauen zu wecken, ist es noch viel dümmer, dass *er* das zu *mir* sagt. Wir mögen uns ja nicht einmal. Aber ich komme nicht dazu, ihm das zu erklären – denn mit einem Mal gerät meine Welt ins Wanken.

Auch wenn Elias noch immer direkt vor mir steht, ist es jetzt etwas anderes, das meine Aufmerksamkeit auf sich zieht. Etwas Dunkles, Schattenartiges.

Auf einmal setzen meine Gedanken aus. Ich kann nichts tun, außer hier zu stehen und die Kreatur anzustarren, die sich zwischen den Bäumen hinter Elias aufgebaut hat. Im ersten Moment halte ich es für ein Hirngespinst, ein Trugbild meiner flatternden Nerven. Doch spätestens, als das Wesen den Kopf hebt und mich anblickt, schlägt die Gewissheit wie Thors Hammer auf mich ein. Es sieht anders aus als die Gestalt von gestern, aber aus irgendeinem Grund habe ich trotzdem keinen Zweifel daran, dass die beiden Kreaturen zusammengehören.

Sie richtet sich auf ihre schlanken Hinterbeine auf, öffnet ihr schnabelartiges Maul, das so gar nicht in das wolfsähnliche Gesicht passen will, und stößt ein Klickern aus. Das Geräusch bringt Elias dazu, sich nach dem Wesen umzudrehen.

Ich weiß nicht genau, was ich erwartet habe. Vielleicht, dass Elias vor Angst davonrennt oder dass er eine Waffe aus seinem Hosenbund zückt und sich diesem schattenartigen Ding mutig entgegenstellt. Aber er tut nichts von alledem. Stattdessen spannt sich jeder Muskel unter seiner Haut an, ohne dass er sich von der Stelle rührt.

»Du hättest es mir auch einfach sagen können«, zischt er, ohne das Wesen aus den Augen zu lassen, das uns regungslos gegenübersteht.

Auch wenn seine Worte für mich keinen Sinn ergeben, nimmt die Tatsache, dass er die pechschwarze Kreatur offenbar ebenfalls sieht, mir eine ungemeine Last von den Schultern. Ich bin nicht verrückt geworden. Das Ding ist echt – was die Sache allerdings nicht viel besser macht. Wenigstens verdecken die Bäume und der Geräteschuppen das Wesen vor den Blicken der anderen.

Ich beobachte, wie die aufgestellten Ohren der Schattengestalt zucken, und warte mit angehaltenem Atem einen Moment, ehe ich es wage zu antworten. »Was sagen?«

»Dass du ein Haustier hast.«

»Das gehört nicht zu mir!« Diesmal verlassen die Worte meinen Mund, bevor ich meinen Verstand anschalten kann. Der Klang bringt das Wesen dazu, zwischen Elias und mir hin und her zu sehen, die Augen komplett schwarz, als hätten die Pupillen alles darin einfach verschluckt. Sofort stellen sich die feinen Härchen in meinem Nacken auf. Verflucht, was ist das für ein Ding?

Irgendwie schafft Elias es, seinen Blick von dem Wesen zu lösen, und er sieht über seine Schulter zu mir. »Das da –«

Er bricht ab, als links von uns etwas knackt. Im nächsten Moment wirbelt er wieder zu mir herum. Hastig blicke ich von ihm zu dem Ding und wieder zurück, will ihn anherrschen, dass er es nicht aus den Augen lassen darf, doch da begreife ich. Was gerade noch ein harmloses Knacken gewesen ist, entpuppt sich als einer unserer Mitschüler. Ein blonder Junge in Fußballtrikot, der anscheinend keine Ahnung hat, in was er hier hineinstolpert.

Zischend ziehe ich Luft ein. Wenn's schiefläuft, dann aber richtig.

Während ich noch überlege, wie zur Hölle wir unseren Mitschüler von diesem Wesen ablenken können, ist Elias mir schon einen Schritt voraus. Wieder stützt er sich mit dem Arm an der Mauer neben mir ab, drängt sich diesmal allerdings so nah an mich, dass er mir die Sicht auf das Schattenwesen raubt. In einem Augenblick beobachte ich noch, wie die Muskeln unter der wachsartigen Haut der Kreatur zucken, im nächsten sehe ich nur noch Elias groß vor mir.

Der beugt sich zu mir herunter, bis sein Atem an meinem Ohr kitzelt. »Spiel mit«, sagt er leise und wickelt sich eine meiner verirrten Haarsträhnen um den Finger. Wäre nicht alles in mir vor Angst erstarrt, würde ich ihn spätestens jetzt wegschubsen. Doch ich kann nicht. Zu groß ist meine Furcht vor ruckartigen Bewegungen. Geschweige denn davor, von jemandem mit einem Monster erwischt zu werden.

Zitternd schließe ich die Augen, als das klickernde Geräusch der Gestalt mir ein weiteres Mal durch Mark und Bein fährt, und öffne sie erst wieder, nachdem Elias von mir abgelassen hat. Er wirft einen Blick in Richtung der Sportfelder, doch da ist niemand mehr, der uns Beachtung schenkt. Vermutlich hat der Typ gedacht, wir würden die berüchtigte Ecke hier für ... gewisse Aktivitäten nutzen. Nahezu synchron sehen wir zurück zu – nichts.

Ich blinzle, aber das ändert nichts. Dort, wo eben noch diese Kreatur gestanden hat, ist jetzt nur noch die altbekannte Leere zwischen Hausmeisterschuppen und halb toten Bäumen. Ich kann gar nicht anders, als noch mal zu blinzeln. Aber das Ding scheint sich in Luft aufgelöst zu haben.

»Was zur Hölle ...« Elias' Murmeln fasst meine Gedanken in Worte zusammen.

Ich will etwas sagen, doch als hätten meine Nerven noch nicht registriert, dass die Kreatur verschwunden ist, kommt kein Ton über meine Lippen. Eine Weile stehen wir nebeneinander und betrachten in stillem Einvernehmen das Nichts im Gebüsch, dann reißt uns das blecherne Läuten der Schulklingel aus der Starre.

Elias dreht sich zu mir um. Als er mir auffordernd seine Hand entgegenstreckt, ist der überlegene Ausdruck in seine Augen zurückgekehrt. »Gib mir mal dein Handy.«

Etwas in mir protestiert, aber ich schiebe das Gefühl beiseite und hole mein Smartphone aus der Tasche meiner Sportjacke. Jetzt gerade habe ich weitaus größere Probleme als meine Abneigung gegen Elias. Ich entsperre mein Handy und gebe es ihm. »Was war das gerade für ein Ding?«

Sein Blick hebt sich nicht einmal vom Display, während er spricht. »Ich habe nicht die geringste Ahnung.«

»Und warum –«

»Hör mal, Prinzessin«, unterbricht er mich und drückt mir mein Smartphone zurück in die Hand.

»Prinzessin?«, wiederhole ich fassungslos. Was ist das denn für ein bescheuerter Spitzname?

»Ja, Prinzessin in der Not. Die, die Hilfe vom Ritter braucht. Die gerettet werden muss.«

»Und dieser Ritter wärst dann du, oder was?« Ich schnaube. Das kann doch nicht sein Ernst sein.

Er hebt abwehrend die Hände. »Ist ja auch egal. Allem Anschein nach weiß ich mehr als du. Und ich habe ein schlechtes Gewissen, wenn ich dich einfach so ins offene Messer laufen lasse. Ruf mich an, okay?«

Mit diesen Worten dreht er sich um und lässt mich allein an dem Ort stehen, an dem mein Weltbild vor wenigen Minuten in sich zusammengebrochen ist. Mein Herz hämmert gegen meine Rippen, während mein Verstand nach einer Lösung sucht, aber keine findet.

Kapitel 4

Fast schaffen es Ovids *Metamorphosen,* mich abzulenken. Aber eben nur fast. Spätestens, als Sophies Kopf sich durch den Spalt meiner angelehnten Zimmertür schiebt, brechen die Ereignisse der letzten beiden Tage wieder über mir zusammen. Sophies Sturz ins Meer, dieser seltsame Schatten auf dem Parkplatz, die zweite dieser Kreaturen hinter den Sporthallen und – als wäre das alles nicht schon absurd genug – Elias. Und ich dachte am Anfang der Woche noch, die bald anstehende Politikklausur wäre meine größte Sorge.

Genau das scheint Sophie mir anzumerken. Sobald sie meinen Gesichtsausdruck sieht, lässt sie den Muffin in ihrer Hand sinken und zieht die Augenbrauen zusammen. »Kann ich deine Laune mit einem Muffin verbessern, oder ist es was Schlimmeres?«

Ich zucke mit den Schultern und sehe dabei zu, wie sie einige Kissen von meinem Sofa zusammensucht und zu einem Turm stapelt. Nachdem sie sich neben mich fallen lassen und sich mit den Schultern in ihren Kissenhaufen gekuschelt hat, schiebe ich das Lateinbuch von meinem Schoß und atme einmal tief durch. Dann erkläre ich: »Wir brauchen einen Plan.«

Wieder lässt sie den Muffin sinken, ohne davon abzubeißen. »Hm?«

Mit einem Seufzen presse ich die Lippen aufeinander. Gestern Nachmittag habe ich es nicht mehr über mich gebracht, ihr von der zweiten Kreatur zu erzählen. Zumal das zwischen Geburtstagskuchen, Geschenken und guter Laune ohnehin kaum Platz gefunden hätte. Womit ich allerdings nicht gerechnet habe, ist, dass mir die Worte auch jetzt noch am Gaumen kleben, ohne meine Lippen verlassen zu wollen. Dabei ist das eigentlich Blödsinn: Dass ich es ausspreche, ändert nichts – und gleichzeitig doch irgendwie alles.

Aber wie auch immer. Es muss sein. Und so lasse ich die Bombe platzen: »Es ist schon wieder passiert.«

Blinzelnd erwidert Sophie meinen Blick. In ihren Augen blitzt die gleiche Angst auf, die in mir alles zum Rumoren bringt. »Scheiße!« Sie stellt den Muffin auf dem kleinen Tisch vor meinem Sofa ab und zieht ihre Knie zu sich heran, um sich komplett mir zuzuwenden. »Sah es wieder so gruselig aus?«

»Ja, und gleichzeitig auch irgendwie total anders.« Ich muss ein Schaudern unterdrücken, als ich an das Wesen zurückdenke. »Wie eine Mischung aus Wolf und Krähe ... und es stand aufrecht, fast wie ein Mensch. Aber irgendetwas sagt mir, dass die beiden Dinger zusammengehören.«

»Ja, das kann kein Zufall sein.« Nachdenklich legt sie den Kopf schief. »Wann ist es passiert?«

»Gestern in Sport, kurz vor –«

»Hat dich jemand gesehen?«, fällt Sophie mir ins Wort.

»Nein«, antworte ich, korrigiere mich allerdings im nächsten Augenblick selbst. »Doch. Aber nur einer. Elias.«

Sophie verzieht den Mund, als könnte sie sich nicht entscheiden, ob sie genervt oder panisch sein soll. Verständlich. Ich gebe ihr einen Moment, um genau die Gefühlsachterbahn zu durchlaufen, in der ich schon seit gestern ständig Loopings fahre: eine Kombination aus Verwirrung, Panik und Ärger über die Ironie, dass es ausgerechnet Elias sein muss.

»Ich glaube, er weiß mehr als wir.«

»Wie jetzt?« Wo gerade noch das Gefühlschaos war, stehen jetzt eindeutige Fragezeichen in der Miene meiner Schwester.

Ich zucke mit den Schultern und erzähle ihr alles. Von Elias' Blicken in der Mensa und auf dem Sportplatz, über meine Nervosität bis zu dem Auftauchen der Kreatur und Elias' abruptem Verschwinden.

Erst als ich meine Ausführungen beendet habe, hört Sophie auf, auf ihrer Unterlippe herumzukauen. Aber auch das nur für einen kurzen Moment, um »Hast du ihn schon angerufen?« zu fragen, ehe sie wieder damit anfängt.

Ich schüttle den Kopf. Auch in der Schule bin ich Elias heute konsequent aus dem Weg gegangen. »Noch nicht. Meinst du, man kann ihm vertrauen?«

»In Filmen geht es selten gut aus, wenn man dem mysteriösen Typen vertraut.« Sophie knabbert am Nagel ihres Daumens. »Entweder endet man tot im Wald, oder einem wird das Herz gebrochen. Schöne Aussichten, wenn du mich fragst.«

Ich schnaubte. Keine Ahnung, welche dieser beiden Optionen mir abwegiger erscheint.

»Und was machen wir jetzt?«

»Keine Ahnung – das Risiko eingehen, tot im Wald zu landen?«

Sophie stößt ein Brummen aus, das nicht allzu überzeugt klingt. Übel nehmen kann ich es ihr nicht. »Wir müssen es Paps sagen.«

»Und wenn er uns nicht glaubt?«

»Das wird er. Er hat damals jeden Abend unter mein Bett geguckt, als ich dachte, da wäre ein Monster. Dann muss er uns einfach glauben, wenn da wirklich eins ist.«

»Da warst du vier.«

»Trotzdem.« Sophie hebt das Kinn. »Er kann ja schlecht so tun, als würden wir uns die Dinger einbilden, wenn wir ihm eins zeigen.«

»Tja, und wie stellst du dir das vor? Die kommen ja nicht angerannt, wenn wir sie rufen«, entgegne ich schnaubend.

»Jetzt mal ehrlich – wieso tauchen diese Wesen auf? Irgendetwas muss sie doch dazu bringen.«

»Frag mich was Leichteres.« Ich zucke mit den Schultern und denke mit einem Schaudern an die zwei Kreaturen zurück. »Vermutlich wollen sie irgendetwas.«

»Aber was?« Sophie legt den Kopf schief. »Bisher haben sie uns ja genau genommen nichts getan – wenn man von dem Schrecken mal absieht, den sie uns eingejagt haben. Sie stehen einfach nur herum und sehen gruselig aus.«

»Ich hab irgendwie die Befürchtung, dass sich das noch ändern wird. Die Dinger jagen mir eine Heidenangst ein. Ich meine – sie sind groß, schwarz und unheimlich. Das kann ja gar nicht gut gehen. Tut es in Horrorfilmen auch nicht.«

Sophie presst die Lippen aufeinander. »Mir machen sie auch Angst.«

»Egal, was sie wollen. Ich will, dass sie wieder verschwinden.« Ich seufze. »Sie kommen jedenfalls immer dann, wenn man sie überhaupt nicht gebrauchen kann. Als wären wir im wahrsten Sinne des Wortes vom Pech verfolgt.«

»Ich glaube, sie verfolgen dich, nicht mich. Immerhin ist das zweite Ding bei dir aufgetaucht, nicht bei mir.« Sophie kaut einen Moment lang geistesabwesend auf ihrem Nagel herum. Bei ihren nächsten Worten kann sie das Beben nicht aus ihrer Stimme verdrängen. »Obwohl sie auch bei mir die Gelegenheit gehabt hätten – Herr Bernard hat mich gestern in Chemie in den Abstellraum geschickt, um Dreihalskolben zu holen.«

Um ihrem intensiven Blick auszuweichen, nestle ich am Saum meines Pullovers herum. »Fakt ist, dass wir nicht wissen, woher die Dinger plötzlich kommen – geschweige denn, was sie wollen«, sage ich. »Aber wir wissen mit ziemlicher Sicherheit, dass diese Wesen jeden Moment wiederauftauchen könnten. Und dass wir keine Ahnung haben, was wir dann tun sollen.«

»Wir überlegen uns einen richtig guten Schlachtplan. Einen, mit dem wir sogar das antike Rom erobert hätten.« Sie versucht sich an einem Lächeln, doch es wirkt eher wie eine gequälte, ängstliche Maske.

Wir wissen beide, dass das mit dem Schlachtplan ziemlich aussichtslos ist. Da sind riesige schwarze Wesen, die höchstwahrscheinlich nicht unsere Freunde werden wollen – und wir sind bloß zwei hilflose Teenager, die Horrorgestalten nur aus irgendwelchen Filmen kennen. Was auch immer hier gerade passiert, ist eindeutig eine Nummer zu groß für uns.

Seufzend massiere ich mir die Schläfen. »Jetzt gerade raucht mein Kopf so sehr, dass ich nicht einmal die nächste Kuhweide erobern könnte.«

»Meiner auch.« Sophie schmunzelt. »Wie wär's mit folgendem Schritt eins bei unserem Plan: Wir sehen uns einen guten Film an und vergessen für einen Abend dieses ganze Chaos. Und morgen starten wir dann mit neuer Energie.«

»Das klingt nach einem hervorragenden Plan.« Ich schnappe mir die Fernbedienung vom Beistelltisch und mache den Fernseher an. »Aber bloß keine Fantasy. Und auch nicht *Stranger Things.* Im Moment gibt es für meinen Geschmack genug absurde Wesen in meinem echten Leben.«

Irgendwann zwischen der Beste-Freundinnen-Szene und dem Ausflug ins Skilager bei *To All the Boys I've Loved Before* müssen Sophie und ich eingeschlafen sein. Doch so niedlich die beiden Protagonisten auch anzusehen sind, haben sie es nicht geschafft, die Dämonen aus meinem Kopf zu vertreiben.

Trotz des weichen Polsters unter und Sophies Wärme neben mir haben mich die schwarzen Schatten verfolgt, kaum dass meine Lider zugefallen sind. Auch jetzt, als ich gegen das Dämmerlicht in meinem Zimmer anblinzle, sitzt das ungute Gefühl mir noch immer in den Knochen.

Und auf meinem Schreibtisch.

Im ersten Moment halte ich das Wesen für ein albernes Hirngespinst, ein Überbleibsel meiner Albträume. Dennoch kann ich nicht umhin, wie von einer Tarantel gestochen hochzuschnellen und den Blick des geflügelten schwarzen Wesens zu erwidern. Auch nach mehrmaligem Blinzeln verschwindet es nicht. Mein Magen flattert nervös, meine Finger suchen blind nach der Schulter meiner Schwester. Ich rüttle sie wach. Mit einem genervten Brummen regt Sophie sich, fährt sich mit der Hand durch das zerzauste Haar und setzt sich auf. Ich drehe mich nicht zu ihr um, traue mich nicht, meine Aufmerksamkeit von der Kreatur abzuwenden.

Als auch ihr Blick den Eindringling erfasst, spricht sie mit zittriger Stimme das aus, was ich denke. »Scheiße!«

Kapitel 5

»Wir müssen hier raus.« Meine Worte sind ein kaum hörbares Zischen in Richtung meiner Schwester, aber trotzdem bringen sie das Wesen dazu, ein Klickern auszustoßen und die rehartigen Ohren zu bewegen. Wie seine Vorgänger ist es komplett schwarz, eine groteske Mischung aus verschiedenen Tieren. Obwohl der Rest meines Körpers ganz warm ist, sind meine Hände mit einem Mal eiskalt, als das Ding sein Maul öffnet und erneut ein Geräusch macht, diesmal lauter. Mein ganzes Zimmer vibriert, als hätte ich die Bässe meiner Anlage viel zu stark eingestellt. Doch selbst als der Laut verstummt ist, hört mein Nacken nicht auf zu prickeln.

Auch wenn alles in mir danach schreit, einfach wegzurennen, habe ich mich so gut unter Kontrolle, dass ich nicht einmal mit dem kleinen Finger zucke. Mein Blick zuckt wie wild durch den Raum und sucht nach etwas, das wenigstens halbwegs zur Verteidigung geeignet ist. Aber da ist nichts. Klar, mit dem Mathebuch auf dem Boden neben meinem Bett könnte ich locker jede Menge Käfer erschlagen, aber für ein Wesen dieser Größe ist es eindeutig zu mickrig. Nicht, dass ich das überhaupt in Erwägung zöge – ein kurzer Seitenblick auf die Zähne der Kreatur genügt, damit mein Mut zusammenschrumpft und sich in die hinterste Ecke meines Bewusstseins verzieht.

Innerlich fluchend umfasse ich Sophies Finger und drücke sie sanft. Einmal. Zweimal. Dreimal. Wie damals, wenn unsere Mutter sich mit Paps gestritten hat und wir in unsere Zimmer geflüchtet sind.

Mehr braucht es nicht. Dem stummen Kommando folgend setzen wir uns beide in Bewegung. Sobald wir den schmalen Spalt zwischen Sofa und Beistelltisch hinter uns gelassen haben, schiebe ich Sophie einfach raus, bilde den menschlichen Schild hinter ihrem Rücken und kann nicht anders, als immer wieder über meine Schulter zu sehen. Das Ding auf meinem Schreibtisch hat den Kopf schief gelegt und erwidert meinen Blick ruhig. Viel zu ruhig.

In dem Moment, in dem ich über meine Kleiderstange stolpere, wird mir klar, dass dieses Wesen vermutlich um einiges intelligenter ist als wir. Dass es nichts tut, weil es uns durchschaut hat. Dass es uns längst einen Schritt vor-

Nein. Keine Zeit für solche Gedanken. Ich vertreibe sie mit einem Kopfschütteln und konzentriere mich lieber auf unseren Pseudoplan, schubse Sophie aus meinem Zimmer, stolpere ihr hinterher und pfeffere die Tür hinter uns in den Rahmen.

Einen Augenblick lang stehe ich einfach da, Rücken und Handflächen nur durch eine dünne Platte Holz von dem wahr gewordenen Albtraum in meinem Zimmer getrennt. Obwohl plötzlich alles ganz still und ruhig ist, donnert mein Herz so laut, dass ich das Gefühl habe, beim Konzert einer Rockband direkt vor dem Bassverstärker zu stehen. Ich brauche Sophie nur anzusehen, um zu wissen, dass es ihr genauso geht.

Im Gegensatz zu mir fasst sie sich allerdings schneller wieder. »Die Kommode«, sagt sie und deutet auf das alte Erbstück unserer Oma, das an der Wand neben meiner Zimmertür steht, direkt unter den Familienfotos aus zahlreichen Jahren. »Schieben wir sie vor die Tür. Damit dieses Vieh nicht so leicht durchkommt.«

Ich schätze, wir denken dasselbe: Dass ein wenig Holz und Leim und Erinnerung dieses Wesen nicht aufhalten werden, sollte es uns verfolgen wollen. Aber das hindert uns nicht daran, es trotzdem zu versuchen. Also schieben wir die Kommode mit vereinten Kräften vor meine Tür. Es kostet uns mehrere Minuten und einiges an Ächzen und Poltern, bis wir das Möbelstück endlich in eine Barrikade verwandelt haben.

Erschöpft lehne ich mich dagegen und werfe einen Blick auf die Wanduhr. Es ist halb sechs, und das an einem Samstagmorgen. Garantiert haben wir unseren Vater mit unserer Möbelrückaktion geweckt, doch Sophie geht auf Nummer sicher. »Paps!«, ruft sie. »Paps!«

Keine drei Sekunden später öffnet sich die Schlafzimmertür unseres Vaters. In seinem karierten Morgenmantel steht er im Türrahmen. Er mustert uns alarmiert, während er sich mit seiner Hand durch den rotblonden Bart fährt, wie immer, wenn er von einer Situation überfordert ist. »Was ist denn hier los?«

»Wir haben ein Problem«, sagt Sophie. Ihre Stimme überschlägt sich, verrät mir, dass ihr Herz genauso aufgeregt hüpft wie meines.

»Und zwar ein ziemlich großes«, ergänze ich und sehe unseren Vater direkt an. »Wir erklären es dir später, versprochen. Aber erst brauchen wir deine Hilfe.«

»Was soll das Getue?« Mit einem verwirrten Kopfschütteln schiebt er die Brauen zusammen. »Und was habt ihr mit der Kommode vor?«

»Monster einsperren«, murmelt Sophie, so leise, dass ich mir nicht sicher bin, ob Paps sie verstanden hat.

Der jedoch schüttelt verwirrt den Kopf, als wäre er sich nicht sicher, ob wir ihn aufs Kreuz legen wollen. Bei seinem skeptischen Blick zur Kommode wird mir klar, wie dumm die Aktion gewesen ist. Die Tür geht immerhin nach innen auf – falls das Wesen da drin also in der Lage ist, Türen zu öffnen, bringt unsere Barrikade nicht viel. Ich presse die Lippen aufeinander.

Sophie starrt auf irgendeinen Punkt zwischen ihren Füßen, als würde sich im nächsten Moment das Laminat auftun und ihr einen Masterplan offenbaren. Tut es leider nicht. Deshalb bleibt mir nichts anderes übrig, als einmal tief durchzuatmen und auf mein eigenes Bauchgefühl zu hören.

Dann strecke ich mich über die Kommode und stoße die Tür zu meinem Zimmer auf.

Einen Moment lang passiert gar nichts. Unser Vater bleibt auf der Stelle stehen, aber da ist kein monströses Etwas, das uns über die Kommode hinweg anspringt. Auch Sophie rührt sich nicht, obwohl ich in ihrem Gesicht lesen kann, dass sie meinen Plan für eine bescheuerte Idee hält. Womit sie recht hat – aber ich habe nun mal keine andere. Als ich schon fast glaube, dass sich das Schattenwesen in meinem Zimmer wieder in Luft aufgelöst hat, macht Paps einen Schritt in Richtung meiner Zimmertür. Mit einem Kopfschütteln murmelt er etwas vor sich hin, das »Wieso um Himmels willen« und »Theater« beinhaltet, aber er kommt nicht dazu, es zu beenden.

Er zieht scharf Luft ein. Erst jetzt wage ich es, ebenfalls meinen Blick in Richtung meines Zimmers zu wenden und durch den Spalt zwischen Tür und Rahmen zu sehen. Und tatsächlich: Das Wesen ist noch da.

Beinahe schon wie eine Statue sitzt es immer noch auf meinem Schreibtisch, auch wenn es aus der – zumindest halbwegs – sicheren Entfernung wesentlich kleiner auf mich wirkt. Als ich neben Paps trete, dreht es den Kopf in unsere Richtung und blinzelt uns an. Der vibrierende Laut folgt nur wenige Sekundenbruchteile später. Wieder geht er mir durch Mark und Bein.

»Das ist es, was wir dir zeigen wollten«, sagt Sophie, als wäre das nicht ohnehin offensichtlich.

Unser Vater stößt einen Fluch aus, den ich in den achtzehn Jahren meines Lebens noch nicht aus seinem Mund gehört habe. »Was ist denn das für ein ... Ding?«

Ich schlucke und greife nach dem Türgriff, um mein Zimmer wieder zu schließen, ehe es sich die Kreatur noch anders überlegt. »Wir haben nicht die geringste Ahnung.«

Die scheint keiner von uns zu haben. Dennoch ist es Paps, der sich am schnellsten wieder fängt. Zwar weicht die Verwirrung nicht aus seinen Zügen, aber wenigstens gesellt sich jetzt Entschlossenheit dazu. »Sophie?«, sagt er und sieht zu meiner kleinen Schwester, die sofort aufhört, am Nagel ihres kleinen Fingers zu knabbern. »Hol Opas altes Jagdgewehr vom Dachboden. Und beeil dich bitte.«

Obwohl es beim ersten Schuss bereits mit einem schrecklichen Laut und einem hoffnungslosen Flügelschlagen auf meinem Laminat aufkommt und beim zweiten komplett verstummt, schießt Paps weiter auf das Schattenwesen. Jetzt zahlt es sich aus, dass sein Vater ihn früher einige Male auf die Jagd mitgenommen hat, obwohl Paps sich immer dagegen gesträubt hat.

Zum Glück wohnen wir so abgelegen, dass unsere nächsten Nachbarn die Schüsse kaum hören dürften. Ich hingegen muss das Bedürfnis unterdrücken, mir die Hände über die Ohren zu legen, und bemühe mich, das Fiepen in ihnen zu ignorieren, das die Schüsse hinterlassen haben.

Aus den Wunden des Wesens laufen zähflüssige schwarze Rinnsale. Ich versuche, nicht hinzusehen. Obwohl ich schockiert sein müsste über Paps' Vorgehen, fühle ich mich stattdessen beruhigt. Diese Wesen strahlen eine Furcht einflößende Gefährlichkeit aus, die kein Zaudern zulässt.

Nach dem dritten Schuss drückt mein Vater die Waffe Sophie in die Hand. Gemeinsam schieben wir die Kommode wieder zurück an ihren Platz, während Sophie nach unten geht, um etwas zum Putzen zu holen. Ich bin mir ziemlich sicher, dass in den Köpfen meiner Familie ein Durcheinander herrscht, das es mit dem in meinem Kopf aufnehmen kann.

Zögerlich mache ich ein paar Schritte auf die reglose Kreatur zu. Das Ding bewegt sich immer noch nicht, ist allem Anschein nach tot – wenn es denn jemals wirklich lebendig war. Ich lasse meinen Blick über das abstruse Gesicht wandern, über die Rehohren und die Wolfsschnauze und den schlanken, wachsartigen Körper. Gegen meinen Willen treibt mir der Anblick die Tränen in die Augen und verschleiert mir die Sicht. Ich wische sie weg, schlucke den Kloß in meinem Hals mühsam hinunter und blinzle ein paarmal. Als ich wieder klar sehen kann, ist das Schattenwesen verschwunden. Da ist nur noch Asche und schwarzes Blut.

Dieses Bild schiebt sich auch noch eine Stunde später wieder und wieder vor mein inneres Auge und lässt mich irritiert die Stirn runzeln. Jedes einzelne Mal dränge ich es zurück, konzentriere mich auf Paps' Fragen – von denen er verständlicherweise mehr als genug hat. Wie sich herausstellt, hat er keine Ahnung, was es mit dieser Kreatur auf sich hat, geschweige denn irgendwelche anderen Erfahrungen, die über das alltägliche Leben hinausgehen.

Unsere Familie besteht weder aus Dämonenjägern, noch stammen wir von irgendeinem uralten Hexenclan ab.

»Oder meinst du, Karen könnte etwas damit zu tun haben? Müssen wir sie einweihen?«, frage ich Paps nach unserer Mutter. »Vielleicht sind diese Wesen auch hinter ihr her?«

»Unwahrscheinlich.« Er schüttelt den Kopf. »Falls es so sein sollte, habe ich zumindest nie etwas davon gemerkt.«

»Das ist ihr doch eh egal.« Sophie schnaubt. »Vermutlich taucht sie gerade irgendwo mit Delfinen oder schlürft Cocktails in der Karibik und hat vergessen, dass es uns gibt.«

Mit aufeinandergepressten Lippen greife ich nach ihrer Hand und drücke sie. »Wir brauchen sie nicht.«

Lächelnd erwidert Sophie die Geste. Paps brummt, was so mürrisch und liebevoll zugleich klingt, dass es uns zum Lachen bringt.

Also gut. Damit wären die üblichen Fantasyroman-Erklärungen schon einmal gestrichen. Nicht, dass wir ernsthaft damit gerechnet hätten, doch man weiß ja nie.

Bleiben uns also nur die nächsten Optionen, die wir, um genau zu sein, noch nicht einmal wirklich kennen. Haben wir versehentlich einen Dämon beschworen? Sind wir verflucht worden? Wir haben nicht mal den Hauch einer Ahnung.

Deshalb bleibt uns kaum etwas anderes übrig, als den Fragen unseres Vaters mit Schulterzucken zu begegnen und ihm einfach zu erklären, was sich seit Sophies Geburtstagsnacht ereignet hat. Und ihm klarzumachen, dass uns die Polizei garantiert nicht helfen wird.

»Wenn nicht plötzlich Sam und Dean Winchester um die Ecke kommen, glaube ich nicht, dass irgendjemand uns helfen kann«, sagt Sophie und rutscht auf ihrem Küchenstuhl hin und her. »Die halten uns viel eher für verrückt.«

»Und stecken uns in Zwangsjacken«, ergänze ich mit einem Nicken. »Wir sind hier nicht in einem Film – es gibt wohl kaum eine *Special Monsters Unit,* die uns die Dinger wieder vom Hals schafft.«

Paps fährt sich mit der Hand durch den Bart. »Ich fürchte, ihr beiden habt recht«, murmelt er. »In Ordnung. Erzählt weiter.«

Das tun wir. Und auch wenn wir in allen Dingen, die wir ihm berichten, absolut ehrlich sind, bleibt eine Sache unser Geheimnis – oder besser ein Jemand. Elias. Als wir zu dem Part kommen, bei dem das zweite dieser Wesen aufgetaucht ist, übernehme ich das Ruder. Ich erwähne weder Elias' seltsamen Blick in der Mensa noch, dass er eine der Kreaturen gesehen hat.

Immerhin kann Paps Elias' ganze Familie nicht leiden. Auch wenn wir nie genau dahintergekommen sind, was der Auslöser dafür war, haben Paps und Elias' Onkel Falk sich zerstritten, als sie in unserem Alter waren. Sophie vermutet, dass sie mal auf dieselbe Frau standen, aber mehr als mutmaßen können wir nicht. Fakt ist, dass was auch immer damals geschehen ist, kein Schnee von gestern ist. Als Elias und ich damals in dieselbe Klasse kamen, hat das Paps die Laune vermiest, und auch heute noch macht er immer wieder bissige Bemerkungen über die Steinbachs.

Also streiche ich Elias aus der Geschichte, als wäre er ein unwichtiges Detail. Was er vielleicht auch ist – immerhin haben wir keine Ahnung, ob er wirklich etwas weiß oder einfach nur ein beneidenswerter Schauspieler ist. Wenn er uns tatsächlich helfen kann, können wir Paps ja immer noch einweihen.

Ich schiebe den Gedanken an Elias beiseite und trinke einen Schluck vom Schwarztee, der bis jetzt unbeachtet vor mir gestanden hat und schon beinahe kalt ist. »Und jetzt sitzen wir hier und wissen nicht weiter.«

Unser Vater reibt sich mit den Handflächen über sein Gesicht.

Aus den Augenwinkeln sehe ich, wie Sophie mitleidig den Mund verzieht. Die Situation ist schwierig – für alle von uns. Vor allem, weil sich nach jeder Frage, die wir uns stellen, zehn weitere hintenanstellen. Allerdings nicht schön brav und gesittet, sondern eher wie der Massenandrang vor dem Konzert eines Weltstars – laut, stürmisch und ohne jede Rücksichtnahme.

Ich streiche mir eine Haarsträhne aus dem Gesicht. »Was sollen wir jetzt tun?«

Paps seufzt. »Frag mich was Leichteres.«

»Wir sollten auf jeden Fall herausfinden, was das für Dinger sind und was sie von uns wollen.« Sophie greift sich einen Apfel aus der Schale, die wir provisorisch auf den Tisch gestellt haben. Von einem üppigen Frühstück hätte niemand von uns auch nur einen Bissen hinunterbekommen. »In Filmen hilft das immer, um die Horrorgestalten wieder loszuwerden. Vielleicht können wir sie dann mit ihren eigenen Waffen schlagen oder so.«

Freudlos lache ich auf. »Du sagst das so, als wäre es ein Kinderspiel. Wo genau wollen wir denn mit der Suche nach Antworten anfangen? Wohl kaum beim Binge

Watching von *Supernatural.* Das würde eindeutig zu lange dauern …«

Sophie verdreht die Augen. »Hast du etwa noch nie was vom Internet gehört?«, fragt sie und versucht gar nicht erst, den sarkastischen Unterton aus ihrer Stimme zu verbergen. »Da gibt es doch lauter Foren, in denen sich die Verrückten nur so tummeln. Wir könnten uns da unters Volk mischen und ein paar Fragen stellen. Mit dem Wissen aus Omas Märchenbuch und Onkel Ludwigs Verschwörungstheorien fallen wir da garantiert nicht mal auf.«

»Und wir könnten in antiquarischen Büchern und alten Zeitungen in den Bibliotheken aus der Gegend nachsehen. Und natürlich in den Buchhandlungen«, sagt Paps. »Eventuell ist mal etwas Ähnliches an die Öffentlichkeit gelangt, und wir haben es nur nicht ernst genommen oder nichts davon gehört. Wir sind bestimmt nicht die Ersten, denen so etwas passiert.«

Wir nicken.

»So oder so. Wir sollten auf jeden Fall lernen, uns zu verteidigen. Nahkampf, Ausdauer und so was.« Paps wirft einen Blick auf sein Bäuchlein und schmunzelt leicht. »Ein bisschen mehr Sport würde mir sowieso nicht schaden. Zwei Fliegen mit einer Klappe.«

Ich öffne den Mund, aber Sophie unterbricht mich, ehe ich überhaupt ein ganzes Wort hervorbringen kann.

»Bevor du jetzt fragst, wie wir das anstellen sollen«, sagt sie, »auch dafür gibt es mehr als genug Vorschläge im Internet.«

Lachend schüttle ich den Kopf. »Also lautet unser Masterplan eigentlich nur ›Google‹?«

Sophies Grinsen ist wesentlich stolzer, als es vernünftig wäre. »Genau.«

Den Rest des Tages setzen wir unseren Plan in die Tat um. Zuerst klappern wir alle drei die Buchhandlungen und Bibliotheken in einem Umkreis von fünfzig Kilometern ab – ohne erkennbare Erfolge, aber dafür nehmen wir jedes Buch mit, das auch nur ansatzweise hilfreich aussieht. Anschließend setzen wir Sophie zu Hause ab. Nachdem Paps ihr gezeigt hat, wie sie im Ernstfall mit der Schrotflinte umgehen muss, beginnt sie, sich in irgendwelchen Hokuspokus-Foren zu registrieren.

Währenddessen machen Paps und ich uns auf den Weg zum Baumarkt. Um nicht von irgendwelchen Bekannten gesehen zu werden, verlassen wir auch dafür Attenafehn. Der Baumarkt in der nächsten Kleinstadt ist heruntergekommen und kalt, aber das ist es nicht, was mir immer wieder Schauer über den Rücken jagt. Dafür brauche ich im Moment tatsächlich nur die Bilder in meinem Kopf.

Schnell wird unser Einkaufswagen zu einer fragwürdigen Kombination aus Putz- und Bleichmitteln, Müllsäcken und Schaufeln – falls nicht alle diese Monster zu Asche zerfallen –, Nägeln und Holzplatten. Ich hoffe, dass wir einen Großteil davon niemals brauchen werden.

Anschließend fahren wir zu einem Sportgeschäft und kaufen einen Boxsack, passende Handschuhe und Verbandszeug. Und, auf meinen Wunsch hin, mehrere Baseballschläger. Ich werde garantiert besser schlafen können, wenn ich einen davon neben meinem Bett liegen habe.

Paps verzieht schmerzhaft das Gesicht, als mehrere Hundert Euro seine Kreditkarte belasten, sagt aber nichts. Sowieso ist er die ganze Zeit ruhig, konzentriert und nicht einmal zu seinen üblichen Scherzen aufgelegt. Er scheint voll bei der Sache zu sein.

Was ich von mir auch gerne behaupten würde, aber dazu müsste ich lügen. Immer wieder wandern meine Gedanken zurück zu dem Vorfall im Sportunterricht und zu Elias' Worten. Mein Handy in meiner Hosentasche wiegt schwerer als sonst, als wollte es mich daran erinnern, dass seine Nummer darin eingespeichert ist.

Nachdem ich mir stundenlang den Kopf darüber zerbrochen habe, komme ich nachts in meinem Bett zu dem Entschluss, dass er mir nichts vorgemacht hat. Er weiß irgendetwas, sonst wäre er garantiert nicht so ruhig geblieben, als das Schattenwesen aufgetaucht ist. Die Frage ist nur, was.

Am liebsten würde ich aus meinem Bett klettern und mich an Sophie kuscheln, um mit ihr darüber zu reden, aber sie ist seit einigen Stunden mit ihren Freundinnen im Kino. Vermutlich haben sie sich diese Schnulze angesehen, von der sie geredet haben, und sind gerade in Gespräche über heiße Jungs und nervige Lehrer vertieft.

Wahrscheinlich sollte ich das Ganze einfach auf morgen schieben. Aber ich kann nicht. Viel zu verlockend ist mein Handy, das neben einem Buch auf dem Nachttisch liegt und vom Schein der Lichterketten über meinem Bett beleuchtet wird. Ich schließe die Augen und atme tief durch, ehe ich mir das Smartphone schnappe und unter meinen Kontakten Elias heraussuche.

Können wir reden?

Es dauert weniger als zwei Minuten, bis seine Nachricht mein Display zum Aufleuchten bringt.

Und ich dachte schon, du hältst mich für den Bösen.

Mit einem Seufzen verdrehe ich die Augen.

Freu dich nicht zu früh. Ich habe mich noch nicht entschieden.

Nahezu sofort zeigt der Messenger mir an, dass Elias bereits wieder tippt.

Triff mich am Montag in der Mittagspause in der Aula. Ich werde dich schon überzeugen, Prinzessin.

Kapitel 6

»Du bist ein Biest. Wie konntest du mich nur das ganze Wochenende lang warten lassen?« Marleen haut mir ihren Kugelschreiber gegen den Oberarm.

Ihre Bewegung bringt unseren steinalten Englischlehrer dazu, den Kopf in unsere Richtung zu drehen. Interessiert schiebt er sich die Brille auf die Nase, ehe er die Lippen kräuselt und mit seinem Stift auf meine beste Freundin deutet. »Marleen, *what is your opinion on the green light?«*

Marleen murmelt etwas, das zu leise ist, um es zu verstehen – was vermutlich besser so ist. Dann schafft sie es tatsächlich, aus dem Stegreif über die Symbolik Fitzgeralds zu philosophieren. Unser Lehrer nickt anerkennend und sieht wieder zu den anderen Schülern, die sich währenddessen in eigene Gespräche vertieft haben.

Meine beste Freundin schiebt sich die blonden Strähnen hinters Ohr und grinst stolz. »Also«, sagt sie, diesmal wesentlich leiser, »was war das am Donnerstag?«

»Sophies Geburtstag?«, starte ich ein erneutes Ablenkungsmanöver. Wieder vergeblich.

»Das in Sport, meine ich. Mit Elias. Und das weißt du auch ganz genau.« Verärgert schnalzt Marleen mit der Zunge. »Immerhin habe ich dich schon das ganze Wochenende über gefragt, bestimmt tausendmal. Aber du hältst es ja anscheinend nicht für nötig, deine beste

Freundin aufzuklären, hm? Die dich dein ganzes Leben unterstützt und nie verurteilt hat?«

Ich presse die Lippen aufeinander und weiche ihrem Blick aus. Auch wenn sie mal wieder gnadenlos übertreibt, hat sie recht: Dieselbe Frage wie eben hat sie mir schon am Wochenende dreimal gestellt, aber ich habe es irgendwie jedes Mal geschafft, sie einfach zu übergehen. Wenn ich bei dem ganzen Stress überhaupt mal am Handy gewesen bin, habe ich höchstens mit Memes, GIFs und Belanglosigkeiten geantwortet. Zu meinem Glück kann Marleen noch nicht durch mein Smartphone greifen, um mich eigenhändig zu erwürgen.

Sie sieht jedenfalls so aus, als würde sie genau das gerne tun, als ich antworte: »Ich weiß gar nicht genau, wovon du redest.«

»Soll ich's dir etwa noch mal zusammenfassen?« Wieder klopft sie mir mit dem Kugelschreiber gegen den Oberarm, wobei ich diesmal allerdings sicherheitshalber etwas ausweiche. »Steves Kollege hat dich gesehen. Wie du dich mit Elias hinterm Schuppen versteckt hast, um ... eure Körper aneinanderzupressen? Rumzuknutschen? So ganz genau konnte er es nicht erkennen, es war jedenfalls ziemlich eindeutig.«

Ich werfe einen unauffälligen Blick auf die Jungs, die neben Marleen sitzen und allem Anschein nach in ein eigenes Gespräch vertieft sind. Immerhin. Es muss ja nicht gleich die ganze Schule mitbekommen, was ich angeblich getan habe. Für meinen Geschmack reicht es vollkommen aus, wenn Steves Freunde schon darüber reden. Vermutlich hat der Typ, der uns gesehen hat, der ganzen Basketballmannschaft erzählt, was er glaubt, gesehen zu haben. Na ganz große Klasse! Aber immerhin besser, als wenn die ganze Schule über monsterartige Schattenwesen spricht.

Marleen schnipst vor meinem Gesicht mit ihren lackierten Fingern. »Mein letzter Stand war jedenfalls, dass du ihm in Latein an den Hals gehen wolltest, weil er nicht eingesehen hat, dass du recht hattest. Bei eurer Diskussion über diesen Text«, sagt sie. »Ich wiederhole: Elias an den Hals gehen. Nicht an die Klamotten.«

»So war das überhaupt nicht«, wehre ich ab und hebe mich ergebend die Hände. »Keine Ahnung, was Steves Kumpel für Drogen genommen hat, aber Elias und ich haben weder rumgeknutscht noch sonst irgendwas in der Art gemacht. Er hat mich nur in die Ecke gedrängt.«

»Wieso das denn?«, fragt sie, gibt mir aber gar keine Gelegenheit, zu antworten. In ihrem Blick blitzt die Neugier auf. »Oh, lass mich raten. Hast du sein Herz gebrochen? Hattet ihr eine heimliche Affäre?«

Ich verdrehe die Augen. »Quatsch, das hätte ich dir doch erzählt«, sage ich. »Nee, ich glaube, er hat es persönlich genommen, dass ich die Diskussion letztens gewonnen habe. Vermutlich wollte er mich aufziehen oder mir Angst machen. Keine Ahnung, was das sollte.«

Obwohl meine Ausrede alles andere als glaubwürdig ist, scheint Marleen sie mir abzukaufen. »Komischer Kauz«, kommentiert sie mit einem entnervten Stöhnen.

Ich nicke. »Das kannst du laut sagen.«

In dem Moment, in dem Herr Schwarz erneut in unsere Richtung schielt, erlöst uns die Schulklingel mit ihrem blechernen Surren. Ich seufze erleichtert und stopfe meine Sachen in meinen Rucksack. Wenn ich Glück habe, lässt Marleen das Thema jetzt fallen und Elias –

O Scheiße! Elias. Da war ja was. *Triff mich am Montag in der Mittagspause.*

Wie zur Hölle soll ich meiner besten Freundin erklären, dass ich gleich die Mittagspause mit diesem Typen verbringen werde, obwohl ich gerade abgestritten habe, mehr mit ihm zu tun zu haben? Und das am besten, ohne dabei irgendwelche schattenartigen Wesen mit ins Spiel zu bringen?

»Sag mal, machen wir bald endlich mal wieder einen Filmabend? Auf Netflix ist jetzt dieser neue Film mit Jannis Niewöhner.« Vielsagend wackelt Marleen mit den Augenbrauen. Für Schauspieler hat sie schon immer eine Schwäche gehabt, an der auch Steve nichts geändert hat.

Ich nicke geistesabwesend. »Klar, gerne. Sophie hat auch schon davon gesprochen.«

»Sehr gut.« Marleen strahlt über das ganze Gesicht und greift nach ihrer Umhängetasche. »Gleich am Freitag? Ich hab sturmfrei. Papa ist das ganze Wochenende auf irgendeinem Chirurgie-Seminar, und Mama trifft sich mit irgendwelchen Studienfreunden in unserem Ferienhaus.«

»Willst du dann nicht lieber Zeit mit Steve verbringen?« Mit einem Schmunzeln schultere ich meinen Rucksack, während in meinem Inneren die Nervenbahnen heiß laufen. Ich muss es irgendwie schaffen, Marleen an ihren Freund zu übergeben, und dann unauffällig in die Aula verschwinden, ohne den beiden wie sonst Gesellschaft zu leisten.

»Ach Quatsch, für den habe ich mir Samstag und Sonntag reserviert.« Sie zwinkert und hakt sich bei mir unter, ehe wir uns in den Schülerstrom mischen und uns durch die Tür in den Flur quetschen. Wo ich so abrupt stehen bleibe, dass nicht nur Marleen ins Taumeln gerät, sondern mir auch irgendjemand in die Hacken tritt, um anschließend fluchend an mir vorbeizugehen.

Direkt gegenüber von mir lehnt Elias an der Fensterbank und sieht mich unverblümt an. Er hat die Arme vor der Brust verschränkt, wodurch seine Lederjacke an seinen Oberarmen spannt, und stellt einen beinahe schon desinteressierten Gesichtsausdruck zur Schau. Er sieht so lässig aus, als wäre es für uns völlig normal, nach dem Unterricht aufeinander zu warten. Als würden wir uns nicht halb ernst bekriegen, wann auch immer wir die Gelegenheit dazu bekommen.

Als ich einen Schritt auf ihn zu mache, stößt er sich von der Fensterbank ab und kommt ebenfalls näher. Neben mir zieht Marleen scharf die Luft ein. Ich kann ihren vorwurfsvollen Blick auf mir spüren.

»Was machst du hier?«, zische ich.

Elias hebt einen Mundwinkel zu diesem bescheuerten Halbgrinsen. »Hatte befürchtet, du würdest einen Rückzieher machen. Kein Grund, gleich so aus der Haut zu fahren, Prinzessin.«

Dieser verfluchte ...

Ich stemme die Fäuste in meine Hüfte. Mir liegt ein bissiger Kommentar auf der Zunge, aber ich schlucke ihn herunter. So, wie ich Elias kenne, bringt das ohnehin nichts. Also belasse ich es dabei, ihn wütend anzufunkeln und das Kinn zu recken. Zur Hölle mit seiner Prinzessin.

Er legt den Kopf schief und mustert mich abschätzend. »Können wir los, oder willst du dich weiter wie ein wild gewordenes Kätzchen verhalten?«

Dieses Mal versuche ich gar nicht erst, die Worte nicht über meine Lippen kommen zu lassen. »Wenn du verdammter –«

»Kann mir bitte mal jemand erklären, was ich verpasst habe?«, unterbricht Marleen mich und verschränkt die Arme vor der Brust, während sie mich anklagend beäugt.

»Du hast doch gesagt, du hast nicht mit ihm rumgeknutscht.«

»Hab ich auch nicht!« Ich wünschte, die Kombination aus ihren Worten und Elias' forschendem Blick würde mir nicht die Hitze in die Wangen steigen lassen. Tut sie aber, weshalb mir kaum etwas anderes übrig bleibt, als schnellstmöglich aus der Situation zu entkommen. Bevor hier noch jemand die Sache falsch versteht.

»Annika braucht meine Hilfe«, erklärt Elias. Wenn er dabei nicht dieses selbstzufriedene Grinsen zur Schau stellen würde, hätte ich es beinahe nett gefunden, dass er für mich einspringt. »Aber weil sie so ein Sturkopf ist, gibt sie das ungern zu. Vermutlich hat sie dir deshalb nichts erzählt.«

So viel also zu nett. Auch wenn es mich all meinen Stolz und jede Menge Überwindung kostet, bringe ich meinen Kopf dazu zu nicken. »Genau.«

»Aaaalles klar.« Skeptisch sieht Marleen von mir zu Elias und wieder zurück. Während sie mir eben noch sofort abgekauft hat, dass Elias einfach ein komischer Vogel ist, kann ich jetzt beobachten, wie sie ihren Sherlock-Holmes-Gesichtsausdruck aufsetzt und auf Spurensuche geht. Ich bin ihr dringend eine Erklärung schuldig, ehe sie doch wieder auf den Gedanken kommt, dass da was zwischen uns laufen könnte.

»Und deshalb müssen wir jetzt auch los.« Ohne auch nur eine Sekunde abzuwarten, packt Elias mich am Oberarm und zieht mich mit sich den Flur hinunter.

Ich sehe über meine Schulter zu meiner besten Freundin und versuche mein Bestes, eine Entschuldigung in meinen Blick zu legen. »Ich erklär's dir später!«, rufe ich. »Versprochen!«

»Das will ich auch hoffen.« Mit schief gelegtem Kopf beobachtet Marleen, wie wir um die Ecke Richtung Aula verschwinden. Etwas an ihrem Ausdruck hetzt mir sofort die Gewissensbisse auf den Hals.

Ich presse die Lippen zusammen und reiße mich von Elias los, um auf eigene Faust neben ihm herzulaufen. »Du hättest ruhig ein wenig netter zu Marleen sein können.«

Er wirft mir einen Blick zu, sagt aber nichts.

»Weißt du, die meisten Menschen sagen Hallo, wenn sie ankommen, und Tschüss, wenn sie wieder gehen«, schiebe ich hinterher, während wir an den Emos in der Raucherecke vorbeigehen, die uns neugierige Blicke zuwerfen. »Und vor allem lassen sie irgendwelche Menschen nicht wie bestellt und nicht abgeholt im Schulflur stehen.«

Jetzt stoppt Elias einen Augenblick lang und sieht mich richtig an. »Es ist nicht meine Schuld, wenn du deiner besten Freundin nichts erzählst.«

Ich ziehe die Stirn kraus und bemühe mich, hinterherzukommen, sobald Elias wieder ins Laufen übergeht. »Du meinst also, ich soll ihr von irgendwelchen Albtraumkreaturen erzählen, die plötzlich hinter mir her sind?«, hake ich nach und senke vorsichtshalber die Stimme, als wir uns an einer Gruppe Smartphone-Zombies vorbeidrängeln und das Schulgelände verlassen. »Und das, obwohl ich selbst nicht die geringste Ahnung habe, was das für Wesen sind? Was ist, wenn dieses Wissen Marleen in Gefahr bringen könnte? Wenn die Dinger sie dann auch verfolgen?«

»Natürlich nicht die Wahrheit, du Schlaukopf.« Er hält an der Fußgängerampel an und sieht zu mir herunter. »Du musst dir ein Alibi einfallen lassen. Kann ja nicht sein, dass jedes Mal so ein Theater gemacht wird, wenn ich dich in Zukunft aufgable. Aber halt bitte sämtliche meiner Körperflüssigkeiten da raus. Selbst wenn irgendetwas in der Art jemals passieren sollte, muss das nicht sofort die Klatschtante Nummer eins der ganzen Schule wissen.«

Schnaubend verschränke ich die Arme vor der Brust. »Erstens ist Marleen keine Klatschtante. Sie ist nur neugierig und redet gern«, verteidige ich meine beste Freundin etwas halbherzig, da ich weiß, dass er nicht ganz unrecht hat. »Und zweitens: Keine Sorge, dazu wird es garantiert niemals kommen.«

Elias hebt die Augenbrauen, ehe er sich von mir abwendet und geradeaus über die Straße läuft.

Eilig husche ich ihm hinterher. »Wohin gehen wir überhaupt?«

»Weg von neugierigen Siebtklässler-Ohren«, sagt er knapp, als würde das alles erklären.

Wir erreichen die Innenstadt von Attenafehn, die eigentlich zu klein ist, um sie als solche zu bezeichnen. Genau genommen besteht sie nur aus einer Straße, an der sich links und rechts kleine Läden und vereinzelte Cafés tummeln. Die meisten von ihnen wollen mit ihrem bezaubernden Charme wohl die Touristen anlocken, aber auch Einheimische haben es sich in der Herbstsonne auf den Caféterrassen gemütlich gemacht oder bewundern die Auslagen in den Schaufenstern.

Elias wirft mir einen Seitenblick zu. »Oder willst du lieber vor versammelter Mannschaft von deinem Haustierproblem erzählen?«, fragt er. »In dem Fall können wir gerne in die Aula zurückkehren, aber dann bin ich raus. Ich mach mich nicht freiwillig zum Gespött der gesamten Oberstufe.«

»Sie sind nicht meine Haustiere«, erwidere ich und verdrehe die Augen. War ja klar, dass er mir wieder mit dieser Leier kommen würde.

»Nicht? Das Ding hinter der Sporthalle war doch ganz süß, findest du nicht?«

»Süß? Das sind reine Monster!« Fassungslos werfe ich die Arme in die Luft. »Am Samstagmorgen ist einer von denen auf meinem Schreibtisch aufgetaucht. Einfach so, als hätte ich ihn eingeladen, dabei war nicht mal das Fenster offen! Die scheinen einfach zu kommen und zu gehen, wie es ihnen gerade in den Kram passt.«

Wir überholen eine alte Dame, die mit ihrem Rollator ohne jede Vorwarnung auf dem Gehweg stehen bleibt, um irgendetwas aus ihrer Tasche zu kramen. Sicherheitshalber warte ich, bis wir uns ein Stück von ihr entfernt haben, ehe ich wieder das Wort ergreife.

»Glaub mir, ich würde dich nicht um Hilfe bitten, wenn es nicht wirklich ernst wäre«, sage ich. »Apropos ... wieso hilfst du mir überhaupt? Soweit ich mich erinnern kann, sind wir keine Freunde oder so.«

»Sind wir auch nicht.« Elias' Tonfall klingt ebenfalls nicht danach, als wäre er sonderlich scharf darauf, diese Tatsache zu ändern. »Aber ich ziehe trotzdem meinen Nutzen daraus.«

Wir erreichen den Attenafehner Marktplatz, der genau wie die Innenstadt eigentlich kaum als solcher zu erkennen ist. Da sind nur einige Quadratmeter gepflasterte Fläche, die vom Rathaus sowie einigen Restaurants eingerahmt werden. In der Mitte steht eine alte Eiche, die mit ihrer prächtigen orangeroten Krone Schatten auf die umliegenden Bänke wirft.

Forschend betrachte ich Elias' Profil. »Du bist aber kein Hexenjäger, der mich umbringen will, oder?«

Auch wenn meine Worte wie ein Scherz klingen sollen, hören sie sich fast schon verängstigt an. Ich ärgere mich über mich selbst, kann aber nichts dagegen tun, dass mich seine Geheimniskrämerei beunruhigt. Und das, obwohl ich Elias gut genug kennen sollte, um zu wissen, dass er einfach gerne mysteriös tut.

Er lacht, was so ehrlich klingt, dass ich es als »Nein« verstehe.

»Was ist es dann?«, hake ich nach. »Welchen ›Nutzen‹ ziehst du daraus? Warum bist du überhaupt so darauf erpicht, mir zu helfen?«

»Hör zu, Prinzessin. Diese ganze Sache wäre wesentlich unkomplizierter, wenn du deine neugierige Nase nicht in meine Angelegenheiten stecken, sondern dich um deinen eigenen Kram kümmern würdest.« Er betrachtet mich kurz von der Seite. »Aber bevor du jetzt schmollst: Xenia und ich benutzen dich als Versuchskaninchen, um unserem Onkel etwas zu beweisen.«

Wie auf Kommando bleibe ich stehen. Versuchskaninchen? Ist das sein Ernst?

Ich öffne den Mund, um zu protestieren und ihm klarzumachen, dass ich nicht als sein kleines Experiment herhalten möchte, aber er beachtet mich gar nicht. Zielstrebig geht er an Marleens Lieblingscafé vorbei und steuert ein Restaurant an.

»Warte mal.« Meine Worte bringen Elias dazu, kurz vor der offenen Eingangstür stehen zu bleiben und mich anzusehen. Ich erwidere seinen Blick finster. »Du willst ins Burger-Huus? Und daraus hast du ein Geheimnis gemacht?«

Er zuckt mit den Schultern. »Was hast du erwartet? Ein Magier-Geheimlager? Eine Hobbit-Höhle?«

Ich rolle mit den Augen, ohne zu antworten, aber das scheint er auch gar nicht zu erwarten. Er hat sich längst wieder umgedreht und das Restaurant betreten. Seufzend folge ich ihm und werde sofort von dem Geruch von warmem Fast Food und dem unkonventionellen Charme des amerikanischen Restaurants umhüllt. Auch wenn das Burger-Huus versucht, mit dem plattdeutschen Namensbestandteil traditionelle Seelen anzulocken, ist es alles andere als klassisch. Statt einer geordneten Fläche zweigen überall kleine Ausläufer ab, an deren Enden Tische stehen. In der Mitte von alldem befindet sich eine Art Bar, doch statt teurer Alkoholflaschen thront darauf ein Nacho-Wärmer, wie man ihn sonst eher aus Kinos kennt.

Genau der ist einer der Gründe, weshalb ich regelmäßig mit Sophie und Marleen hierherkomme, um über alles Mögliche zu reden oder einfach auch mal schweigend Milchshakes zu schlürfen. Jetzt, da ich darüber nachdenke, fällt mir auf, dass ich Elias hier sogar schon einige Male gesehen habe, meistens in Begleitung seiner Schwester. Ab und an ist auch ihr Cousin Jannis bei ihnen gewesen, ein schlaksiger blonder Kerl, der ein Jahr unter uns in die elfte Klasse geht und dem man seine Verwandtschaft mit den Zwillingen so gar nicht ansieht. Außer vielleicht an seinem betont aristokratischen Gesichtsausdruck, den er genauso gerne wie Elias ab und an aufsetzt. Etwas, das auch sein Vater Falk – Elias' und Xenias Onkel – beherrscht und über das sich Paps gerne lang und breit aufregt.

Ich folge Elias durch das Restaurant, vorbei an Tischen und Stühlen unterschiedlichster Formen, von denen keiner so recht dem anderen gleichen will – genauso wenig wie die Gäste. Von Schülern, über Rentner bis hin zu Vollblutmüttern – inklusive Kleinkinder – scheint sich hier jeder versammelt zu haben, was das Gemurmel erklärt, das wie ein Hintergrundrauschen an meine Ohren dringt.

Elias findet einen unbesetzten Tisch in einer der Nischen und lässt sich auf die Bank fallen. Ich setze mich ihm gegenüber und lasse meinen Blick über unsere Umgebung schweifen.

An einem unserer Nebentische bemüht sich eine junge Mutter mit allen Mitteln darum, ihren Sohn davon abzuhalten, seine Schuhe auszuziehen. Währenddessen beißt das kleine Mädchen im Hochstuhl daneben wild entschlossen auf einer Serviette herum. Einige Meter daneben empört sich eine Gruppe bunt gemischter Frauen darüber, dass ihr Chef schon wieder mit den Lohnzahlungen in Verzug geraten ist. Von alldem scheinen die beiden Jungs am Tisch rechts von uns gar nichts mitzubekommen – das Video auf dem Smartphone des einen ist offensichtlich interessanter.

Beruhigt fange ich Elias' Blick auf. Wie auch immer er auf die Idee gekommen ist, ausgerechnet im Burger-Huus dieses Gespräch zu führen – hier scheint uns zumindest niemand zu belauschen.

»Jetzt noch mal ganz langsam«, beginne ich und hebe das Kinn. Es ist mir vollkommen egal, dass ich damit gegen genau das verstoße, das Elias gerade als inoffizielle Regel aufgestellt hat – keine nervigen Fragen zu stellen. »Wieso sollte ich dir vertrauen? Woher weiß ich, dass du mich nicht eigentlich für verrückt hältst und nur darauf wartest, mich vor allen bloßzustellen? Oder dass du bei dieser ... Sache nicht mit den ... Schattenwesen unter einer Decke steckst?«

Elias hebt eine Augenbraue, sagt aber nichts.

»Falls Letzteres der Fall sein sollte, hab ich schlechte Nachrichten«, sage ich. Keine Ahnung, woher die Worte kommen, aber ich habe mit einem Mal das Bedürfnis, sein Schweigen mit Worten auszufüllen. »Paps hat am Samstag einen von euch erschossen.«

»Prinzessin«, sagt Elias jetzt, und es klingt beinahe wie ein Tadel. »Ich hab dir am Donnerstag schon den Hintern gerettet. Hätte ich dich auffliegen lassen wollen, hätte ich es mit Vergnügen schon da getan. Und wenn ich dein Feind wäre, würde ich garantiert kein solches Theater veranstalten, um mir dein Vertrauen zu erschleichen, sondern mir einfach das nehmen, was ich möchte.«

Schluckend erwidere ich seinen Blick, warte darauf, dass er als Erster wegsieht, aber das tut er natürlich nicht. Deshalb nutze ich die Gelegenheit, in seinen grauen Augen nach einer Lüge oder einer Falle zu suchen. Aber da ist nichts, nur nackte Offenheit. Außerdem hat er recht – er hat mir schon einmal aus der Bredouille geholfen und mir ungewollte Zeugen vom Leib gehalten.

Vermutlich ist das bei Weitem nicht meine schlaueste Entscheidung, aber in diesem Moment beschließe ich, ihm einen Vertrauensvorschuss zu gewähren. Und ganz ehrlich – was habe ich schon zu verlieren? Noch verrückter kann mein Leben ja kaum noch werden, und ohne ihn stehe ich erst recht ohne einen Plan da.

Ich nicke. »In Ordnung. Ich vertraue dir.«

Kapitel 7

Auf Elias' Lippen bildet sich ein Lächeln, das mir verrät, dass er mit nichts anderem gerechnet hat. Er wusste, dass mir kaum eine andere Wahl bleibt, als ihm zu vertrauen, wenn ich aus dieser ganzen Situation wieder herauskommen möchte. Natürlich.

Ich bemühe mich, nicht weiter darauf zu achten, und setze dazu an, Elias erneut mit Fragen zu löchern, als jemand an unseren Tisch tritt.

»Hi, ihr beiden!« Xenia wirft uns ein Lächeln zu und mustert uns kurz durch die Gläser ihrer Nerdbrille, bevor sie sich neben ihren Bruder auf die Bank schwingt und ihre Jeansjacke auszieht. Darunter kommt ihr T-Shirt zum Vorschein, auf dem geschwungene Buchstaben *Let's smash the patriarchy* verkünden. »Ich hab uns eine Fingerfood-Platte und Cola bestellt. Ich hoffe, das ist okay für euch?«

»Danke.« Ich hebe einen Mundwinkel.

Xenias dunkelrot geschminkte Lippen verziehen sich zu einem Lächeln. »Wo wollen wir anfangen?«, fragt sie beiläufig, als würden wir nicht über irgendwelche Monster, sondern über ein Keksrezept reden.

In diesem Moment ist es mir egal, woher die beiden überhaupt von den Schattenwesen wissen. Ich stelle die Frage, die mir seit Tagen auf der Seele brennt. »Was war das für ein Ding, das mich angegriffen hat?«

»Genau genommen hat es dich noch nicht angegriffen«, wirft Elias wenig hilfreich ein.

»Das wissen wir nicht. Oder eher gesagt, noch nicht«, gibt Xenia zu und sieht zu Elias hinüber, der sich mit verschränkten Armen zurückgelehnt hat. »Das Einzige, was wir bis jetzt sagen können, ist, dass es von einer Art ... dunkler Magie erfüllt war.«

Ich lache auf, aber die Zwillinge stimmen nicht mit ein. Stattdessen sieht einer der Smartphone-Jungs in unsere Richtung und mustert mich neugierig. Ich schiebe mir betont lässig eine Strähne hinters Ohr und warte, bis er den Blick wieder abwendet. »Dunkle Magie, klar. Kommt jetzt gleich Harry Potter um die Ecke, oder was? Oder die Ghostbusters?«

Xenia holt Luft, aber Elias lässt sie gar nicht zu Wort kommen.

»Ist das dein Ernst?«, raunzt er mich an, gerade leise genug, um keine Aufmerksamkeit zu erregen. »Du wirst von irgendwelchen Wesen verfolgt, die alles andere als normal sind, und jetzt behauptest du, so etwas wie Magie gibt es nicht?«

Ich verschränke die Arme vor der Brust, ohne so recht zu wissen, was ich sagen soll. Auch wenn sich alles in mir gegen diese Möglichkeit sträubt, klingt sein Argument logisch – und dass diese Dinger keine gewöhnlichen Tiere sind, sollte mir inzwischen auch klar sein. Sie sind das Gegenteil von dem, was ich für möglich gehalten habe. Sie wirken irgendwie übernatürlich, auch wenn das allem widerspricht, was ich in meinem Leben über Realität und Fantasie gelernt habe. Schluckend kralle ich meine zittrigen Finger in den Stoff meiner Jeans. Wenn das mit der ... Magie stimmt, was gibt es dann noch alles, das ich bisher nicht für möglich gehalten habe? Und was zur Hölle haben die Zwillinge dann damit zu tun?

Ich komme allerdings nicht dazu, genau das zu fragen, weil im nächsten Moment eine Kellnerin mit blondem Zopf vor uns steht. Sie begrüßt uns mit einem Lächeln, ehe sie die Cola-Gläser von ihrem Tablett verteilt und die Fingerfood-Platte zwischen uns stellt. Wie immer ist Letztere ein buntes Sammelsurium aus den unterschiedlichsten Leckereien, unter anderem Nachos mit Käsedip. Sehr gut.

Xenia bedankt sich und sieht der jungen Frau dabei zu, wie sie wieder zur Bar geht. Dann dreht sie sich zu mir um. »Zwar haben dich die Wesen bis jetzt nicht angegriffen, aber es dürfte nur eine Frage der Zeit sein, bis sie das tun. Sie bestehen aus purer dunkler Magie – Bosheit liegt ihnen quasi im Blut. Nicht umsonst wirken sie so bedrohlich. Vermutlich beobachten sie dich bis jetzt nur, um bald effizienter angreifen zu können.«

Ich schlucke. Xenia betrachtet mich abwartend, aber Elias ergreift das Wort, ehe ich überhaupt den Mund geöffnet habe.

»Ich fasse noch mal zusammen: Irgendwelche *übernatürlichen*«, er betont das Wort, »Schattenwesen können es vermutlich kaum erwarten, dir was anzutun. Und du hast nicht die geringste Ahnung von dunkler Magie – wenn du da also unversehrt rauskommen möchtest, bist du so ziemlich auf unsere Hilfe angewiesen. Hast du das so weit verstanden, Prinzessin?«

Ich grabe meine Finger in den Stoff des Cardigans. »Ich dachte, ihr wisst selbst nicht, was das für Dinger sind?«

Er verzieht seine Lippen zu dem typisch provozierenden Elias-Steinbach-Grinsen. »Goldrichtig, Sherlock.«

»Und wie wollt ihr mir dann helfen?«

»Wir zeigen dir, wie du dich gegen sie verteidigen kannst«, schaltet Xenia sich ein. »Und währenddessen versuchen wir herauszufinden, was das für Wesen sind und was sie von dir wollen.«

»Wartet mal kurz«, entgegne ich. »Was ist denn, wenn sie eigentlich hinter Sophie, meiner Schwester, her sind? Sie war dabei, als das erste dieser Viecher aufgetaucht ist.«

Elias schüttelt den Kopf. »Unwahrscheinlich. Dann wäre das Ding hinter der Sporthalle nicht zu dir gekommen, sondern zu ihr. Außerdem bist du diejenige mit, sagen wir mal, der Besonderheit.«

»Was für eine Besonderheit?« Ich runzle die Stirn. »Und woher wisst ihr eigentlich von dieser ... Sache? Und dass ich verfolgt werde? Du bist mir doch garantiert nicht durch Zufall gefolgt, Elias.«

Der verzieht seine Lippen zu einem Grinsen, aber diesmal bin ich es, die ihn nicht zu Wort kommen lässt.

»Und warum wollt ihr mir helfen? Wieso könnt ihr das alles überhaupt – trainieren und so?«

»Wir wussten nicht, dass du verfolgt wurdest«, stellt Xenia klar. »Wir haben lediglich bemerkt, dass dich eine Magie erfüllt – beziehungsweise in deinem Fall eher umgibt. Deshalb ist Elias dir auch gefolgt.«

Ich versuche, mich nicht an dem Wort Magie zu stören, doch allein der Gedanke daran beschert mir eine Gänsehaut. Aber die Sache ist die: Es ist nicht dieses Gespräch, das meine Welt auf den Kopf stellt – denn das haben diese schattenartigen Monster schon längst erledigt.

»Okay«, sage ich und bemühe mich, cooler zu klingen, als ich mich fühle. »Aber woher wusstet ihr das?«

»Lange Geschichte, Prinzessin«, erwidert Elias und nimmt sich in aller Ruhe eine Weintraube von der Servierplatte. Ihm ist deutlich anzusehen, wie sehr es ihn amüsiert, mich im Dunkeln tappen zu lassen.

»Ich habe Zeit.« Ich recke das Kinn vor. Der Unterricht kann warten – so, wie ich Marleen kenne, wird sie mich trotz ihrer Verärgerung bei unserer Lehrerin entschuldigen, wenn ich dort nicht auftauche. »Ich schätze, das Ganze hier ist wichtiger als Kunstgeschichte.«

Elias hebt eine Augenbraue. »Aber du bist diejenige, die dafür sorgt, dass die Gerüchte aufhören, klar? Nicht, dass ich mir am Ende noch anhören muss, wir hätten *deshalb* gemeinsam geschwänzt.«

Xenia legt den Kopf schief, wodurch ihr Zopf hin und her schwingt. »Was denn für Gerüchte?«

»Nicht so wichtig«, sage ich schnell und greife mir ein Baguettestückchen.

Aus irgendwelchen Gründen belässt Elias es dabei und sieht mich nur ganz direkt an. Ich zwinge mich, nicht wegzuschauen.

Seine Schwester schiebt die Brauen zusammen, geht allerdings nicht wieder darauf ein. Stattdessen wendet sie den Blick von uns ab und sieht sich im Burger-Huus um. Das Restaurant leert sich langsam, aber dennoch ist genug los, um nicht allzu viel Aufmerksamkeit auf unseren Tisch in der Nische zu locken. Und selbst wenn uns jemand belauschen sollte, hört sich unser Gespräch vermutlich eher nach einer nicht so ganz gut durchdachten Runde *Dungeons & Dragons* an.

Nachdem auch Xenia die Lage offenbar für sicher erachtet hat, blickt sie wieder zu mir und holt tief Luft. »Wir sind Angehörige der Gilde«, erklärt Xenia nüchtern, als würde das alles erklären. »Sie wurde zur Zeit der großen Hexenverbrennungen gegründet, um –«

»Das ist hier doch keine Geschichtsstunde«, fällt Elias ihr mit einem Stöhnen ins Wort. »Wir sind die Security und sorgen dafür, dass sich die magischen Draufgänger benehmen.«

»Um es mit den offiziellen Worten zu sagen: Als Hüter stellen wir sicher, dass die Welt trotz Magie im Gleichgewicht bleibt«, ergänzt Xenia und rückt ihre Brille zurecht, »um sowohl die Begabten als auch die Menschen zu schützen.«

Ich verstehe nur Bahnhof. »Hüter ... Gilde?«

Xenia nickt. »Genau. Seit der Gründung zum Schutz von Begabten wird dieses Erbe immer weitergegeben, unter anderem in unserer Familie. Deshalb sind wir, wer wir sind – weil irgendein Urururahn entweder sich selbst oder andere beschützt hat.«

»Also werden mehrere Personen von diesen Wesen verfolgt?«

Meine Frage lässt Elias auflachen, aber seine Schwester bringt ihn mit einem eisigen Blick zum Schweigen.

»Zumindest niemand, den wir kennen«, sagt sie kopfschüttelnd und sieht kurz zum Nebentisch, als jemand sein Besteck scheppernd zu Boden fallen lässt. »Magie nimmt völlig verschiedene Formen an – genau wie die Menschen selbst.«

»Also gut möglich, dass hier tatsächlich noch ein Harry Potter auftaucht. Oder dass sich einer deiner Bekannten bei Vollmond in einen Wolf verwandelt.« Elias schmunzelt, was mich daran zweifeln lässt, ob er seine Worte wirklich ernst meint.

Xenia seufzt. »Magie kommt aus dem Inneren des Begabten, wird entweder vererbt oder tritt zufällig auf. Bei dir ist das Ganze allerdings komplizierter.«

»Wieso?«

»Du hast bei der Magielotterie ’ne Niete erwischt«, sagt Elias mit einem Schulterzucken und schnappt sich ein Nugget von der Essensplatte. »Für dich gibt’s zwar eine Horde Monster, aber offensichtlich keine Begabung.«

»Wir können die Magie bei dir aber deutlich spüren. Deshalb wissen wir auch, dass du es bist, die verfolgt wird, und nicht deine Schwester«, fügt Xenia wesentlich freundlicher hinzu. »Das ist jedenfalls ziemlich ungewöhnlich. Normalerweise würde unsere Ahnung bedeuten, dass du über eine übernatürliche Fähigkeit verfügst. Aber das tust du nicht, oder?«

»Nicht, dass ich wüsste.« Ich schüttle langsam den Kopf, versuche vergeblich, die rasenden Gedanken in meinem Kopf zu ordnen. »Und was machen wir jetzt?«

»Ich glaub, ich weiß, was deine Fähigkeit ist«, bemerkt Elias mit einem Grinsen. »Deine übermenschliche Ungeduld. Von deiner maßlosen Neugier mal ganz zu schweigen.«

»Sehr witzig«, kommentiere ich und verschränke die Arme vor der Brust. »Stehen unterirdische Sprüche auch in eurem Magiekatalog? Dann solltest du dich mal testen lassen.«

Xenia beißt sich auf die Unterlippe, was ihre Mundwinkel nicht daran hindert, sich zu heben. »Um zu deiner Frage zurückzukommen: Elias wird dich trainieren, während ich versuche, mehr über diese Kreaturen herauszufinden. Und dann sehen wir weiter«, erklärt sie. »Vorausgesetzt, ihr habt euch nicht schon gegenseitig in den Wahnsinn getrieben, wenn ich was herausgefunden habe.«

Mir liegt die Frage auf der Zunge, warum es ausgerechnet Elias sein muss, der mich trainiert, ich zwinge mich jedoch dazu, nichts zu sagen. Immerhin ist es sowieso nicht selbstverständlich, dass die Zwillinge mir helfen – da will ich nicht auch noch so dreist sein, irgendwelche Ansprüche zu stellen. Die beiden wissen vermutlich am besten, wo wessen Talente liegen.

»In Ordnung«, sage ich stattdessen. »Wann fangen wir an?«

»Am besten, bevor dich eines der Dinger zum Frühstück verspeist.« Mit einem Schnauben schnappt Elias sich einen Nacho und dippt ihn tief in die Käsesoße. »Mittwoch, dann sind die Sporthallen nachmittags frei, und wir haben sie ganz für uns. Ich kann's kaum erwarten.«

Ich bemühe mich, seinen herablassenden Ton zu ignorieren, atme tief durch und wende mich an seine Schwester. »Eine Frage noch. Woher wisst ihr, wer ...« Ich suche nach dem Wort, das Xenia benutzt hat. »... begabt ist? Oder so ist wie ich?«

»Wir folgen Instinkten und beobachten«, erklärt sie und zuckt mit den Schultern. Das klingt in meinen Ohren viel zu einfach, aber sie redet weiter, ehe ich etwas anmerken kann. »Wenn man nicht von Anfang an beigebracht bekommt, dass Magie nur ein Hirngespinst ist, verliert man das kindliche Gespür dafür nicht – ganz im Gegenteil, man baut es weiter aus. Es fallen einem Dinge auf, über die jeder ohne dieses Wissen einfach hinwegsehen würde.«

»Wobei wir da ein bisschen mehr Glück gehabt haben«, ergänzt Elias, der überheblich eine Braue hochzieht. »Unsere Mutter konnte es ja nicht lassen, mit einem Echo ins Bett zu steigen.«

Ruckartig und vorwurfsvoll sieht Xenia in seine Richtung, ehe sie sich wieder an mich wendet. »Echos spüren Gefühle der Menschen in ihrem Umfeld und spiegeln diese wider«, erklärt sie, »wodurch sie besonders ... anziehend auf andere wirken.«

»Tja, damit ist ja klar, von wem ich das habe.« Elias hebt einen Mundwinkel und betrachtet mich mit einem undefinierbaren Blick. Ohne mich aus den Augen zu lassen, nippt er an seiner Cola.

»Wie du dir sicher schon denken kannst«, zieht seine Schwester meine Aufmerksamkeit auf sich, »macht uns das ebenfalls zu Echos.«

»Was den nützlichen Nebeneffekt hat, dass wir Magie spüren können«, ergänzt Elias. »Und die in deiner Nähe war in den letzten Tagen kaum zu übersehen, Prinzessin.«

Ich beiße mir auf die Unterlippe und vergrabe meine Hände in den Taschen meines Cardigans, während die Erkenntnis mir wie ein Brett gegen den Kopf schlägt. Es war kein Zufall, dass Elias mich in der Mensa so angestarrt hat, und auch nicht, dass er mir anschließend im Sportunterricht gefolgt ist. Er hat mich begutachtet, mich analysiert. Genauso, wie er es vermutlich jetzt tut. In meinem Nacken kriecht eine Gänsehaut hoch, die sich mit ihren kalten Fingern an mir festkrallt und mich zum Schaudern bringt.

»Heißt das«, beginne ich und traue mich kaum, die Worte auszusprechen, »dass ihr genau wisst, was ich denke?«

»Nein.« Xenia wirft mir ein beruhigendes Lächeln zu. Vermutlich braucht man keine magischen Fähigkeiten, um mir anzusehen, wie sehr mich der Gedanke beunruhigt. »Wir merken zwar, wie es dir geht, aber es ist eher ein Bauchgefühl als eine direkte Information. Und Gedankenlesen können wir erst recht nicht.«

»Keine Sorge« Elias hebt herausfordernd eine Augenbraue. »Momentan überschattet deine Nervosität sowieso alles.«

»Ich würde eher sagen, dein großes Ego nimmt hier gerade ziemlich viel Platz ein«, erwidere ich und verschränke die Arme vor der Brust, kann allerdings nichts daran ändern, dass mir die Hitze in die Wangen schießt. Magische Fähigkeiten hin oder her – die ändern nichts an der Tatsache, dass er ein Vollidiot ist.

Kapitel 8

Als hätte ich nicht schon genug Ärger in meinem Leben, ist es ausgerechnet eines der Schattenwesen, das mich nach einer Nacht voller Albträume am nächsten Tag weckt.

Es sitzt an der Kante am Fußende meines Bettes und blickt mir ausdruckslos entgegen. Es ist eisig kalt hier drin, aber das ist nicht der Grund dafür, dass meine Finger zittern. In der Hoffnung, noch im Halbschlaf zu sein, blinzle ich ein paarmal – doch das Monster bleibt und beobachtet mich bewegungslos dabei, wie ich möglichst weit ans andere Ende der Matratze krieche.

In diesem Moment beginnt mein Wecker zu piepen, ein viel zu lautes Schrillen, das schonungslos in die Stille hineinschreit. Die Kreatur reißt das beinahe menschenartige Maul auf, stößt ein Klickern aus, das mir mittlerweile viel zu bekannt ist, und lässt mein Herz einen Hüpfer machen.

»Paps!«, schreie ich über den Lärm meines Weckers hinweg und versuche gleichzeitig, das nervige Ding verstummen zu lassen und aus dem Bett zu klettern – was letztlich dazu führt, dass ich gemeinsam mit der Digitaluhr auf dem Boden lande. »Paps!«

Während ich hastig den Wecker ausstelle, flattert die Kreatur mit ihren unvollständig wirkenden Flügeln und landet schließlich direkt in der Mitte meines Betts. Ihr leerer Blick beschert mir eine Gänsehaut.

Ich zwinge mich auf die Beine. Ohne den Blickkontakt zu unterbrechen, taste ich nach dem Baseballschläger, der auf der Kommode in meinem Rücken liegen müsste – direkt neben einem Fantasyroman und ein paar Duftkerzen.

»Paps!«, rufe ich erneut, finde das kühle Holz und schlinge meine Finger um den Griff. Ich ergreife das Ende des Baseballschlägers so fest, dass die Knöchel meiner Hände weiß hervortreten, und schwinge ihn drohend in die Richtung des Flügelwesens. Das Ding weicht mir aus, knurrt mir klickernd entgegen, doch der Blick aus den tiefschwarzen Augen bleibt vollkommen leblos. Augenblicklich stellen sich die feinen Härchen in meinem Nacken auf.

In diesem Moment wird meine Tür aufgestoßen, der metallene Griff knallt mit einem *Rumms* gegen den Putz, ein Geräusch, dem gleich ein weiteres dieser Art folgt, nur um einiges ohrenbetäubender und somit viel lauter, als man es in einem Einfamilienhaus erwarten würde. Zum Glück wohnen die nächsten Nachbarn ein ganzes Stück von uns entfernt.

Paps trifft das Ding mitten zwischen den Augen. Es bäumt sich ein letztes Mal auf, bevor es in sich zusammensackt und auf meinem Bettlaken zum Liegen kommt. Still, blutend. Ein grotesker schwarzer Haufen inmitten von Weiß.

Schwer atmend drehe ich mich zu meinem Vater, der das alte Jagdgewehr meines Großvaters mit mehr Entschlossenheit in den Händen hält, als es ein Informatiker tun sollte. Aber besondere Umstände erfordern nun mal besondere Maßnahmen.

Kaum eine halbe Stunde später sitzen Sophie und ich in meinem Polo und sind auf dem Weg zur Schule, was sich so alltäglich anfühlt, dass es nach dem Schattenwesen in meinem Schlafzimmer schon beinahe surreal ist. Sophie wartet nicht mal, bis sie die Beifahrertür hinter sich geschlossen hat, als sie sich auch schon mit einem lang gezogenen »Uuund?« zu mir dreht. »Bekomme ich jetzt die ausführliche Variante?«

Ich schmunzle. Als ich gestern von der Schule nach Hause gekommen bin, hat Paps darauf bestanden, dass wir den Abend als Familie verbringen, weshalb wir kaum Gelegenheit hatten, ungestört über mein Gespräch mit Elias und Xenia zu reden.

Ich starte den Motor, biege von der Auffahrt auf die Straße und hole einmal tief Luft, bevor ich ihr erzähle, was ich von den Zwillingen erfahren habe. Noch immer fühlt es sich komisch an, dass meine jahrelang äußerst nüchterne Realität plötzlich eine Facette aufgedrückt bekommen hat, die ich vorher immer als reine Fantasie abgestempelt habe. Fast als hätte jemand mein graues Leben in einen bunten Mantel gequetscht, der ihm nicht so recht passen will.

Obwohl ich mich bemühe, mich kurzzufassen, sind wir schon fast bei der Recha-Freier-Gesamtschule angekommen, als ich mit meinen Ausführungen fertig bin. Ich werfe einen vorsichtigen Blick auf meine Schwester. Sie sieht erschlagen aus – vollkommen zu Recht, wenn man mich fragt.

»Keine Sorge.« Ich biege auf den Parkplatz unserer Schule ab. »Wenn man sich ein wenig mit dem Gedanken angefreundet hat, fühlt es sich nicht mehr so an, als hätte einen ein Bus überrollt. Versprochen.«

»Ich dachte immer, mein Leben würde cool werden, wenn es plötzlich zu einem Fantasyfilm wird«, sagt Sophie und grüßt durch die Frontscheibe eine ihrer Freundinnen, die ihr Fahrrad gerade vor dem Hauptgebäude zum Stehen bringt. »Aber jetzt wird meine Schwester von irgendwelchen bizarren Monstern gejagt, und ich kann nicht einmal etwas dagegen tun. Das ist so ziemlich das Gegenteil von cool.«

Schmunzelnd navigiere ich meinen Polo in die letzte freie Parklücke. Zu allem Überfluss ist es natürlich Elias' alter Jeep, der direkt danebensteht. Wenigstens sitzt er nicht drin.

»Meinst du, wir sollten das Paps erzählen?«, fragt meine Schwester. »Also diese Sache mit Elias und Xenia?«

Ich zucke mit den Schultern. »Keine Ahnung. Was meinst du?«

»Ich habe nicht den blassesten Schimmer.« Sie beginnt, an ihrem Daumennagel zu knabbern. »Nur mal angenommen, wir würden es ihm erzählen – was genau würden wir überhaupt sagen? Was wissen wir?«

»Zumindest nichts, was uns im Moment irgendwie weiterhelfen könnte.« Mit zusammengeschobenen Brauen ziehe ich den Schlüssel aus dem Zündschloss und nestle an dem kleinen Fuchsanhänger daran herum. »Vielleicht sollten wir ihm erst mal nichts darüber sagen und abwarten, was passiert. Wenn wir irgendwelche Fortschritte machen, können wir es immer noch erzählen. Und bis dahin sagen wir einfach, dass ich wegen Projektarbeiten länger in der Schule bleiben muss.«

Sophie kramt sich ihre Umhängetasche aus dem Fußraum und nickt. »Ja, so machen wir es.«

»Alles klar.«

Nachdem wir uns voneinander verabschiedet haben, eilen Sophie und ich in unterschiedliche Richtungen davon. Nur wenige Herzschläge vor dem Klingeln der Schulglocke erreiche ich den Biologieraum und lasse mich auf meinem Platz in der hintersten Reihe fallen. Alibimäßig krame ich das Biobuch und meine Schreibmaterialien hervor, doch genau genommen belüge ich mich damit selbst. Ich bin ohnehin nicht bei der Sache.

Statt mich um den menschlichen Stoffwechsel zu kümmern, lehne ich mich zurück und versuche zur Ausnahme mal an gar nichts zu denken. Zumal mir nur noch dieser Block bleibt, um mir eine Ausrede einfallen zu lassen, die ich Marleen auftischen kann. Wir sind seit über zehn Jahren befreundet, und in dieser Zeit habe ich so einige Marleen-Inquisitionen mitmachen müssen. Wenn mich das eines gelehrt hat, dann, dass man dabei nicht so leicht davonkommt. Ich brauche also ein wasserdichtes Alibi. Nur welches?

Mit einem leisen Seufzen verdrehe ich die Augen. Mein Kopf ist viel zu voll, um noch in der Lage zu sein, sich eine halbwegs glaubwürdige Lüge auszudenken. Deshalb stehe ich noch immer ohne Ausrede da, als die kurze Pause zwischen den Unterrichtsblöcken beginnt. Na klasse!

Kaum dass ich wenige Minuten später in den Klassenraum stolpere, trifft mich Marleens Blick. Zum Glück komme ich nahezu gleichzeitig mit Herrn Dringenberg an, unserem nicht so heiß geliebten Mathelehrer. Dadurch habe ich immerhin noch eine kurze Vorbereitungszeit, während ich meine Sachen auspacke und Herr Dringenberg den Unterricht beginnt. Nicht, dass mir dabei ein Alibi einfallen würde. Verdammt!

Nach wenigen Minuten geht unser Lehrer dazu über, einen Schüler fertigzumachen, der ein Stück von uns entfernt sitzt, weil er eine Aufgabe auch nach mehrmaligen Erklärungsversuchen nicht begriffen hat.

Marleen nutzt die Gelegenheit, um sich schwungvoll zu mir umzudrehen. »Du bist mir eine Erklärung schuldig«, sagt sie unverwandt. »Und diesmal wird nicht wieder rumgedruckst. Du weißt genau, was ich meine.«

»Ja, also ...«, beginne ich zögernd, »... Elias und ich haben ... ein bisschen was miteinander zu tun.«

Leise schnaubend zieht sie ihre Augenbrauen hoch und wickelt sich eine blonde Haarsträhne um ihren Zeigefinger. »Ja, ach, damit hätte ich jetzt echt nicht gerechnet. Und weiter?«, bemerkt sie ironisch.

Marleen wirft Herrn Dringenberg einen verärgerten Blick zu, als er ein »Pschhht!« in unsere Richtung zischt. Sie lässt sich allerdings nicht davon abhalten, mich mit neugierig hochgezogenen Augenbrauen zu mustern.

Ich rutsche nervös auf meinem Stuhl hin und her und kaue auf meiner Unterlippe herum. Ein anderer Blick prickelt in meinem Nacken – ich muss mich nicht umdrehen, um zu wissen, wer das ist. Xenia. Bestimmt spürt sie trotz all der anderen Schüler in diesem Raum deutlich mein Unwohlsein. Kein Wunder – das ist sicherlich auch viel interessanter als Ebenengleichungen und Schnittgeraden.

Ein Stück rechts von mir lässt ein Mitschüler sein Federmäppchen fallen, was Herr Dringenberg zum Anlass nimmt, über die mangelnde Konzentration von Schülern heutzutage zu philosophieren. Als unser Lehrer uns eine Aufgabe gibt und sich anschließend auf einen Jungen konzentriert, der noch eine Frage hat, halte ich Marleens prüfendem Blick nicht mehr stand.

»Eigentlich war das alles nur Zufall«, flüstere ich, darum bemüht, dass niemand unser Gespräch belauschen kann. Es reicht, wenn Marleen der Wahrheit um einiges näher kommt.

»Ob du's glaubst oder nicht«, Marleen rollt mit den Augen, »das reicht mir immer noch nicht.«

»Ja, er hat mir geholfen bei, ähm, einer Sache. Bei ... der Ausarbeitung in Latein. Irgendwie hatte ich da Schwierigkeiten, und er ... hat es mitbekommen und musste natürlich gleich den Besserwisser spielen«, behaupte ich. »Und weil er ein Idiot ist, hat er verlangt, dass ich ... es wiedergutmache. Indem ich ... ihn zum Essen einlade, also gestern in der Mittagspause.«

Vermutlich ist diese Ausrede ziemlich schwach. Aber jetzt gibt es kein Zurück mehr. Mir bleibt nicht viel mehr übrig, als dabei zuzusehen, wie sich die Oberlippe meiner besten Freundin skeptisch kräuselt.

»Und das war's auch schon«, schiebe ich nach einem Augenblick hinterher. »Nichts Spannendes.«

Marleen nickt langsam und öffnet schon den Mund, um allem Anschein nach noch eine Frage zu stellen, als eine genervte Stimme hinter uns ertönt.

»Die Damen.« Herr Dringenberg wartet, bis wir uns mit unseren besten Unschuldsmienen zu ihm umgedreht haben, ehe er weiterspricht. »Dürfte ich erfahren, was um alles in der Welt euch gerade mehr beschäftigt als Mathe?«

Bevor wir uns überhaupt eine Antwort überlegen können, ertönt Xenias glasklare Stimme hinter uns. »Herr Dringenberg? Können Sie bitte kurz herkommen?«

Sobald unser Lehrer außer Hörweite ist, starrt Marleen ihr Arbeitsblatt an, als hätte es ihr soeben höchstpersönlich den Krieg verkündet. »So ziemlich alles«, antwortet sie verspätet auf Herrn Dringenbergs Frage und bringt mich damit so sehr zum Prusten, dass sich diesmal nicht nur er, sondern auch all unsere Mitschüler neugierig zu uns umdrehen.

Zum Glück fragt Marleen anschließend nicht weiter nach, was genau diese Sache mit Elias ist. Stattdessen regt sie sich noch eine Weile über Herrn Dringenberg und seinen langweiligen Unterricht auf, ehe wir in ein leises Gespräch über Jugendbücher abdriften.

Auf dem Weg zum nächsten Kursraum bin ich deshalb so entspannt, dass ich Elias erst bemerke, als er mich anspricht.

»Warte mal, Prinzessin.«

Es ist reiner Instinkt, dass ich stehen bleibe – als mir seine Anrede bewusst wird, würde ich am liebsten weitergehen. Aber weil mir klar ist, dass ihn das nur noch mehr amüsieren würde, drehe ich mich stattdessen nach ihm um.

Er hat wieder seine Position am Fenster eingenommen, und es gelingt ihm, dort auf eine Art und Weise zu lehnen, die zugleich anziehend und abweisend wirkt. Sobald ich eine Augenbraue hebe, stößt er sich von der Scheibe ab und tritt an mich heran.

»Wann treffen wir uns morgen?«

»Sag du's mir«, erwidere ich und mache demonstrativ einen Schritt zurück.

Augenblicklich verringert Elias den Abstand zwischen uns wieder. Das Grinsen auf seinem Gesicht ist so selbstgefällig, dass es für eine ganze Horde pubertierender Jungs reichen würde. »Vierzehn Uhr, dann sind die Putzfrauen auch durch. Wie gesagt, in der Sporthalle. Mach dich schon mal auf ein paar blaue Flecken gefasst.«

Ich schnaube.

Elias hebt eine Augenbraue. »Du weißt, dass ich dir beim Training meilenweit überlegen sein werde, oder? Ich hab oft genug gesehen, wie blöd du dich im Sportunterricht anstellst.«

Ich zwinge mich, nicht mal mit der Wimper zu zucken. »Das werden wir ja sehen.«

»Oho!« Elias lacht, die abwehrende Geste seiner Hände wirkt herablassend. »Drohst du mir gerade? Willst du deine Schattenfreunde auf mich hetzen, oder was?«

»Du ...«, beginne ich, aber er fällt mir ins Wort.

»Ach, nee, da war ja was«, bemerkt er ironisch. »Hab vergessen, dass die gerade damit beschäftigt sind, dich umzubringen.«

Kapitel 9

»Da bist du ja endlich.«

Elias' Stimme ertönt direkt hinter meinem Rücken, als ich mich gerade das zweite Mal vorbeuge, um einen Blick durch die verspiegelte Glastür zum Sporttrakt der Recha-Freier-Gesamtschule zu werfen. Ich drehe mich auf dem Absatz um und funkle ihn wütend an, bemühe mich, mir meine Überraschung nicht anmerken zu lassen.

»Das Gleiche könnte ich zu dir sagen«, erwidere ich und rücke meinen Rucksack zurecht.

Elias lehnt im Seiteneingang zur Sporthalle und mustert mich mit einem Grinsen. Im Gegensatz zu mir trägt er schon seine Sportsachen. »Ich bin schon eine ganze Weile hier – und hab mich gefragt, wann du mal auf die Idee kommen würdest, einfach reinzukommen.«

Statt ihm zu antworten, verschränke ich die Arme vor der Brust und quetsche mich an ihm vorbei in den Flur vor den Umkleiden. Die letzten paar Minuten habe ich damit verbracht, vor dem Gebäude hin und her zu laufen und mir zu überlegen, wie zur Hölle ich bloß hineinkommen soll. Zwar hat Elias recht gehabt, und von Schülern, Lehrern und Putzfrauen fehlt bereits jede Spur, aber das bedeutet im Umkehrschluss auch, dass sämtliche Türen längst verschlossen sind. Und es gehört sicherlich nicht zu meinen Freizeitbeschäftigungen, irgendwelche Schlösser aufzubrechen. Von den Überwachungskameras mal ganz zu schweigen.

Wie auch immer Elias hier reingekommen ist – die Kameras scheinen ihn jedenfalls nicht zu stören. Ganz im Gegenteil: Mit einem leichtherzigen Lachen beobachtet er, wie ich zur Mädchenumkleide stapfe. Im Gegensatz zu mir wirkt er nicht im Geringsten genervt, eher amüsiert. »Und ich dachte schon, du kneifst.«

»Falsch gedacht«, sage ich und greife nach der Türklinke. »Also, können wir anfangen, oder bist du noch zu sehr damit beschäftigt, dir dumme Sprüche auszudenken?«

»Da kann es wohl jemand kaum erwarten, endlich unter mir zu landen.« Elias lacht und stützt sich mit einer Hand an der Wand neben meinem Kopf ab. Mein Kommentar scheint einfach an ihm abzuprallen, während mich seine Worte mit offenem Mund dastehen lassen. »Also auf der Trainingsmatte, versteht sich.«

»Du ...«, zische ich, doch da es keine Beleidigung gibt, die Elias Steinbach überhaupt annähernd gerecht wird, bleibt die Silbe wirkungslos in der Luft hängen.

Grinsend macht Elias einen Schritt zurück, dreht sich um und geht den Gang entlang. Wenige Momente später verschwindet er aus meinem Sichtfeld, wobei er mir ein »Ich warte in der Halle auf dich« zuwirft.

Idiot. Garantiert macht er diese blöden Sprüche nur, um mich aus dem Konzept zu bringen – etwas, das ich garantiert nicht zulassen werde.

Ich stoße die Tür zur Umkleide auf und gehe hinein. Drinnen schiebe ich meinen Rucksack von den Schultern und krame meine Sportsachen heraus. Ohne Zeit zu verlieren, wechsle ich meine Klamotten und binde mir einen Zopf, ehe ich mich auf den Weg zur Sporthalle mache.

Elias steht mitten im riesigen Raum, links von ihm auf dem Linoleumboden liegen ein paar Turnmatten. Ich habe die Sporthalle noch nie so leer gesehen und lasse meinen Blick mehrmals durch den Raum schweifen, um mich zu vergewissern, dass wir wirklich allein sind. Erst danach schließe ich die Tür und lasse meine Wasserflasche neben einer schwarzen Reisetasche fallen, deren Inhalt sie seltsam verbeult aussehen lässt. Unentschlossen mache ich einige Schritte in Elias' Richtung.

Er hebt den Kopf und lässt sein Handy in die Hosentasche seiner Sweatpants gleiten. »Gildenmitglieder werden zu Hütern, sobald sie zehn sind. Ab dann kennen sie die Geheimnisse und ihre Aufgaben«, erklärt er und sieht mich prüfend an, mustert meine Sportkleidung. »Mit achtzehn wird man dann zum Mentor – das heißt, ab dann ist man in der Lage, Begabte zu trainieren und ihnen die Regeln beizubringen.«

»So wie bei mir jetzt?«

»Genau. Deshalb fangen wir mit zehn auch an, zu trainieren. Ausdauer, Nahkampf, Waffen.«

In meinem Kopf taucht das Bild eines jüngeren Elias auf, der neben Xenia mit Wurfmessern auf Strohpuppen zielt, während andere Jugendliche in ihrem Alter Pyjama-Partys veranstalten und die Weiten des Internets erkunden. Keine Ahnung warum, aber irgendwie löst die Vorstellung ein Ziehen in meiner Brust aus. Während ich mich in den letzten Tagen beklagt habe, weil ich mein normales Leben zurückhaben wollte, hatten die Zwillinge nie wirklich eines.

»Jetzt komm schon«, reißt Elias mich aus meinen Gedanken. Er hat die Arme vor der Brust verschränkt, seine grauen Augen betrachten mich forschend unter den dunklen, zusammengezogenen Brauen. »Und spar dir dein Mitleid.«

»Könntest du aufhören, in meinen Gefühlen herumzuspionieren?« Ich erwidere seinen Blick finster, bevor ich den Abstand zwischen uns weiter reduziere, immer darauf bedacht, ihm nicht zu nah zu kommen.

Elias zuckt mit den Schultern. »Ehrlich, Prinzessin – in deinen Gefühlen könnte ich auch wühlen, ohne den geringsten Funken Magie in mir zu tragen.«

Ich recke das Kinn vor und beschließe, das Thema zu wechseln. »Was ihr mir immer noch nicht beantwortet habt: Warum genau wollt ihr mir helfen? Was ist das mit eurem Onkel?«

»Wir wollen ihm beweisen, dass wir keine Kinder mehr sind und selbst Begabte trainieren können. Und dazu bist du das perfekte Versuchskaninchen. Unser Geheimprojekt sozusagen«

Irritiert runzle ich die Stirn. »Aber ich dachte, ich hätte keine Begabung.«

»Du hast Magie – das reicht erst mal.«

»Mehr nicht? Es ist eine bloße Familienzankerei, die euch antreibt, mir zu helfen?«

Elias lacht. »Was hast du erwartet, Prinzessin? Dass du die Auserwählte bist, oder was?«

Ich presse die Lippen aufeinander und verschränke die Arme über der Brust, wütend darüber, wie sehr mich sein spöttischer Tonfall trifft. Dabei will ich nicht mal auserwählt sein. Ich will einfach nur mein normales Leben wiederhaben. Und wenn ich dabei überhaupt irgendwie vorankommen möchte, muss ich mich wohl mit der Antwort zufriedengeben, die Elias mir liefert.

»Also, genug nervige Fragerei für heute?« Er hebt eine Augenbraue. »Können wir dann anfangen?«

»Trainiert ihr immer in Schulsporthallen?«

»Nein – unter normalen Umständen müssen wir ja nichts verheimlichen.« Er hebt die Augenbrauen. »Diese *Schulsporthalle* rettet dir den Hintern, Prinzessin.«

Ich beiße mir auf die Unterlippe sehe ihn finster an. »Und was, wenn sie uns erwischen?«

»Hast du etwa Angst?«

»Ich will nur auf alles vorbereitet sein.«

»Uns wird niemand erwischen. Ich kann gut mit dem Hausmeister, deshalb hat er mir einen Schlüssel gegeben. Und die Kameras draußen sind fake.« Er zieht eine Augenbraue hoch. »Also alles völlig legitim.«

Ich nicke stumm. Mit einem Mal fühle ich mich albern.

»Wie auch immer, ich würde sagen, du zeigst mir erst mal, was du schon draufhast.« Halb lachend, halb seufzend geht er zu einer der Sportmatten und murmelt etwas, das ich nicht verstehe. Dennoch bin ich mir ziemlich sicher, zu wissen, was er gesagt hat.

»Im Gegensatz zu dir hatte ich keine acht Jahre Training«, entgegne ich, lasse es mir aber nicht nehmen, ihm auf die Matte zu folgen.

Bevor ich überhaupt weiß, was geschieht, hat er mich überrumpelt, und ich liege rücklings auf dem Boden, ohne zu wissen, was in den letzten Sekundenbruchteilen geschehen ist. Elias' Knie nietet meinen Oberkörper gegen den Boden, während er sich mit einem Arm neben meinem Kopf abstützt und zu mir heruntersieht. Sein Gesichtsausdruck liegt irgendwo zwischen Schadenfreude und Frustration, und seine Augen sind so intensiv, dass nur sein Gewicht auf mir meinen Körper davon abhält zu beben. Die feinen Härchen in meinen Nacken stellen sich auf, und ich muss schwer schlucken, bevor ich wieder in der Lage bin, meine wirren Gedanken in Worte zu fassen.

»Das war unfair«, stelle ich fest und schlage meine Hände gegen seine Brust, in der Hoffnung, ihn dadurch von mir herunterzubekommen. Vergeblich – er rührt sich nicht einmal einen Millimeter. Ich stöhne frustriert »Ich dachte, im Kampfsport gibt es immer ein Startsignal.«

»Sorry, mein Fehler.« Ich brauche einen Moment, um den Sarkasmus herauszuhören, doch im Grunde ist das gehässig schmale Lächeln eindeutig genug. »Ich wusste nicht, dass dir die Schattenwesen immer fröhlich zuwinken und dir ein ›Los geht's!‹ entgegenpfeffern, bevor sie sich auf dich stürzen.«

»Sehr witzig«, brumme ich und bin fest davon überzeugt, dass Elias jetzt endlich von mir herunterklettern wird, aber wieder irre ich mich. Stattdessen nimmt er nur meine Handgelenke und pinnt sie über meinem Kopf auf den Boden, kommt so nahe, dass sein Gesicht mein gesamtes Blickfeld ausfüllt.

»Das ist kein Scherz, Annika.«

Irgendetwas an der Art, wie er meinen Namen betont, macht mich stutzig, bringt meine Gänsehaut dazu, sich bis auf meine Arme auszubreiten. Da ist keine Bissigkeit in diesem Wort, keine Herausforderung – nur bloßer Ernst, gepaart mit … Sorge?

Er zieht die Augenbrauen zusammen und fährt mit rauer Stimme fort. »Die Schattenwesen kommen plötzlich, oder nicht? Sie können jederzeit hinter dir auftauchen, ohne dass du dir überhaupt bewusst bist, nicht mehr allein zu sein. Überall.«

Ich will ihn unterbrechen, ihm vom Prickeln in meinen Nacken und dem zittrigen Gefühl in meinen klammen Fingern erzählen, Empfindungen, die diese Wesen bis jetzt jedes Mal begleitet haben – immerhin kann das kein Zufall sein. Aber er legt mir den Zeigefinger seiner freien

Hand auf die Lippen und schüttelt den Kopf, sobald ich den Mund öffne. Seine Berührung ist ein Feuer auf meiner Haut, wärmend und brennend zugleich.

»Jetzt halt doch mal für ein paar Sekunden die Klappe und hör mir zu.« Er wartet, bis ich vorsichtig nicke, bevor er weiterspricht. »Du musst vorbereitet sein, ihnen immer einen Schritt voraus. Schlag sie mit ihren eigenen Waffen. Wenn sie auftauchen, musst du längst wissen, dass sie da sind.« Er macht eine Pause und nimmt seufzend seine Hand von meinem Mund. Mein Herz schlägt beinahe schmerzhaft gegen meine Rippen.

»Es grenzt an ein Wunder, dass die Dinger dich bis jetzt überhaupt am Leben gelassen haben.« Seine direkten Worte lösen ein Prickeln in meinem Nacken aus, das sich langsam über meinen Rücken schiebt. »Aber auch wenn sie dich bisher verschont haben, kann sich das jederzeit ändern. Sie bestehen aus reiner dunkler Magie – aus reiner Bosheit. Sobald der Zeitpunkt gekommen ist, werden sie nicht zögern, dir wehzutun. Verstehst du das?«

Ich nicke, unfähig, auch nur einen einzigen Ton über die Lippen zu bringen.

»Wir haben zwar keine Ahnung, was du angestellt hast, aber bis wir es rückgängig gemacht haben, musst du immer wachsam sein. Immer auf der Hut.« Seine Worte lassen Bilder vor meinem inneren Auge auftauchen, die ich nicht abschütteln kann. Schatten, Zähne, Klauen. Das Kribbeln in meinem Nacken ist zurückgekehrt. »Du magst zwar keine Auserwählte sein, Prinzessin, aber falls die Dinger dich zum Frühstück auswählen, musst du wissen, was zu tun ist.«

Meine eisigen Fingerspitzen bemerke ich erst, als Elias mit einem gebellten »Scheiße!« von mir ablässt und auf die Füße springt. Sein Gesicht spricht Bände und bringt mich dazu, mich ebenfalls aufzurappeln – und direkt daraufhin gegen ihn zu stolpern, als ich seinem Blick folge und hastig einen Schritt zurück mache.

Meine böse Vorahnung wird übertroffen: Statt einem Schattenwesen stehen uns gleich zwei dieser Dinger gegenüber. Ich versuche, mich nicht an dem Gedanken festzubeißen, dass es plötzlich mehrere sind, sondern mich ganz und gar auf die Realität zu konzentrieren. Wie immer sind diese Wesen einfach aufgetaucht, als ob sie sich aus dem Nichts bilden würden. In einem Augenblick sind wir noch allein, einen Wimpernschlag später fokussieren uns zwei pechschwarze Augenpaare. Sie sind einfach da – und mit ihnen die blanke Panik in mir.

Während das eine Wesen einem unnatürlich schlanken Wolf mit viel zu großem Krähenschnabel ähnelt, ist das andere kleiner, kräftiger und erinnert mich an eine Hyäne. Jede seiner Muskeln ist zum Zerreißen gespannt, aber im Gegensatz zu seinem Begleiter hat es keine Flügel. Dafür haben sich die Klauen aller vier Beine in die weichen Sportmatten gegraben, als würde das Monster nur auf den Befehl zum Angriff warten.

Es ist mehr ein Instinkt als alles andere, dass ich nach hinten fasse und Elias' Hand ergreife. Der nutzt die Geste, um mich mit sich ein Stück nach hinten zu ziehen, jeden Zentimeter langsam und bedacht, als könnte eine falsche Bewegung unseren Tod bedeuten. Was sie letztendlich wohl auch täte. Ich spüre Elias' Herzschlag an meinem Rücken hämmern und muss mich zwingen, mich nicht auf die Wärme seines Körpers zu konzentrieren, sondern auf die klamme Kälte, die die Kreaturen mit sich gebracht haben.

»Wenn man vom Teufel spricht«, murmelt Elias und löst seine Finger aus meinen. »Da in der Ecke, neben der

Tür. In der Tasche. Da sind Waffen. Ich brauche meine Wurfmesser ... oder warte, vielleicht doch lieber eine Pistole.«

»Ich soll dir das holen?«, zische ich, ohne die Wesen aus den Augen zu lassen. Das Kleinere von ihnen stößt einen klickernden Laut aus, was seinen dunklen Körper kurz zum Beben bringt.

»Du kannst es auch mit Telekinese versuchen.«

»Witzig.«

Allein die Vorstellung, die Sicherheit an seiner Seite zu verlassen und als perfekte Zielscheibe quer durch den Raum zu stürmen, jagt heißkalte Schauer über meinen Rücken und bringt meine Knie zum Zittern. Das Wolfswesen kommt auf seinen schlanken Beinen auf mich zu und erhebt sich nur einige Dutzend Zentimeter vor mir auf die Hinterfüße, um mich aus seinen schwarzen Augen zu betrachten.

Ich schlucke und bemühe mich, nicht zu blinzeln. »Warum ich?«

»Weil ich nicht zulasse, dass du ihnen allein gegenüberstehst.«

»Aber –«

»Ich sorge dafür, dass sie dich nicht angreifen.«

»Und was –«

»Annika.« Er klingt gequält, jede Silbe meines Namens ein Stöhnen. »Jetzt tu doch ein einziges Mal, was ich dir sage.«

Die Chancen, beim Holen der Waffen draufzugehen, sind wirklich hoch. Anderseits sehen –

Jede Entscheidung wird mir abgenommen, als ich einen vorsichtigen Schritt zur Seite mache und das Wolfsgesicht mit einem Mal einen Satz auf mich zu macht. Während ich wie angewurzelt dastehe, stößt Elias mich zur Seite und springt selbst ins Blickfeld des Wesens, das ihm einen undefinierbaren Laut entgegen brüllt, so laut, dass ich erst einen Moment später merke, dass sich mein eigener Schrei daruntermischt.

»Jetzt lauf schon!«, bringt Elias mich zum Verstummen. Mit einem Arm hält er die Klauen des Wolfsmonsters davon ab, ihm ein Auge auszukratzen, mit einem Bein tritt er dem deutlich kräftigeren Wesen in die Seite, bevor es mich erreichen kann.

Irgendwie gelingt es mir, meine Angst in der hintersten Ecke meines Bewusstseins zu vergraben, wo sie zwar immer noch schreit wie eine Furie, allerdings von den Kampfgeräuschen aus der Sporthalle übertönt wird. Mein Blick huscht ein letztes Mal zu unseren Angreifern, ehe ich einfach losrenne. Blind, zitternd und mit abgehackten Atemzügen.

In der Tasche!, schreit mir mein Verstand ins Ohr. Ich strecke die Hand schon nach dem Reißverschluss aus, als mich ein Schlag in die Seite trifft und zu Fall bringt. Ich schaffe es zwar, auf meinen Händen zu landen und den Sturz abzufedern, trotzdem zuckt der Schmerz – vermischt mit purer Furcht – wie ein Blitz durch meinen Körper. Wieder trifft mich etwas – und bevor ich überhaupt einen klaren Gedanken fassen kann, liege ich rücklings auf dem harten Linoleum und starre in die pechschwarzen Augen des kleineren Monsters. Seine Lider sind geweitet, die Zähne gefletscht, das Klickern echot wie ein schadenfreudiges Lachen in meinen Ohren. Mir tropft etwas ins Gesicht, ätzt sich förmlich in die empfindliche Haut neben meinem Auge, doch ich wage es nicht, es wegzuwischen.

Ich schlucke, kann aber nichts gegen den Kloß in meinem Hals tun. Wenn ich –

»Muss man eigentlich alles allein machen?« Elias' Stimme dringt wie gedämpft zu mir hindurch, sickert erst langsam in mein Bewusstsein. Im nächsten Moment ist das Hyänenwesen von mir verschwunden, während ich sein Gewicht und seine Kälte noch immer spüren kann.

Elias' Hand zieht mich knapp auf die Füße, doch im nächsten Moment werden seine Finger meinen bereits wieder entrissen, als das Wolfswesen ihn von hinten packt und seine Klauen sich in die Seite meines Retters graben. Ich schnappe nach Luft.

»Waffen.« Elias' Stimme ist von Schmerz verzerrt und vermischt sich mit dem unmenschlichen Laut seines Angreifers.

In dem Moment, in dem sich auch das kleinere Wesen auf ihn stürzt, haste ich ein zweites Mal herum. Diesmal ist die Tasche wesentlich näher. Ich brauche nur Sekundenbruchteile, bis ich den Reißverschluss aufgezogen habe, dennoch hämmert mein Herz so schnell gegen meine Rippen, dass die Schläge für mehrere Lebenstage ausreichen würden.

Ich erlaube es mir nicht, genauer nachzusehen, werfe stattdessen nur einen kurzen Blick in das Waffen-Sammelsurium. Schwerter, Dolche, Pistolen. Hastig greife ich nach der erstbesten Pistole. Meine Hände zittern, sind nass vom Schweiß, und verlieren den Halt um die schwarze Waffe. Mit einem dumpfen Geräusch schlägt sie auf dem Boden neben der Tasche auf. Ich hebe sie auf, schließe meine Finger diesmal fester um den kühlen Griff. Ehe ich wieder herum haste, greife ich mit der anderen Hand nach einem Baseballschläger – den ich dringend benötige.

Ohne nachzudenken, lasse ich die Pistole wieder fallen, schlinge meine Hand um den Holzschläger und schwinge ihn in die Richtung der Monster, die Elias inzwischen auf die Knie gerungen haben. Das scheucht sie von ihm weg – weshalb es im nächsten Moment ich bin, die von zwei wütend funkelnden Augenpaaren ins Visier genommen wird.

Verdammte ...

Ich zwinge mich, stehen zu bleiben und den Baseballschläger fester zu umklammern, bereue sofort, nicht stattdessen nach einem Schwert gegriffen zu haben. Für einen Sekundenbruchteil starren mich die Kreaturen lediglich an, dann setzt das Wolfsvogelgesicht zum Sprung an und wirft mich mit einer einzigen Bewegung zu Boden, während die Zähne der Hyäne nach meinem Arm schnappen. Im letzten Moment ziehe ich ihn –

Es knallt.

Erst einmal, dann ein zweites Mal, so laut, dass meine Trommelfelle schwingend zu protestieren beginnen und ich wie von selbst die Augen zukneife. Das Wolfsmonster begräbt mich unter sich, das Maul zwar geöffnet, aber schlaff, sodass seine scharfen Zähne als leere Drohung in meinem Blickfeld bleiben. Was das Ganze nicht weniger gruselig macht.

Das Wesen ist wesentlich leichter, als ich erwartet habe. Durch sein weiches Fell spüre ich die kühle, wachsartige Haut. Ich erschaudere.

Mit einem ächzenden Geräusch hievt Elias das Ding von mir herunter. Zischend ziehe ich Luft ein, als mein Blick auf die blutgetränkte Stelle auf seinem Shirt wandert. Elias stößt das tote Wesen mit dem Fuß an, bevor er sich zu mir dreht und mir die Hand hinhält. Ich ergreife sie und lasse mich von ihm hochziehen.

»Alles klar bei dir, Prinzessin?« Er legt den Kopf schief und mustert mich von Kopf bis Fuß, und diesmal ist kein bisschen Überheblichkeit in seinen Zügen – ganz im Gegenteil: Selbst das »Prinzessin« klingt nicht provozierend, sondern beinahe so, als wäre ihm die Anrede nicht einmal richtig bewusst.

»Ja.« Ich reibe mir die schmerzende Seite und beiße mir auf die Unterlippe. Zwar tut mir weitaus mehr weh als meine Rippen, aber im Gegensatz zu ihm habe ich weder ernsthafte Kratzer noch Bisse abbekommen. »Ist es sehr schlimm?«

Elias schüttelt den Kopf und wirft den toten Kreaturen einen kurzen Blick zu, bevor er an mir vorbei in Richtung Reisetasche geht. »Halb so wild.«

Mit wackeligen Knien folge ich ihm und bleibe hinter ihm stehen, als er aus dem Rucksack neben der Reisetasche Wundalkohol und Verbandszeug zusammensucht. Beides legt er schließlich auf der Bank daneben ab, bevor er sich daraufsetzt und mit einer vorsichtigen Bewegung sein T-Shirt über den Kopf zieht.

Zugegeben: Selbst ohne die Bisswunde würde es mir alles andere als leichtfallen, ihn nicht anzustarren. Für einen Moment versuche ich ernsthaft, woandershin zu sehen, aber nicht mal die Leichen der Schattenwesen können meine Aufmerksamkeit lange auf sich lenken. Ich stoße einen zittrigen Schwall Atem aus und verschränke die Arme vor der Brust, während ich krampfhaft versuche, Löcher in die Luft zu starren.

Elias hebt den Blick und sieht mich an, eine Augenbraue abwartend gehoben. »Würde es dir vielleicht etwas ausmachen, mir hier mal ein bisschen zur Hand zu gehen?«

»Ähm ... klar, natürlich.« Hastig nickend will ich den Meter zwischen uns überwinden, aber meine weichen Knie lassen aus den Schritten ein ungeschicktes Stolpern werden. Ich fange mich am Holz der Sitzfläche ab und lasse mich darauf fallen, als wäre nichts gewesen. Das müssen garantiert Nachwirkungen des Kampfes sein.

»Geht's?« Er lässt mir nicht die Zeit zum Antworten, sondern drückt mir Alkohol und Wattepads in die Hände. »Hältst du mal?«

Ich beobachte ihn stumm dabei, wie er die Wunde mit einem Tuch reinigt und mir anschließend Tupfer und Fläschchen aus den zittrigen Fingern nimmt, um die Prozedur mit fest zusammengebissenen Zähnen zu wiederholen.

Gefühlt hole ich erst wieder Luft, als sämtliche Utensilien – mitsamt dem zerrissenen Shirt – wieder im Verbandskasten oder im Müll verschwunden sind.

»Danke«, murmle ich und sehe auf meine Hände. Kurz werfe ich einen Blick in die Richtung, in der gerade noch die Schattenwesen gelegen haben, aber jetzt ist dort nur noch Staub und Asche. Seltsam.

»Keine Ursache.« Elias legt einen Finger unter mein Kinn und hebt es an, um mich prüfend zu mustern. »Und dir geht es wirklich gut?«

Ich nicke und zwinge mich dazu, einen Mundwinkel zu heben, während mein Herz gegen meinen Brustkorb donnert. »Ich schätze, ich brauche mehr Training.«

»Nichts lieber als das.«

Kapitel 10

»Also hier ist einer, dessen Haare sich immer elektrisieren, kurz bevor er die ... Geister in seiner Wohnung hört, und die ... klappern dann anscheinend mit seinen Pfandflaschen im Abstellraum rum.«

Ich muss nicht zum Beifahrersitz sehen, um zu wissen, dass Sophie bei ihren Worten skeptisch die Brauen zusammenschiebt. Bisher haben wir nur unglaubwürdige Geschichten in diesen Internetforen gefunden, aber das hindert meine Schwester nicht daran, immer weiter und weiter zu suchen. Vielleicht sollte ich ihr eine Sherlock-Mütze zu Weihnachten schenken.

»Aber von prickelndem Nacken und kalten Fingern sagt bisher niemand was außer dir. Apropos, hat Elias sich schon wieder bei dir gemeldet?«

Ich biege in die Straße ein, in der Marleen wohnt. Bis auf eine Kuhweide und einen Friedhof ist hier kaum etwas, weshalb ich aufs Gas trete. So, wie ich meine beste Freundin kenne, tigert sie schon unruhig durch den Hausflur und wartet auf uns.

»Nope«, beantworte ich Sophies Frage mit einem Kopfschütteln. Seit dem Training am Mittwoch haben wir uns zwar Blicke zugeworfen, wenn wir uns in der Schule über den Weg gelaufen sind, aber mehr auch nicht. Keine Nachricht von ihm, kein Zur-Seite-Ziehen im Schulflur. Nicht mal ein spöttischer Kommentar.

Falls er nach der Sache in der Sporthalle einen Rückzieher gemacht haben sollte, geht wenigstens das Training zu Hause voran. Den ganzen Nachmittag lang haben Sophie und ich mit Baseballschlägern auf unseren Boxsack eingeschlagen. Und wir sind gemeinsam joggen gewesen, wobei Sophie und unser Vater sich ein Wettrennen geliefert haben, bei dem Paps eindeutig – und mit voller Absicht – den Kürzeren gezogen hat.

»Hast du dich denn bei ihm gemeldet?«, reißt Sophie mich aus meinen Gedanken.

Ich beiße mir auf die Unterlippe und schüttle den Kopf.

»Warum nicht?«

»Weil ...« Ich parke auf der Auffahrt von Marleens Eltern und suche vergeblich nach einer Ausrede. »Ich weiß es nicht. Wir haben ja erst vor zwei Tagen das erste Mal trainiert. Ich will nicht drängeln. Immerhin hilft er mir, ohne eine Gegenleistung zu erwarten.«

»Trotzdem – entweder hilft er dir ganz oder gar nicht«, entscheidet Sophie mit ihrer besten Trotzstimme. »Wenn er sich bis morgen nicht meldet, schreibst du ihm, okay?«

»Klar.« Ich zucke die Schultern, als wäre das alles keine große Sache, mache den Motor aus und steige aus meinem Polo, ehe Sophie mir noch weitere Versprechen abnehmen kann, auf die ich alles andere als scharf bin.

Die ausladende Eingangstür der Baumgardts besteht zum Großteil aus gemustertem Glas. Wie ich vermutet habe, kann ich bereits Marleens Silhouette dahinter ausmachen. Ich schaffe es noch nicht einmal zu klingeln, ehe Marleen auch schon die Tür aufreißt und uns nacheinander um den Hals fällt. »Da seid ihr ja!«

»Jannis Niewöhner lassen wir uns doch nicht entgehen«, sagt Sophie mit einem Grinsen.

Marleen kichert. »Lasst euch von Milo nicht stören. Der ist momentan auf Diät und lässt uns einfach nicht mehr in Ruhe«, bemerkt sie mit einem Grinsen, kurz bevor ihr dicker grauer Kater auch schon neugierig um meine Beine streicht. Lachend dreht Marleen sich um und geht voran zu der Treppe, die sich mit ihrem dunklen, glänzenden Holz von den Weiß- und Grautönen des restlichen Eingangsbereichs abhebt. »Die Pizza steht oben schon bereit. Kommt ihr?«

Gemeinsam eilen wir Marleen hinterher, die schon fast um die elegante Biegung der Treppe verschwunden ist. Marleens Zimmer ist wie immer das reinste Durcheinander, das mich mit den unterschiedlichsten Farben erschlägt, sobald ich hinter ihr durch die Zimmertür trete. Auf allen möglichen Oberflächen liegen wahlweise Klamotten, Schulbücher, Fotos oder Kissen herum. Ein Chaos, an das ich mich nie gewöhnen werde.

Sophie hingegen schon. Ohne auch nur mit der Wimper zu zucken, kämpft sie sich durch Shirts und Bücher und macht es sich auf dem türkisfarbenen Sofa bequem. Ich folge ihr und werfe einen von Steves Pullovern von der Sitzfläche, um mich neben meiner Schwester fallen zu lassen.

»Wenn du nicht bald aufräumst, können wir hier drin Verstecken spielen«, kommentiere ich amüsiert, während Sophie die Fernbedienung vom Fußboden fischt und Netflix startet.

»Hey, pass auf, was du sagst!«, beschwert Marleen sich mit einem Schmunzeln. Sie bugsiert die Pizzakartons vom Schreibtisch auf den Beistelltisch, auf dem schon drei Colagläser bereitstehen. »Du sitzt immer noch auf meinem Sofa!«

Zwinkernd werfe ich ihr einen Luftkuss zu und schnappe mir einen der Pizzakartons. »Und du weißt, dass ich recht habe.«

Marleen streckt mir die Zunge raus und lässt sich auf einem dunkelgrünen Ohrensessel fallen, der schräg neben dem Sofa steht.

»Hört auf zu streiten – Jannis Niewöhner wartet auf uns.« Mit einer entschlossenen Bewegung startet Sophie den Film und nimmt sich ein Stück Pizza.

Für die nächsten zwei Stunden verfallen wir in eine angenehm unbeschwerte Mischung aus kurzen Kommentaren, dem Herumreichen von Pizza und gemeinsamen Lachanfällen. Etwas herrlich Normales, das mich nur umso stärker daran erinnert, welche Probleme selbst jetzt in meinem Hinterkopf herumwandern.

Als kurz nach Einsetzen des Abspanns plötzlich etwas auf mich heraufspringt, erschrecke ich so sehr, dass ich den – zum Glück leeren – Pizzakarton vom Sofa schubse. Und während ich plötzlich Milo auf dem Schoß sitzen habe, reißt der Pappdeckel des Kartons eines der Colagläser mit um. Nur wenige Millimeter vom Rand des Beistelltisches kommt das – zum Glück ebenfalls leere – Glas klirrend zum Liegen. Eilig schiebe ich den Kater von meinen Beinen und stelle das Glas zurück an seinen Platz.

»Wo zum Himmel bist du mit deinen Gedanken, dass du dich so erschreckst?«, fragt Marleen und legt den Kopf schief.

»Garantiert bei Elias«, springt Sophie für mich ein. Ihr Grinsen ist beinahe heimtückisch.

Ich will ihre Behauptung abstreiten, aber Marleen kommt mir zuvor.

»Wie?«, fragt sie. »Ich dachte, das wäre nur was Einmaliges ... also im Sinne von sich gegenseitig einen Gefallen tun.«

»Na wenn schon.« Feixend zuckt Sophie mit den Schultern. Das macht sie garantiert mit Absicht, nur um mich zu ärgern. »Wenn sie ihn nicht gerade angiftet, muss sogar Nika einsehen, dass er ganz schön gut aussieht. Also so im Vergleich mit den anderen Jungs in Attenafehn.«

Marleen nickt heftig. »Klar. Auf den Bad Boy mit dramatischer Vergangenheit steht doch wirklich jede.«

Ich seufze. Vor fast fünfzehn Jahren ist Elias' und Xenias Mutter bei einem Autounfall ums Leben gekommen, damals gingen wir gerade mal in den Kindergarten. Das ist auch der Grund, warum sie bei ihrem Onkel Falk und dessen Familie wohnen.

Sophie scheint einen ähnlichen Gedankengang zu haben. »Was ist eigentlich mit Xenias und Elias' Vater?«

Ich presse die Lippen aufeinander. Dass er ein Echo ist, ist sicherlich nicht das, was die beiden hören wollen. Zumal ich Sophie davon erzählt habe. Garantiert hofft sie, von Marleen mehr zu erfahren als das Häppchen, das die Zwillinge uns serviert haben. Ich unterdrücke ein Seufzen, kann aber nicht leugnen, dass ich genauso neugierig bin.

Marleen zuckt mit den Schultern. »An den ganzen Gerüchten ist bestimmt was dran. Wahrscheinlich ist er echt ein Drogenbaron in Mexiko und holt die beiden nicht zu sich, um keine Aufmerksamkeit zu erregen.«

»Oder – viel wahrscheinlicher – er war einfach ein One-Night-Stand«, sage ich. »Aber das ist natürlich viel zu langweilig.«

Marleen wirft mit einem Kissen nach mir. »Und warum tut Elias dann immer so geheimnisvoll?«, gibt sie zu bedenken. »Bestimmt plant er längst, wie er am besten die Weltherrschaft an sich reißt.«

Sophie schmunzelt. »Au ja.«

»Und eigentlich fragt er sich nicht, wie er am besten Mexiko einnimmt, sondern nur, ob er mit oder ohne Lederjacke besser aussieht«, springe ich mit ein. »Und wenn er dann noch mal 'ne Minute freihat, übt er dieses dämliche Halbgrinsen vorm Spiegel.«

Genau der Ausdruck, mit dem er mich gerne auf irgendwelche Turnmatten wirft. Und mir währenddessen erzählt, wie hilflos ich bin. Neben mir auf dem Sofa vibriert mein Handy – eine Ablenkung, die ich nur zu gerne annehme, weshalb ich hastig danach greife. Auf dem Bildschirm taucht ein Name auf, der in letzter Zeit eindeutig viel zu häufig in meinem Leben vorkommt: Elias.

Du wolltest mehr Training, Prinzessin. Montag, 17 Uhr, Sporthalle.

Ich tue so, als würde ich eine Antwort tippen, bevor ich das Smartphone wieder aufs Polster fallen lasse. »Also, wollen wir noch einen Film gucken? Ich könnte echt noch den Anblick von ein paar hübschen Bauchmuskeln vertragen oder so was«, starte ich den Versuch einer Ablenkung.

Aber Marleen denkt nicht einmal dran. Stattdessen beäugt sie mit offensichtlicher Neugier mein Handy, von dem allerdings nur die geometrisch gemusterte Hülle zu sehen ist. »Wer war das?«

»Ach«, ich beiße mir auf die Unterlippe, »niemand Wichtiges.«

Kapitel 11

Elias hält sein Versprechen über das Training. In den nächsten Wochen treffen wir uns in jeder freien Minute nach Schulschluss in der Schulsporthalle, wenn sie frei ist, oder joggen in den umliegenden Wäldern. Vor allem das Kampftraining wird nicht weniger anstrengend. Bei Elias sieht Nahkampf wesentlich leichter aus, als es in Wirklichkeit ist. Obwohl seit dem Vorfall fast keine Schattenwesen mehr aufgetaucht sind, kennt Elias keine Gnade. Er ist ein unnachgiebiger Lehrer, und so treibt er mich fast jeden Nachmittag nicht nur mit seinen herausfordernden Sprüchen, sondern auch mit dem Training beinahe in den Wahnsinn.

Wenn ich nicht gerade den Umgang mit Dolchen trainiere, jagt er mich beim Ausdauertraining durch verlassene Wälder, bis mein Sichtfeld flackert und meine Beine unter mir nachgeben. Von den zusätzlichen Kampfstunden zu Hause mal ganz zu schweigen – spätestens die geben mir tagtäglich den Rest. Genau wie diese ständigen Lügen, die mir zusätzlich zum Muskelkater auch noch ein schlechtes Gewissen bescheren. Würde Sophie mir nicht den Rücken stärken und unserem Vater tagein, tagaus erzählen, wie aufwendig meine angeblichen Projektarbeiten sind, wäre ich schon längst mit der Wahrheit herausgeplatzt.

Genauso erschöpft wie immer sitze ich an einem Freitag vier Wochen später auf der Bank in der Sporthalle und starre müde ins Leere. Irgendwo in den Kabinen duscht Elias – eine Sache, die ich schon hinter mich gebracht habe, während er hier die Wurfmesser wieder aufgesammelt hat.

Ich habe Sophie gerade geschrieben, dass ich sie gleich von ihrer Freundin abhole, als Xenia in meinem Blickfeld erscheint. In den letzten Tagen war sie hauptsächlich mit der erfolglosen Recherche über die Schattenwesen beschäftigt und sieht selbst nicht viel wacher aus, als ich mich fühle.

Ich lasse mein Handy in meinen Rucksack gleiten und begrüße sie mit einem Lächeln. »Was machst du denn hier?«

»Elias' geliebter Jeep ist in der Werkstatt, deshalb spiele ich Taxi.« Schmunzelnd setzt sie sich neben mich. »Na, wie geht es dir?«

»Ich kann nicht mehr«, antworte ich wahrheitsgemäß und lache müde. »Dein Bruder meint es echt nicht gut mit mir.«

»Doch, das tut er«, sagt sie und wirft mir einen undefinierbaren Blick zu. »Das Training ist seine Art, das zu zeigen. So ist er nun mal. Nimm es ihm nicht übel.«

Ich beiße mir auf die Unterlippe, unschlüssig, was ich dazu sagen soll, und lasse einige Zeit verstreichen, bevor ich antworte. »Spürt ihr eigentlich auch gegenseitig ...«

Ohne dass ich den Satz beende, scheint Xenia zu wissen, worauf ich hinauswill.

»Nein.« Sie schüttelt den Kopf und kichert leise, während sie ihr T-Shirt glatt streicht und mit ihrem Blick auf dem Aufdruck – *be the woman you needed as a girl* – verweilt. »Aber ich kenne ihn auch so gut genug.«

Ich nicke langsam.

»Gehst du morgen eigentlich zu Steves Halloweenparty?« Sie hebt den Kopf und betrachtet mich neugierig.

Wieder nicke ich. »Jap. Wahrscheinlich ist das nicht meine beste Idee, aber wenn ich nicht komme, köpft Marleen mich. Sie freut sich seit Wochen darauf.«

»Ach was, es gibt bestimmt schlechtere Ideen.« Mit einer Leichtigkeit, als würde ich nicht von mysteriösen Schatten verfolgt werden, zuckt sie mit den Schultern. »Wie wär's, wenn ich dich auf dem Weg einsammle? Dann könnten wir mal Zeit miteinander verbringen, ohne dabei auf Monstersuche zu sein.«

Ich stimme in ihr Kichern ein. »Klar, warum nicht?«

Marleen wird sowieso schon Stunden vorher bei Steve sein und die Party so akribisch vorbereiten, dass jeder Hilfeversuch sinnlos ist. Obwohl ihr Zimmer das reinste Durcheinander ist, kann man es ihr bei Partyvorbereitungen gar nicht recht machen. Letztes Jahr ist sie fast an die Decke gegangen, als ich ihr bei den Vorbereitungen unter die Arme gegriffen – und anscheinend alles falsch gemacht – habe.

»Super.« Xenia lächelt. »Dann hole ich dich um halb neun ab?«

»Wozu ab?« Elias erscheint im Türrahmen hinter mir und sieht zwischen uns hin und her. Ich kann gar nicht anders, als ihn anzustarren. Sein weißes T-Shirt klebt an einigen Stellen an seinem Oberkörper, und aus seinen nassen Haaren laufen winzige Wassertröpfchen seinen Nacken entlang. Ich schlucke.

»Annika geht mit mir zu Steves Halloweenparty«, verkündet Xenia feierlich, während ihr Bruder die Bank umrundet und sich mit lässig verschränkten Armen neben sie stellt.

»Ah«, macht er und mustert mich mit gehobener Augenbraue. »Ich hätte nicht gedacht, dass du der Typ Mädchen bist, der auf Partys geht.«

»Tja, falsch gedacht«, erwidere ich, strecke mein Kinn vor und hoffe, dass mir meine Lüge nicht anzumerken ist. Denn Elias hat recht: Ich bin tatsächlich kein Partygänger und ziehe einen Abend mit einem Buch und einer heißen Schokolade nahezu jeder Feier dieser Welt vor. Dass ich zur Halloweenparty gehe, liegt einzig und allein an Marleen. Und vielleicht daran, dass er mir das Gefühl gibt, mich beweisen zu müssen.

»Und was ist mit dem Training, Prinzessin?«

»Mensch, jetzt gönn ihr doch mal eine Pause«, schnauzt Xenia ihn an, bevor ich überhaupt reagieren kann. »Du bringst das arme Mädchen noch um.«

»Ich bin nicht arm«, sage ich im gleichen Moment, in dem Elias »Fehlendes Training bringt sie um« entgegnet.

Stöhnend verdreht Xenia die Augen. »Dir würde es sicher auch guttun, mal ein bisschen rauszukommen.«

»Ich –«, beginnt Elias sichtlich genervt, aber seine Schwester lässt ihn nicht zu Wort kommen.

»Sie kommt mit«, bestimmt sie mit fester Stimme und sieht ihren Bruder herausfordernd an. »Keine Diskussion.«

Elias wirft mir einen kurzen Blick zu, bevor er den Kopf schüttelt und sich schulterzuckend von uns abwendet. »Tut, was ihr nicht lassen könnt«, sagt er im Gehen, ohne sich noch einmal nach uns umzudrehen. »Aber wenn's schiefgeht, rette ich euch nicht den Arsch.«

»Ich kann nicht glauben, dass ich das wirklich mache.« Ich fange im Spiegel Sophies Blick auf, bevor ich mich wieder auf mein Make-up konzentriere.

Sophie presst die Lippen aufeinander. »Was daran liegen könnte, dass wir Partys nicht in unserem Masterplan bedacht haben. Was machst du, wenn eins von diesen Dingern auftaucht?«

Ich bemühe mich, mich nicht auf diese Option zu konzentrieren. »Es wird schon nichts passieren. Bis jetzt sind die Schattenwesen nie aufgetaucht, wenn gerade viele Zeugen in der Nähe waren. Vielleicht sind sie menschenscheu.«

Sie lehnt sich an den Rand der Badewanne und greift sich das Gläschen mit meinem Badezusatz, um damit herumzuspielen. »Genau wie du.«

»Das stimmt gar nicht!« Ich lege den kleinen Schwamm beiseite und begutachte das Ergebnis. Irgendwie sah das Ganze in der Anleitung auf YouTube leichter aus, und mein Gesicht wirkt ohne Sommersprossen vollkommen fremd, aber dennoch bin ich einigermaßen zufrieden mit dem Ergebnis. Ich grinse, was die Totenkopfbemalung in meinem Gesicht auf seltsame Art und Weise verzieht.

Im nächsten Moment piepst mein Handy. Ich werfe einen Blick auf das Display und sehe Xenias Namen, gefolgt von der Nachricht, dass sie gleich da ist.

Sophie wirft einen Blick über meine Schulter. »Das ist mein Stichwort«, sagt sie. »Ich geh runter und lenke Paps ab. Viel Spaß auf der Party! Schreib, wenn was schiefgeht und du meine Hilfe brauchst.«

»Danke! Für alles drei.«

Sophie zwinkert mir im Spiegel zu, ehe sie mit schnellen Schritten aus dem Badezimmer verschwindet und das Ablenkungsmanöver für unseren Vater spielt. Falls er sehen sollte, dass ich ausgerechnet mit Xenia Steinbach zu der Party gehe, würde er Fragen stellen, denen Sophie und ich lieber aus dem Weg gehen. Schließlich findet das Sondertraining mit den Zwillingen inzwischen schon so lange statt, dass wir kaum eine gute Ausrede finden würden, warum wir ihm nichts davon erzählt haben. Und solange wir noch keine handfesten Ergebnisse über die Schattenwesen haben, gibt es ja quasi auch nicht viel zu erzählen. Zumindest nichts, was uns weiterbringen würde, wenn Paps davon wüsste.

Kurz ziehe ich den Jumpsuit mit dem Skelettaufdruck zurecht, dann binde ich mir die kupferfarbenen Haare zu einem unordentlichen Dutt. Ich husche in mein Schlafzimmer und schlüpfe in die Vans, die ich neben meinem Bett bereitgestellt habe, und kann nicht umhin, mir noch mal einen prüfenden Blick im Spiegel zuzuwerfen. Der schwarze Stoff sitzt ungewohnt eng auf meiner Haut und gibt mir das Gefühl, irgendwie kantig und üppig zugleich auszusehen. Aber wahrscheinlich wird es ohnehin so dunkel auf der Party sein, dass das außer mir niemandem auffällt. Seufzend schiebe ich mein Handy in die Tasche meines Jumpsuits, verlasse mein Zimmer und husche die Treppe hinunter.

Aus dem Wohnzimmer dringen die gedämpften Stimmen von Sophie und unserem Vater zu mir herüber. Ich sehe durch das Fenster in der Eingangstür, wie Xenia ihren Twingo ein Stück neben unserer Auffahrt auf der Straße zum Stehen bringt, also rufe ich eine Verabschiedung den Flur hinunter und husche durch die Haustür, ehe Paps auf die Idee kommen kann, Fragen zu stellen.

Kaum trete ich vor die Tür, erfasst mich auch schon ein kalter Windzug. Fröstelnd schlinge ich die Arme um meinen Körper und eile über unsere Auffahrt zu Xenias Auto. Durch das Autofenster erhasche ich einen Blick auf die Rückbank, auf der ein Paar schwarzer Federflügel liegt.

Als ich die Beifahrertür öffne und auf den Sitz gleite, hebt sie den Blick in meine Richtung und wirft mir ein umwerfendes Lächeln zu. Sie ist der schönste gefallene Engel, den ich je gesehen habe. Garantiert werden die Jungs heute Abend nur so auf sie fliegen. Ich beiße mir auf die Unterlippe und kann nicht leugnen, dass ich sie in diesem Moment für ihre Echo-Magie beneide. Für einen Sekundenbruchteil kommt mir der Gedanke, dass Elias vielleicht auch auf der Party sein könnte, aber ich vertreibe diesen Gedanken verärgert in die hinterste Ecke meines Bewusstseins. Schließlich hat Elias mehr als deutlich gemacht, dass er nichts von unseren Plänen hält.

Kurz nachdem wir die Straße verlassen haben, beginnt es zu regnen. Die Tropfen prasseln hart auf das blecherne Dach des Wagens und vermischen sich mit den Popsongs aus dem Radio, während der Wind sichtbar durch die Baumkronen am Straßenrand pfeift

Xenia wirft mir einen Blick zu. »Ist alles in Ordnung bei dir?«

»Ja«, sage ich schnell. Im nächsten Moment wird mir klar, dass sie mir das nicht abkaufen wird. Vermutlich nicht mal ohne Echo-Fähigkeiten. Also schiebe ich ein »Ich bin etwas ... nervös« hinterher.

»Ach, das musst du doch nicht sein.« Sie zwinkert kurz in meine Richtung, ehe sie das Auto um eine Kurve lenkt. »Du siehst so gruselig aus, da wird sich niemand trauen, sich mit dir anzulegen. Auch kein Schattenwesen«

Ich lache. »Ich wünschte, du hättest recht. Dann würde ich einfach nur noch im Kostüm rumlaufen.«

»Bestimmt gibt es so ein paar Verrückte in Amerika, die das wirklich machen. Vielleicht kannst du dich da ja anschließen, dann würdest du nicht mal auffallen.«

»Das wäre doch mal ein Lebensziel.«

Wir verfallen in ein angenehmes Schweigen. Ich lehne meinen Kopf zurück und lasse meinen Blick aus dem Fenster schweifen, wo der Regen durch die Blätterdächer trommelt und alles verschwimmen lässt – alles bis auf die Augen, die am Straßenrand aufblitzen.

Mehr aus Reflex als aus Vernunft schrecke ich auf und stemme beide Hände gegen das Armaturenbrett. »Pass auf!«

Ich weiß nicht, ob Xenia sofort versteht, was ich meine, aber sie tut, was sie soll, und tritt auf die Bremse. Mit einem Ruck kommt der Wagen zum Stehen, der kleine Anker am Innenspiegel schlägt klirrend gegen die Frontscheibe. Das alles geschieht gerade rechtzeitig – um Atem ringend können wir beobachten, wie das Reh zwischen den Bäumen uns kurz mustert, bevor es über die Straße huscht. Und genauso schnell wieder in den Wald eintaucht, wie es gekommen ist.

Erleichtert stoße ich die Luft aus und drehe mich zu Xenia um. »Alles okay?«

Ohne die Stelle aus den Augen zu verlieren, an der das Tier wieder zwischen den Bäumen verschwunden ist, nickt sie. »Ja. Bei dir?«

Ich brumme zustimmend. »Das war knapp.«

»Danke für deine Warnung!« Xenia wirft mir ein Lächeln zu, ehe sie den Twingo wieder ins Rollen bringt.

»Nichts zu danken«, sage ich lahm. »Immerhin war es kein Schattenwesen.«

Xenias Mundwinkel zucken. »Wie gesagt: Die halten sich von dir fern, solange du so gruselig aussiehst.«

Wenige Minuten später kommen wir bei Steves Elternhaus an. Obwohl wir uns in einer Kleinstadt im tiefsten Ostfriesland befinden, könnte man beim Anblick dieses

Gebäudes meinen, plötzlich im Setting eines Hollywoodfilms gelandet zu sein. Gefühlt ist noch viel mehr los als letztes Jahr. Am Straßenrand reihen sich die verschiedensten Autos aneinander, und auf der Auffahrt stehen Gruppen von Jugendlichen mit roten Plastikbechern in den Händen, allesamt verkleidet und eindeutig angetrunken. Als wir an ihnen vorbeigehen, dreht sich ein Joker zu mir um und bläst mir Qualm ins Gesicht. Am Geruch wird mir sofort klar, dass es sich nicht um normalen Zigarettenrauch handelt. Ich rümpfe die Nase und eile Xenia hinterher durch die sperrangelweit geöffnete Haustür.

Eingangsbereich und Wohnzimmer sind ein Meer aus unterschiedlichsten Kostümen, eine Sinnesüberflutung, die mich unmittelbar dazu bringt, stehen zu bleiben. Schon in der nächsten Sekunde bemerkt Xenia mein Stocken. Lächelnd greift sie nach meinem Unterarm und schlängelt sich zwischen Hexen, Geisterjägern und Harley Quinns entlang, wobei sie sorgfältig darauf achtet, mich nicht loszulassen. Sie versucht gar nicht erst, über den Lärm des Elektrosongs hinweg mit mir zu sprechen, und ignoriert die anerkennenden Pfiffe, die ihr gefühlt von überall entgegenschrillen.

Sobald wir in der fast leeren Küche angekommen sind, drückt Xenia mich sanft auf einen der Lederstühle und lehnt sich selbst gegen den weißen Hochglanztisch daneben. Hier ist die Lautstärke der Musik wesentlich angenehmer, und sie muss nicht schreien, um sich mit mir zu unterhalten. »Alles in Ordnung?«

Auch wenn ich mir sicher bin, dass Xenia mein hämmerndes Herz spürt, als schlüge es in ihrer eigenen Brust, nicke ich. Ich werfe dem Pärchen an der Theke einen prüfenden Blick zu und werde unfreiwillig Zeuge davon, wie Julius Caesar seine Zunge in Catwomans Hals schiebt. Sie sind eindeutig mit sich selbst beschäftigt und bemerken nicht einmal, dass aus der umgekippten Flasche neben ihnen Tequila auf die marmorne Arbeitsfläche sickert. Marleen würde ausflippen, wenn sie das sehen könnte.

Ich reiße meine Aufmerksamkeit von ihnen los und wende mich wieder Xenia zu. »Wie hältst du das aus? Diese ganzen Menschen ...« Ich finde nicht die richtigen Worte. »Für dich muss das doch noch viel schlimmer sein.«

»Man gewöhnt sich dran. Mit der Zeit findet man Wege, die Empfindungen zu dämpfen. Elias und ich konnten ja zusammen üben.« Xenia zuckt mit ihren Schultern, was ihre schwarzen Flügel wippen lässt. Sie sieht sich im Raum um und nickt schließlich in Richtung einer Zapfanlage, die ein Stück abseits von Caesar und Catwoman auf der Küchentheke steht. Daneben tummeln sich bereits abgefüllte Bierbecher. »Willst du auch eins?«

»Klar, danke.« Ich nehme das Bier entgegen und proste Xenia zu, bevor ich wie sie ein paar Schlucke trinke.

»Wollen wir uns ein wenig umsehen? Vielleicht finden wir dabei ja Marleen.« Xenia streckt die Hand aus und hilft mir wieder auf die Beine.

Mit den roten Plastikbechern bewaffnet stürzen wir uns zurück in die Mischung aus Elektrobeats, Ellenbogen und Kunstblut. Es dauert nicht lange, bis Xenia Leute trifft, die sie aus ihren Kursen kennt, und sich über die Musik hinweg rufend mit ihnen unterhält. Die meisten der Gesichter kommen mir bekannt vor, und alle geben sich Mühe, mich in ihre Gespräche einzubeziehen, aber im Endeffekt stehe ich die meiste Zeit doch nur daneben. Vielleicht hatte Sophie ja doch recht – ich habe zwar keine Angst vor Menschen, aber sonderlich leicht fällt es mir nicht, mich mit anderen Leuten anzufreunden. Außer mit Marleen und einer Handvoll anderer Jugendlicher, die ich aus meinen Kursen kenne. Aber von denen ist niemand in Sichtweite.

Bier um Bier wird mir in die Hand gedrückt, während ich von einem Fuß auf den anderen trete und dabei hoffentlich annähernd so aussehe wie die tanzenden Mädchen um mich herum. Ein paarmal dreht Xenia den Kopf in meine Richtung und versucht, mich miteinzubeziehen, aber irgendwie gleite ich jedes Mal wieder hinaus. Irgendwann verwickelt sie Mara in ein Gespräch. Ich kenne sie aus einigen meiner Kurse und würde sie tatsächlich zu meinen guten Bekannten zählen, weshalb ich gerade dabei bin, mich in die Unterhaltung einzubringen, als ich mich selbst wieder daraus zurückziehe. Soweit ich das im Schummerlicht erkennen kann, hat sich eine zarte Röte auf Xenias Wangen ausgebreitet, die an ihr vollkommen fremd wirkt. Auch ihre Tonlage verändert sich, wird noch heller und klarer als sonst, und sie lacht selbst über Maras nicht sonderlich witzige Witze. Ich kann nicht anders, als zu lächeln. Wenn mich nicht alles täuscht, flirtet Xenia mit ihr, und da will ich garantiert nicht stören.

Ich ertappe mich dabei, wie ich auf Zehenspitzen versuche, Elias' dunkles Haar und die grimmigen Gesichtszüge in der Masse auszumachen, allerdings ohne Erfolg. Ich entdecke zwar das aristokratische Gesicht seines Cousins Jannis, der einmal meinen Blick auffängt und mich mustert, doch von Elias selbst fehlt jede Spur.

In den letzten Wochen hat er nicht damit aufgehört, mich bei jeder Gelegenheit mit herausfordernden Sprüchen aufzuziehen. Am liebsten würde ich ihm im Minutentakt den Hals umdrehen. Doch gleichzeitig habe ich mich so sehr an dieses zankende Miteinander gewöhnt, dass es mir jetzt beinahe fehlt – was garantiert am Alkohol liegt. Verärgert schüttle ich den Kopf, um den Gedanken an ihn zu vertreiben. Elias Steinbach ist die Definition eines Vollidioten. Das hat er schließlich oft genug bewiesen. Doch nicht an ihn zu denken, ist, so ungern ich es auch zugebe, schwerer als gedacht. Verdammtes Bier!

Umso erleichterter bin ich, als ein Hufflepuff-Schal an mir vorbeiweht und meine Aufmerksamkeit auf sich zieht. Mit meinem Instinkt liege ich richtig: Die Hogwarts-Schülerin ist niemand anders als Marleen.

Hastig tippe ich Xenia auf die Schulter. »Bin gleich wieder da.«

In den letzten Minuten habe ich mich – bis auf das sinnlose Auf-der-Stelle-Treten – nicht vom Fleck bewegt. Als ich jetzt meiner besten Freundin hinterhereile, schwankt der Boden unter mir, und der Bass wummert lauter als zuvor in meinen Ohren. Ich stolpere und nehme mir einen Sekundenbruchteil, um mein Gleichgewicht wiederzufinden, bevor ich weiterhaste. Marleen ist schon im – zum Glück etwas leiseren – Esszimmer, als ich den letzten Meter überwinde und die Hand auf ihren Oberarm lege. Sichtlich überrascht dreht sie sich nach mir um.

»Annika!« Ein Strahlen breitet sich auf ihrem Gesicht aus. »Da bist du ja!«

»Hab ich doch versprochen.« Ich hoffe, dass mein Lächeln nicht so schief aussieht, wie es sich anfühlt. Ich trete wieder von einem Fuß auf den anderen. War das Parkett schon die ganze Zeit so uneben?

»Steve hat gerade schon gesagt, dass du mit Xenia hier bist.« Marleen hebt einen Mundwinkel und legt den Kopf schief. Sie lässt ihre Aussage wie eine Frage klingen, was mich sofort in Erklärungsnot bringt. Bestimmt denkt sie, ich hätte sie durch eine andere Freundin ersetzt.

»Ja, genau, das ist eigentlich ein Zufall«, sage ich schnell. »Ich hab sie gestern getroffen, und sie hat mich gefragt, ob wir zusammen herkommen wollen. Und Elias hat mich provoziert, und dann, ähm … hab ich Ja gesagt. Damit Elias die Klappe hält. Schätze ich.«

Marleen lacht. »Das ging mir jetzt etwas zu schnell.«

Kichernd zucke ich mit den Schultern.

Sie hebt eine Augenbraue und tippt sich mit ihrem Zauberstab an ihr Kinn. »Was ist das plötzlich mit dir und den Steinbach-Zwillingen?«, hakt sie nach. »Sonst seid ihr euch doch aus dem Weg gegangen. Ist die Steinbach-Fuchs-Fehde beendet?«

Auf der Suche nach einer plausiblen Antwort lasse ich meinen Blick durch den Raum huschen. Doch anstatt eine Ausrede zu finden, bemerke ich dadurch nur, wie schwindelig mir ist. Verdammt, die Luft hier drinnen ist aber auch ganz schön stickig.

»Sorry, Marleen, ich bin sofort wieder da«, stoße ich hervor und drücke ihr mein Getränk in die Hand. »Hältst du mal kurz?« Mit diesen Worten drehe ich mich auf dem Absatz um und stürme aus dem Esszimmer wieder in die viel zu große Menschenmenge im Wohnzimmer.

Ich hätte nicht so viel Bier trinken sollen.

Das ist der einzige Gedanke, der mir durch den Kopf geht, als ich mich durch die Menge dränge. *Ich hätte eindeutig nicht so viel Bier trinken sollen.* Von überall her stoßen Ellenbogen in meinen Oberkörper, und Füße, die wie aus dem Nichts auf meine treten, bringen mich zum Stolpern. Ich fange mich an den Stacheln eines Dinosauriers ab und murmle eine knappe Entschuldigung, bevor ich mich weiter durch die Menge schiebe.

Mein Herz schlägt so wild in meiner Brust, dass es bestimmt flüchtet, sobald ich den Mund öffne. Ich kann es ihm nicht verübeln, presse jedoch sicherheitshalber die Lippen aufeinander. Wäre ich an seiner Stelle, würde ich jede Gelegenheit nutzen.

Nur dass sich hier zwischen all den Ellenbogen und verschwitzten Körpern kaum eine Fluchtmöglichkeit bietet. Ich erhasche einen Blick auf den Eingangsbereich, doch bevor ich wirklich was erkennen kann, sind da nur wieder bunte Verkleidungen in meinem Sichtfeld. Überall stehen die Menschen dicht an dicht, verschieben sich im Takt der Musik wie Mauern eines magischen Labyrinths.

Ohne nachzudenken, drehe ich um und kämpfe mich stattdessen zur Treppe vor. Im Obergeschoss ist weniger los. Nur ein Pärchen steht an die Wand gelehnt da und scheint mich nicht einmal zu bemerken, als ich keuchend an ihnen vorbeieile. Ich reiße die Türen auf, bis ich das Badezimmer wiederfinde, und verschwinde hastig darin. Ich schlage die Holztür hinter mir in den Rahmen und taumle zum Waschbecken an der Wand, um mich daran abzustützen.

Ein Blick in den Spiegel verrät mir, dass ich fürchterlich ausschaue. Die Farbe in meinem Gesicht ist vom Schweiß verlaufen und sieht aus wie eine groteske Maske. Aus meinem Dutt haben sich zu viele Strähnen gelöst, als dass man es noch als schick bezeichnen könnte. Und zu allem Überfluss bin ich sogar betrunken genug, um mir einzubilden, dass auf dem Badewannenrand hinter mir eine der Kreaturen sitzt. Die schwarzen Flügel, die denen eines Wasserspeiers ähneln, regen sich nicht, während mich das Ding fokussiert, ohne mit der Wimper zu zucken.

Ich blinzle.

Das Ding tut es ebenfalls. Es verschwindet nicht. Ich hole tief Luft, ehe ich meinen Blick vom Spiegel losreiße und mich vorsichtig umdrehe.

Und in dem Moment, in dem das Ding den Kopf schief legt und ein scharrendes Geräusch ausstößt, öffnet sich die Tür, und ein stämmiger Kerl im Superman-T-Shirt erscheint im Rahmen. Ich schlucke.

Fuck!

Kapitel 12

Fuck, fuck, fuck!

Die Kreatur auf dem Badewannenrand dreht sich im selben Augenblick wie ich nach Superman um und begrüßt ihn mit einem Geräusch irgendwo zwischen Klickern, Knurren und Vibrieren. Der Typ starrt das Ding ein wenig zu lang an. Vage kommt er mir bekannt vor – ich glaube, er ist im Jahrgang unter mir. Er mustert es blinzelnd und mit offenem Mund, als wäre er sich nicht sicher, ob das hier wirklich die Realität ist oder er sich das Ganze vielleicht doch einbildet. Verübeln kann ich es ihm nicht: Immerhin wirkt dieses seltsame Mischwesen aus Mensch, Hirsch und ... irgendetwas Fliegendem, als wäre es vor wenigen Sekunden aus einer anderen Dimension erschienen.

Ich balle meine Finger zu Fäusten und versuche, gegen den Kloß in meinem Hals anzukommen. Dann atme ich tief durch und beschließe, dass mir keine andere Wahl bleibt. Ich muss auf Risiko setzen – selbst wenn das dazu führt, dass gleich die gesamte Party vom Monster mit dem pechschwarzen Geweih erfährt, das sich in der Badewanne breitmacht.

»Sag mal, geht's noch?«, raunze ich den Typen an, darum bemüht, so zu tun, als wäre das Schattenwesen gar nicht da. Auch wenn ich versucht habe, so autoritär zu klingen, wie Xenia es meistens tut, sind meine Worte höchstens ein lautes Lallen. *Verdammtes Bier!* »Raus hier!«

Supermans Blick huscht kurz zu mir, er blinzelt schnell und schlägt die Tür zu. Ich wünschte, ich könnte es ihm gleichtun. Aber das Risiko, dass die Kreatur mir folgt, ist zu groß. Also kämpfe ich gegen den eisigen Schauer auf meinem Rücken an und lasse meinen Blick wieder zu ihr wandern. Da sitzt sie immer noch und betrachtet mich aus leeren Augen, die schwarzen Krallen reglos auf weißem Porzellan.

»Warum verfolgt ihr eigentlich ausgerechnet mich?«, frage ich, aber natürlich reagiert das Ding nicht – es blinzelt nicht einmal. Ich lege den Kopf in den Nacken und stöhne. Das Ganze wäre wirklich einfacher, wenn sich diese Wesen mal ein bisschen kooperativer zeigen würden. Oder mein mysteriöser Lebensretter auftauchen würde – ich dachte immer, der gehört standardmäßig zum »Ich werde von übernatürlichen Kreaturen verfolgt«-Paket dazu. Meine Gedanken wandern wie von selbst zu Elias, aber ich zwinge mich, sie wieder ins Hier und Jetzt zurückzulenken.

Das Ding öffnet sein Maul, ein klaffend schwarzer Schlund ohne Zähne. *Ohne Zähne.* Wie von selbst stoße ich Luft aus, von der ich nicht einmal wusste, dass ich sie angehalten habe.

Die fehlenden Zähne machen das Ding zwar weniger bedrohlich und die ganze Sache etwas einfacher, aber immer noch nicht zu einem Zuckerschlecken. Ich muss das Ding irgendwie unbemerkt hier rausschaffen, und freiwillig wird es sich ganz sicher nicht an der Leine führen lassen. Ich muss also irgendwie dafür sorgen, dass es das Bewusstsein verliert. Was auch immer ich anschließend tue – es ist wenigstens ein Anfang.

Verdammt, Annika, konzentrier dich!

Ich wage es, mich wieder zum Waschbecken zu drehen und die Schränke darunter zu durchsuchen. Ich nehme eine Sache nach der anderen in die Hand und stöhne immer wieder frustriert auf. Ich kann das Ding ja schlecht mit Haarspray besiegen ... obwohl, möglich wär's. Ich kichere kurz und zwinge mich dann wieder zur Konzentration. Hier muss doch irgendetw-

Mit einem Mal trifft mich etwas Gewaltiges im Rücken. Ich werde nach unten geschleudert, meine Knie schlagen hart auf dem Marmor auf. In der letzten Sekunde gelingt es mir, mich mit den Händen abzufangen, und so stoppt mein Gesicht nur wenige Zentimeter über den Fliesen. Aus Reflex beiße ich mir auf die Unterlippe, schmecke das Blut im nächsten Moment in meinem Mund, aber all das rückt in den Hintergrund. Stattdessen spüre ich das Gewicht allzu deutlich in meinem Rücken. *Was?*

Als sich ein Teil des knöchernen Geweihs scharf in meine Wange gräbt und ein Klickern so nah an meinem Ohr ertönt, dass ich den eisigen Atem auf meiner Haut fühlen kann, habe ich Gewissheit. Ich habe mich geirrt: Das Ding ist sehr wohl bedrohlich.

Krampfhaft versuche ich, mir die Trainingsstunden ins Gedächtnis zu rufen, doch je tiefer ich grabe, desto weiter rücken die Erinnerungen in Vergessenheit. Brennend heiß steigen mir Tränen in die Augen, lassen meinen Blick verschwimmen. Das Schattenwesen in meinem Rücken wird noch schwerer, legt sich tonnenschwer auf meine Schultern und drückt mein Gesicht unsanft auf die kalten Fliesen. Mein Herz hämmert gegen meinen Brustkorb und bis in meinen Hals, wo es sich als unnachgiebiger Kloß verankert. Ich werde –

»Verdammt, Prinzessin, ich habe dir doch gesagt, dass ich keine Lust habe, deinen Hintern zu retten.«

Für einen Moment halte ich seine dunkle Stimme für ein Hirngespinst, doch dann verschwindet das Gewicht mit einem Ruck von mir und ich kann wieder durchatmen. Noch nie, seit ich ihn kenne, bin ich so froh gewesen, Elias zu hören – und das, obwohl auch jetzt das selbstgefällige Grinsen nur allzu deutlich in seinen Worten mitschwingt.

»Hast du eventuell vor aufzustehen?«, fragt er ein dumpfes Geräusch später. »Oder ist es da unten zu gemütlich?«

Ich habe nicht einmal die Energie, ihm irgendetwas entgegenzuschleudern. Stattdessen stemme ich mich mit einem Ächzen vom Boden ab und nutze den Rand des Waschbeckens, in dem Versuch, mich aufzurichten. Elias scheint meine Anstrengungen zu bemerken, er legt seine Finger mit sanftem Druck um meine zitternden Oberarme, um mich hochzuziehen. Dort verweilen seine Hände einen Moment, bis ich wieder fest auf beiden Beinen stehe und zu ihm hochblicke. Der Boden unter meinen Füßen schwankt wieder und Elias anzusehen, macht das Gefühl eher schlimmer als besser.

»Danke«, murmle ich und sehe zu der Kreatur, die regungslos auf dem Boden liegt, Augen und Maul weit aufgerissen wie eine skurrile Maske. Der Handtuchständer auf den Fliesen daneben verrät mir, wie Elias mit ihr fertig geworden ist. Schaudernd schlinge ich die Arme um meinen Oberkörper und wende mich ab, inspiziere lieber die Bio-Duschgelflaschen, bevor mein Blick schließlich wieder an Elias hängen bleibt.

Er legt den Kopf schief und mustert mich eingängig. »Ist alles in Ordnung?«

»Mir geht's gut«, sage ich schnell und blicke zur Tür, hinter der ein grölendes Singen ertönt und genauso schnell wieder weiterzieht. »Es ist jemand hier reingeplatzt. So ein Typ mit Superman-Shirt. Ich konnte ihn loswerden, aber –«

»Er hat es gesehen«, beendet Elias meinen Satz, bevor ich dazu in der Lage bin.

Ich nicke.

»Scheiße!«

Zwischen Elias' Augenbrauen steht eine Furche, die ihn irgendwie älter aussehen lässt. Sein Blick liegt vollkommen ruhig auf mir, ein angenehmer Kontrast zum Raum, der wieder zu schwanken begonnen hat. Ich fahre mir mit der Zunge über die Lippen und kämpfe gegen das Hüpfen meines Magens an. Verdammt! War Elias schon immer so ... attraktiv?

»Du hättest wenigstens Kajal benutzen können«, platzt es aus mir heraus, während ich sein schwarzes T-Shirt unter der ebenso dunklen Lederjacke begutachte. Zu meiner Frustration klingt meine Stimme immer noch lallend.

»Was?«

»Dein Outfit«, erkläre ich und stütze mich mit einer Hand am Rand des Waschbeckens ab, was den Schwindel leider nur wenig besser macht. »Wenn du schon kein Kostüm anziehen willst –«

Elias sieht aus, als würde er mich am liebsten schütteln. Spaßverderber. »Okay, Prinzessin, du bist betrunken, und wir stecken hier gerade echt in Schwierigkeiten, also können wir das bitte später diskutieren?«

»Ich bin nicht –«

»Ja, ja«, murmelt er. Ich kann ihm förmlich ansehen, dass ihm bereits ein neuer dummer Spruch auf der Zunge liegt, aber im nächsten Moment verändert sich sein Blick.

Entschlossen greift er nach meinem Kinn und dreht mein Gesicht ins Licht.

Ich presse die Lider aufeinander und verziehe meinen Mund. »Was soll das?«

Elias geht gar nicht auf meinen groben Ton ein. »Was hast du mit deiner Lippe gemacht?«

»Sie aufgebissen«, gestehe ich, entschlüpfe seinem Griff und ziehe die Brauen hoch.

Seufzend macht er einen Schritt auf mich zu und legt seine Hände auf meine Schultern, wobei der Duft seines Aftershaves zu mir herüberweht. Unweigerlich schnappe ich nach Luft, aber Elias scheint meine Reaktion nicht zu irritieren. Er lenkt mich ein Stück nach hinten und drückt mich schließlich auf den heruntergeklappten Klodeckel.

»Bleib da sitzen«, befiehlt er, ehe er sich abwendet und die zahlreichen Schränke zu durchsuchen beginnt, als wären sie seine eigenen.

»Das macht man nicht«, kommentiere ich vorlaut, obwohl ich es vor wenigen Minuten selbst getan habe, »also einfach die Dinge von Fremden durchwühlen.«

Elias ignoriert meinen Einwand und kämpft sich weiter durch die Schubladen. Als er gefunden hat, was er sucht, durchnässt er einen Waschlappen unter dem Wasserhahn und kommt damit zu mir zurück.

»Mach die Augen zu«, sagt er knapp und hockt sich vor mich, die Brauen fokussiert zusammengezogen.

Ich mache, was er sagt, allerdings nicht ohne ein demonstratives »Bitte« an seine Forderung zu hängen.

Statt mir zu antworten, streicht er mit dem Waschlappen über mein Gesicht. Beginnend mit meiner Lippe wandert er Zentimeter für Zentimeter über meine Haut, seine Berührung ist ungewöhnlich sanft und vorsichtig. Also wenn es nach mir geht, können wir gerne die ganze Nacht hier so verbringen.

»Du kannst die Augen jetzt wieder aufmachen«, kommentiert Elias irgendwann.

Blinzelnd schlage ich die Lider auf und erwidere seinen Blick, der vollkommen ruhig auf mir liegt. Den Waschlappen hat er neben sich auf den Boden fallen lassen, stattdessen öffnet er jetzt eine türkisfarbene Cremedose und tunkt seinen Zeigefinger hinein.

Ohne Vorwarnung streckt er die Hand aus und streicht mir mit seiner Fingerkuppe über die Unterlippe. Seine Haut ist warm und angenehm rau auf meiner. Mein Herz donnert in meiner Brust, droht beinahe aus meinem Hals hinauszuspringen. Wie sich wohl seine Lippen auf meinen anfühlen wür-, nein, warte, stopp!

Als ich den Mund öffnen will, um zu protestieren, lässt Elias mich gar nicht zu Wort kommen. »Klappe halten«, sagt er, die Belustigung ist deutlich herauszuhören. »Oder möchtest du Creme an den Zähnen?«

Stumm schließe ich meinen Mund wieder, aber im nächsten Moment ist er auch schon fertig. Zum Glück. Oder leider? Ja, eher leider.

Schmachtend beobachte ich ihn dabei, wie er den Lappen in die Wäschetonne wirft und die Cremedose wieder im Schrank verstaut. Doch er scheint mein Gefühlschaos gar nicht zu bemerken. Als er sich wieder zu mir umdreht, ist der ungewohnt sanfte Elias wieder dem entschlossenen Kämpfer gewichen.

»Pass auf, Annika. Du musst mir ganz genau zuhören und exakt das machen, was ich dir sage.« Seine Stimme ist schneidend und schafft es irgendwie, meine Konzentration aus den nebeligen Abgründen meiner Gedanken hervorzuholen. Verdammt, wahrscheinlich ist mir das Ganze hier morgen früh echt peinlich.

Ich recke das Kinn vor und verschränke die Arme vor der Brust, wodurch der Boden sofort wieder zu schwanken beginnt. »Tu nicht so, als wäre ich total neben der Spur. Ich hab immerhin gerade …«

Er läuft an mir vorbei, reißt das Fenster auf und sieht nach unten. Konzentriert schaut er in alle Richtungen und dreht sich dann wieder zu mir um. »Du hast immerhin gerade was? Einem Hirschmonster beinahe als Mitternachtssnack gedient? Ich bin beeindruckt.«

»So knapp war das nun auch wieder nicht«, murmle ich.

»Annika, bitte. Wir haben gerade echt keine Zeit für so was.« Stöhnend fährt er sich mit der Hand durchs Gesicht. »Okay, hör zu. Ich sorge jetzt dafür, dass wir das Ding loswerden, und du bleibst hier einfach sitzen. Verstanden?«

Ich nicke kichernd.

Elias tritt einen Schritt zurück und hievt die Hirschkreatur auf seine Schultern, ohne mich aus den Augen zu lassen. Als würde er ihr Gewicht gar nicht spüren, läuft er zum Fenster hinüber, legt die Leiche quer über die Fensterbank und schwingt sich anschließend über den gleichen Weg nach draußen. Er hat wirklich Glück, dass da ein Vordach ist.

»Hast du nicht gesagt, die Schattenwesen werden immer zu Asche?«, fragt er mit einem Ächzen. »Wie bei unserem ersten Training?«

Wieder nicke ich.

»Und warum dann nicht das hier?«

»Frag mich nicht, ich hab die Dinger nicht studiert«, bemerke ich, aber er geht gar nicht darauf ein. Stattdessen packt er das Monster, schultert es wieder und wirft mir einen letzten Blick zu.

»Du rührst dich nicht von der Stelle, klar?« Mit diesen Worten verschwindet er und lässt mich allein in einem wildfremden Badezimmer zurück.

»Ich hab schon verstanden, was ›Du bleibst hier sitzen‹ bedeuten soll«, sage ich an niemanden gewandt und sehe mich im Raum um. Der Spiegel über dem Waschbecken ist so groß, dass ich mich selbst von hier aus darin betrachten kann. Immerhin hat Elias mir die verschmierte Farbe abgewaschen, aber zu meinem Entsetzen sehe ich trotzdem absolut fürchterlich aus. Wie eine Vogelscheuche – nein, wie eine völlig betrunkene Vogelscheuche, die nicht mal ein paar Bier verträgt. Na klasse!

Ich lege den Kopf in den Nacken und sende ein paar Flüche Richtung Decke. Wenn's schiefläuft, dann aber richtig. In meinem Kopf taucht das Bild von Elias vorhin auf, und ich komme nicht umhin festzustellen, dass er auch ohne Kostüm wirklich schön anzusehen war. Ich stöhne frustriert auf. Ich vertreibe den Gedanken mit einem Kopfschütteln und stehe mit zitternden Knien auf. Wahllos tigere ich durchs Zimmer. Wo zum Teufel bleibt Elias nur? Hat er was davon gesagt, dass er die Kreatur gleich in Timbuktu begraben will? Oder hat ihn jemand erwischt?

Verdammt!

Ich nehme mir nicht die Zeit, mir den Gedanken ein zweites Mal durch den Kopf gehen zu lassen, und stürme einfach los. Eine Gruppe Mädchen, die im Flur neben der Badezimmertür sitzt, hebt verwirrt die Köpfe, als ich an ihnen vorbeirausche. Ich beachte sie nicht weiter, sondern marschiere schnurstracks in Richtung Treppe, wobei ich meine Füße extra hart aufs Parkett haue, in der Hoffnung, dass es den Boden dazu bringt, endlich mit dem Schwanken aufzuhören. Ich werde nie wieder auch nur einen Tropfen Bier trinken.

Ich bin so sehr in meine Panik vertieft, dass ich den Typen am Treppenabsatz gar nicht bemerke, bis ich geradewegs in ihn hineinrenne. Hastig taumle ich ein paar Schritte rückwärts und setze zu einer Entschuldigung an, als sich mein verschwommenes Sichtfeld klärt und ich sehe, wer da vor mir steht. Der Typ im Superman-T-Shirt. Ausgerechnet.

Auch er muss nur kurz blinzeln, bis er mich allem Anschein nach erkennt. Ich starre ihn noch eine Sekunde lang an, bevor ich mich entscheide, dass es am klügsten ist, einfach weiterzugehen. Doch in dem Moment, in dem ich mich an ihm vorbeidrängeln möchte, packt er meinen Oberarm und zieht mich mit so viel Druck zurück, dass wieder alles zu schaukeln beginnt.

»Spinnst du?«, fahre ich ihn an und versuche vergeblich, mich aus seinem Griff zu befreien. »Lass mich los!«

Superman-T-Shirt scheint nicht einmal daran zu denken. Stattdessen zieht er mich so nah an sich heran, dass ich seine unnatürlich geweiteten Pupillen erkennen kann. Auch das noch. »Was hast du da gerade im Bad veranstaltet, hm?«

Obwohl seine Worte nur ein Raunen sind, überkommt mich ein Schauer. »Ich weiß nicht, wovon du redest.«

Der Typ drängt mich nach hinten, bis das Treppengeländer sich in meinen Rücken bohrt. Seine Haare sind so kurz geschoren, dass ich die Kopfhaut darunter glänzen sehen kann. »Jetzt tu doch nicht –«

»Gibt's hier ein Problem?«

Ich muss mich nicht umdrehen, um zu wissen, wem diese Stimme gehört. Vielleicht war der mysteriöse Lebensretter doch im Schattenwesen-Paket enthalten. Ich presse meine Lippen aufeinander, um nicht zu grinsen, ehe ich mich zu ebendiesem Retter umdrehe.

»Alter, nerv nicht«, knurrt Superman-T-Shirt, bevor ich überhaupt zu einer Antwort ansetzen kann. Er sieht Elias nicht mal an. »Verzieh dich!«

Mehr braucht es für Elias nicht, um den Typen an der Schulter zu packen und von mir wegzuziehen. »Ich bin mir ziemlich sicher, dass du hier derjenige bist, der nervt«, stellt er gewohnt lässig fest, und ich würde ihm am liebsten um den Hals fallen – warte, was?

Jetzt dreht der Typ sich zu Elias um, jeder seiner Gesichtszüge scharfkantig, zuckend, lauernd. »Alter, hör mal. Da war gerade irgend so ein Ding in Steves Bad, riesig und … schwarz.«

Elias hebt eine Augenbraue. »Sicher.«

»Ich mein's ernst, Mann«, beharrt Superman-T-Shirt. »Ich bin da gerade rein und –«

»Du hast nichts gesehen, klar?«, unterbricht Elias ihn. »Das hast du dir nur eingebildet.«

Der Typ starrt ihn mindestens genauso verwirrt an, wie er es vor Kurzem mit dem Schattenwesen getan hat. »Was?«

»Du hast mich schon verstanden«, entgegnet Elias. »Kein Wunder, wenn du so dicht bist. Trink beim nächsten Mal zwischendurch ein Glas Wasser.« Mit diesen Worten wendet er sich von ihm ab, greift nach meiner Hand und zieht mich mit sich die restlichen Stufen der Treppe hinunter.

»Hey!«

Ich sehe über meine Schulter, beobachte, wie Superman hinter uns her stürmt. In dem Moment, in dem ich reflexartig Elias' Hand drücke, stolpert der Typ über die letzte

Treppenstufe. Mit den Armen schleudernd sucht er nach Halt, stößt allerdings gegen eine teuer aussehende Vase. Innerhalb von Sekundenbruchteilen fällt sie von der dunklen Kommode und kommt mit einem lauten Scheppern auf dem Boden auf. Während sich die Leute im Umkreis neugierig zu dem Spektakel umdrehen, zerrt Elias mich weg.

»Meinst du, das hat geklappt?«, hake ich nach, sobald wir uns erfolgreich nach draußen durchgeschlagen haben, und versuche mich nicht allzu sehr auf seine Finger zu konzentrieren, die mit meinen verschränkt sind.

Er wartet, bis wir eine Gruppe Raucher hinter uns gelassen haben, und nickt. »Der Typ ist ein Kiffer – selbst wenn er redet, wird ihm niemand glauben.«

»Danke!«

»Tu beim nächsten Mal einfach gleich, was ich sage.« Wenn seine Stimme die Temperatur beeinflussen könnte, wäre ich längst zu Eis gefroren. »Du bringst mich noch um den Verstand, Annika Fuchs.«

»Es tut mir –«, setze ich an, aber er schneidet mir das Wort ab.

»Lass gut sein, Prinzessin.«

»Ich muss den anderen Bescheid sagen«, setze ich an und bleibe stehen, was Elias dazu bringt, ebenfalls anzuhalten. Als er sich zu mir umdreht, sind ihm Ungeduld und Frustration ins Gesicht geschrieben. Irgendwie steht ihm dieser grimmige Ausdruck wirklich.

»Schon erledigt«, kommentiert er knapp und zieht mich dann weiter die breite Auffahrt entlang. »Ich habe Xenia eine Nachricht geschrieben, und deine Freundin hat uns gerade beim Rausgehen gesehen.«

»Oh«, mache ich und weiche einem dieser roten Plastikbecher aus, während ich versuche, mit Elias Schritt zu halten. »Sorry, dass ich dir die Party ruiniere.«

»Tust du nicht.«

»Aber du hättest bestimmt feiern wollen«, bemerke ich, eifrig darum bemüht, das Lallen aus meinen Worten zu vertreiben. »Und jetzt endest du wieder einmal als mein Lebensretter.«

»Genau deswegen bin ich hier.« Elias wirft mir einen undefinierbaren Blick zu, bevor er mich die Straße entlangzieht, vorbei an den vielen Autos der Partygäste. Liegt das an mir, oder haben plötzlich alle schief geparkt?

Ich halte einen Moment nach Elias' Geländewagen Ausschau und entdecke ihn kurz vor der nächsten Kurve. Dann lasse ich mir seine Worte noch einmal durch den Kopf gehen. »Hä?«

»Nichts ›Hä?‹, Prinzessin«, sagt er und wirft mir einen dieser undurchschaubaren Elias-Steinbach-Blicke zu, als würde das alles erklären. Tut es natürlich nicht. Vollidiot.

Ich ziehe die Augenbrauen zusammen und starre auf unsere Hände, während ich fieberhaft nach einer Erklärung für diese Situation suche. Jetzt, wo ich darüber nachdenke, ist es schon ein komischer Gedanke, dass er ausgerechnet immer dann auftaucht, wenn ich gerade kurz vor dem ... Abkratzen bin, wie er es wohl nennen würde.

»Heißt das ...?«, beginne ich, finde jedoch meinen roten Faden nicht wieder und ende mit offenem Mund und einem vermutlich total bescheuerten Gesichtsausdruck, während Elias mit seinem selbstgefälligen Grinsen natürlich wie immer umwerfend aussieht. Verdammt! Ich werde nie wieder einen Tropfen Alkohol trinken.

»Das heißt, ich konnte mir schon denken, dass du allein nicht in der Lage bist, auf deinen hübschen Hintern aufzupassen«, sagt Elias schließlich und zuckt mit den Schultern, als wäre es selbstverständlich, dass er seine Nacht für mich aufopfert. Ich muss meine Lippen aufeinanderpressen, um nicht zu kichern. Ehrlich gesagt gefällt mir die Vorstellung, einen eigenen Bodyguard zu haben. Genau wie die, dass er meinen Po toll findet.

»Und ich hatte recht. Was für eine Überraschung!«

»Hey, kein Grund, gleich wieder fies zu werden!«, beschwere ich mich. »Du warst doch gerade mal einigermaßen ... menschlich.«

Er lacht. Es klingt rau und tief und bringt irgendetwas in mir zum Surren.

»Warum hasst du mich so sehr?«, frage ich ihn, sobald das Gefühl nachgelassen hat. »Also, bis auf meinen Hintern, anscheinend.«

Wir sind fast beim Jeep angekommen, aber jetzt bleibt Elias mit einem Ruck stehen und dreht sich zu mir. »Ich hasse dich doch nicht. Und ich mag mehr an dir als deinen Arsch«, stellt er klar, und wenn ich es nicht besser wissen würde, würde ich behaupten, er sieht beinahe verletzt aus. »Ich versuche, dich zu beschützen. Ich habe einfach keine Zeit zum Nettsein.«

Weil ich keine Ahnung habe, wie ich darauf reagieren soll, suche ich mir den kleinen Strohhalm, der mir übrig bleibt. »Ich brauche keinen Beschützer.«

Wieder lacht er, diesmal belässt er es jedoch nicht dabei. »Das habe ich gesehen.«

Ich verschränke die Arme vor der Brust, was dazu führt, dass sich unsere Finger lösen. Verdammt! Dabei habe ich mich gerade an das Gefühl gewöhnt.

Elias sieht mich noch einen Moment an, ein ungewohntes Funkeln in seinen Augen, bevor er sich ruckartig von mir abwendet und die letzten Meter zu seinem Wagen marschiert. Erst als er die Fahrertür geöffnet hat und ich immer noch wie erstarrt dastehe, schaut er zu mir zurück und hebt eine Augenbraue. »Nun komm schon. Oder muss ich dich ins Auto tragen?«

»Gar keine schlechte Idee«, murmle ich kichernd und setze mich in Bewegung.

»Was hast du gesagt?« Elias beobachtet, wie ich mich auf den Beifahrersitz fallen lasse.

Hier drin umhüllt mich der wunderbare Duft von Kiefernholz und Regen, und ich muss mich zwingen, ihn nicht allzu auffällig zu inhalieren. Ich bin mir ziemlich sicher, dass Elias genauso verlockend riechen würde, wenn ich nahe genug an ihn herankommen könnte.

»Nichts«, sage ich schnell und konzentriere mich darauf, mich anzuschnallen. Dann drehe ich mich auf dem Sitz so weit um, dass ich einen Blick auf die nach vorn geklappte Rückbank werfen kann, die mit mehreren Müllbeuteln ausgekleidet worden ist. Doch statt des Kadavers, den ich erwartet habe, liegt dort nur Dreck.

Elias schnaubt. »Jetzt hätte das Ding sich das Zu-Staub-Zerfallen auch sparen können. Von gutem Timing haben die Viecher anscheinend nicht so viel Ahnung.«

»Wenigstens warst du pünktlich.« Ich kichere. »Und hast mich gerettet.«

»Das alles hier wird dir beim nächsten Training so peinlich sein.« Elias wirft einen Blick über seine Schulter, während er den Wagen ausparkt. »Ich hätte dich wirklich filmen sollen.«

»Du bist ein Arsch, Elias Steinbach.« Ich recke das Kinn vor. »Lass mich raus.«

»Vergiss es.« Mit einem knappen Lachen beschleunigt er das Auto und lässt den Lärm der Party hinter uns. »Gerade wolltest du noch, dass ich nett zu dir bin. Das alles wäre wesentlich einfacher, wenn du dich mal entscheiden würdest.«

»Und wenn du nicht immer so fies sein würdest«, füge ich hinzu. Zwar klingt das mit dem Lallen nicht halb so cool, wie ich es mir wünschen würde, aber immerhin.

»Und wenn du nicht immer das letzte Wort haben müsstest.«

»Und wenn du nicht immer so neunmalklug daherreden würdest.«

Elias wirft mir einen Blick zu, seine Augenbrauen dicht über die langen Wimpern gesenkt. »Und wenn du mich nicht immer so ansehen würdest.«

Irgendetwas in seinem Ton erstickt die zahlreichen Argumente im Keim, die ich noch gegen ihn in der Hand hatte. Stattdessen ist in meinem Hals plötzlich ein Kloß, der es mir unmöglich macht, ihm Konter zu geben, und in meinem Magen flattert irgendetwas, das sich anders anfühlt als das Bier vorhin. Fuck! Schnell wende ich den Blick ab. Diese Mischung aus Alkohol und Elias ist alles andere als gut für mich.

Irgendwie schaffen wir es, den Rest der Fahrt schweigend hinter uns zu bringen. Während Elias sich wesentlich häufiger als sonst umsieht und seinen Wagen an einer Kreuzung fast absaufen lässt, konzentriere ich mich auf die leisen Lieder im Radio. Gerade als eine junge Frau darüber singt, dass das Feuer in ihr zu Hause ist, halten wir auf der Auffahrt, und Elias lässt Motor und Musik verstummen.

Er bedenkt mich mit einem abschätzenden Blick, ehe er aus dem Auto steigt und es umrundet, um mir rauszuhelfen. »Ich warte, bis du bei der Tür bist«, sagt er und zieht mich ins Freie. »Bei deinem Talent gehst du sonst noch auf den letzten Metern verloren, und am Ende bekomme ich die Schuld dafür.«

»Haha, witzig.« Ich sehe zur Haustür, hinter der noch Licht brennt. »Du tust immer so, als könnte ich nichts allein.«

»Und du tust so, als würde es dir etwas ausmachen, wenn ich bei dir bin«, gibt er zurück, so nah, dass seine Worte eine warme Gänsehaut auf meinem Rücken auslösen.

»Und du tust so, als wärst du der coolste Typ überhaupt.«

Seine Mundwinkel zucken. Ganz leicht nur, kaum ein richtiges Lächeln und meilenweit von seinem typischen Halbgrinsen entfernt. »Ich *bin* der coolste Typ, Prinzessin.«

Kapitel 13

Elias hat mich gerettet.

Ich starre mein Spiegelbild an und beiße mir auf die Zunge, um nicht mich selbst anzumeckern. Ich bemühe mich, meine Gedanken in eine andere Richtung zu lenken. Zu meinem Vater zum Beispiel, der mich zum Glück nicht allzu lange aufgehalten hat. Zwar hat er garantiert bemerkt, dass ich ein, zwei, vielleicht auch drei Bier zu viel hatte, aber immerhin habe ich mich nicht verplappert, was das Schattenwesen angeht. Oder Elias.

Ich kichere. In meinem Kopf tauchen sofort wieder all diese betrunkenen, lächerlichen Gedanken auf und schmücken Elias zu ebendiesem Lebensretter aus, nach dem ich mich vor knapp einer Stunde noch gesehnt habe. Wobei sogar der noch etwas nüchternere Teil in mir zugeben muss, dass er ziemlich gut in diese Rolle passt. Vor allem mit seiner Lederjacke. Und diesem verdammten Halbgrinsen. Wieder verlässt ein Glucksen meine Lippen.

»Hör auf damit«, murre ich mein Spiegelbild an und dränge die Bilder in die hinterste Ecke meines Bewusstseins zurück. »Du bist betrunken. Elias ist ein Idiot, und das weißt du ganz genau. Nur das Bier ist anderer Meinung.«

Ich schütte mir ein letztes Mal kaltes Wasser ins Gesicht, ehe ich in meine Schlafsachen schlüpfe und das Badezimmer verlasse. Mein Bett ruft so laut, dass ich es bis in den Flur hören kann. Ich tapse in meinen flauschigen Socken über das Laminat und sehe in Sophies Zimmer, das dunkel daliegt. Bestimmt ist sie noch auf diesem Filmabend, den ihre Freundin veranstaltet.

Als ich die Türklinke zu meinem Zimmer herunterdrücke und hineinsehe, sitzt Elias Steinbach auf meiner geblümten Decke, beleuchtet und weichgezeichnet im Schein meiner Lichterketten.

Halt, warte!

Was ich im ersten Moment noch für eine Einbildung halte, entpuppt sich auch nach dem zweiten, dritten und vierten Blinzeln als die Wahrheit. Ganz lässig sitzt er dort und lässt seinen Blick über mein viel zu großes Bandshirt und die schlabberigen Shorts gleiten. Und zu allem Überfluss könnte ich schwören, dass der Boden wieder zu tanzen beginnt.

Ich schließe bemüht ruhig die Tür, bevor ich wieder in seine Richtung sehe. Er ist immer noch da. »Was machst du hier?«

»Du solltest dein Fenster nicht mehr offen lassen, Prinzessin«, sagt er ruhig. »Bei so einem alten Haus ist es verdammt leicht, einfach hereinzukommen. Vor allem mit dem Vordach direkt unter deinem Fenster.«

»Was immer noch nicht erklärt, was du hier willst«, bemerke ich. Meine Beine fühlen sich schwer an, weshalb ich mich neben ihm auf meine Matratze fallen lasse und mit dem Rücken an das Kopfende rutsche, um ihn anzusehen zu können.

»Ich wollte nachschauen, ob alles in Ordnung ist.«

Fragend lege ich den Kopf schief. »Wir haben uns erst vor fünfzehn Minuten gesehen.«

Er seufzt und fährt sich mit der Hand durchs Haar. »Du weißt, wie ich das meine.«

Weiß ich nicht. Weshalb ich ihn nur stumm anschaue und auf seinen Lippen nach einer Antwort suche. Es ist so still, dass ich seinen Atem hören kann und meinen wie von selbst daran anpasse.

»Lass das.«

Ich runzle die Stirn. »Was denn?«

»Du bist betrunken, Prinzessin«, sagt er. »Sieh mich nicht so an.«

Ich will ihm sagen, dass er derjenige ist, der einfach so in mein Zimmer eingebrochen ist und mich mit undefinierbaren Blicken beobachtet. Aber ich habe Angst, ihn mit dieser Aussage zu vertreiben. Keine Ahnung, was mit mir los ist, aber ich will nicht, dass er geht.

»Ich mag es, wenn du mich so nennst.« Ich habe nicht den geringsten Schimmer, woher diese Worte kommen, aber jetzt, wo sie da sind, fällt mir auf, dass sie stimmen.

Elias lacht leise. »Tust du nicht. Du hasst es – deswegen mache ich es ja.«

Ich kichere.

Seufzend wendet er seinen Blick ab und lässt ihn stattdessen durch den Raum huschen. Über meinen Schreibtisch, das kleine Bücherregal und die unordentliche Kleiderstange daneben. Dann steht er auf und starrt auf irgendeine Stelle oberhalb meines Kopfes. »Ich sollte jetzt besser gehen.«

Ich beobachte stumm, wie er mein Bett umrundet und zum Fenster geht. Seine Schultern wirken angespannt, aber vielleicht bilde ich mir das auch nur ein. Schluckend vergrabe ich meine Finger im weichen Stoff meiner Decke.

»Elias?«

»Hm?« Er dreht sich schneller zu mir um, als ich mir überhaupt klarmachen kann, was ich von ihm möchte.

»Kannst du hierbleiben?«, frage ich leise und zwinge mich, ihn weiterhin anzusehen. »Bitte?«

Die Augenblicke, in denen er einfach nur dasteht und mich anstarrt, ziehen sich zu Ewigkeiten hin. Sein Blick bringt mein Herz dazu, wie wild gegen meine Brust zu hämmern, während ich gleichzeitig nicht anders kann, als den Atem anzuhalten.

Bitte sag Ja.

»Okay.«

Mein Herz macht einen Hüpfer Richtung Hals, während ich Elias dabei zusehe, wie er zurück zum Bett kommt und sich neben mich setzt. Er sieht mich eine Weile lang mit diesem unergründlichen Ausdruck an, ehe er den Kopf in den Nacken legt.

Ich rutsche tiefer in mein Kissen und drehe mich in seine Richtung. Ich nehme mir die Zeit, sein Profil zu studieren, verfolge mit den Augen die gerade Linie seiner Nase und den Schwung seiner Lippen, ehe ich ein »Danke« wispere.

Ohne den Kopf zu bewegen, schaut er mich an. »Du guckst mich schon wieder so an.«

»Wie denn?«

»Ich weiß nicht. Aber du solltest es besser lassen.«

Irgendetwas an seinem Ton verrät mir, dass er seine Worte nicht so meint – weshalb ich mich nicht daran hindern lasse, ihn weiter zu betrachten. Auf seinem Nasenrücken sprenkeln sich Sommersprossen und erinnern mich an Sterne. Ich müsste nur die Hand ausstrecken, um sie zu berühren und mit den Fingerspitzen den großen Bären und Kassiopeia nachzufahren.

Ruckartig dreht Elias sich zu mir um, sein Gesicht mit einem Mal so nahe vor meinem, dass mir der Atem stockt. »An-ni-ka«, knurrt er, jede Silbe ein einziges Brummen.

»Was?« Ich kichere.

»Wenn du jetzt nicht aufhörst, mich so anzusehen ...«

»Dann?«, fordere ich ihn heraus. Ich weiß, dass ich dem Ganzen ein Ende setzen sollte. Wirklich. Aber ich werde mir diese einmalige Gelegenheit nicht nehmen lassen, Elias zu bewundern, ohne dafür herausfordernde Kommentare und selbstgefälliges Grinsen kassieren zu müssen.

Elias geht nicht auf mich ein. »Weißt du, Annika?«, fragt er stattdessen und hebt einen Mundwinkel. »Du gefällst mir so ganz schön gut.«

Ich beiße mir auf die Unterlippe und kann das Grinsen dennoch nicht daran hindern, sich auf meinem Gesicht auszubreiten. Vielleicht sollte ich doch öfter Alkohol trinken.

Als ich am nächsten Morgen aufwache, ist die andere Seite des Bettes kalt und leer. Im Halbschlaf strecke ich die Hand aus und taste die Matratze ab, um sicherzugehen. Ich bin allein.

Irgendein – ganz offensichtlich noch viel zu betrunkener – Teil von mir zieht sich in meiner Brust zusammen. Ich habe keine Ahnung, wieso, aber ganz offensichtlich hätte dieses Ich nicht das geringste Problem damit gehabt, die ein Meter vierzig weiter mit Elias zu teilen. Stöhnend presse ich die Lider zusammen. Verdammt! Das darf mir nicht noch mal passieren.

Du gefällst mir so ganz schön gut, echoen Elias' Worte in meinem Kopf und lassen mir unweigerlich die Hitze in die Wangen steigen. Murrend drehe ich mich auf den Bauch und vergrabe den Kopf im geblümten Kissen. Denn auch wenn es mir alles andere als leichtfällt, das zuzugeben: Wenn er ausnahmsweise nicht damit beschäftigt ist, an mir herumzumeckern, ist er wirklich ganz ... annehmbar. Nicht unbedingt weniger ein Vollidiot, aber trotzdem.

Fluchend rutsche ich mit dem Rücken gegen mein Kopfende und reibe mir die Augen, während mein Gedächtnis mich mit Bildern von Lederjacken und Sommersprossen quält. O Gott! Was habe ich bloß getan?

»Gar nichts«, brumme ich und zwinge mich, das nervöse Kribbeln in meinem Bauch zurückzudrängen. Es ist nichts passiert – zumindest nichts, für das ich mich schämen müsste. Schließlich habe ich die meisten meiner Du-bist-mein-mysteriöser-Fantasy-Bad-Boy-Gedanken gar nicht laut ausgesprochen und bin nicht diejenige gewesen, die sich einfach uneingeladen Zutritt in fremde Schlafzimmer verschafft. Wenn sich also jemand schämen muss, dann ja wohl Elias. Für wen hält er sich eigentlich? Er kann doch nicht einfach so in meinem Schlafzimmer auftauchen, als hätte ich ihn dazu eingeladen. Retter in der Not hin oder her.

Ich lege den Kopf in den Nacken und sehe an die Decke, während ich einige Male tief ein- und ausatme. Hinter meiner Stirn pocht es, und mein Magen fühlt sich an, als würde darin jemand Schlagzeug spielen. Ich hätte wirklich nicht so viel Bier trinken sollen, nur um mir selbst oder Mister Ich-schleiche-mich-einfach-mal-in-dein-Zimmer etwas zu beweisen. Als ich meinen Blick wieder von der Decke löse, fällt mir der Zettel auf, der neben mir auf dem zweiten Kopfkissen liegt. Auf dem, das Elias gestern Nacht benutzt hat. In meinen Fingern zuckt es plötzlich, und ich muss sie in meiner Bettdecke vergraben, um sie nicht direkt nach dem Kissen auszustrecken und es gegen meine Nase zu drücken. Das müssen die Nachwirkungen des Alkohols sein. Ganz sicher.

Schluckend greife ich stattdessen nach dem Zettel, der eindeutig von dem Halloween-Notizblock stammt, den Sophie mir vor ein paar Tagen geschenkt hat. Aus der unteren Ecke grinst mir ein aufgedruckter, als Magier verkleideter Fuchs entgegen. Wie von allein huscht mein Blick zum Schreibtisch und scannt die Gegenstände darauf ab. Neben meinem Laptop und einem Fantasyroman liegen da ein altes T-Shirt und ein langweiliger BH. Sofort schießt mir die Röte ins Gesicht. Wie war das noch mal mit dem Schamgefühl?

Ich beiße mir auf die Unterlippe und zwinge mich, mich wieder auf den Zettel zu konzentrieren. In kleinen, schlichten Buchstaben hat Elias darauf eine Nachricht hinterlassen.

Guten Morgen, Prinzessin. Du brauchst mehr Trainingseinheiten. Ich werde deinen Hintern garantiert nicht jedes Mal retten. Ich hol dich um 16 Uhr ab und kümmere mich darum, dass unser kleines Geheimnis unter uns bleibt.

Unwillkürlich beiße ich mir auf die Unterlippe. Der Typ hat doch den Verstand verloren – wie zur Hölle will er mich hier rausholen, ohne dass Paps etwas bemerkt? Einen Moment bin ich gewillt, Elias zu schreiben, dass er sich seinen dämlichen Plan aus dem Kopf schlagen kann. Dass ich selbst zu ihm fahre und mir ein Alibi einfallen lasse. Aber dann wird mir klar, dass Elias nicht so leicht von seinem Vorhaben abrückt und ihn mein Widerstand vermutlich nur noch mehr anstacheln würde.

Nachdem ich das Ganze ein zweites Mal gelesen habe, werfe ich einen Blick auf meinen Wecker. Es ist kurz nach zehn, also höchste Zeit für eine ausgiebige Dusche und ein genauso üppiges Frühstück. Beides habe ich bitter nötig.

Und eine Kopfschmerztablette, ergänze ich meine imaginäre Liste, als ich meine Beine über den Rand der Matratze baumeln lasse und aufstehe. Ich reibe mir meine schmerzenden Schläfen und mache einen kurzen Abstecher Richtung Schreibtisch, um meinen BH in der Kommode verschwinden zu lassen, bevor ich ins Badezimmer husche.

Ein Blick in den Spiegel verrät mir, dass die gestrige Party nicht ohne Spuren an mir vorbeigegangen ist. Meine Unterarme und Knie sind mit blauen Flecken übersät, die mich nur allzu stark daran erinnern, wie viel Glück ich gehabt habe. Wenn Elias nicht gewesen wäre ... Hastig schüttle ich die Vorstellung ab. Doch kaum haben sich meine Gedanken von den Schattenwesen gelöst, wandern sie unweigerlich zurück zu Elias. Auf meinem Bett. Direkt neben mir.

Ich lege meinen Kopf in den Nacken und fluche Richtung Decke, ehe ich mich zusammenreiße und die Dusche anmache. Ich bemühe mich, die Erinnerungen an den Abend mit Elias im Abfluss verschwinden zu lassen, doch der Versuch scheitert hoffnungslos.

Als ich schließlich in meinen kuscheligsten Pullover gehüllt die Badezimmertür öffne, grinst mir meine Schwester entgegen. Sophie hat es sich auf dem alten Ostfriesensofa gemütlich gemacht, das Paps in einem Anfall von Nostalgie mitten in den Flur gestellt hat, und betrachtet mich mit verschränkten Armen.

»Ich will alles wissen«, sagt sie prompt.

Ich bemühe mich, mir nichts anmerken zu lassen. »Hm?«

»Elias' Jeep stand in der Nähe unserer Auffahrt, als ich heute Nacht nach Hause gekommen bin.« Sie wackelt mit den Augenbrauen. »Und er war wohl kaum da, um mitten in der Nacht ein Schwätzchen mit den Kühen zu halten. Also?«

Stöhnend lege ich den Kopf in den Nacken. War ja klar, dass Sophie versuchen würde, mich auszuquetschen, ehe ich selbst überhaupt die Gelegenheit dazu bekomme, das Chaos in meinem Kopf zu ordnen. Ich rolle mit den Augen und greife Sophie am Ärmel ihrer Collegejacke, um sie daran in mein Zimmer zu ziehen. Natürlich heftet sich der Blick meiner Schwester direkt auf Elias' Nachricht, die ich auf dem Beistelltisch vor meiner Couch abgelegt habe.

»Na, was haben wir denn da?« Mit einem Grinsen lässt sie sich aufs Sofa fallen und greift nach dem Zettel.

Ich unterdrücke ein Seufzen und mache es mir neben ihr bequem.

Nach einer Weile lässt Sophie das Stück Papier sinken und stupst mich auffordernd an. »Ich glaube, es gibt da etwas, das du mir erzählen willst. Und wenn mich nicht alles täuscht, beginnt das mit einer Halloweenparty und endet damit, wie diese Nachricht in dein Zimmer gekommen ist. Elias hat sie ja wohl kaum unter der Tür durchgeschoben.«

»Du bist ganz schön neugierig«, brumme ich und verschränke die Arme vor der Brust, während ich gegen die Hitze ankämpfe, die mir unweigerlich in den Kopf steigt.

Sophie zieht beide Mundwinkel zu einem breiten Grinsen in die Höhe. »Das liegt in der Familie«, sagt sie. »Und nun erzähl schon.«

Für einen winzigen Moment schließe ich die Augen, dann öffne ich sie wieder und hole tief Luft, ehe ich zu erzählen beginne. Ich fange irgendwo zwischen den Bieren an, von denen ich ganz eindeutig ein oder zwei – na gut, vielleicht auch drei – zu viel hatte, und arbeite mich bis zu dem Unterfangen in Steves Badezimmer vor, ohne von Sophie unterbrochen zu werden. Sobald ich Elias' Namen erwähne, breitet sich allerdings ein Schmunzeln auf ihrem Gesicht aus, das eher danach aussieht, als würde sie gerade eine Netflix-Jugendromanze ansehen – was wie ein Katalysator für die Hitze in meinen Wangen funktioniert.

Ich stocke kurz, aber Sophie drängt mich mit einem Kopfnicken dazu weiterzuerzählen. Zwar lasse ich ein paar Details aus – zum Beispiel, dass sich das Zanken mit ihm plötzlich wie Flirten angefühlt hat – aber die Quintessenz bleibt unumgänglich: Elias hat die Nacht hier verbracht oder zumindest einen Teil davon. In meinem Bett.

»Tja, und heute Morgen war er dann weg und nur noch dieser Zettel da«, beende ich schließlich meinen Bericht und beiße mir auf die Unterlippe.

Das Grinsen auf Sophies Wangen erreicht eine neue Rekordgröße, während ihre Stimme einen ungewohnt hohen Ton annimmt, den ich sonst nur von Marleen kenne. »Ihr seid ja wie Romeo und Julia. Zwei sehnsuchtsvolle Liebende, getrennt durch die Feindschaft ihrer Familien. Nur gestört von irgendwelchen Schattenwesen.«

»Quatsch«, sage ich schnell. »Nun übertreib doch nicht gleich. So ist das doch gar nicht.«

Sie hebt eine Augenbraue. »Und wie willst du das sonst nennen?«

»Er war einfach nur ... nett«, sage ich und schüttle nachdenklich den Kopf. »Na gut, vielleicht auch ein bisschen mehr als das. Aber nur, weil er gar nicht so übel ist, wie ich gedacht habe, muss ich mich ihm ja nicht gleich an den Hals werfen.«

Sophie verzieht das Gesicht und murmelt irgendetwas mit den Worten »netter Nebeneffekt«, sagt aber nichts weiter.

»So oder so sollten wir uns erst mal auf das Wesentliche konzentrieren«, sage ich und bemühe mich, den nervösen Unterton aus meiner Stimme zu verbannen. »Solange ich die Schattenwesen nicht los bin, habe ich eh keinen Kopf für so was. Und vermutlich hat Elias recht, und ich kann wirklich gut ein wenig zusätzliches Training vertragen – das ist doch eine ganz andere Liga als das Trainieren mit Paps.«

»Und wie will er das anstellen?« Sophie knabbert am Nagel ihres kleinen Fingers. »Dich hier einfach abzuholen, meine ich. Paps wird das sicher nicht entgehen, wenn hier ein Steinbach auftaucht.«

»Ich habe nicht die geringste Ahnung.«

Und die habe ich auch noch nicht, als Paps, Sophie und ich am Nachmittag am Esstisch sitzen und uns eine wohlverdiente Pause gönnen – inklusive ebenso verdientem Kürbiskuchen. Irgendwann zwischen dem Boxsack-Training und der Paranormale-Aktivitäten-Recherche hat Sophie es geschafft, ihn in den Ofen zu schieben, und als ich jetzt einen Bissen nehme, ist der Teig herrlich fluffig und warm. Ich hebe eine Hand in Sophies Richtung und strecke meinen Daumen in die Höhe, während ich gleich noch eine Gabelvoll hinunterschlucke.

Sie quittiert das mit einem zufriedenen Grinsen, das noch breiter wird, als auch Paps ihr einen Daumen hoch zeigt. Sie schlürft einen Schluck ihres Ostfriesentees, ehe sie scheinbar unauffällig zur Uhr sieht, die neben dem Steinbogen zum Wohnzimmer hängt. Unwillkürlich folgt mein Blick ihrem. Es ist schon zehn vor vier, und das bedeutet, die Stunde der Wahrheit – oder eher die Stunde von Elias' gespannt erwartetem Auftauchen – ist verdammt nah. Ich kann überhaupt nicht einschätzen, wie das Ganze verlaufen wird, und das macht mich verrückt. Ich hasse es, nicht die Kontrolle über Situationen zu haben, die mich so sehr betreffen.

Ich zwinge mich, den Gedanken fortzuschieben und stattdessen den Moment zu genießen. Oder besser gesagt: das Stück Kürbiskuchen in meinem Mund, das mich mit seiner angenehmen Süße alle Sorgen vergessen lassen will.

Doch dann klingelt es auch schon an der Tür, was den verdammten Muskel in meiner Brust zum Donnern bringt.

Kapitel 14

Elias trägt wieder diese verdammte Lederjacke. Ich starre seinen Oberkörper einen Herzschlag zu lange an, bevor ich hastig in sein Gesicht sehe, das ... heute besonders gut aussieht. Irgendetwas ist anders an ihm, aber ich komme partout nicht darauf, was es ist. Die dunklen Haare fallen ihm wie immer leicht in die Stirn, die Sommersprossen von gestern Nacht sind immer noch da, und seine Augen erwidern meinen Blick genauso selbstbewusst wie das Grinsen auf seinen Lippen.

»Ist was, Prinzessin?«, reißt er mich aus meiner Starre und schafft es irgendwie, mir mit diesen drei Worten die Hitze in die Wangen zu treiben. Dem Ausdruck in seinem Gesicht nach zu urteilen hat er genau bemerkt, wie ich ihn angeschmachtet habe. *Verdammt!* Ich bin doch sonst nicht so anfällig für diese gehobene Augenbraue gewesen.

»Was sollte sein?« Mehr schlecht als recht versuche ich, meine fehlende Schlagfertigkeit hinter einem nach vorne gereckten Kinn zu verstecken, aber davon lässt er sich nicht irritieren.

»Ich weiß nicht. Es sah gerade so aus, als hättest du da etwas Sabber am Kinn.« Er streckt den Daumen aus, wie um die besagte Stelle zu berühren, verweilt jedoch wenige Millimeter vor meinem Gesicht. Er ist so nah, dass mein Körper sich einredet, die Berührung schon spüren zu können.

Schluckend weiche ich einen Schritt zurück. »Das ... das muss am Kuchen liegen – zu Kürbiskuchen kann ich einfach nicht Nein sagen.«

Er öffnet den Mund, und ich brenne förmlich darauf, seine Erwiderung zu hören. In den letzten Wochen sind die neckenden Wortgefechte zu einem Ritual geworden, das in dem ganzen Chaos unglaublich guttut.

Doch bevor Elias etwas sagen kann, taucht mein Vater neben mir im Türrahmen auf. War ja klar, dass mein Vorsprung zur Haustür nicht allzu lange helfen würde.

»Nika? Alles in Ordnung?«, fragt er, ehe sein Blick auf unseren Besucher fällt. Einen Moment lang ist es still, nur das Rattern der Zahnräder in Paps' Kopf kann ich förmlich hören. Er kennt Elias – er hat ihn bei zahlreichen Schulveranstaltungen, aber auch oft genug zusammen mit seinem Onkel gesehen. Nur noch nie hier, vor unserer Haustür. »Hallo, Elias! Was machst du denn hier?«

Elias setzt sein unschuldigstes Lächeln auf, während ich die Kiefer aufeinanderpresse und hoffe, dass seine Echo-Magie meinen Vater vergessen lässt, dass er ihn eigentlich nicht leiden kann. »Annika und ich machen zusammen ein Schulprojekt. Wir wollten heute weiterarbeiten, und ich dachte, ich hole sie lieber ab, weil sie ja gestern etwas übertrieben hat.«

Ich werfe ihm einen vernichtenden Blick zu, zwinge mich aber, nichts zu sagen.

»Ein Schulprojekt, so, so.« Brummend fährt Paps sich mit der Hand durch seinen Bart und sieht zu mir. »Ist das das gleiche, weswegen du neuerdings immer länger in der Schule bleibst?«

Ich nicke hastig. »Ja, genau das.«

»Du hast gar nicht erzählt, dass du das mit Elias machst.« Oberflächlich klingt seine Stimme freundlich, doch der grollende Unterton ist nicht gut genug versteckt, damit ich ihn nicht höre. »Oder dass ihr euch heute dafür trefft.«

»Ich hab's selbst ganz vergessen.« Mit einem bemüht schuldbewussten Lächeln ziehe ich die Schultern hoch. »Ich hol mal schnell meine Sachen.«

Ich drehe auf dem Absatz um und eile in den Flur. Sophie hat ihren Stuhl so weit vom Esstisch zurückgeschoben, dass sie uns beobachten kann. Als sich unsere Blicke jetzt treffen, hebt sie neugierig die Augenbrauen. Achselzuckend forme ich ein »Paps ist nicht gerade begeistert« mit den Lippen, ehe ich mich abwende und die Treppe hochhaste.

Mein Magen beschwert sich über den Spurt, aber ich haste blindlings weiter. Erst als ich in meinem Zimmer angekommen bin, bleibe ich wieder stehen. Elias tut das hier für mich, und ich sollte dankbar sein, aber ich kann nicht anders, als ihm übel zu nehmen, dass seine Ausrede auf meine Kosten geht. Dieses ganze Drama hätten wir uns sparen können, wenn ich einfach unter irgendeinem Vorwand selbst gefahren wäre. Seufzend schnappe ich mir meinen Rucksack sowie mein Handy.

Als ich die Treppe wieder herunterkomme, lehnt Elias im Rahmen der Haustür, hat die Hände in den Hosentaschen vergraben und unterhält sich mit meinem Vater. Ich winke Sophie zum Abschied und gehe zur Tür.

»Können wir?«, frage ich und dränge mich an den beiden vorbei. Hastig gehe ich auf Elias' Geländewagen zu und reiße die Beifahrertür auf. »Bis später, Paps!«

Als ich die Tür des Jeeps hinter mir schließe, überflutet mich der Duft von Tannen und Regen. Eine Mischung, die auch nüchtern noch viel zu angenehm ist, um zu einem Idioten wie Elias zu gehören.

»Du hast es aber eilig«, sagt der, als er sich neben mich auf den Fahrersitz fallen lässt. »Kannst es kaum erwarten, wieder mit mir allein zu sein, was?«

»Und du kannst es anscheinend kaum erwarten, wieder mal ein Idiot zu sein«, entgegne ich zähneknirschend. Ich wende den Blick ab, während er sein Auto von der Auffahrt lenkt. »Ohne deine Echo-Magie wärst du ziemlich aufgeschmissen. Auf so doofe Sprüche steht nämlich niemand.«

»Ich wäre immer noch so gut aussehend.«

»Vielleicht. Aber das würde niemanden mehr interessieren.«

»Du hast gerade zugegeben, dass ich heiß bin, Prinzessin.«

Jetzt schnellt mein Blick zu ihm hinüber. Ja, verdammt, dieser Typ ist attraktiv – aber das bedeutet nicht viel mehr als etwas Glück in der Genlotterie. Vor allem aber gibt ihm das noch lange nicht das Recht, so zu tun, als würde sich das gesamte Sonnensystem nur um ihn drehen.

»Ich habe ›vielleicht‹ gesagt«, stelle ich deshalb klar.

»Du kannst dich nicht rausreden.« Elias wirft mir einen kurzen, selbstsicheren Blick zu, bevor er sich wieder auf die Straße konzentriert.

Stöhnend verdrehe ich die Augen. »Wenn du sonst keine Probleme hast, ist ja alles bestens.«

»Ich nicht, aber du.«

»Danke noch mal« murmle ich, ohne den Blick von meinen Fingern abzuwenden, die sich wie von selbst in den currygelben Bund meines Pullovers graben.

»Keine Ursache, Prinzessin«, sagt er, lässig wie immer, und bewegt seinen Arm in meine Richtung. Für einen Moment denke ich, er möchte meine Hand in seine nehmen, doch er schaltet lediglich einen Gang höher – was mein Herz allerdings nicht daran hindert, wie verrückt zu hämmern. »Wusstest du, dass du im Schlaf sabberst? Obwohl, das kann natürlich auch an mir gelegen haben.«

Ich beiße mir auf die Unterlippe und schlucke, als sein Lachen wie ein tiefes Dröhnen durch den Wagen dringt. »Ich werde mich nie wieder bei dir bedanken. Und nehme jedes Danke zurück, das ich jemals an dich gerichtet habe«, sage ich, ohne es wirklich ernst zu meinen.

»Ich erinnere dich daran, wenn ich das nächste Mal deinen Hintern vor einem dieser Dinger rette.«

Ich beschließe, das Thema zu wechseln. »Wir sollten uns einen Namen für diese Viecher überlegen.«

Er wirft mir einen knappen Blick zu, die Stirn skeptisch in Falten gelegt, ehe er wieder auf die Fahrbahn sieht. »Wieso, willst du sie in dein Freundebuch eintragen?«

»Sehr witzig«, entgegne ich trocken und zögere kurz, bevor ich weiterspreche. »*Schattenwesen* klingt irgendwie so sperrig.«

Elias reagiert nicht, sieht nur abwesend durch die Frontscheibe, als hätte er mich überhaupt nicht gehört. Augenblicklich komme ich mir dumm vor. Elias hat recht: Es ist nicht so, als bräuchten wir eine Bezeichnung für diese Dinger. Die Idee ist albern – anstatt sie zu taufen, sollten wir uns wohl lieber darauf konzentrieren, sie endlich loszuwerden.

»Nox.«

Ich schrecke aus meinen Gedanken auf und betrachte Elias' Profil. Noch immer still wie eine Statue sitzt er da, und eine Sekunde lang bin ich mir nicht sicher, ob er wirklich etwas gesagt hat. »Nox?«

»Nox«, wiederholt er, wobei er mir diesmal einen kurzen Blick zuwirft.

Nachdenklich kratze ich meinen Hals. Nox. Nacht. »Sehr einfallsreich.«

»Hast du eine bessere Idee?«, fragt er, sein Tonfall jetzt wieder wie gewohnt cool und herausfordernd.

Seufzend lehne ich meinen Kopf gegen den Sitz, probiere stumm die drei Buchstaben aus, die diese unwirklichen Kreaturen beschreiben sollen. Irgendwie passt das tatsächlich ganz gut. »Na gut. Dann also Nox «

Elias wirft mir einen siegesbewussten Blick zu und biegt in eine Nebenstraße ab, die auf beiden Seiten von Tannen gesäumt ist. Mit einem Mal habe ich eine Ahnung, wohin er möchte, und spätestens das Schild hundert Meter entfernt gibt mir noch mehr Gewissheit.

»Fahren wir zum Badesee?«, frage ich. Zum Baden ist es längst zu kalt – und selbst im Sommer ist das Moorwasser keine beneidenswerte Erfahrung –, aber um den See herum führt eine schöne Route durch den Wald. Vor der Schattenwesen-Misere bin ich immer gerne dort langgejoggt und dabei hin und wieder auch Elias über den Weg gelaufen.

Jetzt nickt er. »Jap. Ich dachte, du könntest nach gestern Nacht etwas frische Luft brauchen.«

Ich presse die Kiefer aufeinander und suche nach einem guten Konter, finde aber keinen. »Ich würde dir gerne widersprechen, so rein aus Prinzip, aber ich fürchte, du hast recht.«

»Wie bitte?« Ein breites Grinsen breitet sich auf Elias' Wangen aus. »Hast du gerade wirklich zugegeben, dass ich recht habe?«

»Bild dir bloß nichts darauf ein.«

»Zu spät – das tue ich längst.« Mit einem Schulterzucken lenkt Elias seinen Wagen auf die unebene Kiesfläche, die dem Badesee schon als Parkplatz dient, seit ich denken kann. Mit der Zeit haben die zahlreichen Besucher hier ihre Spuren hinterlassen: Überall senken sich die Steinchen zu Mulden ab, in denen sich der Regen der letzten Tage gesammelt hat.

Ich sehe zurück zu Elias. »Das hätte ich mir denken können.«

Er grinst. »Du kennst mich, Prinzessin. Ich kann nicht anders.«

Ich kann mich nicht entscheiden, ob ich lachen oder mit den Augen rollen soll, also mache ich beides, ehe ich mich umsehe. Bis auf Elias' Jeep stehen nur zwei weitere Autos da, und am Fahrradständer lehnt lediglich ein rostiges Fahrrad, das aussieht, als hätte es schon dort gestanden, als Paps in meinem Alter war. Ein Stück weiter steht das alte Holzschild, das auf den Badesee in wenigen Metern hinweist und von dem die Farbe stellenweise schon abgeblättert ist.

Ich hebe meinen Rucksack aus dem Fußraum, in dem ich meine Sportsachen verstaut habe. Zu Hause konnte ich sie noch nicht anziehen, um Paps nicht misstrauisch zu machen.

Ich recke das Kinn, als ich Elias' Blick auf mir spüre. »Also, gehst du jetzt raus und lässt mich in Ruhe meine Sachen anziehen? Glaub mir: Solange du hier drin bist, gibt's hier nichts zu sehen.«

Zu meiner Überraschung versucht er gar nicht erst, mich zu provozieren, sondern greift sich seine Sporttasche von der Rückbank und verlässt den Jeep. Schnell und etwas ungelenk ziehe ich mich im Auto um, während ich versuche, meinen Blick nicht zum Rückspiegel wandern zu lassen – denn dort zieht sich Elias um.

Ich atme einige Male tief ein und aus, bevor ich es wage, aus dem Auto zu steigen und mich zu Elias zu gesellen, der am Kofferraum des Jeeps lehnt. Er tippt auf seinem Handy herum und gibt mir so die Gelegenheit, unauffällig sein Profil zu betrachten. Sah er auch vor gestern schon so gut aus? Ja, natürlich tat er das. Menschen verändern sich nicht in einer Nacht. Ebenso wenig wie Meinungen über sie. Dass er heute irgendwie noch besser in seinem dunkelgrauen T-Shirt und den Sweatpants aussieht als sonst, muss am Restalkohol in meinem Blut liegen. Ganz bestimmt.

Im nächsten Moment lässt Elias sein Handy in die Tasche seiner Sporthose sinken und begegnet meinem Blick mit einer gehobenen Augenbraue. Für einige Herzschläge lang sehen wir uns nur an, und innerlich wappnet sich bereits alles in mir gegen den blöden Kommentar, der bestimmt gleich über Elias' Lippen kommt. Aber ich irre mich. Er bleibt still, und statt eines dummen Spruchs bekomme ich nur diesen Ausdruck in seinen Augen, den ich nicht einordnen kann.

Perplex fahre ich mir mit der Zunge über die Unterlippe. »Wollen wir los?«

»Klar.« Seine Stimme klingt brüchig, und er räuspert sich kurz, bevor er in Richtung des Badesees joggt, ohne sich auch nur für den Hauch einer Sekunde nach mir umzusehen.

Ich schüttle das seltsame Gefühl, das die Situation hinterlassen hat, mit einem Zucken meiner Schultern ab und laufe ihm hinterher. Bei den ersten Metern beschwert sich mein Magen mit einem Rumoren über das plötzliche Hüpfen, das viel zu sehr an letzte Nacht erinnert – nur dass es gestern einen ganz anderen Ursprung gehabt hat. Doch sobald wir das rostige Tor passieren, durch das man zum Badesee gelangt, gewöhnt sich mein Körper wieder an das Gefühl.

Wir lassen den Parkplatz endgültig hinter uns und biegen einige Meter vor dem Strand auf den sandigen Pfad ab, der zwischen den Bäumen entlangführt. Ein Stück entfernt spielt eine junge Familie an einer Rutsche, doch das freudige Rufen des Mädchens wird schon bald von den goldroten Baumkronen verschluckt. Eine Weile lang begleitet uns nur das Hallen unserer Schritte. Als wir gut ein Viertel der Runde um den See hinter uns gelassen haben, laufen wir an einer älteren Frau vorbei, die mit ihren wilden Locken ihrem Pudel ziemlich ähnlich sieht.

Doch schon wenige Momente später sind wir wieder allein, wie meistens während des Trainings. Die Zeit mit Elias ist zu einer Routine geworden, die meinem einst so langweiligen Leben in diesem ganzen Chaos guttut. Genau wie jetzt. Nur dass es Elias im Gegensatz zu sonst nicht auf dumme Sprüche angelegt zu haben scheint, sondern ungewöhnlich still ist. Ich weiß, dass ich glücklich darüber sein sollte, doch ein kleiner Teil von mir vermisst seine flapsigen Bemerkungen beinahe. Diese Kommentare sind ein Teil von ihm. In sein Schweigen zu lauschen, ist, als wartete man bei einem Horrorfilm auf den großen Schreck, der nur noch wenige Sekundenbruchteile entfernt sein kann und einfach nicht kommt. Ich werfe ihm im Laufen einen Blick zu.

Er fängt ihn auf und hebt auffordernd eine Augenbraue. »Wenn du es mit den Nox aufnehmen willst, musst du aber schneller laufen«, sagt er, ehe er das Tempo anzieht.

Mit einem Augenrollen werde ich ebenfalls schneller. So viel also zu den dummen Sprüchen.

»Genau genommen bringt mir weglaufen auch nichts«, bringe ich nach Luft schnappend hervor, sobald ich aufgeholt habe. »Ich konnte das Ding da gestern ja schlecht in Steves Badezimmer lassen.«

»Wegzulaufen wäre sowieso keine gute Idee gewesen. Du konntest ja kaum noch geradeaus gehen«, sagt er. »Vermutlich wärst du dem Nox direkt in die Arme gerannt. Außerdem geht es hier nicht nur ums Laufen, sondern auch um die Ausdauer.«

»So schlimm war es nun auch wieder nicht«, protestiere ich halbherzig. Ich weiß selbst, dass ich ziemlich betrunken gewesen bin – aber auch, dass ich nicht alle Gehirnzellen an den Alkohol verloren habe. Zwar genug, um ausgerechnet mit Elias zu flirten, aber das macht mich noch lange nicht so lebensmüde, wie er es gerade darstellt. »Ich hätte es auch ohne dich geschafft ... irgendwie.«

Er lacht nur, als wäre das das Bescheuertste, das er je in seinem Leben gehört hat.

Ich bleibe stehen, stemme die Füße in den sandigen Untergrund und verschränke die Arme vor der Brust. »Weißt du, ab und zu denke ich, du hilfst mir, weil du es willst, und nicht, weil du es als Mitglied der Gilde nun einmal musst. Und dann machst du wieder so was. Zeigst mir mit deinen dummen Sprüchen und deinem blöden, arroganten Lachen, was du von mir hältst.« Die Worte sprudeln nur so aus mir heraus, ohne dass ich etwas dagegen tun kann. Wie ein Ozean, der sich dazu entschließt, sich nicht länger vom Deich aufhalten zu lassen. »Du bist so ...«

Jetzt bleibt er ebenfalls stehen. Einen Moment sehe ich nur seinen Rücken, kann beobachten, wie sich seine Schultermuskulatur unter dem Shirt anspannt, dann dreht er sich zu mir um. Er sagt nichts, sieht mich nur an, und sein gesamter Ausdruck ist mir ein einziges Rätsel. Sein Schweigen macht es nur noch schlimmer, lässt mich fahrig am Bund meines Sportshirts zupfen und die Hände schließlich zu Fäusten ballen, weil ich einfach nicht weiß, was ich sonst mit ihnen tun soll.

»... ein Arsch«, beende ich murmelnd meinen Satz, einfach nur, um die Stille zwischen uns zu füllen.

Etwas blitzt in Elias' Augen auf. »Gestern Abend hast du noch nichts gegen meine Sprüche gehabt. Ganz im Gegenteil.«

»Gestern warst du ja auch um einiges netter zu mir«, rutscht es aus mir heraus, ohne dass ich etwas dagegen tun kann. Ich wende den Blick ab.

»Und du nicht so stur«, gibt er zurück, das Grinsen ist wieder deutlich in seiner Stimme zu hören.

»Und du nicht so ...«, setze ich an, finde jedoch keinen Begriff, der das ausdrückt, was ich sagen möchte. Frustriert starre ich auf meine Sneaker, deren Sohlen sich immer tiefer in den Sandweg graben. Eine Weile ist es wieder still, nur das Rauschen des Windes durch die Baumkronen dringt an meine Ohren.

»Annika ...« Elias' Stimme klingt anders als sonst. Diesmal ist sie kein Stoßen, sondern ein vorsichtiges Tasten. Erwartungsvoll halte ich den Atem an, traue mich nicht, mich auch nur minimal zu bewegen. Aber er sagt nichts, lässt meinen Namen nur bedeutungsschwer in der Luft schweben, bis ich mir nicht einmal mehr sicher bin, ob er ihn überhaupt ausgesprochen hat. Ich beiße mir auf die Unterlippe und verfluche den ziehenden Muskel mitten in meiner Brust. Elias ist ein Idiot. Das weiß ich – also was habe ich auch erwartet?

»Lass uns weitermachen«, stoße ich zwischen zusammengebissenen Zähnen hervor und will losrennen, doch jetzt stellt sich auch noch mein eigener Körper gegen mich, bringt mich zum Stolpern. Ehe ich mich versehe, lande ich mit den Knien auf dem kalten Boden, nur wenige Zentimeter von Elias' Schuhspitzen entfernt. Verdammte ...

Heiß, beißend und ohne Vorankündigung steigen mir die Tränen in die Augen, verschleiern mir die Sicht und verbünden sich mit dem Kloß in meinem Hals. Ich beiße mir auf die Unterlippe, kneife die Lider zusammen und kämpfe vergeblich gegen das Schluchzen an, das meine Kehle emporklettert. Das darf doch nicht wahr sein. Als ich eine warme Berührung auf meiner Schulter spüre, zucke ich zusammen und zwinge mich, die Augen zu öffnen. Da hockt Elias, seine Hand ganz nah an meinem Hals, seine Miene so undurchdringlich, wie es sich für einen Elias Steinbach gehört. Gequält wende ich den Blick ab.

»Hey ...« Er zieht das Wort in die Länge, eine einzige, warme Silbe, die mich sofort einlullt. »Was ist denn los?«

Ich will ihm antworten, wirklich. Will ihm das Chaos erklären, das in meinem Leben, in meinem Kopf, in meinem Herzen herrscht. Doch ich bringe keinen einzigen Ton heraus.

»Prinzessin«, murmelt er rau und zieht eine Hälfte seiner Unterlippe zwischen seine Zähne, was ihn beinahe verzweifelt aussehen lässt. Dann richtet er sich auf und streckt mir seine Hand entgegen. »Komm erst mal hoch, okay?«

Ohne groß nachzudenken, lasse ich mich von ihm hochziehen und sinke gegen seine Brust, die genauso warm und beschützend ist, wie ich es mir gestern betrunken ausgemalt habe. Während er sein Kinn auf meinen Kopf legt und zögerlich mit seinen Fingern durch mein Haar zu fahren beginnt, vergrabe ich mein Gesicht in seinem T-Shirt und atme seinen Duft ein. Er riecht nach Wald und Regen, und ich habe in meinem Leben noch nichts Tröstlicheres gerochen. Ich schließe die Augen und versuche, diesen Moment einzufangen, die Zeit anzuhalten. Dieses Stückchen Ruhe in all dem Chaos.

»Was ist los, Prinzessin?« Seine Worte sind noch immer vorsichtig, als hätte er Angst, mich mit der nächsten Silbe wieder von sich zu stoßen.

»Ich will, dass es aufhört«, bringe ich hervor, gemeinsam mit den Worten beginnen auch die Tränen zu fließen. »Ich will, dass dieser ganze Scheiß aufhört.«

»Schhht, Annika, nicht weinen.« Elias' Hände verharren an meinem Hinterkopf. »Du schaffst das. Du bist so stark.«

Ich lache auf. Erstickt und ungläubig dringt das »Haha!« gegen sein T-Shirt.

»Ich mein's ernst«, sagt er, in seiner Stimme ist das schiefe Grinsen zu hören, das sich sicherlich gerade auf seinen Lippen bildet. »Gemeinsam reißen wir diesen Dingern den Arsch auf. Versprochen.«

Jetzt muss ich wirklich lachen. Eine Weile lang stehen wir so da, und ich erlaube mir, mich von Elias halten zu lassen, während meine Tränen versiegen und ihre Spuren auf meinen Wangen trocknen. Dann – nach einer Ewigkeit und doch viel zu schnell – löst er sich von mir und schenkt mir ein aufmunterndes Lächeln. Keine Ahnung, was das zwischen uns ist, aber irgendetwas hat sich verändert, seit wir gemeinsam in diese Sache verwickelt sind – und dieses Etwas bringt mein Herz dazu, aufgeregt gegen meine Brust zu donnern.

»Hey«, murmelt er und streicht mir eine verirrte Haarsträhne hinters Ohr. »Wir kriegen das hin, ja?«

Ich wische mir die Überreste der Tränen aus dem Gesicht und nicke entschlossen. Er hat recht. Wir schaffen das schon irgendwie. Das hoffe ich zumindest.

»Aber nicht mehr heute. Heute verkriechst du dich unter deine Decke und schaust irgendwas auf Netflix, okay? Versuch, dir mal eine kleine Auszeit zu gönnen.«

Schnaubend hebe ich die Brauen.

»Ich mein's ernst. Die Nox laufen nicht weg –«

»Leider.«

»– und so, wie es dir jetzt geht, kannst du sowieso nichts gegen sie ausrichten«, beendet er seinen Satz. »Du gehörst ins Bett. Ich bringe dich nach Hause.«

Wir sagen kein einziges Wort mehr. Nicht, während wir zurück zum Jeep laufen und uns umziehen, und auch nicht, als er mich schließlich wieder nach Hause fährt. Stattdessen renne ich fieberhaft meinen Gedanken nach, die in alle möglichen Richtungen fliehen und es mir unmöglich machen, mich zu konzentrieren. Elias hingegen spielt häufiger als sonst an den Reglern in der Mittelkonsole herum, dreht das Radio mal lauter, mal leiser und schaltet die Lüftung immer wieder ein und aus. Ich tue so, als würde ich es nicht bemerken, aber innerlich steckt mich seine Nervosität an, lässt mich unruhig auf dem Sitz herumrutschen und meine Finger ins alte, abgenutzte Leder graben.

Als wir schließlich bei mir zu Hause ankommen, haben wir so lange geschwiegen, dass ich mich räuspern muss, bevor ich überhaupt in der Lage bin, Elias anzusehen. Sobald ich mich zu ihm umdrehe, tut er es mir gleich. Unsere Blicke verhaken sich und lassen mich für einen Augenblick vergessen, was ich sagen wollte.

»Danke«, murmle ich schließlich.

Elias' Mundwinkel hebt sich. »Du wolltest dich nicht mehr bei mir bedanken.«

Ich beiße mir auf die Unterlippe, zögere. »Das war, als du noch ein Arsch warst.«

Jetzt hebt sich auch sein zweiter Mundwinkel, aber das Grinsen wirkt für seine Verhältnisse beinahe scheu. »Na vielen Dank auch.«

Mit wild klopfendem Herzen werfe ich ihm ein Lächeln zu, den Griff der Beifahrertür bereits in der Hand. »Bis morgen, Elias!«

»Bis morgen, Prinzessin!«

Kapitel 15

»Ich hab genau gesehen, wie ihr miteinander weggegangen seid!« Marleen lässt sich höchstens einen Sekundenbruchteil vom Zischen ablenken, mit dem Herr Dringenberg uns tadelt, ehe sie mich wieder fixiert. »Und ich finde, du bist mir eine Erklärung schuldig.«

Ich ziehe die Unterlippe zwischen die Zähne und rutsche auf meinem Stuhl hin und her. Fast die ganze Mathestunde lang bin ich erfolgreich um die Marleen-Inquisition herumgekommen – bis jetzt.

Verlegen kratze ich mich am Hals und greife nach meinem Kugelschreiber, um ihn zwischen meinen Fingern hin und her zu drehen. »Er hat mir geholfen«, sage ich. Auch wenn Marleen vermutlich etwas anderes hören will, ist das zumindest die Wahrheit. Oder eher gesagt ein Teil von ihr.

In den letzten Wochen habe ich es irgendwie geschafft, sie mit Halbwahrheiten zu befriedigen, und jedes einzige Mal davon hat mir ein schlechtes Gewissen bereitet. Ich würde ihr gern die Wahrheit erzählen, aber das kann ich einfach nicht. Zu groß ist die Unsicherheit, was das Wissen über die Nox und auch die Gilde für meine beste Freundin bedeuten würde. Was, wenn es sie in Gefahr bringt? Oder die Schattenwesen sie dann auch verfolgen? Das Risiko ist mir zu groß. Also schlucke ich all die

Wahrheiten herunter, die mir auf der Zunge liegen, und schrumpfe unter Marleens verärgertem Blick zusammen.

»Ach was. Das war offensichtlich.« Ihre Stimme nimmt den schneidenden Ton an, der sonst nur für die Menschen reserviert ist, die ihr auf die Nerven gehen. Ich schlucke.

»Was ist das zwischen euch? Vor ein paar Wochen konntet ihr euch nicht leiden, und jetzt taucht er immer wieder in deiner Nähe auf, wenn ich mal einen Moment nicht hinsehe.«

Ich klicke an meinem Kugelschreiber herum. »Ja, ähm ... er hat mir doch letztens bei diesem Projekt für Latein geholfen. Kurz nach Sophies Geburtstag«, sage ich. »Wir haben halt seitdem ein paarmal geredet. Vielleicht ist er gar nicht so übel.«

Abwartend hebt Marleen eine Augenbraue. »Und wie genau kam es von ›gar nicht so übel‹ zu ›wir verschwinden gemeinsam von einer Party‹?«

»Nachdem wir geredet haben, bin ich ins Bad geflüchtet. Ich hab irgendwie zu viel getrunken und war ziemlich fertig. Elias ist zufällig reingekommen. Er war einfach nur nett, schätze ich.«

»Nett?«, wiederholt sie.

»Ja, genau. Nett.« Ich nicke bekräftigend und bemühe mich, die verräterische Hitze in meinen Wangen zurückzudrängen. »Er hat mich nach Hause gebracht. Mehr nicht.«

Marleen öffnet schon den Mund, um allem Anschein nach noch eine Frage zu stellen, wird jedoch vom Läuten der Schulklingel davon abgehalten. Als das blecherne Geräusch verhallt ist, setzt sie mit einem »Und du bist ...« erneut an, doch diesmal fällt ihr jemand anders ins Wort.

»Marleen?« Herrn Dringenbergs Stimme klingt noch ungeduldiger als sonst. Mit verschränkten Armen lehnt er an der Seite seines Pults. »Kommst du bitte kurz? Ich möchte mich mit dir über den letzten Kurztest unterhalten.«

Mit zusammengepressten Lippen sehen Marleen und ich uns an.

»Ich erzähle dir später alles, versprochen. Gib mir noch ein paar Tage Zeit, und dann gibt es keine Ausreden mehr«, murmle ich gerade so laut, dass nur sie es hören kann. Während sie nickt, klaube ich meine Sachen zusammen und schwinge mir den Rucksack auf den Rücken. »Und lass dich nicht ärgern.«

Mit diesen Worten und einem letzten Lächeln in Marleens Richtung verlasse ich den Klassenraum. Mit jedem Schritt festigt sich meine Entscheidung: Ich werde meiner besten Freundin erzählen, was es mit der Sache mit Elias auf sich hat. Zumindest, soweit ich kann, ohne sie in Gefahr zu bringen.

Als ich nach einem kurzen Umweg über die Schultoilette bei meinem Spind ankomme, kommt es mir wie so häufig so vor, als wäre ich die Einzige an der gesamten Recha-Freier-Gesamtschule, die sich einen gemietet hat. Nur durch die Glastüren am Ende des Gangs ist das aufgeregte Gemurmel der Schülermenge zu hören, aber selbst das klingt weit weg. Ich krame meine Englischbücher aus dem Spind und rücke die Fotos an der Innenseite der Tür zurecht, bevor ich sie zuschlage – wodurch ich direkt in ein grimmiges Gesicht schaue. Ich blinzle perplex, brauche aber nicht lange, um ihn zu erkennen. Superman-T-Shirt. *Scheiße!*

»Hallo, Monstermädchen!«

»Hi, ähm …«, sage ich, während ich mein Gedächtnis nach seinem richtigen Namen durchsuche. Wenn mich nicht alles täuscht, geht er wie Elias' Cousin Jannis in die

Elfte, aber obwohl unsere Schule recht klein ist, will mir einfach nicht einfallen, wie er heißt. Deshalb probiere ich eine andere Taktik. Ich bemühe mich, cool zu bleiben, und ziehe auf die beste Elias-Steinbach-Art eine Augenbraue hoch. Apropos – wo bleibt der Lebensretter in Lederjacke, wenn man ihn braucht? »Kennen wir uns?«

»Tu nicht so«, knurrt der Typ und tritt näher an mich heran, was ich hastig mit einem Schritt nach hinten erwidere. Heute trägt er kein Superman-T-Shirt, und auch seine Pupillen scheinen eine normale Größe zu haben – wodurch seine beinahe überzeichnet wirkenden Gesichtszüge nicht weniger gruselig wirken. »Du weißt genau, wer ich bin.«

»Tut mir leid, ehrl-«

»Bullshit«, fällt er mir ins Wort, noch bevor er überhaupt weiß, was ich sagen wollte. Wie auf der Party greift er nach meinem Arm, aber dieses Mal kann ich ihn rechtzeitig wegziehen. Ein Stück hinter dem Typen schlägt ein geöffnetes Fenster mehrmals in den Rahmen und fällt wieder zurück, aber er lässt sich davon gar nicht irritieren.

»Was war das am Samstag?«

Er wird nicht lockerlassen – und wir haben einen riesigen Fehler begangen, indem wir uns für solch unfreiwillige Zeugen keinen Notfallplan zurechtgelegt haben. Als ich hinter mir eine Tür ins Schloss fallen höre, entschließe ich mich, Zeit zu schinden. Der Typ kann mich immerhin nicht eine Ewigkeit hier festhalten. Spätestens zum Ende der Pause muss er mich gehen lassen, wenn er nicht in Erklärungsnot geraten will.

Also neige ich gespielt unschuldig den Kopf zur Seite. »Warte mal, bist du etwa der Typ von der Party? Der, der –«

»Alter, was soll das?«, unterbricht er mich wieder und schlägt mit der Faust gegen meinen Spind. Ein blechernes Knallen direkt neben meinem Ohr. »Samstag konntest du mich vielleicht verarschen, aber jetzt –«

Jetzt ist er so nah, dass sein beißend-herber Geruch mir in die Nase steigt – genau wie der von Gras. Angewidert rümpfe ich die Nase und zwinge mich, meine Schultern durchzudrücken und mich groß zu machen.

»Hör mal, ich habe echt keine Ahnung, was du von mir willst«, lüge ich. Neben mir quietscht meine Spindtür. »Aber so oder so gibt es dir kein Recht, mich hier in die Ecke zu drängen.«

Der Typ rührt sich nicht, also dränge ich meine Nervosität zurück und lege ihm beide Hände auf den Oberkörper, um ihn wegzuschubsen. Auch wenn ich selbst viel zu schwach gewesen wäre, um diesen Kerl überhaupt einen Zentimeter zu bewegen, habe ich das Überraschungsmoment auf meiner Seite. Jetzt ist er zumindest so weit von mir entfernt, dass ich seine Drogen nicht mehr riechen muss.

Was ihn unglücklicherweise nicht davon abhält, weiter an seiner Überzeugung festzuhalten. »Ich hab dich gesehen, mit deinem Monster. Und das weißt du auch.«

»Was denn für ein Monster?« Ich bemühe mich, den Kloß in meinem Hals zurückzudrängen und meiner Stimme einen festen Klang zu verleihen. »Ich war als Skelett verkleidet, falls du das meinst. Und allein im Bad – zumindest, bis du meintest, mich dort stören zu müssen.«

Die Augenbrauen des Typens beben leicht, als er sie zusammenschiebt. »Verarsch mich nicht. Ich rede doch nicht von deinem bescheuerten Kostüm. Ich meine das echte Monster. Das in der Badewanne.«

Ich zwinge mich zu einem Lachen und hoffe, dass es nicht nervös, sondern ungläubig klingt. »Hör mal. Was auch immer du gesehen haben willst – du warst higher als der Mount Everest. Bist du sicher, dass du noch bei Verstand warst?«

Wie eine Gewitterwolke schiebt sich die Finsternis über sein Gesicht. »Du hast etwas zu verbergen, Monstermädchen. Das sehe ich dir an.«

Bevor ich etwas erwidern kann, schrillt das Schulklingeln durch den Flur. Wie aufs Kommando öffnen sich die Türen zu beiden Enden des Korridors und geben den Weg für lässig quatschende Schülermengen frei.

Ich straffe die Schultern. »Das Einzige, was ich zu verbergen habe, ist, dass ich meine Hausaufgaben nicht gemacht habe.«

Mit diesen Worten drehe ich mich auf dem Absatz um und lasse Superman-T-Shirt im Gang stehen. Wenn ich es alle paar Tage mit Nox aufnehmen kann, werde ich mit einem kiffenden Idioten allemal fertig.

»Es tut sooo gut, den Nachmittag ausnahmsweise mal nicht damit zu verbringen, auf einen Boxsack einzuschlagen.« Sophie seufzt genüsslich, als sie sich in einen der zahlreichen Lesesessel sinken lässt und ihre vorläufige Ausbeute auf dem Tisch neben sich platziert. Man sieht dem Stapel deutlich an, dass wir eine ganze Weile nicht in der Buchhandlung waren – statt wie sonst so um die drei Bücher umfasst er heute das Doppelte. Sofort schnappt sie sich das erste davon und schlägt es auf. Die Liebe zum geschriebenen Wort liegt eindeutig in der Familie.

Schmunzelnd greife ich nach einem Fantasy-Roman. »Du sagst es.«

»Den würde ich nicht nehmen«, kommentiert meine Schwester, ohne auch nur länger als eine Sekunde aus ihrer Lektüre hochzuschauen.

Stirnrunzelnd betrachte ich das Cover, das auf mich eigentlich ziemlich ansprechend wirkt. »Warum nicht?«

»Nach dem, was du mir gestern erzählt hast, würde ich an deiner Stelle eher ein New-Adult-Buch nehmen. Du könntest ein wenig Nachhilfe gut gebrauchen.«

Ich verdrehe die Augen. Seit ich ihr gestern Abend noch von meinem Nachmittag mit Elias erzählt habe, ist das nicht der erste Kommentar dieser Art. Irgendetwas in meiner Erzählung scheint ihr das Gefühl gegeben zu haben, dass sich die Dynamik zwischen Elias und mir auf diese »Von Feinden zu Liebenden«-Art-und-Weise geändert hat. Zu meinem Leidwesen gefällt dieser Gedanke dem hinterhältigen Muskel in meiner Brust ziemlich gut. Nur bin ich noch lange nicht bereit, das zuzugeben.

Deshalb strecke ich ihr auch jetzt die Zunge heraus. »Ich gehe dann mal in der Erotik-Abteilung schauen«, sage ich mit einem Zwinkern und verschwinde dann tatsächlich. Zwar nicht in die besagte Ecke, aber trotzdem weit genug weg, damit meine Schwester mir nichts anmerken kann. Auch wenn ich vor wenigen Sekunden noch mit allen Sinnen in der Buchhandlung gewesen bin, bin ich jetzt nur noch halbwegs hier. Immer wieder wandern meine Gedanken zurück zu gestern. Und damit zu Elias.

Frustriert greife ich nach dem erstbesten Buch auf dem Tisch vor mir und drehe es so, dass ich den Klappentext lesen kann. Oder eher gesagt können würde, wenn ich auch nur ein wenig bei der Sache wäre.

»Ich hätte dich gar nicht als Krimi-Liebhaberin eingeschätzt, Prinzessin.«

Im ersten Moment halte ich seine Stimme für ein Hirngespinst. Ich zwinge mich, den Kopf nicht direkt zu heben, sondern erst möglichst unauffällig am Buch vorbei auf den Boden zu sehen. Die Spitzen zweier Sneaker ragen in mein Sichtfeld, ihre Sohlen sind nicht mehr weiß, sondern vielmehr braungrau. Also doch kein Hirngespinst.

Ich hebe den Blick und sehe Elias an, bleibe etwas zu lange an seinem amüsiert zuckenden Mundwinkel hängen. »Und ich habe nicht gedacht, dass du überhaupt liest«, sage ich und lege das Buch weg.

»Was soll das denn heißen?« Er zieht eine Augenbraue hoch. »Zu einem guten Krimi oder Thriller sage ich nie Nein.«

»Nicht so meine Genres«, entgegne ich und werfe einen bedeutsamen Blick zurück in die Jugendbuchabteilung. »Ich brauch's nicht so blutig.«

»Wenn du deine Meinung änderst, sag Bescheid. Ich habe ein paar gute Empfehlungen.«

Ich grinse. Es wären nicht die ersten Empfehlungen, die er mir gibt. Neben unseren regelmäßigen Trainingsabsprachen schicken wir uns inzwischen auch Nachrichten, in denen wir uns kommentarlos Songs empfehlen – während des Trainings hatten wir immerhin genug Zeit, um festzustellen, dass wir einen ähnlichen Geschmack haben. Ab und an ist auch ein Meme dazwischen, das zu einer Situation im Unterricht oder zu einem Lehrer passt. Wer hätte vor ein paar Wochen schon gedacht, dass Elias Steinbach und ich den gleichen Sinn für Humor teilen?

Plötzlich muss ich an Sophies Worte über die Romeo-und-Julia-Dynamik in verfeindeten Familien denken und vertreibe hastig den Gedanken über eventuelle Gemeinsamkeiten zu Elias. Ich beiße mir auf die Unterlippe. »Was machst du hier?«

Sobald die Worte meine Lippen verlassen haben, merke ich, wie dumm die Frage ist. Wir sind in einer Buchhandlung – da ist es ziemlich offensichtlich, dass er nicht hier ist, um sich ein Lama oder so zu kaufen. Vor allem, nachdem er gerade selbst gesagt hat, dass er gerne liest. Was mir besser gefällt, als mir selbst lieb ist.

»Elias? Weißt du, welches Kochbuch wir Esther mitbringen sollen?« Die Stimme, die neben uns ertönt, ist donnernd und kräftig. Ich drehe mich zu ihr um und sehe direkt in die wachen, hellen Augen eines Mannes in den Fünfzigern, die im nächsten Moment auch auf mich aufmerksam werden. »Oh, hallo! Wen haben wir denn da?«

»Annika«, sage ich. Ich verzichte darauf, ihm meinen Nachnamen zu nennen, obwohl ich mir ziemlich sicher bin, dass er weiß, wer ich bin. Vermutlich hat er mich schon das ein oder andere Mal mit Paps gesehen und nur aus Höflichkeit nach meinem Namen gefragt. Immerhin ist Attenafehn eine Kleinstadt.

Er streckt mir seine Hand entgegen. Seine Lippen verziehen sich unter dem krausen Vollbart zu einem Lächeln. »Falk Steinbach. Ich bin Elias' Onkel.«

Ich ergreife seine Hand und bemühe mich an einem Lächeln. Auch ich habe ihn schon ein paarmal gesehen, aber noch nie aus solcher Nähe wie jetzt. Aus dieser kurzen Distanz wirkt er ... irgendwie beeindruckend. Ich kann nicht genau sagen, was es ist – vielleicht einfach die Art, wie er in seinem dunklen Hemd vor uns steht, oder die dichten grauen Haare, die er in voluminösen Wellen zurückgekämmt hat. Jedenfalls hat er zugleich etwas Einschüchterndes und etwas Bewundernswertes an sich, eine

Mischung, die mich an einen Diplomaten der Antike denken lässt.

Elias räuspert sich. »Wir gehen zusammen zur Schule.«

Seine Worte erinnern mich daran, dass sein Onkel nichts von unserem kleinen magischen Geheimnis wissen soll. Mit einem Mal verstehe ich Elias' und Xenias Bedürfnis, sich vor diesem Ehrfurcht gebietenden Mann beweisen zu wollen. Allein seine Gegenwart, sein Blick, der ruhig auf mir liegt, gibt mir das Gefühl, jetzt gleich irgendetwas Schlaues sagen oder tun zu müssen. Doch statt dass mir etwas einfällt, kann ich nur daran denken, dass der Plan der Zwillinge eventuell gerade wie eine Seifenblase geplatzt ist. Was ist, wenn Falk mir etwas anmerkt? Etwas Magisches?

Falls das der Fall sein sollte, lässt er sich zumindest nichts anmerken. »Wie schön«, kommentiert er die Worte seines Neffen mit einem Lächeln, das etwas Sarkastisches hinter seiner Freundlichkeit vermuten lässt.

»Esther möchte das neue Buch von diesem britischen Sternekoch«, sagt dieser jetzt. »Das, in dem er italienische Rezepte vorstellt.«

Falk zieht die Stirn in Falten, als würde er sich ebenfalls daran erinnern zu versuchen, und nickt. »Na dann mache ich mich mal auf die Suche. Vielleicht haben wir ja Glück und bekommen heute Abend schon etwas Leckeres daraus serviert.« Er zwinkert mir zu, was ihn um einige Jahre jünger wirken lässt, als er vermutlich ist. »Bis gleich, Elias! Man sieht sich, Annika.«

Mit einem Nicken blicke ich ihm hinterher und warte, bis er am anderen Ende der Buchhandlung angekommen ist. Aus den Augenwinkeln erkenne ich, dass Sophie ihre Aufmerksamkeit von dem Buch in ihren Händen losgerissen hat und nun stattdessen uns ins Visier nimmt. Vermutlich werde ich nachher jedes Wort unserer Unterhaltung haargenau rezitieren müssen, um ihre Neugier zu befriedigen. Aber das kann warten. Erst mal sehe ich Elias an.

Der scheint meinen Blick richtig zu interpretieren. Er lotst mich zum nächsten Bücherregal, vor das wir uns beide so stellen, als würden wir die Auswahl darin betrachten. Trotz der dadurch noch größer gewordenen Entfernung zu Falk kann ich hören, wie der die Buchhändlerin mit seiner sonoren Stimme in ein Gespräch verwickelt.

Ich spiele Elias' Spiel mit. Ziellos greife ich nach einem Buch und lasse es so aussehen, als würde ich mich mit ihm über Literatur unterhalten. »Meinst du, er hat etwas bemerkt?«, frage ich ziemlich leise, als ob Falk Ohren wie ein Luchs haben könnte. »Von ... du weißt schon ...« Ich suche nach einer Umschreibung für die Nox, was ziemlich absurd ist, da Elias und ich diesen Begriff ja für uns erfunden haben. Aber sicher ist sicher. »... der lateinischen Nacht?«

Das leicht amüsierte Zucken seines Mundwinkels, das ich im Augenwinkel wahrnehme, verrät mir, dass er mich versteht. »Ich denke nicht. Wenn sich zwei Nachtaktive am selben Ort befinden, ist es schwer, sie auseinanderzuhalten. Häufig kann man dann den einen von beiden gar nicht erkennen.«

Ich atme erleichtert aus. Also verschleiert sein Echo-Sein meine Magie. »Aber sind gewisse ... Dinge nicht dunkler als andere?«

»Das sehen nur die, die ein fast schon magisches Auge dafür haben.«

Was dann wohl bedeutet, dass Elias und Xenia nur erkannt haben, dass die Nox aus dunkler Magie bestehen, weil sie Echos sind. Die Erleichterung, gepaart mit der Tatsache, wie schnell er meine Geheimsprache adaptiert hat, lässt mich kichern. Auch Elias lacht leise neben mir.

»Ich bin so etwas wie dein lebender magischer Schutzschild, Prinzessin.«

»Ich brauche keinen Schutzschild«, erwidere ich, vor allem aus Prinzip. Die letzten Wochen haben mir oft genug gezeigt, dass das in Wahrheit nur Wunschdenken ist.

»Das weiß ich doch«, sagt Elias jedoch zu meiner Überraschung. »Aber zu zweit ist es einfacher.«

»Und es macht mehr Spaß.«

Er grinst. »Quod erat demonstrandum.«

Womit er recht hat: Wir beide sind selbst der Beweis dafür, dass meine Nox-Misere nicht nur ihre schlechten Seiten hat – und dass die Zusammenarbeit zwischen uns beiden überraschend gut klappt. Lächelnd fange ich seinen Blick auf und gebe mir dieses Mal nicht die Mühe, das kribbelig-aufgeregte Gefühl in meiner Brust zurückzudrängen.

Kapitel 16

Ich spüre den eisigen Atem an meiner Wange, noch bevor ich die Augen aufschlage – nein, ich schlage sie nicht auf, ich reiße sie auf, angetrieben vom Prickeln in meinem Nacken und meinen Fingerspitzen, die trotz der Wärme meines Bettes eiskalt sind.

Der Nox hockt auf meiner Brust, so schwer, dass er mir die Luft aus den Lungen treibt. Im Halbdunkel meines Zimmers ist er kaum zu sehen, wären da nicht seine pechschwarzen Pupillen, die mich fixieren, viel dunkler, als ein Schatten jemals sein könnte. Ich schlucke, während sich sein wachsamer Blick mit meinem verhakt, wage es kaum, zu blinzeln. Die wolfsartigen Ohren sind wachsam aufgestellt, der graue Schnabel lang und spitz wie eine Sense. Wenn ich mich auch nur minimal nach vorne beugen würde, würde er meine Nase berühren. So viel dazu, dass das Training mit Elias mir weiterhelfen soll. Vielleicht weiß ich inzwischen, wie ich mich nicht ganz so schnell und hilflos auf den Boden werfen lasse, aber auf eine solche Situation bin ich absolut nicht vorbereitet.

Das Wesen löst sich zuerst aus der Starre. Klickernd hebt es einen seiner Arme – oder ist es ein Bein? – von meiner Brust und lässt die schlanke Klaue einen Moment über meinem Gesicht verharren. Ich sehe die langen, viel zu menschlichen Finger, die an ihren Enden in ebenso schmale Krallen übergehen, und presse nun doch die Lider zusammen. Spüre, wie sich dahinter heiße Tränen ansammeln. Dann spüre ich etwas Kaltes, Hartes auf meiner Haut, das von meiner Schläfe über die kitzlige Stelle neben meinem Ohr bis hin zu meinem Kinn streicht. Nur wenig später setzt der Schmerz ein. Brennend, beißend.

Ich setze gerade dazu an, meine Kräfte zu bündeln, um das Wesen von mir herunterzustoßen, als mich ein lautes Schrillen zusammenzucken lässt. Ich reiße die Augen auf. Der Blick des Nox folgt meinem zum Wecker, der fröhlich vor sich hin kreischt. Ich hätte nicht gedacht, dass ich diesem nervenden Ding einmal so dankbar sein würde. Das Gewicht des Schattenwesens ist weniger schwer geworden, nun schlagen die knochenartigen Flügel durch die Luft, gerade stark genug, um ihn eine Handbreit über mir zu schweben zu lassen. Ich nutze seine Verwirrung, um mich unter ihm wegzurollen, wie Elias es mir im Training gezeigt hat. Das hat zwar den unangenehmen Nebeneffekt, dass ich aus dem Bett fliege und mit viel zu viel Geschwindigkeit auf dem Boden aufkomme, aber es gelingt mir, mich hastig aufzurichten.

Inzwischen starrt der Nox mich wieder an, den Schnabel wie eine Waffe drohend auf mich gerichtet. Er stößt ein klickerndes Knurren aus, so durchdringend, dass ich es trotz des Lärms hören kann. Ohne das Furcht einflößende Wesen aus den Augen zu lassen, greife ich instinktiv nach dem Baseballschläger, der am mittlerweile gewohnten Platz neben meinem Nachtschrank lehnt.

Als ein weiteres unangenehmes Klickern aus dem Schnabel des Schattenwesens dringt, denke ich nicht mehr nach. Wie ferngesteuert hole ich mit dem Schläger aus und lasse ihn auf meinen Feind niedersausen, wieder und wieder. Dass sich die Kreatur kaum gegen meine Attacken wehrt, macht das Ganze nur noch viel schlimmer.

Erst als mich mein eigenes Schluchzen zum Stocken bringt, merke ich, dass meine Sicht von Tränen verschleiert ist. Unscharf erkenne ich gerade noch, wie der Nox einen Satz auf mich zu macht.

»Was wollt ihr von mir? Lasst mich in Ruhe!«, schreie ich ihn mit vom Schlaf kratziger Stimme an, während ich geschickt ausweiche. Aber natürlich antwortet er nicht. Das gibt mir den Rest. Blind schlage ich auf das Wesen ein und versinke dabei in einer diffusen Raserei. Ich höre erst wieder auf, als mich eine bekannte Stimme aus dem Chaos meiner Ängste und Aggressionen reißt.

»Was ist das denn hier für ein Lärm?«

Mein Vater stürmt in mein Zimmer, schaltet das Deckenlicht ein, den Wecker aus und eilt auf mich zu. Ich muss blinzeln, um die sorgenvolle Anspannung in seinem Gesicht zu erkennen. Seine Brille ist verrutscht, das dunkle Haar steht ihm wüst vom Kopf ab, das Gewehr hält er einsatzbereit in seiner Hand.

Sobald er mich sieht, den Baseballschläger in den zitternden Fingern, das Ding vor mir am Boden, lässt er seine Waffe fallen. Mit geweiteten Augen stürmt er auf mich zu. »O Gott, Nika, bist du okay?«

Ich nicke abwesend, während mein Blick zu dem Nox wandert, der mit leicht geöffnetem Maul auf dem Laminat liegt. Er rührt sich nicht mehr, starrt nur aus leeren schwarzen Augen zu mir hoch, während das Blut aus seinen unzähligen Wunden auf das Laminat läuft. Dunkel, zäh und glänzend. In wenigen Momenten wird das Ding nicht mehr als ein Haufen Asche sein.

Einem Instinkt folgend greife ich mir an die Wange, dorthin, wo sich die Kralle des Wesens in mein Gesicht gebohrt hat. Zwar klebt etwas Blut an meinen Fingern, aber der Schnitt brennt nur etwas, ist also nicht so tief, wie ich befürchtet habe. Ich bin noch mal mit einem Schrecken davongekommen. Und habe den ersten Nox höchstpersönlich umgebracht.

Bevor ich in der Lage bin, irgendwie auf diese Erkenntnis zu reagieren, nimmt Paps mir den Schläger aus der Hand, wirft ihn beiseite und schließt die Arme fest um mich. Ich lege meine Wange an den Stoff seines T-Shirts und mache die Augen zu. Ich gönne mir eine Minute, in der ich mich einfach darauf konzentriere, meinen Atem wieder zu beruhigen und die Tränen zu bekämpfen.

»Ich habe ihn umgebracht, ich habe ihn umgebracht …«, schluchze ich immer wieder. Meine Stimme klingt belegt.

»Nika«, sagt mein Vater und zieht die Silben auf beruhigende Weise in die Länge. »Das musstest du tun. Es hat dich angegriffen – was hättest du denn auch sonst tun sollen? Dich umbringen lassen? Du hattest gar keine Wahl.«

Ich weiß, dass mein Geflenne albern ist. Das weiß ich wirklich. Immerhin sind schon einige dieser Dinger meinetwegen gestorben. Nur fühlt es sich ganz anders an, wenn man die Kreatur selbst getötet hat. Selbst wenn sie wohl Ähnliches im Sinn gehabt hat.

Ich stoße einen Schwall Luft aus und löse mich von meinem Vater. Als ich mich vergeblich an einem Lächeln probiere, streicht er mit seiner Hand über mein Haar. Seine Augen mustern mich gründlich, aber auch voller Sorge. Sobald er den Schnitt an meiner Wange entdeckt, verfinstert sich sein Gesicht.

»Ist es sehr schlimm?«

Ich schüttle den Kopf. »Halb so wild.«

»Okay«, sagt er mit einem ernsten Nicken. »Ich erledige das hier. Geh du erst mal duschen. Im Schrank unterm Waschbecken müsste etwas Heilsalbe sein.«

»Danke, Paps!« Ich schenke ihm ein weiteres Lächeln, ehe ich rasch meine Klamotten zusammenklaube, wobei ich die Leiche auf meinem Zimmerboden betont ignoriere – oder es zumindest versuche.

Ich schaffe es gerade noch pünktlich zum Religionsunterricht. Meine Lehrerin hebt zwar den Kopf, als ich keuchend durch die Tür stolpere und mich auf meinem Platz fallen lasse, sagt aber nichts.

Neben mir dreht sich Mara, das Mädchen, mit dem Xenia auf der Halloweenparty geflirtet hat, zu mir um und mustert mich fragend. Kein Wunder, immerhin bin ich völlig außer Atem – vom Schnitt an meiner Wange mal ganz zu schweigen.

»Alles okay bei dir?«, flüstert Mara, und ich nicke knapp.

Während meine Lehrerin über die Theodizeefrage philosophiert und einzelne Schüler ihre Aufsätze zu dem Thema vorlesen müssen, fällt mir auf, dass ich gar keinen geschrieben habe. Verdammt! Ich hatte nun mal wirklich Wichtigeres zu tun. Aber hier dürfte es niemanden interessieren, ob ich mich gegen übernatürliche Schattenwesen zur Wehr setzen muss. Deshalb bleibt mir nichts anderes übrig, als zu beten – wie passend im Religionsunterricht! –, dass ich nicht drankomme.

Aber wenn es da oben einen Gott gibt, hört er anscheinend nicht auf frischgebackene Nox-Mörder.

»Annika, möchtest du vielleicht auch mit deinem Text zur Diskussion beitragen?«, fragt sie mit einem freundlichen Lächeln. Sie hat ein sorgloses Gesicht und in ihrem Leben bestimmt kein einziges Schattenwesen umgebracht.

Ich beiße mir auf die Unterlippe. »Ich hab den Aufsatz zu Hause vergessen.«

»Alles klar.« Sie nickt und dreht sich kurzerhand wieder zur Klasse. »Wer möchte dann?«

Ich schalte wieder ab, denke unweigerlich darüber nach, wie beklemmend sich der Nox auf meiner Brust angefühlt hat und wie geschmeidig seine Kralle durch meine Haut ritzte. Bei der Erinnerung daran überläuft mich ein Schaudern. Hastig reibe ich meine Finger, ehe sie überhaupt die Gelegenheit haben, auszukühlen, und versuche vergeblich, an etwas anderes zu denken.

Ich streiche mir ein paar widerspenstige Haarsträhnen hinter die Ohren. Langsam, aber sicher habe ich das Gefühl, wegen dieses ganzen Chaos verrückt zu werden. Die Nox sind wie ein Magnet, der meine Gedanken immer wieder anzieht und es mir unmöglich macht, dem Unterricht konzentriert zu folgen. Wenn wir nicht bald eine Lösung finden, wird der Kiffer von der Party nicht mehr der Einzige sein, der Verdacht schöpft. Aber wir treten auf der Stelle. Vor allem, weil Xenia seit Wochen in den familieninternen Aufzeichnungen recherchiert, ohne etwas über die Nox herauszufinden. Ich muss irgendetwas tun, um die Sache voranzubringen. Aber was?

Wie von selbst taucht Elias in meinen Gedanken auf, dicht gefolgt von der Erinnerung an unsere Begegnung gestern in der Buchhandlung. Sofort horchen die Schmetterlinge, die es sich unbemerkt in meinem Bauch gemütlich gemacht haben, auf und flattern aufgeregt durcheinander. Ich fahre mir mit der Zunge über die Lippen und lasse dieses warme Gefühl eine Weile lang zu, ehe ich es wieder zurückdränge. Dann kommt mir noch etwas anderes in den Sinn. Oder eher gesagt jemand anders. Falk. Vielleicht kann er uns ja weiterhelfen, wenn wir ihn in mein Problem einweihen. Ich schiebe diesen Gedanken in meinem Kopf hin und her, wo er sich nach und nach von einer losen Idee zu einem festen Plan entwickelt. Einem Plan, von dem ich erst noch Elias und Xenia überzeugen muss.

Und genau das versuche ich. In der zwanzigminütigen Pause zwischen den Unterrichtsblöcken werfe ich hastig meine Bücher in den Spind, ehe ich auf den Platz zugehe, an dem Elias in so gut wie jeder Pause steht. Dass ich seine Lederjacke schon von Weitem erkennen kann, bestärkt mich in meiner Zielstrebigkeit, sodass ich schließlich voller Entschlossenheit vor ihm zum Stehen komme.

»Hey, Elias«, sage ich nach Luft ringend und ärgere mich darüber, mir nicht doch ein wenig mehr Zeit gelassen zu haben.

»Prinzessin.« Mit dem typischen gespielten Desinteresse dreht er den Kopf in meine Richtung – wobei die Langeweile mit einem Mal aus seinem Gesicht gewischt wird. Nur einen Sekundenbruchteil später hat er mich am Handgelenk gepackt und zieht mich unnachgiebig durch die Schülermenge. Während ich nicht die geringste Ahnung habe, was hier gerade abläuft, ersticken die ohnehin schon neugierigen Blicke der anderen meine Widerworte im Keim. Wenn ich jetzt auch noch lautstark protestieren würde, wären wir auf jeden Fall das Gesprächsthema der gesamten nächsten Woche.

Also warte ich, bis Elias mich in einen leeren Unterrichtsraum gezogen und die Tür hinter uns geschlossen hat, ehe ich mich von ihm losreiße und die Arme vor der Brust verschränke. »Was zur Hölle sollte das denn jetzt?«

Doch er geht gar nicht auf meine Worte ein, sondern macht einen Schritt auf mich zu und legt seine Hand unter mein Kinn. Als er es anhebt und den Schnitt in meinem Gesicht beäugt, verfinstert sich seine Miene – das kribbelnde Gefühl, das sich bei seiner Berührung in meinem Magen ausbreitet, scheint er zum Glück nicht zu bemerken. »Woher hast du das?«

»Von einem Nox«, bringe ich hervor und versuche das Prickeln zu ignorieren, das seine Berührung in mir verursacht hat. »Er ist heute Morgen in meinem Zimmer aufgetaucht und saß plötzlich auf meiner Brust.«

Mit gerunzelter Stirn lässt er mein Kinn los, scheint aber nicht einmal daran zu denken, wieder auf Abstand zu gehen.

Ich zwinge mich, mich davon nicht ablenken zu lassen. »Und für dieses Gespräch musstest du mich jetzt unbedingt hierher zerren?«

Elias hebt eine Augenbraue. »Wär's dir lieber gewesen, durch die ganze Aula zu rufen, dass du von irgendwelchen Schattenmonstern verfolgt wirst?«

Verärgert wende ich den Blick ab und setze mich in Bewegung. Doch sobald meine Finger auf der kalten Türklinke liegen, hält mich Elias' belegte Stimme zurück.

»Ich bin froh, dass dir nichts passiert ist.«

Ich lasse die Klinke los und drehe mich zu ihm um, ganz langsam – im Gegensatz zu meinem Herzen, das so schnell gegen meine Rippen donnert, dass es kaum noch gesund sein kann. Hat er das gerade wirklich gesagt?

»Wir sollten trotzdem mehr trainieren«, setzt er hinterher.

»Noch mehr? Wann soll ich das denn unterkriegen?«

Elias zuckt mit den Schultern. »Ich weiß nicht. Vielleicht passt es irgendwo zwischen deinem Notartermin und dem Treffen mit dem Bestattungsinstitut wegen deiner Beerdigung?«

»Sehr witzig.« Ich beiße mir auf die Unterlippe.

»Ich mein's ernst, Prinzessin.«

»Ich hab ihn umgebracht«, platzt es aus mir heraus, und ich kann ein Aufschluchzen nicht zu unterdrücken.

Einen Moment lang wirkt Elias unschlüssig. Sein Arm hebt sich in meine Richtung, doch dann lässt er ihn wieder fallen und zieht stattdessen einen Mundwinkel hoch. »Wow, sieh an! Das Kätzchen kann nicht mehr nur kratzen, sondern endlich auch beißen.«

»Du bist und bleibst ein Vollidiot.«

Entschuldigend zuckt er mit den Schultern. »Daran solltest du dich doch inzwischen gewöhnt haben.«

Das habe ich. Viel mehr als das sogar, aber ich wage es nicht, diesen Gedanken zu Ende zu denken, geschweige denn, ihn laut auszusprechen. Also nicke ich nur schwach und sehe Elias dabei zu, wie er an mir vorbei Richtung Tür geht. Als er die Klinke herunterdrückt, erinnere ich mich daran, warum ich eigentlich mit ihm reden wollte.

»Warte mal«, halte ich ihn auf. »Ich habe über das alles nachgedacht. Ich glaube, es wäre am besten, wenn wir doch deinen Onkel in das Ganze einweihen. Vielleicht kann er uns ja helfen.«

Elias sieht mich über seine Schulter hinweg an, sein Gesicht ist wieder eine undurchdringliche Maske. »Wie wär's, wenn du deine Nase aus meinen Familienangelegenheiten heraushältst und dich lieber aufs Überleben konzentrierst, Prinzessin?«

Kapitel 17

Elias hat die Drohung über das vermehrte Training ernst gemeint. In der folgenden Woche kämpfe ich tagein, tagaus – meist erfolglos – gegen ihn in verschiedenen Kampfsportarten, übe den richtigen Umgang mit Messern und gehe mit Xenia und ihm in den umliegenden Wäldern joggen. Allerdings werden weder die Nox seltener, noch bringen wir auch nur ansatzweise in Erfahrung, warum sie mich verfolgen. Auch wenn ich weiß, dass ich den Zwillingen dankbar für ihre selbstlose Hilfe sein sollte, macht sich langsam, aber sicher Frust in mir breit.

Seit unserem Gespräch im Klassenraum ist Elias wieder dazu übergegangen, mir abwechselnd mit dummen Sprüchen und beißendem Spott zu begegnen. Von der Vertrautheit, die sich zwischen uns entwickelt hatte, ist nur noch eine schmerzhafte Erinnerung zu spüren. Um ehrlich zu sein, weiß ich nicht, was mich mehr frustriert: meine viel zu langsamen Trainingsfortschritte oder das Gefühl, irgendetwas verloren zu haben.

Als Elias mich am Freitagnachmittag mit voller Wucht auf eine der Turnmatten fallen lässt, habe ich es satt. Statt wie gewohnt aufzustehen, bleibe ich liegen und starre auf die alte Holzvertäfelung an der Decke der Sporthalle.

»Was soll das werden?«, hakt Elias ungeduldig nach. »Bist du da unten in Schockstarre verfallen, oder was?«

»Ach, halt doch einfach die Klappe«, murmle ich, mache aber nicht die geringsten Anstalten, mich zu bewegen.

»Okay, Prinzessin. Was ist bitte jetzt schon wieder dein Problem?«

»Mein Problem?«, wiederhole ich ungläubig. »Das sollte ich wohl eher dich fragen.«

»Ich habe keine Ahnung, wovon du redest.« Elias erscheint in meinem Sichtfeld, das dunkle Haar hängt ihm vollkommen zerzaust ins Gesicht.

Ich springe auf die Füße. »Seit ich dich gebeten habe, den Rest deiner Familie in die Sache miteinzubeziehen, benimmst du dich wie der letzte Arsch.«

»Ich hab nun mal alle Hände voll damit zu tun, dafür zu sorgen, dass du nicht draufgehst«, entgegnet er, seine Brauen ziehen sich düster zusammen. »Und da hab ich echt größere Probleme als die Tatsache, dass du mit Samthandschuhen angefasst werden möchtest.«

Verärgert recke ich das Kinn vor. »Vorher warst du doch auch nicht so.«

»Vorher hab ich ja auch noch gedacht, dass wir Fortschritte machen. Dass wir es schaffen könnten. Aber du beschwerst dich ja lieber, weil dir das alles nicht schnell genug geht, anstatt dir den hübschen Arsch aufzureißen.«

»Das stimmt doch gar nicht!« Ich verschränke wütend die Arme vor der Brust. »Ich wollte doch nur ...« Ich breche ab, als Elias mit voller Wucht gegen eines der Wurfmesser auf dem Boden tritt und es quer durch den Raum befördert.

Unsere Blicke verhaken sich ineinander, unsere Körper beben beide vor Wut. Und doch sagt keiner mehr ein Wort. Wir starren uns nur an, ganz still. In Elias' Augen flackert etwas, das ich dort noch nie gesehen habe. Verletzlichkeit? Unsicherheit?

Frustriert lege ich den Kopf in den Nacken. Mit einem Mal wird mir klar, wie mein Vorschlag auf ihn gewirkt haben muss. Als würde mir die Hilfe der Zwillinge nicht genügen. Selbst wenn ich die Schattenwesen am liebsten schnellstmöglich los wäre – ich darf nicht vergessen, dass die beiden mir helfen, ohne eine Gegenleistung dafür zu verlangen. Und dass sie ihre Freizeit genauso für mich opfern, wie ich es tue. Von der Tatsache, dass das Training mit Elias die meiste Zeit über gar nicht mal so übel ist, ganz zu schweigen.

»Es tut mir leid«, stoße ich hervor. »Ich war unfair zu euch. Das alles war –«

»Schon gut«, unterbricht Elias mich. »Es hat mich sowieso gewundert, dass du es so lange ohne Meckern ausgehalten hast.«

Ich ziehe die Augenbrauen hoch. »Was soll das nun wieder heißen?«

»Ach gar nichts.« Elias lächelt. »Lass uns für heute Schluss machen. Und Kopf hoch, Prinzessin. Ich überlege mir was. Versprochen.«

Das penetrante Vibrieren meines Handys, das irgendwo neben meinem Kopfkissen liegt, lässt mich aus dem Schlaf schrecken.

Seitdem es sich die Schattenwesen zur Gewohnheit gemacht haben, mich an meinem Bett zu überraschen, habe ich mir angewöhnt, die Lichterketten an der Wand darüber nachts anzulassen. Deshalb blinzle ich jetzt zwar in dämmriges Licht, aber zumindest nicht in die abgrundtief schwarzen Augen eines Nox.

Irritiert streiche ich mir ein paar rote Strähnen hinter die Ohren, die sich aus meinem Dutt gelöst haben, und greife nach meinem Handy. Vermutlich sollte es mich nicht wundern, dass ausgerechnet Elias' Name auf dem Display steht.

»Elias?« Ich räuspere mich, um den kratzigen Ton meiner Stimme loszuwerden. »Was willst du? Es ist mitten in der Nacht.«

Ich kann förmlich vor mir sehen, wie er am anderen Ende der Leitung die Brauen hebt. »Mit dir reden, Prinzessin.«

»Und dafür konntest du nicht einfach eine Nachricht schicken?«

»Das wäre ja langweilig.« Elias klingt eher stolz als schuldbewusst. War ja klar. »Außerdem wollte ich *jetzt* reden und musste sichergehen, dass du wach bist.«

Mit einem leisen Seufzen rutsche ich an das Kopfende meines Bettes und lehne mich gegen die Wand. »Wenn es dir nichts ausmacht, würde ich die Nacht gern so schnell wie möglich wieder zum Schlafen nutzen«, sage ich. »Also, worüber willst du reden?«

»Ich habe nachgedacht.« Mit einem Mal ist da nicht mehr dieser überhebliche Klang in seiner Stimme, sondern schlichter Ernst. »Du hast recht. Ich will nicht warten, bis es vielleicht irgendwann zu spät ist und die Nox …« Er ist kurz still. »Jedenfalls müssen wir irgendwie weiterkommen.«

»Und wie wollen wir das anstellen?«, hake ich nach, wobei ich den frustrierten Unterton nicht ganz aus meiner Stimme verbannen kann.

»Jetzt sei doch nicht immer so ungeduldig.« Er schmunzelt hörbar. »Ich hab an Recherche gedacht.«

Irritiert runzle ich die Stirn. »Ich dachte, Xenia hat in euren Büchern nichts finden können.«

»Tja, genau darauf will ich hinaus.« Elias wartet kurz, und ich meine, im Hintergrund Fußstapfen zu hören. Nach ein paar Sekunden redet er weiter, diesmal allerdings leiser. »Ich hab es satt, mich im Kreis zu drehen. Die Gilde hat noch ein überregionales Archiv in Oldenburg, wo alles aufbewahrt wird, was in den letzten hundert Jahren so aufgeschrieben wurde. Da fahre ich morgen hin.«

»Ich komme mit.«

Elias seufzt. »Ich hätte wissen müssen, dass du so reagierst.«

Obwohl er es nicht sehen kann, zucke ich mit den Schultern. »Wenn ich schon im Kampftraining versage, will ich wenigstens bei der Recherche meine Qualitäten zeigen.«

Zu meiner Überraschung protestiert er nicht einmal, sondern lacht nur kurz auf. »Na gut. Ich hole dich morgen früh um halb acht ab. Schlaf schön, Prinzessin!«

Kapitel 18

»Du solltest auf die Liste mit Dingen gesetzt werden, die einen schlechten Einfluss auf unschuldige junge Mädchen haben«, begrüße ich Elias, als ich am nächsten Morgen zu ihm ins Auto steige. Sofort strömt mir der mittlerweile vertraute Duft von Wald und Regen entgegen, gepaart mit dem unverwechselbaren Klang der Arctic Monkeys. Ich verstaue meinen Rucksack im Fußraum.

»Hast du gerade wirklich behauptet, dass du unschuldig bist?«

»Na ja, vor dieser Sache hier bin ich zumindest nicht auf die Idee gekommen, mich heimlich aus dem Haus zu schleichen.« Die Sonne ist noch nicht ganz aufgegangen, verwischt Blau und Orange am Horizont und lässt mich durch die Frontscheibe blinzeln, sobald ich mich wieder aufrichte. Ich werfe einen Blick in Richtung unseres Grundstücks. Ich habe es geschafft, das Haus zu verlassen, ohne jemanden zu wecken. Sobald Paps aufwacht, wird er nur die Nachricht finden, die ich mit Magnetbuchstaben am Kühlschrank hinterlassen habe.

Ich bin bei Marleen, wir lernen für Mathe. Bis heut Abend!

Die Nachricht, die ich Sophie nach Elias' Anruf gestern geschickt habe, ist da schon um einiges ausführlicher, aber so, wie ich sie kenne, wird sie mein Alibi vor Paps bestätigen. Ich vermisse es, die Samstage mit meiner kleinen Schwester zu verbringen, und bin seit dem Aufstehen hin- und hergerissen, ob ich sie nicht einfach mitnehmen kann. Aber wenn ich ehrlich zu mir selbst bin, weiß ich, dass es wesentlich unauffälliger ist, wenn nur eine von Paps' Töchtern unangekündigt nicht zu Hause ist.

Elias grinst. »Dann war dein Leben ohne mich wohl ziemlich langweilig.«

»Dafür aber auch wesentlich entspannter.«

»Man kann halt nicht alles haben«, sagt er mit einem Schulterzucken und erweckt den Motor zum Leben. Er lenkt den Wagen auf die Straße, von der aus wir bereits nach wenigen Minuten Attenafehn hinter uns lassen.

»Warum gehen wir erst jetzt ins Archiv?«, breche ich das Schweigen, als wir den bestimmt zwanzigsten verschlafenen Bauernhof hinter uns gelassen haben. »Ich meine, das hätten wir doch schon viel eher machen können.«

Elias dreht das Radio leiser. »Wir wollten nicht vorschnell handeln.«

»Und jetzt tun wir das nicht mehr?«

»Na ja, am Dienstag hat dich ein Nox beinahe zum Frühstück verspeist. Sag du's mir.«

Kopfschüttelnd kaue ich auf meiner Unterlippe. »Aber was soll denn überhaupt vorschnell daran sein, zu einem Archiv zu fahren?«

»Ich hab dir doch gesagt, dass mein Onkel quasi der Big Boss der Region ist, oder? Der Wächter von Ostfriesland.« Er lenkt sein Auto auf eine Tankstelle und hält an einer Zapfsäule. Als er sich abschnallt, erwarte ich beinahe, dass er mich wieder mit Halbinformationen allein lässt, doch stattdessen dreht er sich auf seinem Sitz zu mir um. »Wenn wir ins Regionalarchiv gehen, wird das notiert. Zumindest, dass ich mit einer Begabten da war – das ist gang und gebe bei Problemfällen wie dir. Und spätestens, wenn er das nächste Mal dort ist, wird er von unserem Ausflug erfahren.«

»Ist Xenia deshalb nicht dabei? Damit das Ganze nicht noch mehr Aufmerksamkeit auf sich zieht?«

»Ich bin begeistert, Watson, wie schnell Sie kombiniert haben«, sagt er und wirft mir ein Grinsen zu, bevor er die Autotür aufstößt. »Bin gleich wieder da.«

Während Elias tankt, ziehe ich mein Handy aus dem Rucksack und checke es auf neue Nachrichten. Sophie hat sich noch nicht gemeldet, Paps auch nicht. Ich hoffe, er wird mir nicht allzu böse sein, dass ich bereits so früh am Morgen verschwunden bin. Schnell tippe ich eine Nachricht an Marleen.

Hey du, ich bin heute mit Elias unterwegs und hab dich bei meinem Vater als Alibi benutzt. Hoffe, das ist okay. Erzähle dir später mehr. ;)

In dem Moment, in dem ich mein Smartphone zurück in den Rucksack schiebe, öffnet sich auch die Fahrertür. Elias wirft mir wortlos eine Papiertüte auf den Schoß, ehe er den Wagen von der Tankstelle und in Richtung Autobahn lenkt.

»Was ist das? Unser Frühstück?«, frage ich irritiert und nestle am Papier herum, um einen Blick hineinzuwerfen. Was ich da sehe, übertrifft meine Erwartungen: Muffins. Begeistert nehme ich mir einen heraus. »Danke!«

»Hey, nicht so hastig, Prinzessin. Ich möchte auch einen.« Elias lacht und sieht mich einen Moment lang kopfschüttelnd an.

»Klar«, nuschle ich und lege ihm eins der Gebäckstücke in die Hand, die er mir auffordernd hinhält. Als ich meine Finger zurückziehe, streifen sie seine. Absichtlich. Eine Berührung, die mein Körper sofort mit einem hibbeligen Kribbeln in meinem Bauch quittiert. Elias bedenkt mich mit einem Blick, der mich nur noch nervöser macht.

Zugegeben, meine Berührung war eine Kurzschlussreaktion, und jetzt, wo er so offensichtlich darauf anspringt, habe ich nicht die geringste Ahnung, wie ich darauf reagieren soll. Deshalb beiße ich in meinen Muffin, lehne mich zurück und tue so, als würde ich dösen – wobei mir jede noch so kleine Bewegung, die Elias macht, absolut bewusst ist. Nach einer Weile wird mir klar, dass er das Gefühlschaos in meinem Innersten vermutlich wie aus der ersten Reihe verfolgen kann. Also beuge ich mich vor und drehe das Radio lauter. Vielleicht hilft das ja.

Als wir schließlich in Oldenburg ankommen, bin ich so nervös, dass ich aus dem Auto springe, sobald Elias es zum Stehen bringt. Während Elias ein Parkticket löst, laufe ich auf und ab und beobachte den Wochenmarkt auf der anderen Straßenseite, auf dem sich zwischen weißen Zelten und bunten Gemüseständen Dutzende Menschen tummeln.

»Bist du so weit, Prinzessin?«

Ertappt drehe ich mich zu Elias um, der an seinem Geländewagen lehnt und mich betrachtet.

Ich beiße mir auf die Unterlippe und gehe zu ihm rüber. »Klar.«

Während wir zur Landesbibliothek hinüberlaufen, erscheinen mir die riesigen Gemäuer mit einem Mal fremd, obwohl ich das Gebäude schon einige Male in meinem Leben gesehen habe. Wie kann es sein, dass die Gilde hier ein Archiv führt, ohne dass es jemand mitbekommt?

Die Antwort auf diese Frage wird mir ziemlich schnell klar. Sobald wir durchs überraschend schlichte Foyer gelaufen und am Empfang angekommen sind, zückt Elias eine schwarz-goldene Karte aus seinem Portemonnaie und hält sie dem schon etwas älteren Mann unter die Nase.

»*Fortius quo fidelius*«, sagt Elias ohne jegliche Begrüßung zu ihm, seine Stimme gesenkt. »Ich bin Elias Steinbach. Ich bürge für meine Begleitung.«

Ich versuche, mir meine Verwirrung nicht anmerken zu lassen, während der ältere Mann zunächst mich und dann den Ausweis studiert, den Elias neben die seltsame Karte gelegt hat. Der Mann hat eine große Brille auf der Nase und ein prägnantes Gesicht, was mich irgendwie an einen Uhu erinnert. Der aufmerksame Blick verstärkt das Bild nur.

Das Nicken des Mannes lässt mich hörbar ausatmen. Elias sieht mich von der Seite an, seine Brauen zusammengezogen. Hastig versuche ich, meine Erleichterung mit einem Husten zu kaschieren.

Doch der ältere Mann hat seine Aufmerksamkeit längst von mir abgewandt und notiert sich stattdessen irgendetwas in einem ledergebundenen Buch, das er aus einer der Schubladen hervorgekramt hat. Ein eigenes Archiv mitten im Herzen einer Universitätsstadt, lateinische Parolen und alte Lederbände – es würde mich nicht wundern, wenn die Gilde den nächsten Raum mit glänzenden Ritterrüstungen und rustikalen Fackeln dekoriert hat. Ich muss ein Kichern unterdrücken, was mich erneut zum Husten bringt. Verlegen ziehe ich meine Jacke zurecht und erwidere das schmale Lächeln des Mannes.

»In Ordnung«, sagt der jetzt und sieht wieder zu Elias. »Sie wissen ja sicher, wo es langgeht.«

Elias nickt nur knapp, bevor er vorangeht. Schweigend durchqueren wir das Foyer in Richtung des großen Fahrstuhls. Sobald wir diesen betreten und sich die Türen hinter uns geschlossen haben, greift er zielsicher unter das Bedienfeld und zieht eine Erweiterung hervor, auf der ein Zahlenfeld und ein weiteres Auswahlfeld zum Vorschein kommen – natürlich ganz geheimnisvoll ohne Beschriftung. Elias gibt eine PIN ein und drückt anschließend auf das neu erschienene Feld. *441775.* Sofort setzt sich der Fahrstuhl in Bewegung, und wenn mich nicht alles täuscht, fahren wir nach unten.

Ich pfeife anerkennend durch die Zähne und folge wie von selbst dem Instinkt, mir die Zahlenkombination noch einmal durch den Kopf gehen zu lassen. *44-1-77-5.* Oder ist es ein Datum? *Der vierte April 1775 – genau zweihundert Jahre vor Paps' Geburt.*

Grinsend fängt Elias meinen Blick auf, während er das Geheimfeld zurück an seinen Platz schiebt. »Beeindruckt?«

»Das hättest du wohl gerne.« Ich stimme einen Moment in Elias' Lachen mit ein, werde dann jedoch wieder ernst. »Ich dachte immer, es sei seit den Illuminaten aus der Mode, für jemanden zu bürgen.«

»Tja, bei der Gilde ticken die Uhren noch etwas anders. Hier wird sehr viel Wert auf Tradition gelegt.«

Ich schmunzle. »Gib's zu: Eigentlich tut ihr nur gerne so geheimnisvoll.«

»Du hast mich ertappt«, sagt er mit einem hinterlistigen Grinsen. »Eigentlich veranstalte ich das ganze Theater nur, um dich rumzukriegen.«

»Scheint ja irgendwie nicht so gut zu klappen.« Ich verstecke das Herzstolpern, das seine Worte in mir auslösen, hinter einem Lachen, während der Fahrstuhl unter meinen Füßen zum Halten kommt. Mit einem Rattern öffnen sich die Türen.

Elias geht hindurch. Über seine Schulter hinweg wirft er mir einen Blick zu. »O doch – du bist nur schon wieder viel zu ungeduldig.«

Ich verschwende keine Zeit damit, auf seine Stichelei einzugehen, sondern haste ihm lieber hinterher. Während das Foyer der Landesbibliothek noch ein alltäglicher Anblick gewesen ist, fühle ich mich jetzt wie in eine andere Welt versetzt. Sobald ich aus dem modernen Fahrstuhl heraustrete, umgeben mich Wände aus Büchern, altem Holz und Mysterien. Von Ritterrüstungen ist hier zwar keine Spur zu sehen, aber an deren Stelle zieren marmorweiße Statuen in den verschiedensten Formen und Größen die Bibliothek. Die Regale links und rechts steigen scheinbar bis ins Unendliche hinauf, denn die Decke ist so hoch, dass sich auf der Hälfte der Strecke noch eine Galerie an die Regale drängt. In einigem Abstand zueinander führen Wendeltreppen dorthinauf, deren schwarz verschnörkelte Geländer mit goldenen Dekorelementen verziert sind. Dazwischen sind immer wieder simple Leitern aus dunklem Holz an die Bücherwände gestellt.

An eine von diesen lehnt Elias sich und beobachtet mich, um seine Lippen spielt ein Lächeln. Im Licht der Kronleuchter sieht er ziemlich geheimnisvoll aus. Na ja, beinahe. »Na, doch beeindruckt?«

Ich reiße meinen Blick von ihm los und zwinge mich, die Regale anzusehen. »Nein, Quatsch«, sage ich. »Ich bummle alle paar Wochen mal durch jahrhundertealte geheime Bibliotheken. Macht doch jeder.«

»Na dann kennst du dich ja bestens aus.« Mit den Schultern zuckend wendet er sich ab und geht voran in Richtung eines prunkvollen Schreibtisches, der in der Mitte des Raumes zwischen den Regalen steht.

»Klar.« Ich werfe meinen Rucksack auf das Ledersofa neben dem Schreibtisch und verschränke locker die Arme vor der Brust. »Ich muss nur wissen, was der Plan ist.«

»Wir fangen mit den Nox an.« Stirnrunzelnd schaltet Elias die altmodische Schreibtischlampe an und beginnt in den wuchtigen Schubladen herumzuwühlen. »Natürlich werden sie hier nicht so heißen ... aber ich würde sagen, wir beginnen mit Dämonen. Schattenkreaturen. Dunkle Geister. Nachtmahre. Und Chimären, nicht zu vergessen.«

»Okay.« Obwohl seine Worte für mich ab der Hälfte eher nach Fantasyroman klingen, nicke ich. Immerhin hat er recht – irgendwo müssen wir anfangen. Ich sehe mich nach einem Bibliothekar um, entdecke aber keinen. »Und wie um alles in der Welt kriegen wir raus, in welchen Büchern wir was darüber finden?«

Elias hebt eine Augenbraue. »Sag du's mir, Bibliothekengängerin.«

»Haha!«

Er lässt mich noch einen Moment ausharren, ehe er einen dicken, in Leder gebundenen Ordner aus einer der Schubladen hebt. »Wie wär's, wenn wir einfach im Glossar nachsehen?«

»Natürlich, im Glossar. Wo auch sonst?« Ich grinse. »Excel-Listen sind auch so was von vorgestern.«

Schmunzelnd lässt Elias sich auf den Polsterstuhl hinterm Schreibtisch fallen und schlägt das Glossar auf. Während er zahlreiche Begriffe nachschlägt, hole ich meinen Notizblock aus meinem Rucksack und bemühe mich, die entsprechenden römischen Regalnummern mitzuschreiben. Wenige Minuten später können wir uns mit der Liste auf die Regale stürzen.

Elias muss nur einen kurzen Blick darauf werfen, um zu entscheiden, womit wir beginnen. »Lass uns mit dem Black Shuck anfangen.«

Über dieses Wort bin ich schon beim Mitschreiben gestolpert, weshalb ich jetzt nur irritiert das Gesicht verziehe. »Dem was?«

»Black Shuck. Der alte Shuck. Oder einfach Shuck«, sagt er, als würde das alles erklären. Dabei sieht er mich nicht einmal an, sondern geht zielstrebig an mir vorbei zu einer der Wendeltreppen. Ich eile ihm hinterher und schnappe mir die Liste aus seiner Hand. Das bringt ihn dazu, stehen zu bleiben und mich anzusehen. Abwartend hebt er eine Augenbraue.

»Hier hatte nicht jeder eine Spezialausbildung als Monster-Agent«, erinnere ich ihn und stemme die Fäuste in meine Hüfte. »Und hier geht's immerhin um meine Probleme. Also wär's nett, wenn du mir mal ein bisschen auf die Sprünge helfen würdest.«

»Der Black Shuck ist eine Spukgestalt. Ein schwarzer Hund mit leuchtenden Augen, der durch England spukt.« Auch ohne die Liste lässt Elias sich nicht davon abhalten, geradewegs die Wendeltreppe hinaufzugehen. Als er oben ist, sieht er zurück zu mir. Anscheinend ahnt er, was ich ihm mit meinem skeptischen Blick sagen will. »Ich weiß – deine Nox haben weder helle Augen, noch sehen sie aus wie Hunde. Aber die Gilde kennt nicht nur die Gruselgeschichten, sondern stellt auch eigene Untersuchungen an. Also – einen Versuch ist es doch wert, oder nicht?«

»Na gut, du bist hier der Monster-Experte.« Mit den Schultern zuckend folge ich ihm auf die Galerie und von dort aus zum Bücherregal. Innerhalb eines – ebenfalls römisch nummerierten – Regalfachs sind die Bücher alphabetisch geordnet, weshalb es Elias nicht schwerfällt, die benötigten Exemplare herauszuziehen. Nach wenigen Sekunden ragt ein Bücherstapel auf dem Fußboden in die Höhe, mit dem wir es uns auf dem grünen Samtsofa bequem machen, das an einer breiteren Stelle der Galerie steht.

Ein paar Sekunden sehe ich Elias dabei zu, wie er sich ein Buch schnappt und zu lesen beginnt – wobei sich seine Augenbrauen zusammenziehen und die Lippen leicht kräuseln. Ich zwinge mich, meinen Blick abzuwenden, und greife stattdessen nach dem nächsten Wälzer auf dem Stapel – breche allerdings ab, sobald ich die erste Seite aufgeschlagen habe.

»Was ist das denn?«

Elias hebt den Kopf und sieht neugierig zu mir herüber. »Altdeutsche Handschrift«, sagt er lakonisch.

Ich verdrehe die Augen. »Und wer soll das lesen können?«

»Lass mich raten – du nicht.« Mit einem Grinsen reicht Elias mir ein anderes Buch. »Probier mal das. Das müsste nicht handgeschrieben sein.«

Auch wenn er recht hat, bringt mich der nächste Versuch auch nicht weiter. Denn rein gar nichts, das dort steht, hat irgendeine Ähnlichkeit mit den Nox. Außer vielleicht, dass der Shuck schwarz sein soll. Aber wenn man das als Kriterium nimmt, könnte man genauso gut behaupten, ich würde von einer überdimensionalen Amsel verfolgt werden.

Das gleiche Ergebnis liefern uns alle anderen Bücher über diesen Monsterhund. Seufzend lasse ich meine aktuelle Lektüre zu dem Stapel auf dem Boden wandern und sinke frustriert ins Sofa. »Und jetzt?«

Elias steht auf, schnappt sich das geblümte Dekokissen von der Armlehne und bewirft mich damit. »Jetzt«, betont er mit einem Schmunzeln, »machen wir mit dem nächsten Thema weiter. Und danach mit dem übernächsten. Bis wir was finden.«

Ich verdrehe die Augen, während ich das Kissen wieder an seinen Platz pfeffere. Trotzdem kann ich einfach nicht anders, als die Hand zu ergreifen, die er mir entgegenstreckt, und mich von ihm auf die Füße ziehen zu lassen.

Er zwinkert. »Auf in die nächste Schlacht, Prinzessin.«

Das ist es wirklich: Buch für Buch kämpfen wir uns durch die Regale, bis die Buchstaben vor meinen Augen verschwimmen und mir unzählige fremdartige Bezeichnungen im Kopf herumschwirren. Doch das alles bleibt erfolglos. Hunderte Seiten später sind wir den Nox nicht im Geringsten auf die Spur gekommen, weshalb ich mehr und mehr den Glauben daran verliere, hier noch fündig zu werden. Ausnahmsweise sind es einzig und allein Elias' Sprüche, die mich bei Verstand halten, anstatt ihn mir zu rauben.

Einige Stunden später bin ich mir ziemlich sicher, dass wir uns inzwischen vergeblich durch jedes erdenkliche Regal gegraben haben. Bis auf die, die etwas versteckt hinter vollgepackten Beistelltischen sowie der Statue eines Wolfsrudels stehen. Ich lehne mich gegen das Ledersofa und mustere die beiden Regale ein weiteres Mal, nur um sicherzugehen, dass wir sie wirklich noch nicht abgeklappert haben.

»Was ist mit denen da?«, frage ich dann und deute mit einem Nicken in die Ecke. »Soll ich mal schauen, ob die Titel dort passend klingen?«

Elias hebt den Kopf und blinzelt. In den letzten Minuten ist er in ein dickes dunkelgrünes Buch versunken gewesen. Es klang vielversprechender als der Rest, den wir meist schon nach wenigen Seiten wieder beiseitelegen konnten. Doch sein Blick wirkt alles andere als siegessicher. Er blinzelt kurz, bevor er ebenfalls zu den besagten Regalen sieht.

»Die können wir ignorieren«, sagt er mit einem entschiedenen Kopfschütteln. »Die werden uns mit Sicherheit nicht weiterhelfen.«

Ich runzle die Stirn. »Wieso nicht?«

»Die sind über Chaosbegabte«, erklärt er, und sein Blick verfinstert sich. »Menschen, die mit ihren Kräften Unheil auf die Welt bringen. Katastrophen, Unfälle, Tod. Absichtlich. Glaub mir, dagegen sind deine Nox harmlos.«

Eine Gänsehaut auf meinem Rücken lässt mich erschaudern. Mit wenigen Worten hat er es geschafft, Bilder in meinen Kopf zu pflanzen, die ich am liebsten ganz schnell wieder vergessen würde. Doch die Vorstellungen schieben sich wie von selbst beiseite, als Elias das Buch mit einem Seufzen zuklappt. Ich muss ihn nicht fragen, ob wir diesmal mehr Erfolg hatten – sein Gesichtsausdruck spricht Bände.

Ich verdrehe die Augen. »Dann versuche ich mal, meine Monster als Segen anzusehen.«

»Tu das.« Elias schiebt das Buch beiseite und zwinkert mir zu. »Du hast es vergleichsweise gut getroffen. Stell dir vor, du wärst eine Chaosbegabte, und ich müsste dich *eliminieren.*«

»Verarsch mich nicht.« Ich lache auf, aber er stimmt nicht mit ein.

»Mach ich nicht. Ich hab doch gesagt, dass die Uhren hier noch anders ticken.«

Unsicher beiße ich mir auf die Wangeninnenseite. »Das ist … grausam.«

»Na ja.« Er zuckt mit den Schultern. Beinahe habe ich das Gefühl, die ganze Sache lässt ihn ziemlich kalt. »Immerhin wurde die Gilde zur Wahrung des Gleichgewichts und der Sicherheit gegründet. Gewolltes Chaos steht ganz weit unten auf der Liste der Dinge, die wir uns zu Weihnachten wünschen.«

Skeptisch schüttle ich den Kopf. »Aber man kann doch nicht einfach Leute umbringen. Dann seid ihr selbst doch nicht besser als die.«

»Vielleicht.« Jetzt regt sich doch etwas in seinem Gesicht, aber es ist so schnell wieder verschwunden, dass ich es nicht deuten kann. »Aber was sollen wir sonst tun? Dabei zusehen, wie sie unschuldige Menschen töten – und Spaß daran haben? Riskieren, dass sämtliche Begabte ihretwegen auffliegen?«

»Könnt ihr sie denn nicht einfach einsperren?«

Elias lächelt traurig. »Ihre Kräfte sind stark und unberechenbar. Die kriegst du nicht einfach eingesperrt. Die sind wie wilde Tiere.«

»Trotzdem ...«, setze ich an, finde jedoch nicht die richtigen Worte. Was nichts daran ändert, dass ich es einfach nur unmenschlich finde, zu solchen Mitteln zu greifen.

»Ich hab die Regeln nicht gemacht, Prinzessin.« Elias steht auf und geht einen Schritt auf mich zu, hält allerdings wieder an, als er meinen skeptischen Blick bemerkt.

»Hast du schon mal jemanden ...?« Ich wage es nicht, die Worte überhaupt auszusprechen. In meiner Brust hämmert mein Herz so stark gegen die Rippen, ich bin mir sicher, dass sogar Elias den rhythmischen Bass hören kann.

Sobald er den Kopf schüttelt, fällt mir ein riesiger Stein vom Herzen. Kurz bin ich drauf und dran, ihn zu fragen, ob er das wirklich machen würde. Jemanden ... *umbrin-*

gen. Aber ich bin mir nicht sicher, ob ich die Antwort darauf überhaupt hören will.

Deshalb rede ich mir ein, dass er gar nicht dazu imstande wäre, und schnappe mir eines der herumliegenden Bücher. Entschlossen marschiere ich damit in Richtung der Regale. Nachdem ich beinahe alle wieder einsortiert habe, habe ich den Gedanken an die Chaosbegabten in die hinterste Ecke meines Bewusstseins verbannt. Ich sollte mich erst mal auf mein eigenes Problem konzentrieren.

»Jetzt guck doch nicht so, als hätte ich dein Lieblingsstofftier verbrannt«, zieht Elias mich auf, als wir gleichzeitig einen weiteren Stapel Bücher vom Schreibtisch hochhieven, um ihn wieder an den richtigen Ort zu bringen. In den letzten Stunden ist er sich immer häufiger mit der Hand durchs Haar gefahren, weshalb ihm die dunklen Strähnen in alle Richtungen abstehen.

»Solche Probleme hätte ich gerne«, sage ich und werfe ihm einen grimmigen Blick zu, ehe ich mich umdrehe und wieder in Richtung Bücherregal stapfe. »Aber stattdessen besteht mein Problem darin, dass mich irgendwelche mysteriösen Monster gern zum Frühstück verspeisen würden.«

»Die werden wir schon irgendwie wieder los.« Ich muss Elias nicht sehen, um zu wissen, dass er schmunzelt. »Und bis dahin lasse ich nicht zu, dass du als Frühstückssnack endest.«

»Und wie wollen wir das anstellen?«, frage ich und zwinge mich, starr auf die Buchrücken vor mir zu starren. »Wir wissen überhaupt nichts über die Nox. Es ist, als würde es sie gar nicht wirklich geben.«

»Wir wissen, was sie nicht sind.«

»Oh, wow!« Obwohl ich weiß, dass er es nicht sehen kann, verdrehe ich die Augen. »Und was tun wir mit dieser Information?«

»Kopf hoch, Prinzessin.« Mit einem Mal ist Elias' Stimme nicht nur sanfter, sondern auch direkt hinter mir. Er wartet, bis ich mich zu ihm umdrehe – eins der Bücher noch in den plötzlich zittrigen Fingern –, bevor er weiterspricht. »Wir kriegen das hin. Selbst wenn ich dir jeden Tag meines Lebens den Hintern retten muss – ich werde nicht aufhören, bis diese Dinger dich endlich in Frieden lassen.«

Mein Blick huscht zu seinen Augen, seinen Lippen, seinen Sommersprossen, während mein Körper für einen Moment vergisst, dass er Luft holen muss. Elias ist so nah, dass sein Atem an meiner Wange kitzelt. Eine angenehm kitzelige Gänsehaut breitet sich von meinem Nacken über meinen ganzen Rücken aus. Hat er mich schon immer auf diese Art und Weise angesehen. Und bedeutet seine Nähe wirklich das, was mein kurz aussetzender Herzschlag mir gerade prophezeit? Will er mich …?

Ohne dass ich es verhindern kann, rutscht mir das Buch aus den Händen und landet mit einem dumpfen Schlag auf dem Parkettboden vor meinen Füßen. Reflexartig weiche ich aus und stoße mit dem Rücken gegen das Regal hinter mir.

In dem Moment, in dem Elias mit einem Grinsen dazu ansetzt, den Abstand zwischen uns wieder zu überbrücken, regnet es mit einem Mal Bücher. Als würde man sie herausschubsen, fallen unzählige Exemplare plötzlich aus den Regalbrettern über uns, verfehlen uns nur knapp. Einfach so.

Und was auch immer Elias ursprünglich vorhatte – während meine Lippen voller Vorfreude kribbeln, verziehen sich seine zu einem amüsierten Grinsen.

»Kein Grund, mich gleich abzuschießen, Prinzessin«, sagt er, als wäre es meine Schuld, dass er beinahe von einem Lederband erschlagen worden wäre. Was es vermutlich auch ist – mit knallroten Ohren beginne ich mich innerlich selbst zu verfluchen. Wenn ich nicht gegen dieses verdammte Regal gestoßen wäre, dann ...

Elias hebt einen Mundwinkel. »Ein einfaches Nein hätte auch gereicht.«

In der Hoffnung, dass das Gefühl dadurch nachlässt, beiße ich mir auf die Unterlippe.

Ich hätte nicht Nein gesagt.

Kapitel 19

Ich habe keine Ahnung, was ich sagen, geschweige denn tun soll. Also starre ich auf meine Hände und versuche, das Gefühlschaos in mir zu bändigen. Wobei der Duft von Wald und Regen, der den ganzen Jeep erfüllt und meine Sinne verrücktspielen lässt, nicht gerade hilfreich ist. Ganz im Gegenteil.

Ich hebe den Kopf und sehe zu Elias. Er ordnet sich falsch ein und wechselt im letzten Augenblick die Spur, was ihm ein lang gezogenes Hupen vom Autofahrer hinter uns beschert. Als keine zehn Sekunden später eine Fahrradfahrerin blindlings über die Straße fährt, legt er eine Vollbremsung hin und stößt einen Fluch aus, der so barsch ist, dass ich unweigerlich zusammenzucke.

Das bringt ihn dazu, meinem Blick zu begegnen. Er hebt entschuldigend einen Mundwinkel. »Sorry«, murmelt er. »Ich bin wohl nicht ganz bei der Sache.«

Der Ton, der in seinen Worten mitschwingt, lässt die Hitze in meine Wangen kriechen. Seit wir das Archiv verlassen haben, haben wir kaum miteinander gesprochen. Jetzt zu hören, dass unser ... Moment vorhin nicht spurlos an ihn vorbeigegangen ist, bringt etwas in mir zum Kribbeln. Ich unterdrücke das Grinsen, das sich auf meine Lippen schleichen will, auch wenn er vermutlich genau weiß, was gerade in mir vorgeht.

Wenn das der Fall ist, lässt er es sich wenigstens nicht anmerken. Stattdessen hebt er einen Mundwinkel. »Hast du Hunger?«

Ich lache auf, erleichtert über den Themenwechsel. »Und wie!«

»Fast Food?«

»Dazu sage ich nie Nein.«

Damit ist die Entscheidung gefallen: Elias folgt den auffälligen Schildern und werbewirksamen Wegweisern zur nächsten Filiale eines Fast-Food-Restaurants. Obwohl es noch nicht Abendessenszeit ist, knurrt mein Magen vor Begeisterung, und auch Elias scheint es eilig zu haben, ins Lokal zu kommen. Kein Wunder. Die letzte Mahlzeit, die wir hatten, waren die Muffins heute Morgen. Zwar haben wir bei der ganzen Aufregung im Archiv keine Sekunde an Essen gedacht, aber früher oder später erinnert einen der Körper schon daran, dass er weitaus grundlegendere Bedürfnisse hat als das Lösen eines Schattenwesen-Problems.

Ich folge Elias ins Restaurant und an eines der riesigen Touchpads, die gleich am Eingang stehen und mit bunten, viel zu viel versprechenden Bildern unsere hungrigen Mägen ködern. Wir geben unsere Bestellung auf und suchen uns anschließend einen Tisch in einer etwas abgelegeneren Ecke an der Fensterfront. Es ist ungewöhnlich leer hier, und in unserer Nähe sitzt nur eine Gruppe Mädchen in unserem Alter, die sich zu aufgeregt über einen Film unterhalten, um unsere Ankunft überhaupt mitzubekommen.

Elias legt seine Jacke über eine der Stuhllehnen. »Bin gleich wieder da«, murmelt er und verschwindet dann in Richtung Toilette.

Mit einem müden Seufzen lasse ich mich auf den Stuhl gegenüber von Elias' Jacke fallen und zücke mein Smartphone. Wie erwartet hat Sophie mir einige überdeutliche Nachrichten geschickt, in denen sie klare Antworten und mehr Details fordert. Ganz ähnlich sieht es bei Marleen aus. Ich antworte meiner Schwester mit einem GIF, bei dem sich eine Katze eine Sonnenbrille aufsetzt.

Mir geht's gut. Wir sind auf Gilden-Mission, hatten aber keinen Erfolg. Erzähle dir nachher mehr, versprochen.

Ich tippe auf den Sende-Button und öffne den Chat mit meiner besten Freundin, um auch für sie ein passendes GIF herauszusuchen. Als ich gerade einen klassischen Nachrichtenmoderator ausgewählt habe, der »Stay tuned« sagt, kommt Elias zurück an den Tisch. Die Bedienung ist ihm dicht auf den Fersen. Kaum dass er sich auf seinen Platz gesetzt hat, steht auch schon ein Tablett vor uns, auf dem sich Pommes- und Burger-Schachteln neben zwei großen Colas türmen. Bevor wir ihr auch nur ein Lächeln zuwerfen können, ist die Angestellte auch schon wieder verschwunden.

Schulterzuckend fange ich Elias' Blick auf, der voller Vorfreude nach seinem ersten Burger greift. Ohne Zögern tue ich es ihm nach. Eine Weile essen wir schweigend. Na klar, weder die Pommes noch die Burger können sich auch nur im Geringsten als Gourmet-Mahlzeit bezeichnen, aber trotzdem genieße ich jeden Bissen. Fettiges Fast Food zu essen, ist ein Stückchen Normalität in diesem ganzen Durcheinander, das mich daran erinnert, wie angenehm mein Leben bis vor ein paar Wochen noch gewesen ist. Und jetzt sitze ich hier, ausgerechnet mit Elias Steinbach. Der Gedanke bringt mich zum Lachen.

Elias sieht mich an und zuckt mit den Augenbrauen. »Hm?«

»Es fühlt sich so normal an, mit dir Fast Food zu essen«, erkläre ich. »Und gleichzeitig ist es irgendwie komisch. Ich meine, bis vor Kurzem haben wir kaum ein nettes Wort miteinander gewechselt.«

Er schmunzelt, doch im nächsten Moment wird sein Ausdruck ungewöhnlich ernst. »Vermisst du es? Das Leben ohne Nox?«

»Ja.« Ich schiebe mir eine Pommes in den Mund. »Kaum zu glauben, dass noch vor weniger als zwei Monaten alles so normal gewesen ist. Es ist, als wäre das ein anderes Leben gewesen, an das ich mich jetzt nur noch verschwommen erinnern kann.«

Langsam nickt er. »Wie hat es angefangen?«

Es ist nicht das erste Mal, dass er diese Frage stellt. Doch im Gegensatz zu sonst ist da nicht nur das reine Interesse an Daten und Fakten in seinem Blick, sondern irgendwie mehr. In seinen Augen leuchtet ein Funkeln, von dem ich nur mit Sicherheit sagen kann, dass es mir ein warmes Gefühl in der Brust beschert.

»Das war am Geburtstag deiner Schwester, oder?«

Verwundert sehe ich ihn an. Wir haben schon ein paarmal darüber gesprochen, wann das erste Schattenwesen erschienen ist, aber ich habe nicht erwartet, dass ihm Sophies Geburtstag bewusst ist. Vielleicht ist er damals doch ein wenig neidisch auf die Luftballons gewesen, die Sophie von ihren Freundinnen geschenkt bekommen hat.

Elias scheint meinen Blick falsch zu verstehen. »Da habe ich das erste Mal die Magie gespürt, die dich umgibt«, sagt er. »Schon vergessen?«

Ich schüttle den Kopf. »Am Abend vorher«, stelle ich richtig. »Das habe ich dir doch schon erzählt.«

»Aber nur die Kurzfassung.« Er spielt an der Verpackung seines Strohhalms herum. »Ich weiß nur, dass ihr beide den Nox gesehen habt und dann geflüchtet seid. Erzähl mir mehr. Vielleicht haben wir ein wichtiges Detail übersehen.«

Nachdenklich kaue ich einen Moment auf meiner Unterlippe und durchforste meine Erinnerung vergeblich nach ebendiesem kleinen Detail, ehe ich zu berichten beginne. »Wir verbringen den Abend vor Sophies Geburtstag immer zu zweit, seit unsere Mutter sich aus dem Staub gemacht hat. Wir machen dann immer etwas, das Sophie Spaß macht.«

»Und da dachtet ihr euch diesmal, ihr beschwört einen Dämon?«

Weil er diese Frage nicht zum ersten Mal stellt, verdrehe ich die Augen. »Nein, du Idiot«, sage ich. »Wir haben uns ganz unschuldig Pizza geholt und sind zum Strand gefahren. Keine Pentagramme, keine Kerzen, keine lateinischen Beschwörungen. Ganz sicher.«

Er lacht. »Das klingt wesentlich weniger bedrohlich, als ich erwartet habe.«

»Schön wär's.« Ich trinke einen Schluck meiner Cola. »Sophie wollte irgendwann unbedingt auf diesen Steinen herumtanzen, die aus dem Wasser ragen. Die, die eine Art Fels-Steg ins Meer bilden. Sie ist abgerutscht und gestürzt. Ich dachte, sie legt mich rein, und als ich dann endlich kapiert habe, wie falsch ich lag, hatten die Wellen sie bereits komplett unter sich begraben.«

»Scheiße!«

»Ich bin hingerannt und habe um Hilfe geschrien, aber da war niemand. Bis ich sie herausziehen konnte, ist eine gefühlte Ewigkeit vergangen. Obwohl es in Wahrheit vermutlich nur ein paar Sekunden waren.« Zögernd schaue ich auf die fettige Tischplatte. Als ich den Blick wieder hebe, sehe ich die Offenheit in seinen Augen. Mehr braucht es nicht, um die nächsten Worte über meine Lippen schlüpfen zu lassen. Leise zwar, aber dennoch klar und verständlich. »Ich hatte solche Angst, Elias.«

Er verzieht die Lippen zu einem mitfühlenden Lächeln und schweigt dann eine Weile. »Okay, das klingt echt übel. Aber was genau hat jetzt der erste Nox damit zu tun?«

Mit einem Schaudern erzähle ich ihm vom Schattenwesen auf dem Parkplatz. »Wir haben ihn für eine Einbildung gehalten. Einen gruseligen Schatten, oder so. Aber irgendwie waren wir trotzdem total am Ende mit unseren Nerven.«

Schmunzelnd nestelt er an seinem Strohhalm herum. »Das konnte man durch die ganze Mensa spüren.«

»Beim zweiten Nox warst du dann dabei. Du hast mich in die Ecke gedrängt, falls du dich daran erinnerst.«

Er lacht. »So schlimm war das nun auch wieder nicht. Ich wollte dir nur helfen – und das habe ich auch, irgendwie.«

»Und du hast mich ganz schön nervös gemacht.«

Mit einem selbstsicheren Grinsen hebt er eine Augenbraue.

Ich rolle mit den Augen. »Du weißt, wie ich das meine!«

»Glaub mir, Prinzessin ...« Den Strohhalm an seinen Lippen, sieht er mich an. »... das weiß ich ganz genau.«

Ich spüre, wie mir die Hitze in die Ohren steigt, und versuche hastig, die Röte unter meinen Haaren zu verstecken. Was soll diese Aussage? Will er mich nur necken? Oder mit mir flirten? Auf der Suche nach einer passenden Antwort fahre ich mir mit der Zunge über die Lippen, aber jeder gelungene Konter scheint sich in die hinterste Ecke meines Bewusstseins verkrochen zu haben. Stattdessen denke ich unentwegt, wie unglaublich attraktiv doch Elias' Sommersprossen sind. Und seine Augen. Von seinem Lächeln mal ganz zu schweigen.

Ehe mein Starren noch offensichtlicher werden kann, sehe ich hastig weg.

»Wo warst du gerade mit deinen Gedanken?«

Ich fluche lautlos in Richtung des Tisches, bevor ich den Kopf hebe und meinen Blick mit Elias' verhake. »Müsstest du das nicht eigentlich genau wissen?«

»Ich bin Echo, kein Gedankenleser.« Er lacht leise. »Und deinen Gefühlen nach zu urteilen, könnten deine Gedanken wirklich interessant sein.«

»Weißt du, anstatt unfaire Mittel einzusetzen ...« Ich trinke einen Schluck von meiner Cola, nur um ihn auf die Folter zu spannen. »... könntest du dich beim nächsten Mal einfach nicht so leicht von fallenden Büchern einschüchtern lassen.«

Ich kann sehen, wie Elias' Adamsapfel zuckt. »Jetzt machst du mich neugierig, Prinzessin«, sagt er mit diesem unvergleichbaren Halbgrinsen.

Unwillkürlich beiße ich mir auf die Unterlippe. »Tja, dann würde ich an deiner Stelle beim nächsten Mal nicht so schnell aufgeben.«

»Keine Sorge, Prinzessin. Das werde ich schon nicht.« Elias grinst und betrachtet mich, ohne mit der Wimper zu zucken. Ich erwidere seinen Blickkontakt, starre in warmes, funkelndes Grau. Mehr braucht es nicht, um mein Herz einen Schlag aussetzen zu lassen.

Die Luft zwischen uns ist elektrisch geladen. Auf der Rückfahrt nach Attenafehn sagt keiner von uns ein Wort, aber immer wieder sind da diese kurzen, scheinbar zufälligen Berührungen. Und auch wenn man die Funken zwischen uns nicht sehen kann, spüre ich sie nur allzu deutlich auf meiner Haut. Kribbelnd, nervenaufreibend, vielversprechend. Im Radio singen die *Imagine Dragons* über Stürme und Gefühlschaos und fassen damit ziemlich gut zusammen, wie es in meinem Inneren gerade aussieht. Es gibt genug Dinge, bei denen meine Gedanken gerade festhängen könnten – das Archiv, die erfolglose Recherche, die Nox, die Chaosbegabten –, und dennoch ist da nur ein einziger Name: Elias.

Auch der scheint nicht ganz bei der Sache zu sein. Als wir die Autobahn verlassen müssen, verpasst er um ein Haar die richtige Ausfahrt. Falls in ihm das gleiche Chaos herrscht wie in mir, verliert er kein einziges Wort darüber. Deshalb lehne auch ich mich schweigend in das weiche Leder des Sitzes und genieße das *Fast,* das wir beide teilen.

Viel zu früh bringt Elias den Jeep schließlich auf der kaum befahrenen Straße, in der ich wohne, zum Stehen. Ein paar Dutzend Meter vor uns lugt das Dach unseres Hauses zwischen den Nachbarhäusern hervor.

Einen Moment lang bleibe ich einfach sitzen und inhaliere seinen Duft von Wald und Regen, von dem ich vielleicht niemals genug bekommen werde. Dann öffne ich die Beifahrertür. »Gute Nacht, Elias!«

Elias begegnet meinem Blick mit einem Lächeln. Einem echten Lächeln, nicht nur diesem verfluchten Halbgrinsen. »Gute Nacht, Prinzessin!«

Als ich gut eine halbe Stunde und einige Ausreden später endlich an Paps vorbeikomme und mich in mein Bett werfen kann, hüpft mein Magen immer noch. Sophie ist mit ihren Freundinnen auf einer Party, und so habe ich Gelegenheit, die Erinnerungen an die heutigen Ereignisse noch eine Weile ganz für mich selbst zu haben. Und das muss ich meinem Herzen nicht zweimal sagen – meine Gedanken kehren immer wieder zu Elias zurück. Zu seinen Haaren, Sommersprossen, Augen, und Lippen. Zu der Art, wie er mich angesehen hat, und zu dem rauen Unterton, den seine Stimme angenommen hat.

Verträumt klappe ich das Buch zu, mit dem ich mich eigentlich beruhigen wollte, und pfeffere es auf die Matratze, um stattdessen nach meinem Handy zu greifen. Auf die Tatsache, dass ich Marleen als Alibi nutze, um mich mit Elias zu treffen, hat sie wie zu erwarten mehr als neugierig reagiert. Ihrer Erwiderung auf meine letzte Nachricht – *Du Teufel, wie kannst du mich nur so halb informiert zurücklassen?!* – folgen lauter Fragezeichen, Detektiv-Emoticons und entsprechende GIFs. Mit einem Grinsen im Gesicht tippe ich eine Antwort.

O mein Gott, heute ist so unglaublich viel passiert. Ich habe dir jede Menge zu erzählen, aber erst muss ich meine Gedanken sortieren. Reden wir Montag? :) Spoiler: Vielleicht ist Elias doch gar nicht so übel. ;)

Ich muss nicht lange auf eine Antwort warten.

Ich glaube, das sollte nicht an mich gehen, Prinzessin. ;)

Oh! Verdammt!

Kapitel 20

Am Montag ist Marleen nicht in der Schule. Was den Vorteil hat, dass ich nicht länger darüber nachdenken muss, wie ich schattenartige Monster und mysteriöse Geheimbünde aus meinen Enthüllungen über Samstag streichen kann. Aber auch den Nachteil, dass ich den Gedankenwirrwarr in meinem Kopf mit niemanden teilen kann. Na gut, außer mit Sophie, aber die hat permanent zwischen »Ah, das ist so süß!« und »Vielleicht spielt er nur mit dir, und am Ende landen wir doch tot im Wald« geschwankt. Was nicht gerade hilfreich war.

Ich unterdrücke ein Seufzen und rutsche auf meinem Stuhl hin und her. Schon die ganze Zeit brennt Xenias Blick in meinem Nacken. Während des Matheunterrichts habe ich noch gedacht, dass ich mir das nur einbilde, aber langsam keimen Zweifel in mir auf. Ich sehe über meine Schulter in ihre Richtung, was sie dazu bringt, abrupt den Kopf wegzudrehen. Keine Ahnung, was mit ihr los ist. Hat Elias ihr von Samstag erzählt? Und wenn ja, was hat er ihr gesagt? Was ist das zwischen uns für ihn? Herrscht das Kribbeln, das mich seit dem Wochenende nicht in Ruhe lässt, auch in seinem Bauch?

Was auch immer er ihr erzählt oder nicht erzählt hat – von dem Chaos in meinem Kopf weiß Xenia dank ihrer Fähigkeiten auf jeden Fall. Es ist zum Haareraufen. Ich bemühe mich, die einzelnen Gedanken in Schubladen zu packen und sie zu schließen, um mich stattdessen der Schule zu widmen. Aber meine Anstrengungen bleiben vergeblich. Die Elias-infizierten Träumereien kämpfen sich immer wieder frei und verdrängen Gatsby und Daisy erfolgreich in den Hintergrund.

Je näher das Training mit Elias rückt, desto mehr flattert mein Herz in meiner Brust. Als ich nach dem Kunstunterricht in die Umkleidekabine komme, kann ich kaum einen klaren Gedanken fassen. Ich bürste mir zweimal durch die Haare und entscheide mich dann doch dazu, sie zu einem Pferdeschwanz zusammenzufassen. Anschließend kontrolliere ich mein Aussehen im Spiegel und verfluche mich selbst für diese Geste. Tief Luft holend zupfe ich mein weißes T-Shirt zurecht und mache mich auf den Weg in die Sporthalle.

Doch Elias steht nicht an seinem üblichen Platz in der Mitte des Raumes. Einen Moment lang blinzle ich perplex in die Halle, doch dann zieht seine Stimme meine Aufmerksamkeit auf sich.

»Da bist du ja endlich.« Ich sehe über meine Schulter und erblicke Elias, der mit verschränkten Armen an der Wand neben der Tür lehnt. Er stößt sich ab und geht mit großen Schritten hinüber zu den Turnmatten. In seinen Augen ist nicht das geringste Überbleibsel vom warmen Funkeln am Samstag zu entdecken. »Lass uns gleich anfangen.«

»Hi!« Zögerlich beiße ich mir auf die Unterlippe. »Ähm, klar.«

Elias meint es vollkommen ernst: In den nächsten Minuten trainieren wir im Nahkampf miteinander und kommen uns dabei mehr als nur einmal ziemlich nahe, doch das nervöse Kribbeln in meinem Magen wird schnell von schmerzender Frustration überschattet. Statt die Situationen wie sonst für verwegene Sprüche und flirtendes Halbgrinsen zu verwenden, spricht Elias kein einziges Wort mit mir. Sein Gesicht bleibt eine ausdruckslose Maske, während er mich wieder und wieder und wieder zu Fall bringt.

Genau wie jetzt. Unsanft komme ich mit meinem Rücken auf der harten Matte auf und kann nicht anders, als zischend Luft einzuziehen. Ich unterdrücke ein Stöhnen und belasse es stattdessen dabei, mit den Augen zu rollen. Obwohl wir gerade erst angefangen haben, schmerzt bereits jetzt jeder einzelne meiner Muskeln und schreit nach einer Pause. Von den Fortschritten, die ich mir selbst zugeschrieben habe, ist heute nicht das Geringste zu sehen. Ganz im Gegenteil – es fühlt sich an, als wäre ich mit einem Mal wieder ganz am Anfang. Sowohl beim Training als auch bei der Sache mit Elias.

Der jetzt immerhin wieder mit mir redet. Auch wenn es nur ein knappes »Jetzt steh schon wieder auf« ist, gewürzt mit einem genervten Blick.

Ich denke nicht einmal daran. »Was soll das?«

»Was soll was?«

»Du kämpfst total unfair!« Ich setze mich auf und verschränke die Arme vor der Brust, darum bemüht, die Strähne zu ignorieren, die sich aus meinem Zopf gelöst hat und jetzt an meiner Wange kitzelt. »So habe ich doch gar keine Chance! Wie soll ich so denn was lernen?«

Elias hebt eine Augenbraue. »Oh, du hast gar nicht erwähnt, dass sich die Monster an dein Niveau anpassen.«

»Sehr witzig.« Nun streiche ich mir das Haar doch hinters Ohr. »Jetzt mal ehrlich. Was ist los?«

Einen Moment sieht er mich so direkt an, dass ich das Grau in seinen Augen flackern sehen kann. Dann wendet er sich ruckartig von mir ab und murmelt etwas, das bald zu einem immer lauteren Fluchen anschwillt. Seine Worte sind laut, dreckig und ehrlich – aber sie verraten mir absolut nicht, was zur Hölle in ihn gefahren ist.

Ich sehe zu, wie er die Hände im Nacken verschränkt und Schimpftiraden an die Decke schickt, ohne mich zu rühren. Erst als er auf und ab tigert und der Reisetasche mit den Waffen einen ordentlichen Tritt verpasst, springe ich auf die Füße und laufe auf ihn zu. Keine Ahnung, was ich vorhabe, aber im nächsten Moment liegen meine Hände auf seinen Schultern.

Allerdings nicht lange. Elias sieht mich nicht einmal an, ehe er mich beiseite schubst, als wäre ich nichts weiter als ein Hindernis, das ihm im Weg steht.

Ich stolpere zurück. Nach Luft schnappend versuche ich, mein donnerndes Herz zu beruhigen. Zu spät – es hat bereits die Kontrolle über meine Zunge übernommen. »Verdammt, Elias, was soll das?«, blaffe ich ihn an, meine Stimme wesentlich weniger fest, als ich gehofft habe. »Was habe ich dir denn getan?«

Damit scheine ich einen Schalter umgelegt zu haben. Ruckartig dreht er sich zu mir um, jeder Muskel in ihm scheint zu beben. »Scheiße!«, stößt er aus. »Was du mir getan hast? Du hast mich angelogen, verdammt!«

Perplex starre ich ihn an. Runzle die Stirn und suche nach etwas, das er meinen könnte. Vergeblich – ich habe ihn nicht angelogen.

»Ich habe ... was?«, bringe ich hervor, fest davon überzeugt, dass es sich um ein Missverständnis handelt. »Wovon redest du?«

Er schnaubt. »Jetzt tu doch nicht so.«

»Elias, ich habe keine Ahn-«

»Du gehörst zu ihnen!«, bellt er und sieht mich herausfordernd an, als würde das alles erklären. Tut es nicht. Ganz im Gegenteil.

Wie von selbst bewegen sich meine Hände wieder in seine Richtung. Ich ziehe sie hastig zurück und grabe sie lieber in den Stoff meines Shirts. »Zu wem?«, hake ich nach, diesmal vorsichtiger.

»Scheiße, Annika, lass das Getue!« Seine Finger zucken kurz, ballen sich zu Fäusten, bleiben aber starr an seiner Seite. »Du kannst mir nicht länger was vormachen. Du gehörst zu ihnen. Du bist eine Chaosbegabte.«

Es ist weniger, was er ausspricht, sondern vielmehr der eiskalte Ausdruck in seinen Augen, der mich zurückstolpern lässt. »W...was?«

»Hast du wirklich gedacht, mir für immer etwas vormachen zu können? Keine Ahnung, was du damit bezwecken wolltest, aber ich lasse das nicht länger mit mir machen.« Mit einem Mal sieht Elias müde aus. »Ich habe dir vertraut, Annika.«

In meinem Kopf blitzen Erinnerungen darüber auf, was er am Samstag über Chaosbegabte gesagt hat. Unheil, Leid, das Böse. Ich bin nichts von alledem – oder habe zumindest keine Ahnung, warum ich es sein sollte.

»Elias, ich ... ich habe wirklich keine Ahnung«, versuche ich es erneut, muss dabei aber zusehen, wie sich die Kälte wieder in seine Augen drängt. »Warum ... wie ...?«

Er schnaubt. Es ist offensichtlich, dass er mir nicht glaubt. »Ist es nicht seltsam, dass sie dich nie wirklich verletzt haben, diese *Nox?*«

Unsicher beiße ich mir auf die Unterlippe. »Vielleicht ...«

»Vielleicht was? Bist du stark genug, um dich zu verteidigen?« Er lacht. Es ist ein kühles Geräusch, das mir eine

Gänsehaut beschert. »Als ob. Verflucht, ich kann dich ja sogar mit meinem kleinen Finger umstoßen.«

Wut und Scham brodeln in meinem Magen, vereinen sich zu einer gefährlichen Mischung, die mir zwar die Tränen in die Augen steigen lässt, mir dafür aber sämtliche Wörter raubt.

»Und warum finden wir nichts über deine *Nox* im Archiv?«, bohrt er weiter nach, sein Adamsapfel stolpert sichtbar in seinem Hals. »Warum hat meine Schwester fast einen Wildunfall, wenn du einmal in ihrem Auto sitzt? Warum fallen die Bücher wie von selbst aus den Regalen, wenn ich dir zu nahe komme? Warum geht alles in deiner Nähe zu Bruch? Warum ist es, als hättest du persönlich diese Monster erschaffen?«

»Das würde ich niemals tun!«, schreie ich ihn an. Jetzt verkrampfen sich auch meine Hände zu Fäusten – was sie vielleicht nur tun, um ihr hilfloses Zittern zu unterdrücken.

»Keine Ahnung, würdest du?« Herablassend hebt er eine Augenbraue. »Ich weiß nicht, was du so machst, wenn du nicht gerade dumme Sprüche klopfst und über dein eigenes Leid klagst.«

Ich beiße mir auf die Unterlippe. »Zumindest rede ich mir nicht ein, dass du zu den Bösen gehörst.«

»Verdammt, jetzt soll ich das Arschloch sein?« Er macht ein paar energische Schritte auf mich zu, lässt mich unwillkürlich rückwärtsstolpern. »Ich sollte dich umbringen, verdammt, aber stattdessen stehe ich immer noch hier und höre mir deine Lügen an!«

Ich schlucke, kann nichts mehr gegen die Tränen tun, die mir heiß über die Wangen laufen. Was auch immer Elias auf diese wahnsinnige Idee gebracht hat – er scheint sich so fest an sie zu klammern, dass es ihm völlig egal ist, was ich sage. Auch wenn ich mir beim besten Willen nicht vorstellen kann, dass er mich wirklich umbringt, bin ich machtlos gegen die Angst. Kalt und unerbittlich breitet sie sich in mir aus und sorgt dafür, dass ich nichts anderes tun kann, als Elias anzustarren. Er verwandelt sich in einen Fremden, und ich kann nichts dagegen tun. Genauso wenig wie gegen das kalte Prickeln in meinem Nacken.

Nicht jetzt. Warum ausgerechnet jetzt?

Ich presse meine Lider aufeinander und versuche, ruhig zu atmen, doch das Gefühl bleibt. Meine Fingerspitzen sind eiskalt. Probehalber halte ich den Atem an, doch auch das drängt das Kribbeln nicht zurück. Ich muss meine Augen nicht öffnen, um zu wissen, dass es zu spät ist. Ich kann nichts mehr dagegen tun. Sie sind hier.

Trotz meiner Gewissheit kann ich nicht anders, als einen Schritt zurückzutaumeln, sobald ich den Nox in die Augen blicke. Es sind zwei von ihnen – ein großes, schlankes Wolfswesen, dessen schwarze Zähne viel zu lang für das schmale Maul sind, und eine Vogelkreatur, deren Miene von einem wachsartigen, sensenförmigen Schnabel dominiert wird. Beide stehen hinter Elias, fixieren ihn mit ihren pechschwarzen Augen. Der wiederum scheint meinen Blick richtig zu deuten – vielleicht spürt er sogar ebenfalls den kalten Schauer, der mir unbarmherzig über den Rücken läuft. Jedenfalls werden seine Züge noch ein ganzes Stück düsterer, ehe er sichtbar Luft holt und sich zu den Dingern umdreht.

Einen Moment lang ist es, als wäre die Zeit eingefroren. Während sich Elias und die Nox gegenseitig mustern, ohne dass einer von ihnen mit der Wimper zuckt, wage ich es nicht, zu atmen. Für eine Sekunde gebe ich mich dem naiven Glauben hin, dass mein Trainingspartner die beiden erledigen wird, um mir anschließend zu versichern, dass er sich geirrt hat. Ich stelle mir vor, wie er die Monster gekonnt ausschaltet, um sich danach mit warmen Augen und sanfter Stimme zu mir umzudrehen. Um mir zu versprechen, dass er auf meiner Seite ist und mir helfen wird, meine Dämonen loszuwerden.

Aber natürlich geschieht nichts von alledem.

Alles geht ganz schnell.

Elias macht einen Satz auf die Reisetasche zu, die kaum einen Meter von ihm entfernt auf dem Boden liegt, und zieht etwas Schwarzes, Glänzendes heraus. Eine Pistole. In dem Moment, in dem er sich mit der geladenen Waffe in der Hand wieder umdrehen will, stürmt das Wolfswesen auf ihn zu. Es drängt ihn zurück, lässt ihn rückwärts über die Tasche stolpern und aufs Linoleum fallen.

Mit dem Nox direkt über sich zögert Elias nicht lange: Er packt die Pistole mit beiden Händen und schießt. Das schwarze Wolfsding stößt ein letztes Klickern aus, ehe es leblos über ihm zusammenbricht. Er macht sich nicht einmal die Mühe, es von sich herunterzuschieben, sondern zielt auf das Vogelwesen, das ihn regungslos beobachtet. Elias' gebelltes »Scheiße!« vermischt sich mit dem Knall des Schusses und endet ebenso abrupt wie das Leben des zweiten Nox.

Einen Sekundenbruchteil lasse ich meinen Blick über die Szenerie gleiten. Nehme das ruckartige Heben und Senken von Elias' Brust wahr, seinen abgehackten Atem, das Monster über ihm und das andere nur ein Stück von ihm entfernt. Beide sind tot, obwohl sie vor kaum einer Minute erst aufgetaucht sind. Umgebracht von der Waffe, die wie Spielzeug in Elias' Händen liegt. Als sich unsere Blicke miteinander verhaken, ist das Flackern, das sich in seine Augen drängt, eiskalt.

Ich sollte dich umbringen, verdammt!

Auch wenn mein Herz immer noch in meiner Brust rebelliert, mich anschreit, dass er das niemals tun würde, stolpere ich rückwärts. Weg von Elias, der sonst mein sicherer Hafen war, mein Fels in der Brandung im Sturm aus Gefahren. Weg von Elias, der mit einem Mal selbst zu diesem Sturm geworden ist. Während mir die Tränen brennend über die Wangen laufen, übernimmt mein Kopf die Kontrolle über meinen Körper. Er bringt ihn dazu, noch einen Satz zurück zu machen und sich umzudrehen, ehe meine Füße zu rennen beginnen. Raus aus der Sporthalle, raus aus den Gängen, raus aus der Schule. Weg von Elias. Einfach nur weg.

Und warum auch immer Elias das tut – er lässt mich gehen.

Kapitel 21

Die Zahlen verschwimmen vor meinen Augen. Ich starre schon so lange auf das Display, dass ich sie inzwischen auswendig kenne. Diese elfstellige Ziffernfolge, die mich von meiner Erlösung trennt. Oder meinem Untergang.

»Jetzt sei nicht so eine Dramaqueen«, weise ich mich selbst zurecht. Frustriert seufze ich auf, presse die Lippen aufeinander und tippe auf den Bildschirm. Einen Moment lang sehe ich wie gebannt dabei zu, wie mein Handy in den Anrufmodus umspringt. Elias' Name ist jetzt in großen Buchstaben zu sehen, was mein polterndes Herz nur noch mehr antreibt. Hastig halte ich mein Telefon ans Ohr, doch auch das bringt dem verräterischen Muskel in meiner Brust keine Ruhe. Ganz im Gegenteil. Das Tuten in der Leitung bildet zusammen mit dem Donnern meines Herzens eine disharmonische Melodie, die an jedem Nerv meines Körpers zerrt.

Bis sie abrupt endet. Und durch den hämischen Besetztton ersetzt wird, ehe der wenige Sekunden später komplett verstummt. Okay – Elias hat mich weggedrückt. Ich beiße mir auf die Unterlippe, um das Wimmern zu unterdrücken, das sich in meinem Hals angestaut hat.

O Gott, schlimmer kann's echt nicht mehr werden, schießt es mir durch den Kopf. Jahrelang habe ich über die Mädchen den Kopf geschüttelt, die den Jungs mit Gewalt ihr Herz in die Hände pressen, nur um sich anschließend zu wundern, dass es dort nicht gut aufgehoben ist. Und was mache ich jetzt?

Sitze hier, mitten in der Nacht, und halte mir ein Telefon ans Ohr, aus dem kein Geräusch kommt. Stöhnend lasse ich mein Handy sinken und starre aufs Display. Nur eine einzige Berührung, und schon würde ich es erneut versuchen. Ich verfluche mich allein für den Gedanken daran, kann mich jedoch nicht darin hindern, der Idee zu folgen. Den Atem anhaltend lausche ich ein weiteres Mal in den Hörer.

Dieses Mal quält mich weder das Tuten in der Leitung noch der Besetztton. Stattdessen ertönt plötzlich Elias' Stimme und lässt mein Herz einen Schlag aussetzen, ehe es doppelt so schnell weiterschlägt. Allerdings nur so lange, bis ich den Sinn seiner Worte verstehe.

»Du hast meine Nummer gewählt, also muss ich dir nicht sagen, wem diese Mailbox gehört. Du weißt ja, wie's läuft: die Nachricht nach dem Ton und so. Vielleicht ruf ich dann zurück. Vielleicht auch nicht.«

Das darauf folgende Piepen ist es, das mich aus dem Konzept bringt. Einen Moment lang bin ich hin- und hergerissen, ob ich etwas sagen soll oder nicht. Eine Unsicherheit, die die fordernde Stille der Leitung zusätzlich verstärkt. Ich beiße mir auf die Unterlippe, bin ganz kurz davor, alles aus mir heraussprudeln zu lassen, aber dann wird mir klar, dass Elias mich bewusst an die Mailbox geleitet hat. Immerhin bin ich gerade noch durchgekommen – und da hat er mich weggedrückt.

Ich lege auf, schleudere mein Handy auf den dicken Teppich vor meinem Bett und werfe mich rücklings zurück auf die Matratze. Das Laken ist trügerisch weich, das Strahlen meiner zahlreichen Lichterketten heuchlerisch romantisch.

Etwas regt sich in mir, droht aus dem Käfig meiner Rippen zu entkommen und flüstert mir betörend ins Ohr. Erzählt mir, wie unglaublich beruhigend es wäre, alles in meinem Zimmer einfach kaputt zu schlagen. Mit dem Baseballschläger, den ich sonst benutze, um mich gegen meine Monster zu wehren. Von denen Elias behauptet, ich würde sie mit Absicht herbeirufen.

Ich presse die Lider zusammen und taste nach dem Schalter der Lichterketten. Öffne die Augen erst wieder, als der dämmrige Schein mit einem Klicken erloschen ist. Wie eine sanfte Decke legt sich die Dunkelheit über den Raum. Dennoch finde ich keinen Schlaf. Die ganze Nacht nicht.

Als Sophie und ich am nächsten Tag zur Schule fahren, kann ich noch häufiger als sonst ihren forschenden Blick auf mir spüren. Ich kann's ihr nicht verübeln. Selbst der Nox, der vorhin im Badezimmer aufgetaucht ist, als ich nichts ahnend unter der Dusche stand, ist vermutlich bei meinem Anblick erschrocken. Ich sehe aus, als hätte ich die schlimmste Nacht meines Lebens hinter mir. Mein Spiegelbild hat mich heute mit verquollenen Augen und geröteten Wangen begrüßt. Was ich selbst verschuldet habe. Denn anscheinend habe ich mich in eines der Mädchen verwandelt, über die ich stets geflucht habe. Nächtliche Heulattacken inklusive. Asche über mein Haupt.

Ich verziehe den Mund und starre wütend über mich selbst auf die rote Ampel vor mir.

Aus den Augenwinkeln kann ich erkennen, wie Sophie am Nagel ihres kleinen Fingers kaut. »Alles okay?«, fragt sie.

Das ist die erste Frage, die sie stellt, seit wir zu Hause losgefahren sind, wo ich jeden ihrer Gesprächsversuche mit schlechter Laune abgeblockt habe. Und zu ihrem Pech hat sich meine Stimmung seitdem auch nicht verändert.

»Hm«, brumme ich und trete aufs Gas, als die Ampel umspringt. Viel zu stark für mein altes Auto, das protestierend vorwärts hüpft.

»Sicher?«

»Ja, wirklich. Ich bin nur müde«, lüge ich und tue so, als müsste ich nach links aus dem Fenster sehen, um ihrem Blick nicht zu begegnen. Ich habe Sophie nichts von gestern erzählt, weil ich sie nicht mit irgendwelchen Morddrohungen beunruhigen will, von denen ich selbst nicht weiß, wie ernst oder gefährlich sie sind. Und auch wenn ich mich liebend gern an ihrer Schulter ausheulen würde, hat sich an dieser Entscheidung nichts geändert. Bevor ich irgendjemanden in mein untergehendes Boot hole, muss ich erst mal selbst versuchen, das Leck zu stopfen. Und ich habe keine Ahnung, wie zur Hölle ich das anstellen soll.

Eine Zeit lang versinken Sophie und ich gleichermaßen in Schweigen und hören dem Moderator zu, der irgendetwas über die heute zu erwartenden Sonnenstunden in ganz Niedersachsen sagt. Ich schnaube. Was auch immer das für Sonnenstunden sein sollen – hier sieht es bisher nicht danach aus, als könnte irgendetwas die dichten Regenwolken verdrängen. Der Himmel ist genauso düster wie meine Stimmung, und es würde mich nicht wundern, wenn es später noch gewittert.

»Wie war das Training mit Elias gestern?«

Ich werfe einen kurzen Blick zu meiner Schwester, die verhalten grinst und mit den Augenbrauen wackelt.

»Du warst früh zurück.«

»Ja. Elias ist in den Vollidiot-Modus zurückgekehrt.« Meine Stimme klingt zwar wesentlich bitterer, als mir lieb ist, bricht aber immerhin nicht. »Anscheinend war ihm das Nett-Sein auf Dauer dann doch zu anstrengend.«

Sophie knabbert an ihrem Nagel herum und beobachtet mich ein paar Augenblicke lang. Selbst ohne sie direkt anzusehen, weiß ich, dass ihre Stirn in nachdenkliche Falten gezogen ist. »Der beruhigt sich schon wieder.«

»Mal sehen.« Ich bringe meinen Polo auf dem Schulparkplatz zum Stehen und werfe meiner Schwester einen Blick zu, der ihr hoffentlich klarmacht, dass das Gespräch an dieser Stelle beendet ist.

Sophie verzieht die Lippen. Ich kann ihr ihren inneren Kampf nur allzu deutlich ansehen und verfluche mich selbst dafür, so unfair mit ihr umzugehen. Aber ich kann ihr einfach nichts sagen. Zu groß ist die Angst, wieder in Tränen auszubrechen, wenn sie mich auch nur eine Sekunde länger so mitleidig und verärgert zugleich ansieht. Deshalb steige ich aus dem Auto und halte die Verabschiedung knapper als sonst. Zwar öffnet Sophie protestierend den Mund, schließt ihn dann aber wieder und trottet in Richtung des Naturwissenschaftsgebäudes davon.

Ich sehe ihr kurz hinterher, ehe ich mich selbst in Bewegung setze. Auch wenn ich die ganze Nacht darüber nachgedacht habe, was ich zu Elias sagen soll, bin ich zu keinem Ergebnis gekommen. Was unter anderem daran liegt, dass ich keine Ahnung habe, wie er auf die Idee gekommen ist, ich könnte eine Chaosbegabte sein.

Je näher ich der Aula komme, desto mehr rebelliert mein Herz in meiner Brust. Ich will Elias nicht gegenübertreten. Und gleichzeitig würde ich alles dafür tun, mit ihm reden zu können. Die Sache von gestern einfach vergessen und stattdessen seinen flirtenden Kommentaren mit augenrollenden Erwiderungen begegnen.

Nur macht er mir einen Strich durch die Rechnung. Sobald ich die Tür zur Aula aufstoße und mein Blick wie automatisch zu Elias' üblichem Platz am Fenster gezogen wird, muss ich feststellen, dass er nicht da ist.

Und er bleibt verschwunden. Auch wenn ich den ganzen Tag über nach ihm Ausschau halte, kann ich ihn nicht entdecken. Spätestens sein leerer Stuhl im Politikunterricht verrät mir eindeutig, dass er heute nicht in der Schule ist. Und trotzdem kann ich selbst in der Pause danach nicht aufhören, die Menge nach ihm abzusuchen. Dafür begegnet mir der überhebliche Blick seines Cousins Jannis – falls er etwas über Elias' Verdacht weiß, lässt er es sich aber zumindest nicht anmerken.

Mit einem Seufzen mache ich mich auf den Weg zu meinem Spind. Als ich dort ankomme, schließt ein schlaksiger Junge aus der Stufe unter mir gerade sein Fach, um anschließend mit dem Mädchen zu flirten, das geduldig neben ihm gewartet hat. Sobald sie mich sehen, trotten sie davon – ganz offensichtlich dorthin, wo sie ungestört sind.

Ich verziehe den Mund und mache mich daran, meinen Spind zu öffnen. Das Foto von Marleen und mir vom letzten Sommer, das ich darin befestigt habe, fällt mir entgegen. Ich fange es auf und betrachte es einen Augenblick lang, ehe ich es zurückstecke. Vermutlich werde ich meiner besten Freundin spätestens nachher im Sportunterricht noch Rede und Antwort über Elias sehen müssen. Ugh!

In dem Moment, in dem ich nach meinem Geschichtsbuch greife, bemerke ich eine Bewegung im Augenwinkel. Kurz bin ich davon überzeugt, dass es einer meiner Mitschüler ist, der einfach nur durch den Schulflur läuft, um zur Cafeteria zu gelangen. Aber der Schemen verschwindet nicht wieder, sondern wartet geduldig, bis ich mich zu ihm umdrehe.

Xenia lehnt an einem der Spindfächer neben meinem, ein Kunstbuch an ihre Brust gepresst, und mustert mich genauso intensiv wie ich sie. Ihre Augen sind hinter den Brillengläsern ungeschminkt, vom sonst so vertrauten Lidstrich fehlt jede Spur. Stattdessen hat sich eine ungewohnte Müdigkeit darin breitgemacht.

Ich trete von einem Fuß auf den anderen. »Hey!«

»Hi!« Xenia hebt einen Mundwinkel, aber selbst diese Geste wirkt irgendwie angestrengt. Der feministische Spruch auf ihrem T-Shirt zeugt von Stärke, aber in ihrer Haltung findet sich nichts davon. Das hier ist nicht die Xenia, die sich in den letzten Wochen geduldig durch sämtliche Bücher der Familienbibliothek gekämpft hat. Und erst recht nicht die, die mir im Unterricht und in den Pausen stets mit hoffnungsvollen Blicken begegnet ist – und mich in der Zwischenzeit mit Witzen über unsere Lehrer versorgt hat.

Unsicher beiße ich mir auf die Unterlippe, habe keine Ahnung, was ich sagen soll.

Xenia nimmt mir die Entscheidung ab. »Es tut mir wirklich leid, Annika, aber ... wir müssen das Training beenden«, sagt sie geradeheraus und verzieht die Lippen, als hätte sie Schmerzen. »Elias hat mir alles erzählt, und wir ... wir haben keine Ahnung, wie wir weitermachen sollen.«

Ich öffne den Mund, um etwas zu erwidern, aber es kommt kein Ton heraus.

»Wenn du wirklich eine Chaosbegabte bist ...« Ihre Finger schließen sich so stark um ihr Buch, dass die Knöchel weiß hervortreten. »Wir können das auf jeden Fall nicht weiter mitmachen. Wir müssen erst mal den Kopf frei kriegen und uns Gedanken machen, wie es weitergeht. *Ob* es weitergeht.«

Ich presse die Lippen aufeinander. »Und was heißt das jetzt für mich?«

Als hätte sie Angst, belauscht zu werden, sieht sie über ihre Schulter, bevor sie mir antwortet. »Keine Sorge, wir werden dich nicht verpetzen. Das bringen wir beide einfach nicht übers Herz.« Sie hebt einen Mundwinkel. »Aber wir werden dir auch nicht länger helfen. Weder in der Recherche noch im Training – dafür hast du unser Vertrauen zu sehr verletzt.«

»Aber ich habe doch gar nichts gemacht«, bringe ich hervor. »Ich habe euch nichts verheimlicht. Wirklich nicht.«

Für einen Moment kann ich beobachten, wie die Unsicherheit in Xenias Augen aufblitzt. Dann jedoch beißt sie sich auf die Unterlippe. »Das ändert nichts. Tut mir leid.«

Ich schlucke. »Aber ...«

»Es tut mir leid«, wiederholt sie und schneidet mir damit das Wort ab. Mitleidig legt sie den Kopf schief. »Ich hoffe wirklich, dass du einen Weg findest und die Sache irgendwie ...« Ihr Satz verliert sich, aber in meinem Kopf vervollständigt er sich ganz von selbst.

Und die Sache irgendwie überlebst.

Xenia sieht mich noch einen Moment stillschweigend an, ehe sie sich mit einem leisen Seufzer abwendet.

Ich lasse nicht zu, dass sie einfach in der Aula verschwindet und ebenso unerreichbar für mich wird wie ihr Bruder. »Xenia!«

Mit beinahe schon hoffnungsvollem Schwung dreht sie sich wieder zu mir um. »Hm?«

»Hat Elias nicht den Mut, mir das alles selbst zu sagen?«

Bedauernd hebt sie einen Mundwinkel. »Wir wissen beide, warum er das nicht kann.«

Kapitel 22

Ich schaffe es irgendwie, den Rest des Vormittags zu überleben.

Zwar ziehen auch der Geschichtsunterricht und die Deutschstunden an mir vorbei, ohne dass ich etwas von den Monologen meiner Lehrer mitbekomme, aber immerhin breche ich nicht weinend auf der Mädchentoilette zusammen. Nur fast – und das hat keiner mitbekommen.

Dabei habe ich wirklich gedacht, auf alles vorbereitet zu sein. Ich habe mich geirrt: Xenias Worte hallen in meinem Kopf nach und lassen mich nicht zur Ruhe kommen. Wie ein Hurrikan fegen sie durch die Ordnung, die ich seit dem Streit mit Elias mehr oder weniger wiederhergerichtet habe. Mit dem Ergebnis, dass das Chaos in mir jetzt noch viel größer ist.

Wir wissen beide, warum er das nicht kann, echot Xenias Aussage bestimmt zum fünftausendsten Mal in meinen Ohren. Aber diesmal mischt sich eine andere Stimme darunter.

»... du mir überhaupt zu?«

Blinzend schrecke ich auf und sehe zu Marleen, die neben mir auf der Bank sitzt und unsere Basketball spielenden Mitschüler kaum beachtet. Stattdessen hat sie beide Arme neben sich aufs Holz gestützt und sich leicht nach vorn gebeugt, während sie mich mit zusammengekniffenen Lidern mustert.

Stimmt, da war ja was. Ich beiße mir auf Unterlippe. »Hm?«

Marleen stöhnt – was ich ihr nicht übel nehmen kann. »Ich rede schon seit Minuten auf dich ein, und du bekommst es nicht mal mit. Du hast Glück, dass du gerade nicht aufs Feld musst – die würden dich so abschießen«, bemerkt sie mit einem Augenrollen, muss im nächsten Moment jedoch lachen. »Elias hat deine Gedanken ganz schön infiziert, was?«

»Woher weißt du das?«

»Mensch, was ist denn los mit dir?« Schmunzelnd schüttelt sie den Kopf. »Du hast mir 'ne Nachricht geschrieben. Samstagabend. Klingelt's?«

Demonstrativ will sie ihr Handy aus der Tasche ihrer dünnen pinken Sportjacke ziehen, aber ich halte sie mit einem Nicken davon ab. »Schon klar«, sage ich in dem Versuch, Zeit zu schinden. »Ich erinnere mich.«

Marleen lässt nicht locker. »Dann erinnerst du dich sicher auch daran, wie der Tag war. Und was du mir so unbedingt erzählen wolltest?«

»Ja, ähm …«, zögere ich, aber das geht ihr nicht schnell genug.

»Ich helf dir auf die Sprünge«, unterbricht sie mich mit einem breiten Grinsen. »Es ging darum, dass du Elias doch gar nicht so übel findest. Was hab ich da für eine Gehirnwäsche verpasst? Hm?«

Ich presse die Lippen aufeinander und kämpfe gegen den plötzlichen Schmerz an, der in meiner Brust explodiert. Damit trifft sie direkt den wunden Punkt. »Vergiss es«, winke ich ab, aber selbst dabei bricht meine Stimme. »Ich habe meine Meinung wieder geändert.«

Mit gerunzelter Stirn blinzelt sie mich an. »Wie?«

Ein Krachen rettet mich vor meiner Antwort. Marleens Blick löst sich endlich von mir, schnellt in die Richtung, aus der der Lärm gekommen ist. Das Basketballspiel ist zu einem abrupten Ende gekommen. Stattdessen stehen die Spieler nun in einer einzigen Traube um etwas herum. Etwas, das ich erst sehen kann, als ich meinen Hals recke und an einem großen Jungen im Trikot vorbeischiele.

Der Basketballkorb, der bis vor wenigen Momenten noch sämtlichen Würfen getrotzt hat, liegt mitsamt der Holzplatte jetzt auf dem Boden. Oder besser gesagt: das, was von ihm übrig ist.

In der Wand, an dem der Korb gehangen hat, ist ein mächtiger Riss, und die Holzplatte hat sich davon gelöst, liegt mit dem verbogenen Metallring darunter. Adrian, ein riesiger Mitschüler, sitzt nur wenige Zentimeter davon entfernt auf dem Boden, starrt die Überbleibsel des Korbs an und hält sich wohl unbewusst den Knöchel. Es scheint ihm gut zu gehen – allerdings ist es offensichtlich Glück, dass das riesige Ding ihn nicht unter sich begraben hat.

Das scheine nicht nur ich so zu sehen. In dem Moment, in dem ich scharf Luft einziehe und Marleen neben mir ein »Was zur Hölle?« murmelt, springt unsere Mitschülerin Johanna von der Bank auf. Schnurstracks eilt sie zum Beinahe-Unfallopfer, wobei sie fast ein anderes Mädchen über den Haufen rennt. Etwas in mir schreit danach, ihm ebenfalls zu helfen, aber ehe ich mich überhaupt bewegen kann, ertönt das unvergleichliche Schrillen einer Sportpfeife.

»Wer von euch Rabauken war das?« Herr Naumanns Stimme poltert durch die gesamte Sporthalle, sein sonnengegerbtes Gesicht ist von Verärgerung gezeichnet. Hat er sich gerade noch im Hintergrund gehalten, ist unser Lehrer jetzt vollkommen präsent. Die Schüler auf dem Feld machen ihm stolpernd Platz, als er hinter Johanna zu Adrian geht. Er redet mit ihm, aber nicht laut genug, damit man ihn bis hierher verstehen könnte.

Dennoch bleiben Marleen und ich regungslos sitzen und spitzen die Ohren, während die Jungs auf der Bank neben uns die Köpfe zusammenstecken und über den Vorfall reden. Als ich das nächste Mal zu ihm hinüberblicke, wird Adrian gerade von zwei Jungen hochgehievt, wobei er schmerzhaft das Gesicht verzieht. Auch wenn er nicht unter den Korb geraten ist, scheint es ihn irgendwie erwischt zu haben.

»Er hat sich bestimmt den Knöchel verstaucht. Oder geprellt. Kein Wunder, so stark, wie er abbremsen musste.« Marleens Stimme klingt vollkommen sachlich und ruft mir ins Gedächtnis, dass ihr Vater Unfallchirurg ist. »Wenn er Pech hat, hat er sich auch was gerissen.«

»Oder eher Glück, weil er das Ding nicht abbekommen hat«, bemerke ich, woraufhin meine Freundin nachdenklich nickt.

»Ich hätte nicht gedacht, dass der Korb so leicht runterkrachen kann. Wenn das wirklich jemand mit Absicht getan hat, möchte ich jetzt nicht in dessen Haut stecken.«

Da gebe ich ihr recht. Während Adrian rausgetragen wird – wobei ihm Johanna nicht von der Seite weicht –, baut sich Herr Naumann in der Mitte der Sporthalle auf und bläst ein weiteres Mal in seine Pfeife. »Alle herkommen!«

Sein Blick ist so eisern und unnachgiebig, dass keiner von uns es wagt, sich seinem Befehl zu widersetzen. Mit einem Mal ist auch das Gemurmel verklungen. Sobald wir mit gesenkten Köpfen vor unserem Lehrer stehen, trauen sich nur noch wenige, mit ihren Freunden einen Blick auszutauschen. Keiner von ihnen sieht aus, als hätte er etwas mit der Sache zu tun. Vielmehr scheinen alle vom plötzlichen Chaos überrumpelt worden zu sein.

Chaos.

Ich presse die Lippen aufeinander und schiebe meine plötzlich zitternden Finger in die Taschen meiner Sportjacke.

»Ich habe keine Ahnung, wie zur Hölle das gerade passiert ist«, donnert Herr Naumann. Auch wenn ich mich bemühe, mich auf die Spitzen meiner Turnschuhe zu konzentrieren, kann ich seinen prüfenden Blick auf mir spüren. Ich halte die Luft an und bete, dass ich nicht die Einzige bin, der es so geht. »Aber wenn irgendeiner von euch dahintersteckt, dann schwöre ich, wird er es bereuen.«

Irgendwo rechts neben mir schabt jemand mit der Schuhsohle auf dem Boden, ein hässliches Quietschen, das die Stille durchdringt.

»Also ... wenn sich jemand von euch einen Spaß erlaubt hat, ist jetzt der richtige Zeitpunkt, es zu beichten.«

Das Schaben verklingt. Jetzt ist es so still, dass ich meinen eigenen Herzschlag in den Ohren hämmern hören kann. Ich bilde mir ein, dass sich das Pochen zu Silben formt, und versuche, ruhig zu atmen, aber die Enge in meiner Brust bleibt.

Chaos, Chaos, Chaos.

Aber ich habe nichts getan. Oder doch?

»Na gut, wie ihr wollt.« Bei jedem anderen hätten diese Worte wohl nach Aufgeben geklungen, aber bei Herrn Naumann werden sie zu einer Drohung. »Jetzt geht mir aus den Augen, ehe ich es mir anders überlege.«

Damit hat er einen Schalter umgelegt: Mit einem Mal setzen sich alle in Bewegung, strömen hinaus zu den Umkleiden. Ich versuche, nicht nachzudenken, und lasse mich mit ihnen treiben. Raus aus der Sporthalle hin zur Sammelkabine, wo das Geplapper wie auf Kommando beginnt. Plötzlich reden alle wild durcheinander, stellen die wildesten Theorien auf. Merle stecke dahinter, weil sie eifersüchtig ist, dass Adrian jetzt Johanna datet. Der Direktor habe das eingefädelt, um endlich Geld für eine neue Einrichtung zu bekommen. Aus Frust über die niedrige Bezahlung habe sicherlich der Hausmeister für diesen Unfall gesorgt.

All diese Anschuldigungen haben zwei Gemeinsamkeiten. Erstens, sie sind vollkommen unlogisch. Zweitens, keine von ihnen beinhaltet Chaosbegabte – oder generell Übernatürliches in irgendeiner Art. Trotzdem kann ich nicht anders, als all den Gerüchten zu lauschen, vor Angst, dass irgendwann ein Finger auf mich zeigt.

Was nicht passiert – die Mädchen ziehen eins nach dem anderen plaudernd davon, bis nur noch Marleen und ich übrig sind. Seufzend lege ich den Kopf in den Nacken und warte einen Moment, ehe ich mich an Marleen wende.

»Meinst du, es geht ihm gut? Also Adrian?«

»Wenn nicht, werden wir's schon von meinem Papa erfahren – vorausgesetzt, er verrät mir was. Ärztliche Schweigepflicht und so.« Marleen lässt ihr Handy zurück in ihre Jackentasche gleiten und zuckt mit den Schultern.

Brummend ziehe ich die Kabinentür hinter uns zu. »Hoffentlich finden die heraus, wie das passieren konnte.«

»Bestimmt. So wie ich Herrn Naumann kenne, lässt der nicht locker, ehe er seinen Willen kriegt. Mach dir da keinen Kopf drum. Das wird sicher alles geklärt.« Sie lächelt und zieht mich in eine kurze Umarmung. »Ich muss jetzt los, Steve wartet auf mich. Sehen wir uns morgen?«

»Kein Problem.« Ich hebe einen Mundwinkel. »Viel Spaß euch beiden!«

»Danke!« Als sie schon fast am anderen Ende des Flurs ist, hält sie einen Moment an und dreht sich grinsend zu mir um. »Bis morgen – dann möchte ich endlich erfahren, was jetzt mit Elias los ist.«

»Bis morgen«, erwidere ich lahm und sehe ihr hinterher.

Als sie schon lange mit ihrer schwingenden Handtasche um die nächste Ecke verschwunden ist, zwinge ich mich, mich aus meiner Starre zu lösen. Mit einem Seufzen lehne ich mich an die nächstbeste Wand. Durch die Glastür in der Nähe kann ich nach draußen sehen, wo die Regenwolken, die sich im Laufe des Vormittags angesammelt haben, immer dichter und dunkler werden. Genau wie das Chaos in meinem Kopf.

Keine Ahnung, wie ich aus der Sache mit Marleen wieder herauskommen soll. Ich kann ihr ja schlecht erzählen, dass Elias seine Meinung über mich nach wochenlangem Flirten plötzlich geändert hat und mich jetzt lieber umbringen möchte. Was er aber nicht tut – aus irgendwelchen Gründen, die nicht so recht in meinen Kopf wollen.

Nur mal angenommen, er würde mich tatsächlich auch irgendwie … mögen – würde er mir dann nicht vertrauen? Statt mir vorzuwerfen, ich würde die Welt in Schutt und Asche legen wollen? Statt überhaupt daran zu denken, dass er mich – rein theoretisch – umbringen müsste?

Womit wir beim viel größeren Problem wären. Ich schaudere. Auch wenn Elias und Xenia mich momentan verschonen, weiß ich nicht im Geringsten, wie lange dieser Waffenstillstand anhält. Mal ganz abgesehen davon, dass die Sieger dieser Schlacht ohnehin schon feststehen.

Ich lege den Kopf in den Nacken und starre an die Decke, in der naiven Hoffnung, dort Antworten zu finden. Aber natürlich verraten mir die quadratischen Kacheln nicht, ob und wie lange ich der Schonfrist der Zwillinge vertrauen kann. Geschweige denn, was ich tue, wenn die beendet ist.

Wahrscheinlich sollte ich wirklich mit Paps und Sophie reden – aber ich habe nicht die geringste Ahnung, wie ich das anstellen soll.

Kapitel 23

Ich rechne es Marleen hoch an, dass sie es bis zum Matheunterricht aushält, ehe die Neugier aus ihr herausplatzt. Als Xenia kurz vor Ende der Stunde an die Tafel geht, um unter Herrn Dringenbergs strengem Blick eine Aufgabe vorzurechnen, unterbricht meine Sitznachbarin unser gemurmeltes Gespräch.

Meine Aussage über den New-Adult-Roman, den wir beide gelesen haben, geht in ihrem lang gezogenen »Sag mal« unter.

Marleen legt den Kopf schief und wartet, bis unser Lehrer wieder in die andere Richtung schaut. »Elias ist schon seit gestern nicht in der Schule, oder?«, fragt sie dann, als wäre ich diejenige, die darüber am besten Bescheid weiß. Was wahrscheinlich gar nicht mal so falsch ist. »Ist er krank?«

»Keine Ahnung.« Bemüht desinteressiert zucke ich mit den Schultern, dabei hätte mir der leere Platz neben mir in Latein kaum mehr ins Auge stechen können. Und ins Herz. »Woher soll ich das denn wissen?«

»Na ja, nimm's mir nicht übel, aber du siehst auch nicht gerade gesund aus.« Sie presst die Lippen aufeinander. »Eher, als hätte dich ein Lkw überfahren oder so.«

Ich schnaube. »Wow, sehr nett. Danke!«

»Du weißt doch, wie ich das meine.« Sie stupst ihre Schulter gegen meine. »Außerdem steht dir dieser Zombie-Look irgendwie. Er macht dich … interessant.«

Prustend hebe ich eine Augenbraue. »Willst du etwa sagen, dass ich vorher langweilig ausgesehen habe?«

Während Herr Dringenberg vorne in Lobhymnen über Xenias Mathekenntnisse ausbricht, zwinkert mir meine Freundin zu. »Na ja, es hat ja gereicht, damit Elias dir plötzlich hinterherguckt.«

»Du schaffst es auch, jedes Gespräch irgendwie auf ihn zu lenken, oder?«

»Nur weil du jedem Gespräch über ihn ausweichst«, erwidert sie mit einem Lächeln, das auch einer FBI-Agentin beim Verhör gehören könnte. »Also – du wolltest mir da noch irgendwas erzählen.«

Langsam, aber sicher wird mir klar, dass ich dieser unnachgiebigen Inquisition nicht auf Dauer ausweichen kann. Und dass es vielleicht sogar ganz guttun könnte, mich bei Marleen auszuheulen – wie auch immer das geht, ohne dämonische Schattenwesen und zwielichtige Magieorden zu erwähnen. Ich beiße mir auf die Unterlippe. Es wäre leichter, mit Sophie oder Paps zu reden, aber das habe ich mich gestern nicht getraut und meine Sorgen stattdessen lieber in einem heißen Bad ertränkt. Das kann wenigstens keine Fragen stellen, auf die ich keine Antworten habe. Oder mich vorwurfsvoll angucken, weil ich mich wie ein dummes, kleines Mädchen verhalten und ausgerechnet einem Steinbach vertraut habe. Außerdem würde es sowieso nichts ändern, wenn ich Paps und Sophie ins Boot holen würde. Was sollen wir schon gegen Morddrohungen unternehmen, die auf irgendwelchen magischen Argumenten beruhen? Wohl kaum die Polizei rufen.

Marleen knufft mich in die Seite und reißt mich damit aus meinen Gedanken. »Erde an Nika!«

Ich seufze. »Ehrlich gesagt habe ich nicht die geringste Ahnung, wo ich da anfangen soll.«

Grinsend wickelt Marleen sich eine blonde Haarsträhne um ihren Bleistift. »Vielleicht da, wo dein Märchenprinz in seinem Jeep angefahren kam, um dir das Leben zu retten und dein Herz zu stehlen.«

Ich verziehe den Mund. Wenn sie wüsste, wie nah sie damit an der Wahrheit ist. Viel zu viele Male hat Elias mir den Hintern gerettet: nicht nur bei der Nox-Invasion, sondern auch auf Steves Party.

Aber all diese Geschichten lassen sich kaum erzählen, ohne die Nox oder die Gilde mit ins Spiel zu bringen. Was auf keinen Fall infrage kommt. Denn selbst wenn ich im Grunde genommen keine Ahnung habe, wie mit unfreiwilligen Mitwissern umgegangen wird, habe ich eher weniger angenehme Vermutungen. Und das Letzte, was ich will, ist, Marleen meinetwegen in Gefahr zu bringen.

Zögernd beiße ich mir auf die Wangeninnenseite. »Okay, pass auf«, fange ich an, stocke jedoch, als Xenia an uns vorbei wieder zu ihrem Platz läuft. Es reicht, wenn sie in meinen Gefühlen herumschleichen kann – darauf, dass sie auch noch meine Unterhaltung mithört, kann ich getrost verzichten. »Ich würde dir wirklich liebend gern alles erzählen, jedes Detail und so. Aber das kann ich nicht. Es ist ... zu gefährlich. Wenn ich dich einweihe, muss ich einige Sachen offenlassen.«

Marleen schiebt die Brauen zusammen. »Das klingt, als wären Elias und du in einen Bandenkrieg verwickelt. So mit Drogenschmuggel, jeder Menge Waffen und noch mehr verbotener Liebe.« Auch wenn die Skepsis in ihren Worten zu erahnen ist, sieht sie aus, als würde sie trotzdem erfahren wollen, was ich zu erzählen habe. Alles andere hätte mich bei ihrer Neugier auch gewundert.

»Okay, es ist etwas komplizierter.« Ich schmunzle. »Aber dafür auch weniger kriminell. Versprochen.«

Verstohlen wirft Marleen einen Blick in Xenias Richtung, ehe sie sich wieder zu mir umdreht. »Also ist Elias' Vater doch kein Drogenbaron?«

Ich schüttle den Kopf, kann mein Grinsen allerdings nicht unterdrücken. »Nicht, dass ich wüsste.«

Im nächsten Moment wird Herrn Dringenbergs Monolog durch das Klingeln zur Pause unterbrochen. Wir schließen uns unseren Mitschülern an, verstauen unsere Sachen in unseren Taschen und schieben uns aus dem Unterrichtsraum, noch bevor Herr Dringenberg das Ansagen der Hausaufgaben beendet hat.

Marleen wartet, bis der Großteil der anderen an uns vorbeigezogen ist, ehe sie sich mit einem Lächeln zu mir umdreht. »Kommst du mit zu meinem Auto? Ich muss eben mein Plakat für den Geschichtsvortrag holen. Oder mir überlegen, wie ich dem Grauen entkommen kann.«

Lachend lasse ich zu, dass sie sich bei mir unterhakt.

»Also, wo waren wir stehen geblieben?« Marleen schürzt ihre roten Lippen, als würde sie tatsächlich überlegen müssen. »Was hat dich und Elias zusammengeführt, wenn es schon kein dramatischer Drogenkrieg gewesen ist?«

Ich setze zu einer Antwort an, stolpere aber unweigerlich in jemanden hinein, als wir um die Ecke biegen. Genauer gesagt, in jemanden mit weißblonden Haaren und einem so schlanken Gesicht, dass die hohen Wangenknochen darin wie Klingen wirken. Jannis Steinbach.

»O Gott – 'tschuldigung!« Schluckend stolpere ich zurück und kann nichts dagegen tun, dass mein Herz Unheil verkündend in meiner Brust hämmert. Weiß er Bescheid?

Zwar bedenkt mich Jannis mit einem Blick, der viel zu lang ist, um ihn als normal abzutun, aber immerhin tritt er schließlich einen Schritt zurück und macht mir den Weg frei. »Sorry!«

Ich nutze die Chance zur Flucht und haste mit Marleen am Arm an ihm vorbei bis hin zu den Türen, die zum Parkplatz führen. Erst als diese so laut zurück in den Rahmen fallen, dass die Raucher in der Nähe neugierig die Köpfe heben, wage ich es wieder, zu atmen. Keine Ahnung, ob das knapp war – es fühlte sich jedenfalls verdammt gefährlich an. Ich kann nicht anders, als durch das Glas in den Türen noch einmal zurückzusehen. Aber Jannis ist nicht mehr da.

Marleen scheint mir meine Aufregung anzumerken. Statt weiter auf das vermeintliche Drama zwischen mir und Elias einzugehen, legt sie sanft eine Hand auf meinen Arm und betrachtet mich mit leicht zusammengekniffenen Lidern.

»Hey, Annika, was ist denn los?«, fragt sie halblaut. »Jannis guckt zwar immer ziemlich finster, aber vor dem brauchst du nun wirklich nicht wegrennen. Der tut doch keiner Fliege was zuleide.«

Ich presse die Lippen aufeinander. »Ich weiß. Sorry! Keine Ahnung, was mit mir los ist.«

»Hat das was mit der Sache mit Elias zu tun?«

Nickend folge ich Marleen zu ihrem roten Opel Corsa und lehne mich dagegen, während sie auf dem Rücksitz nach etwas sucht. »Ich hab wirklich nicht gedacht, dass die Sache zwischen uns so ... groß werden würde.«

»Wie meinst du das?« Sie taucht wieder auf, in ihrer Hand ein zusammengerolltes gelbes Plakat, und sinkt neben mir ans Auto.

Seufzend zupfe ich am Saum meines Pullovers. »Wir haben uns eher durch Zufall getroffen, als ich ein Problem hatte. Das habe ich dir doch schon mal erzählt, oder? Da hat er mir jedenfalls ziemlich aus der Patsche geholfen, und danach hat er mir irgendwie immer wieder geholfen. Und das hat halt mit dieser ... geheimen Sache zu tun.«

Auch wenn meine Beschreibung kaum abstrakter sein könnte, beschwert Marleen sich nicht. Stattdessen legt sie den Kopf schief und grinst. »Ich hab dir deine Ausreden von Anfang an nicht geglaubt!«

»Tut mir leid«, sage ich und beiße mir auf die Unterlippe. »Ich wusste mir nicht anders zu helfen.«

Sie lächelt. »Alles gut.«

»Jedenfalls habe ich Elias anfangs wirklich nicht gemocht«, sage ich. »Er hat jede Gelegenheit genutzt, um mir unter die Nase zu reiben, wie unerfahren ich bin. Hilflos. Aber irgendwie wurde ein Spiel draus – er macht einen seiner doofen Sprüche, ich kontere. Ich mochte das. Und ich glaube, er auch.«

»Also habt ihr geflirtet?«

Ich zucke mit den Schultern. »Schätze schon.«

»Und was wolltest du mir eigentlich erzählen? Über Samstag?«

Mit einem leisen Seufzen lege ich den Kopf in den Nacken. Über uns brodelt der Herbsthimmel in einem blaugrauen Farbenmeer. Einen Moment lang versinke ich in diesem Anblick, dann beginne ich zu erzählen.

Von Elias' und meinem Spontanausflug nach Oldenburg. Von unserem Beinahe-Kuss, dem Prickeln in meinem Körper und der jähen Unterbrechung. Vom Flirten danach, vom Fast Food, von der elektrisierenden Stimmung zwischen uns. Und schließlich von unserem Streit. Den Vorwürfen. Der Kälte.

»Ich habe wirklich nichts von alledem mit Absicht gemacht. Aber das glaubt er mir nicht«, schließe ich und spüre, wie mir die Tränen hinterhältig in den Augen brennen. »Stattdessen hasst er mich jetzt. Und ich habe nicht die geringste Ahnung, was überhaupt los ist.«

Marleen legt ihren Arm um meine Schulter und zieht mich an sich. Es ist nur ein kurzer Stups gegen ihren weichen Oberkörper, ein kurzer Hauch ihres süßen Parfüms, aber es reicht, damit ich mich besser fühle.

»Hey, Kopf hoch!« Das aufmunternde Lächeln ist in ihrer Stimme zu hören. »Die Annika, die ich kenne, lässt sich nicht von irgendwelchen Jungs die Laune verderben. Auch nicht von Elias Steinbach. *Gerade* von dem nicht.«

Die nächsten beiden Stunden hält Marleen mich über Wasser, indem sie mir abwechselnd Bilder von ihrem Kater und lustige Memes schickt. Je nach Lust und Laune fügt sie bei Letzteren Bilder von Lehrern, Mitschülern – inklusive Elias – und uns selbst ein und bringt mich damit immer wieder zum Schmunzeln. Deshalb sind meine Mundwinkel auch nicht mehr ganz so schwer, als ich mich zu Beginn der nächsten Pause durch die Schülermengen schiebe. Ich krame nach meinem Notizheft und dem Deutschbuch und stelle wenig überrascht fest, dass ich die Hausaufgaben vergessen habe. Einen Moment lang überlege ich, sie noch schnell bei Marleen abzuschreiben, verwerfe den Gedanken aber gleich wieder. Das ist die Mühe nicht wert. Vielleicht sollte ich meinem Lehrer einfach sagen, dass ich beschäftigt genug damit bin, von übernatürlichen Wesen und –

Ehe ich den Gedanken zu Ende bringen kann, werde ich mit einem Mal an der Schulter gepackt und herumgezerrt. Viel zu stark und grob, um von Marleen zu stammen. Einen Herzschlag lang gebe ich mich der naiven Hoffnung hin, dass es Elias ist, der sich die ganze Sache anders überlegt hat und nun da ist, um mich hier und jetzt zu küssen. Aber natürlich stimmt das nicht. Stattdessen sehe ich ihn das Gesicht seines Cousins.

Jannis' Miene verrät nicht im Geringsten, was sich hinter seiner Stirn abspielt, was es wesentlich gruseliger macht, als wenn er mich einfach verärgert angestarrt hätte.

Perplex runzle ich die Stirn und versuche, meinen Herzschlag wieder unter Kontrolle zu bekommen. »Hey! Wie geht's?«

Nun verzieht sich sein Mund und bildet eine grimmige Linie. »Spar dir die Höflichkeiten«, spuckt er aus. »Und sag mir die Wahrheit.«

Ich bin unglaublich erleichtert darüber, dass er im Gegensatz zu den Zwillingen keine Echofähigkeiten hat. Denn wenn er die hätte, würde mich die blanke Angst verraten, die jetzt durch meine Adern fließt und sie zu filigranen Eisbahnen gefrieren lässt. Und obwohl ich mir ziemlich sicher bin, dass sie mir auch so im Gesicht geschrieben steht, bin ich Jannis wenigstens nicht völlig schutzlos ausgeliefert.

»Was meinst du?«, bringe ich hervor.

Irgendwo in unserer Nähe lässt jemand etwas mit einem Donnern zu Boden fallen. Ein Geräusch, dass sich zum Poltern des Fensters gesellt, das ein Stückchen entfernt immer wieder in den Rahmen kracht.

»Jetzt tu doch nicht so«, erwidert Jannis scharf und erinnert mich dabei so sehr an seinen Cousin, dass es körperlich wehtut. »Elias und du, ihr habt nur noch aneinandergeklebt. Und jetzt verkriecht er sich in seinem Zimmer, spricht nicht, und du bist noch kein einziges Mal bei uns aufgetaucht.«

Ich schlucke, doch das ändert nichts am Kloß, der in meinem Hals sitzt. »Wir haben ... uns gestritten.«

»Mag sein. Aber da ist noch etwas. So hat Elias sich noch nie verhalten, wenn's mit seinen Dates nicht lief.« Jannis macht einen Schritt auf mich zu und zwingt mich dadurch, mich mit dem Rücken gegen meinen Spind zu pressen. »Also, was ist es? Verrätst du es mir, oder soll ich raten?«

Bemüht gleichgültig zucke ich mit den Schultern, was den praktischen Nebeneffekt hat, dass es mein Zittern verbirgt. Irgendwo in der Nähe klirrt etwas. »Vielleicht bedeute ich ihm einfach mehr als die Mädchen vor mir.«

»Vielleicht. Oder ihr seid gar nicht zusammen – oder nicht nur. Vielleicht ist das ja mehr zwischen euch als ganz normales Daten.« Er gibt mir gar nicht die Gelegenheit, ihm ins Wort zu fallen, spricht einfach weiter, als ich zu einer Erwiderung ansetze. »Also, wer bist du wirklich? *Was* bist du wirklich?«

»Ich ...« Meine Stimme bricht. »... ich habe keine Ahnung, wovon du da sprichst.«

Jannis hebt eine Augenbraue. »Wirklich nicht? Pascal hat dich auf Steves Party gesehen. Im Badezimmer. Und er konnte eine wirklich interessante Geschichte erzählen.«

Ich öffne den Mund, aber kein einziger Ton schafft es an meinem galoppierenden Herzen vorbei. O Gott – das ist also das Ende. Während ich damit beschäftigt war, die Situation mit Elias und Xenia auszuloten, lauerte die wirkliche Gefahr in einer ganz anderen Ecke. Sie hat die

Krallen geschärft und ist jetzt bereit zum Angriff, während ich ohne Verteidigung dastehe.

»Vielleicht hat es etwas damit zu tun, dass Elias heute Nacht versucht hat, sich in Vaters Büro zu schleichen?« Selbstgefällig lehnt Jannis einen Arm an den Schrank neben mich, seine Lippen verziehen sich zu einem Lächeln, das mich an eine Raubkatze erinnert. »Also?«

Ich kann nicht antworten – und muss es auch gar nicht.

In dem Moment, in dem ich einen Laut irgendwo zwischen Krächzen und Wimmern herausbringe, bricht der Tumult los. In den letzten Minuten habe ich die anderen Schüler komplett ausgeblendet, aber jetzt stürzt alles wie eine Flutwelle auf mich nieder. Jemand schreit auf, wutverzerrt, etwas knallt, und dann ist da nur noch Poltern, Grölen und Applaus.

Plötzlich scheint sich jeder Schüler der Recha-Freier-Gesamtschule in diesen kleinen Flur gedrängt zu haben, aber ich habe nicht die geringste Ahnung, wieso. Denn was auch immer es ist – Jannis rückt keinen Millimeter von mir ab, während er interessiert den Kopf hebt und die Situation erfasst.

Ohne ein Wort darüber zu verlieren, was da geschieht, schnellt sein Blick zurück zu mir. »Wir sind hier noch nicht fertig«, knurrt er gerade so laut, dass ich es über den Lärm hinweg hören kann, ehe er sich von mir abwendet und in eine Richtung verschwindet. Atemlos warte ich, bis ich seinen weißblonden Schopf nicht mehr in der Menge ausmachen kann, ehe ich einen Schritt nach vorne trete und meinen Spind schließe. Danach versuche ich, mehr zu sehen. Ein Stück weiter den Flur runter stehen die Schüler in Trauben um etwas versammelt. Zwar versperren sie mir die direkte Sicht, aber das Gemurmel der anderen bestätigt meine Vermutung: eine Prügelei.

Ich verschwende nur einen einzigen Gedanken daran, ob dieses Chaos Zufall ist, bevor ich mich von meinem Spind abstoße und durch die Schülermassen dränge, vorbei an den herbeieilenden Lehrern. Ganz bewusst in die andere Richtung als die, in der Jannis gerade verschwunden ist.

In der Aula tummeln sich nur einige wenige Schüler und die meisten von ihnen kommen mir entweder entgegen oder sind vollkommen mit sich selbst beschäftigt. Ich lasse meinen Blick über die Jugendlichen gleiten und bin erleichtert, Marleen unter ihnen zu erkennen. Sie marschiert zielstrebig in die Richtung des Tumults, wobei sie den eher desinteressiert wirkenden Steve hinter sich herzieht.

Sobald sie mich sieht, braucht sie nicht lange, um mir meine Aufregung anzusehen. Sofort lösen sich ihre Finger von Steves, und sie lässt den brünetten Riesen zurück, als sie ihre Schritte noch weiter beschleunigt. Mit einem fragenden Gesichtsausdruck und ihren Händen an meinen Oberarmen bleibt sie schließlich vor mir stehen. Ihr eigentliches Ziel scheint vollkommen in den Hintergrund gerückt zu sein.

»Annika?«, fragt sie und schürzt ihre rosafarbenen Lippen. »Was ist los?«

Unentschlossen stoße ich Luft aus und sehe kurz zu Steve, der sich seinem Handy gewidmet hat, ehe ich mich wieder an meine Freundin wende. »Können wir kurz reden? Allein?«

»Natürlich.« Noch während sie nickt, huscht sie zu Steve, drückt ihm einen Kuss auf die Lippen und sagt etwas zu ihm. Nur wenige Sekunden später ist sie wieder an meiner Seite, hakt sich bei mir unter und zieht mich mit sich bis ans andere Ende der Aula, wo sie die Tür aufstößt. »Ist was passiert?«

»Eher jemand. Jannis«, seufze ich, lasse meinen Rucksack auf den Boden gleiten und lehne mich gegen die Gebäudemauer. Die Backsteine darin sind alt und uneben, sodass mir einige von ihnen unangenehm in den Rücken drücken – aber das ist nichts im Vergleich zu dem Gefühl, gegen den Spind gedrängt zu werden. »Hast du nicht vorhin noch gesagt, dass er keiner Fliege was zuleide tut?«

»So kenn ich ihn zumindest.« Marleen wickelt sich eine der blonden Strähnen, die sich aus ihrem Pferdeschwanz gelöst haben, um ihren Finger und rollt nachdenklich mit den Augen. »Er ist Jahrgangssprecher in der Elften. Und mit Steve in der Basketballmannschaft. Ich hab noch nie was Schlechtes über ihn gehört.« Sie scheint meine skeptische Miene falsch zu verstehen und setzt schnell ein »Wenn man seine bösen Blicke mal ignoriert« hinterher.

Zögernd trete ich von einem Fuß auf den anderen, wünschte mir, Marleen hätte gesehen, wie Jannis mich ... ja, was hat er eigentlich gemacht? Mich eingeschüchtert? Mich bedroht?

»Er hat von meinem Streit mit Elias erfahren«, sage ich. »Und sein Kumpel hat mich dabei beobachtet, wie ich genau die Dinge getan habe, auf die Elias so sauer ist. Jetzt will er mindestens genauso sehr wie die Zwillinge, dass ich von der Bildfläche verschwinde.«

Es sollte mich nicht wundern, dass Marleen mir jetzt ins Wort fällt. »Warte mal, wie meinst du das«, hakt sie nach, »›von der Bildfläche verschwinden‹?«

Im ersten Augenblick will ich damit herausplatzen, dass sie alle mich umbringen wollen, aber dann halte ich mich selbst zurück. Ich weiß nicht, ob sie mich wirklich umbringen *wollen* – ich weiß nur, dass sie es laut Elias' Behauptung müssen. Wenn sie mich wirklich gerne töten wollen würden – in mir schrillen allein beim Gedanken daran alle Alarmglocken –, hätten sie das längst tun können. Aber das haben sie nicht. Die Frage ist nur, wieso nicht.

»Annika?«

Ich schrecke auf und sehe meine Freundin an, die mich mit zusammengeschobenen Brauen betrachtet. »Sorry«, murmle ich, erinnere mich an ihre Frage und zucke mit den Schultern. »Ich weiß auch nicht. Keine Ahnung, was sie vorhaben.«

Marleen sieht aus, als würde ich sie mit wirren Verschwörungstheorien zutexten. Auch wenn ich es ihr nicht übel nehmen kann, bringt mich ihr Gesichtsausdruck an den Rand der Verzweiflung. Kurz bin ich wieder drauf und dran, ihr einfach alles zu erzählen – die Nox, die Gilde, das Chaos. Aber ich darf sie nicht auch noch in Gefahr bringen.

»Es war eine dumme Idee, dich damit zu belasten.« Seufzend schnappe ich mir meinen Rucksack und schwinge ihn über meine Schulter. »Tut mir leid. Vergiss es einfach, ja?«

In dem Moment, in dem ich mich zum Gehen abwende, packt Marleen mich am Oberarm. Ihre blauen Fingernägel graben sich mit sanftem Druck in meinen Cardigan, bittend, aber nicht verlangend.

»Nein, kommt gar nicht infrage«, entscheidet sie und reckt entschlossen ihr Kinn vor. »Du kannst mir vielleicht nicht alles verraten, aber es muss doch einen Weg geben, wie ich dir trotzdem helfen kann. Glaub mir – meine Qualitäten als Sidekick sind gar nicht mal so schlecht.«

Ich muss schmunzeln. »Ich wünschte, ich wüsste, wie.«

»Lass uns die Sache mal anders angehen.« Marleens Finger lösen sich von meinem Arm und trommeln stattdessen gegen ihr Kinn. »Vielleicht sollten wir uns nicht auf die Folgen konzentrieren, sondern auf ... das eigentliche Problem.«

Skeptisch hebe ich eine Augenbraue. »Du klingst schon genau wie mein Vater.«

»Halt die Klappe, oder ich helf dir gar nicht mehr.« Marleen lacht. »Du hast gesagt, das alles war ein Missverständnis, oder?«

»Genau.«

»Und wie können wir die Steinbachs davon überzeugen, dass sie das einfach falsch verstanden haben? Dass du das alles gar nicht mit Absicht gemacht hast?«

Das entnervte Stöhnen verlässt ohne großes Zutun meine Lippen. »Frag mich was Leichteres«, sage ich. »Du hast selbst gesagt, dass Elias ein Sturkopf ist – und jetzt gerade ist er felsenfest davon überzeugt, dass ich ein abscheuliches Biest bin.«

Ich kann nicht verhindern, dass seine Worte allein beim Gedanken daran in meinem Kopf auftauchen.

Und warum finden wir nichts über deine Nox im Archiv? Warum fallen die Bücher wie von selbst aus den Regalen, wenn ich dir zu nahe komme? Warum ist es, als hättest du persönlich diese Monster erschaffen?

Mit einem Kopfschütteln will ich seine Vorwürfe wieder aus meinen Gedanken verbannen, hake mich allerdings bei dem Versuch an etwas fest. Das Archiv. Aber natürlich! Wenn es irgendeinen Weg gibt, Elias davon zu überzeugen, dass ich kein Monster bin, dann, indem ich ihm zeige, dass ich nicht zu den Chaosbegabten gehöre. Den Büchern über sie haben wir beim letzten Mal keine Beachtung geschenkt – vielleicht steht da irgendetwas drin, das mich eindeutig als Tatverdächtigen ausschließt. Das zeigt, dass ich nicht zu den Bösen gehöre. Es mag nur ein kleiner Hoffnungsschimmer sein – aber es ist besser als nichts.

Deshalb fange ich jetzt Marleens nachdenklichen Blick auf und verziehe entschlossen den Mund. »Wir müssen nach Oldenburg.«

Kapitel 24

Mit einem Mal geht alles ganz schnell. In dem Moment, in dem die Schulklingel mit einem bösen Schrillen darauf aufmerksam macht, dass wir wieder in den Unterricht müssen, ziehen wir die Türen von Marleens Corsa hinter uns zu. Einige Schüler werfen uns einen Blick zu, als sie am Wagen vorbeigehen, und für einen Augenblick hege ich die Befürchtung, dass Jannis unter ihnen ist. Aber ausnahmsweise ist das Glück auf meiner Seite, und der hellblonde Hüne ist nirgends zu sehen.

»Steve sagt Herrn Janßen, dass es dir nicht gut geht und ich dich zum Arzt bringe.« Marleen schiebt ihr Handy in ihre Handtasche und wirft sie auf den Rücksitz, ehe sie den Motor startet. »Damit sollten wir fürs Erste gedeckt sein.«

»Danke!« Ich sinke gegen das Polster des Beifahrersitzes und lausche den Klängen der Boyband, die jetzt aus den kleinen Boxen dringen. Ich drehe das Radio leiser und wende mich an Marleen.

Gerade eben hat sie nicht einmal gefragt, warum ich nach Oldenburg muss, und auch jetzt starrt sie schnurstracks durch die Windschutzscheibe, als könnte sie nichts davon abhalten, an ihr Ziel zu kommen. Sie hat absolut recht damit gehabt, ihre Qualitäten als Sidekick anzupreisen. Und ich habe verdammtes Glück, ausgerechnet sie als beste Freundin zu haben.

Sobald sie meinen Blick bemerkt, wirft sie mir ein Lächeln zu. »Wo müssen wir eigentlich genau hin?«

»Zur Landesbibliothek, direkt am Pferdemarkt. Die kann man schlecht verfehlen.«

»Und was hoffst du, dort zu finden?«

Ich hole tief Luft, ehe ich zu meiner Erklärung ansetze. Obwohl die Erläuterungen vage bleiben, nickt Marleen lediglich. Erst als ich meine Ausführungen mit einem »Ich muss da nur irgendwie reinkommen« beende, stutzt sie.

»Und das ist wirklich nicht kriminell, was wir hier machen?«, fragt sie, während sie auf die Autobahnauffahrt abbiegt.

»Ehrenwort«, sage ich, muss dann jedoch selbst zögern. »Oder sagen wir es besser so – wir verstoßen zumindest nicht gegen offizielles deutsches Recht. Schätze ich.«

Marleen lacht auf. »Na ja, das klingt ja sehr beruhigend.«

»Die Einzigen, die sich auf den Schlips getreten fühlen könnten, sind Elias' Leute«, setze ich hinterher. »Und die habe ich sowieso schon gegen mich aufgebracht, ohne überhaupt was getan zu haben.«

»Irgendwie macht das die Sache nicht besser.« Marleen dreht die Heizung auf. »Ich meine, ich unterstütze dich, wo ich kann, aber ... ich würde halt gerne meinen Kopf dabei behalten. Zumindest bis zum Abiball.«

Unsicher kaue ich auf der Innenseite meiner Wange herum. »Hör zu, du kannst mich auch einfach in Oldenburg absetzen. Ich schaff das schon irgendwie.«

»Nichts da. Das kannst du so was von vergessen.« Von der Unsicherheit in ihren Worten gerade eben ist jetzt nichts mehr zu hören. »Wir ziehen das gemeinsam durch – komme, was wolle.«

Wie von selbst verziehen sich meine Lippen zu einem Lächeln. »Du bist ein Schatz.«

»Genau das wollte ich hören.« Marleen zwinkert. »Also, wie genau kommen wir jetzt da rein?«

Ich nestle am Schulterriemen meines Rucksacks herum und lasse mir einen Moment Zeit, bevor ich antworte. »Wahrscheinlich ist es am besten, wenn ich allein reingehe.« Ich sehe sie entschuldigend an. »Da drin schreit alles nur so nach Geheimnis – wenn du mitkommst, weißt du alles. Und ich schätze, das würde Elias' Leuten so gar nicht gefallen.«

»Also ist die Wahrscheinlichkeit, dass ich meinen Kopf behalte, größer, solange ich nur Schmiere stehe?« Marleen kichert.

»Ja, ich schätze schon.«

»Gut, dann lass mich meine Frage neu formulieren: Wie genau kommst du da jetzt rein?«

Ich lege die Stirn in Falten. »Ich muss irgendwie am Empfang vorbeikommen. Sobald ich erst mal im Fahrstuhl bin, kenne ich den Weg.«

»Na dann wird's ja ein Kinderspiel.« Marleen zuckt leichtfertig mit den Schultern, als müssten wir lediglich einen Papierflieger falten. »Ich lenke das Personal ab, während du dich vorbeischleichst.«

»Ich befürchte, das ist nicht so leicht, wie es in Hollywood-Filmen aussieht.« Ich zupfe am Ende meines Cardigans, bis sich ein widerspenstiger grauer Faden aus dem Stoff gelöst hat. »Was, wenn man mich trotzdem bemerkt?«

»Annika, bitte unterschätze niemals meine ›Asthmaanfälle‹.« Sie malt mit den Fingern Anführungszeichen in die Luft, ehe sie sie wieder locker ums Lenkrad legt. »Die sind legendär – damit habe ich sogar schon Familienfeiern beendet, als sie zu langweilig wurden. Du hättest Oma Marlies' Gesicht sehen sollen!«

In den nächsten Minuten planen wir bis ins kleinste Detail, wie Marleen den Menschen am Empfang ablenken wird, damit ich mich an ihm vorbei ins Archiv schleichen kann. Ich rufe mir die PIN des Fahrstuhls ins Gedächtnis. *441775* – der vierte April 1775, zweihundert Jahre vor Paps' Geburtstag. Hoffentlich hat Elias noch nicht die Gelegenheit gehabt, die Zahlenfolge zu ändern.

Obwohl wir alles mehrmals durchgesprochen haben, packt mich die Nervosität mit ihren kalten Fingern, sobald die Landesbibliothek in Sichtweite kommt. Die Zeit, in der Marleen einen freien Parkplatz sucht, verbringe ich hauptsächlich damit, nervös auf dem Sitz herumzurutschen. Was machen wir, wenn das alles schiefgeht? Richten sich dann nicht sämtliche Indizien wie Neonpfeile auf mich, nur darauf wartend, dass die Gilde ihnen folgt?

»Kommst du?« Marleen öffnet die Beifahrertür und steckt ihren Kopf mit einem Grinsen hindurch. »Ich meine, ich kann die Sache auch allein erledigen, aber dazu bräuchte ich dann doch noch ein paar mehr Infos. Und 'ne Versicherung, dass ich meinen Abiball noch erlebe.«

Ich schiebe mich mit meinem Rucksack bewaffnet aus dem Auto. »Du Witzbold«, kommentiere ich mit einem liebevollen Lächeln und hole einmal tief Luft, ehe ich mit Marleen an meiner Seite die Straße überquere und in einigem Abstand zur Landesbibliothek stehen bleibe.

Obwohl ich das Gebäude schon einige Male gesehen habe, kommt es mir heute vor, als betrachtete ich es das erste Mal. Die gelben, mit Backstein verzierten Gemäuer ragen höher als sonst in den wolkenverhangenen Himmel, und die dunklen, mit Gardinen verhangenen Fenster geben mir das Gefühl, beobachtet zu werden.

Ich unterdrücke mit Mühe ein Schaudern und wende mich an Marleen, die ihr Handy gerade zurück in ihre Handtasche sinken lässt. »Bereit?«

Ihr Nicken ist enthusiastisch und weckt in mir den Verdacht, dass Marleen voller Vorfreude auf unser Vorhaben ist. Keine Ahnung, was ich ohne sie machen würde. Hätte Paps überhaupt eingewilligt, ins Archiv zu fahren, quasi mitten ins Herz der Gilde?

Neben mir stößt Marleen Luft aus und stemmt die Hände in die Hüften. »Wenn wir das hier hinter uns haben, gönnen wir uns mal wieder übertrieben süße Brownies.«

Ich grinse. »Abgemacht.«

»Na dann, auf in den Kampf!« Marleen schüttelt ihre Arme aus, ehe sie sich mit einem verschmitzten Lächeln zu mir umdreht. »Lauf ich schon rot an?«

»Du Spinner.« Ich lache über ihre Gelassenheit und sehe dabei zu, wie sie mit energischen Schritten auf die Landesbibliothek zuschreitet. »Marleen?«

»Hm?« Sie sieht über ihre Schulter.

»Danke! Für alles.«

Ihr Lächeln ist warm und ehrlich. »Für dich doch immer.«

Mit klopfendem Herzen sehe ich dabei zu, wie sie hinter der wuchtigen dunkelgrünen Tür verschwindet. Am liebsten würde ich direkt hinter ihr her stürmen, aber ich zwinge mich, in einigem Abstand zur Landesbibliothek unter einem Baum zu warten. Alles andere würde unseren Plan gefährden. Also warte ich einige Momente und atme tief durch.

Los geht's.

Als ich mich in Bewegung setze, rebelliert die Nervosität in mir. Kräftig boxt sie mir in den Magen, aber ich gebe mein Bestes, um sie zu ignorieren. Ich habe in den letzten Wochen schon wesentlich brenzligere Dinge getan. Nicht gleich die Flucht ergriffen, sobald ich erfahren habe, dass ich ziemlich weit oben auf der Abschussliste einer mysteriösen Magieorganisation stehe. Oder meinem Vater von alldem nichts verraten. Dagegen ist das alles hier nur eine Kleinigkeit. Deshalb stoße ich jetzt mit etwas zu viel Wucht die Eingangstür auf und betrete das Foyer.

Ab jetzt zählt jede Bewegung, jeder Atemzug.

Ich lasse meinen Blick durch den Eingangsbereich schweifen, über weiße Säulen und schwarze Marmorelemente. Hinterm Empfang steht nicht wie erwartet der ältere Mann, sondern ein schlaksiger junger Kerl mit dunkelblonden Haaren. Mit Marleen, die mit rotem Gesicht und keuchendem Atem über dem Tresen lehnt, scheint er sichtlich überfordert zu sein. Zwar zuckt sein Kopf nervös hin und her, aber er sieht nicht in meine Richtung. Was auch immer Marleen da hinter stoßweisen Atemzügen zu ihm sagt – es erfordert seine gesamte Konzentration. Und wir haben wahnsinniges Glück: Bis auf uns ist keine Menschenseele hier.

Innerlich jubelnd husche ich zum Fahrstuhl, der viel zu lange braucht, um bei mir anzukommen. *Mach schon, mach schon!* Im Augenwinkel fange ich Marleens Blick auf. Sie zwinkert mir für einen Sekundenbruchteil zu, ehe sie sich wieder ihrem Auftritt widmet. Mit einer Hand fasst sie sich keuchend an den Hals, während sie die andere nutzt, um sich am Tresen abzustützen, als ihre Beine unter ihr wegsacken. Mehr sehe ich nicht – im nächsten Moment öffnen sich die Türen des Fahrstuhls, und ich haste hinein. Erst nachdem sich das Metall wieder hinter mir geschlossen hat, wage ich es, mich mit einem Ausatmen gegen die Wand zu lehnen und für einen Moment die Augen zu schließen. Der schlimmste Teil ist geschafft. Herauszukommen sollte nicht ganz so schwierig sein – immerhin kann niemand sehen, aus welchem Stock der Fahrstuhl kommt, und die Angestellten werden mich wohl kaum beim Herausgehen fragen, was ich denn vorhabe. Wenn ich Glück habe, werde ich nicht mal auffallen.

Entschlossen hebe ich die Lider und widme mich dem Bedienfeld des Fahrstuhls. Mit einem Mal bin ich Elias dankbar dafür, dass er beim letzten Mal so ein Spektakel aus der ganzen Sache gemacht hat. Nur deshalb weiß ich jetzt genau, wie ich das zusätzliche Feld hervorziehen muss. Ich atme tief durch und strecke den Finger nach den Tasten aus in der Hoffnung, dass die PIN nicht regelmäßig geändert wird. *441775.*

Es funktioniert. Mit einem Ruck setzt sich der Fahrstuhl in Bewegung und lässt sich nicht davon stören, dass ich die zusätzliche Platte zurück an ihren Platz schiebe. Ich halte die Luft an, bis der Aufzug wieder zum Stehen kommt und sich die Türen ratternd öffnen – eine Prozedur, die viel zu langsam und gleichzeitig viel zu schnell geht.

Kapitel 25

Obwohl ich dieses Mal weiß, was mich erwartet, verschlägt mir der Anblick des Archivs ein weiteres Mal den Atem. Aber ich darf keine Zeit verlieren. Deshalb gönne ich mir nur einen winzigen Moment, um die mannshohen Bücherwände und die altmodisch-eleganten Dekorationen zu bewundern und den Duft von altem Papier und staubigem Holz in mich aufzunehmen. Dann geht es an die Arbeit.

Ehe ich mich den Büchern über die Chaosbegabten widme, wandere ich mit vorsichtigen Schritten durch die Gänge und lasse meinen Blick über die zahlreichen Regale, Skulpturen und Sitzmöglichkeiten gleiten. Ich habe Glück – hier ist niemand.

Trotzdem rufe ich ein vorsichtiges »Hallo?« in den Raum hinein, muss aber im nächsten Moment den Kopf über mich schütteln. Selbst wenn hier jemand wäre, würde er wohl kaum auf meine Frage antworten und mir einen Tee anbieten. Viel wahrscheinlicher ist es, dass er sich von hinten anschleicht und ich plötzlich das kalte Metall einer Pistole am Hinterkopf spüre – was Gott sei Dank ebenfalls nicht der Fall ist.

Ich unterdrücke ein Schaudern und zwinge mich, in der Realität zu bleiben. Hier ist kein Jannis, keine Xenia, kein Elias. Ich bin auf mich allein gestellt.

Entschlossen drehe ich mich zu den Regalen mit den Werken über Chaosbegabungen um. Die Bücher hier scheinen noch älter zu sein als der Rest des Archivs. Es sind weniger, als ich in Erinnerung habe, und ich habe keine Ahnung, ob das gut oder schlecht für mich ist. Einerseits muss ich mich durch wesentlich weniger Seiten kämpfen, andererseits ist die Chance, dass ich etwas finde, wesentlich geringer. Keine Ahnung, wonach ich überhaupt suche. Nach einem Hinweis à la »achtzehnjährige Mädchen, die von schattenartigen Wesen und vom Pech verfolgt werden, gehören nicht zu den Chaosbegabten«? Den werde ich wohl kaum finden.

Ich greife nach dem ersten Buch vor meiner Nase, ein vergleichsweise kleines Exemplar mit abgenutztem hellblauem Einband. Am Regal steht ein türkissamtiger Ohrensessel, neben dessen ausladenden Füßen ich meinen Rucksack und meine Jacke sinken lasse, ehe ich mich darauf fallen lasse.

Ich schicke eine kurze Nachricht an Marleen, ehe ich mich dem Buch widme. Vermutlich hätte ich im Vorfeld einen Blick auf den Titel werfen sollen. Schon nach wenigen Minuten muss ich mich zwingen, das Buch überhaupt in der Hand zu behalten.

Im kurzen Vorwort geht es hauptsächlich darum, dass Chaosbegabte unberechenbar sind und in den meisten Fällen eine Gefahr für Menschen und Umwelt darstellen. Direkt danach geht der Autor dazu über, die Ereignisse chronologisch aufzulisten, die auf Chaosmagie zurückzuführen sind. Inklusive Zahl der Verletzten und auch, wie ich schluckend feststelle, Toten. Die Palette an Geschehnissen ist genauso groß wie die Spannweite der Opferzahlen.

Schiffs-, Bus- und Zugunglücke, Autounfälle, wild gewordene Tiere, zusammenbrechende Häuser, Stromausfälle, Explosionen, plötzliche Erdbeben und gewaltige Stürme, Hurrikans, Gewitter, Überschwemmungen.

Als ich das Buch schließlich zuklappe, brauche ich einen Moment Pause, während der ich einfach nur den Kopf in den Nacken lege und tief ein- und ausatme. Gehört all das Chaos, das in meinem Umfeld passiert, auch auf diese Liste? Bin ich genauso dafür verantwortlich, dass Menschen verletzt werden? Sterben könnten?

Ich kaue an meiner Wangeninnenseite und schüttle entschieden den Kopf. Nein, das kann nicht. Selbst wenn das alles mein Verschulden sein sollte, habe ich zu keinem Zeitpunkt etwas davon beabsichtigt. Ich bin nicht böse. Ich bin keine Chaosbegabte.

Bevor mir der Gedanke komplett den Magen verdrehen kann, schiebe ich das Buch ins Regal zurück und schnappe mir das nächste. Immerhin führt das nicht mehr die zahlreichen Katastrophen im Detail auf, allerdings ist die historische Betrachtung der Chaosbegabten auch nicht viel besser. Anscheinend wurden Chaosbegabte vor allem zu Zeiten des Mittelalters mit Hexen verwechselt – eine Tatsache, die nach heutigem Wissen zwar falsch sei, aber trotzdem zu zahlreichen Hexenverfolgungen und Inquisitionen geführt habe und so den Tod unschuldiger Menschen zu verantworten habe. Also schon wieder unnötige Opfer – schaudernd schlage ich das Buch zu.

Ich stelle den Band zurück und greife stattdessen nach einem etwas großformatigeren Buch mit dunkelgrünem Einband, das jünger zu sein scheint als der Großteil der anderen. Die Schrift ist nicht so ausgeblichen, die Ränder sind nicht so abgegriffen, und es gibt sogar ein Lesebändchen. Dieses Buch ist eindeutig neuer als die anderen.

Auch im Inneren erwartet mich etwas ganz anderes als zuvor: Das Buch stürzt sich nicht in Schauermärchen über Chaosbegabungen, sondern präsentiert die Ergebnisse einer medizinischen Untersuchung mehrerer Begabter. Augenblicklich fängt die Hoffnung in meinem Magen an zu hüpfen. Wenn es irgendwo einen handfesten Beweis gibt, dass ich nicht zu diesen Ungeheuern gehöre, dann sicherlich hier drin. Weil ich vom Aufbau der Versuche und den Beschreibungen der Anregungen in verschiedenen Hirnregionen kaum etwas verstehe, überfliege ich diesen Teil nur. Schließlich ist es ein Satz in den Ergebnissen, der mich stocken lässt.

> Deshalb muss der Behauptung, Chaosbegabte setzen ihre Fähigkeit mit Absicht ein, widersprochen werden. Vielmehr ist das Anwenden der Magie eine natürliche Stressreaktion.

Ich lese den Abschnitt ein zweites, drittes und viertes Mal, um wirklich sicherzugehen, dass ich ihn richtig verstanden habe. Aber es stimmt: Wenn der Autor recht hat, sind Chaosbegabte nicht absichtlich böse. Was bedeuten würde, dass die Gilde ganz schön viele unschuldige Menschen auf dem Gewissen hat.

Ich presse die Lippen aufeinander. Selbst in dem Fall, dass ich tatsächlich zu den Chaosbegabten gehören sollte, bin ich nicht das Monster.

Ich lege das Buch neben meinen Rucksack und atme tief durch, ehe ich auf die Füße springe und mich wieder den Regalen widme. Vielleicht reicht dieser eine Beweis, um Elias davon zu überzeugen, dass wir in diesem Krieg nicht auf unterschiedlichen Seiten stehen. Aber ein *Vielleicht* reicht mir nicht – ich brauche ein *Ganz bestimmt.*

Und das geben mir diese hundertfünfzig verstaubten Seiten nicht.

Also mache ich weiter, ziehe Buch für Buch aus dem Regal und überfliege die Ausschweifungen uralter Autoren. Oder zumindest diejenigen, die nicht wieder handschriftlich in Altdeutsch geschrieben wurden – die sortiere ich wie bei meinem letzten Besuch aus und widme mich den lesbaren. Ohne Erfolg. Zwar philosophieren sie über die unterschiedlichsten Bereiche – über den Umgang mit Chaosbegabten, ihre Arten und Kräfte –, aber nichts davon hilft mir weiter. Nichts hiervon verspricht mir, dass achtzehnjährige, hilflos überforderte Mädchen keine Weltzerstörer und Unruhestifter sind. Und niemand verliert ein Wort darüber, dass die Chaosmagie eher ein Fluch als eine Gabe ist. Stattdessen kommen sie alle zum selben ernüchternden Ergebnis: Eliminierung.

Schluckend starre ich auf das Wort, Elias' Stimme in meinen Ohren. *Ich hab die Regeln nicht gemacht, Prinzessin.*

Ein kalter Schauer jagt über meinen Rücken. Plötzlich habe ich Elias' Vorwürfe im Ohr, Jannis' Einschüchterung vor Augen und spüre das Echo von stürmischem Regen auf der Haut. Alles auf einmal. Das mir viel zu vertraute Prickeln erfasst meinen Nacken. Meine Finger, die sich so fest um die Seiten klammern, dass ihre Knöchel hervortreten, werden eiskalt.

O nein, bitte nicht. Nicht hier.

Mit dem Kribbeln breitet sich auch die Angst in mir aus. Und als würde er sie riechen, ist er plötzlich da. Ein Nox. Natürlich – wenn's schiefläuft, dann aber richtig.

Ich springe auf und stolpere rückwärts, stoße aber direkt gegen das Bücherregal und gerate ins Taumeln. Rücklings falle ich zu Boden, rapple mich allerdings so schnell wieder auf, wie Elias es mir beigebracht hat. Während ich meine Richtung ändere und jetzt parallel zum Bücherregal weiter nach hinten gehe, wage ich es nicht, das Schattenwesen aus den Augen zu lassen.

Die nackten Wolfsohren sind gespitzt, der wachsartige Schnabel öffnet und schließt sich immer wieder leicht. Die undurchdringlichen Pupillen fokussieren mich für einen Moment, ehe der Nox sich auf alle viere fallen lässt. Mögliche Stressreaktion hin oder her – das Ding macht mir Angst.

Ich weiche aus, beschleunige meine Schritte, versuche vergeblich, meinen Atem zu beruhigen und das Zittern zu unterdrücken. Aber mit einem Mal ist es, als hätte ich nie eine Trainingsstunde bei Elias gehabt. Sämtliches Wissen über Nahkampf ist irgendwo dorthin gerückt, wo ich es nicht greifen kann – mal ganz abgesehen davon, dass ich dem Ding ohnehin nicht zu nahe kommen möchte. Waffen habe ich auch keine – und auch wenn Elias mich bis jetzt immer vor dem Einsatz einer Pistole verschont hat, wünschte ich plötzlich, ich hätte eine dabei.

Vielleicht wäre dann das Klickern, das jetzt aus dem Schnabel des Nox kommt, weniger bedrohlich. Vielleicht würde ich dann jetzt nicht das Buch in meiner Hand mit voller Wucht auf ihn werfen – und ihn verfehlen. Vielleicht müsste ich mich dann nicht hektisch in alle Richtungen umsehen, auf der Suche nach einem Waffenersatz. Was in so einer alten Bibliothek voller dicker Bücher und prunkvoller Dekorationen schwieriger ist, als man denken sollte. Vor allem, wenn man nicht werfen kann.

Kurzerhand greife ich nach einem halbhohen Kerzenständer, der neben mir auftaucht, als ich weiter rückwärts stolpere, und steche damit wie mit einer Waffe in die Luft. Die schmalen weißen Kerzen fallen herunter, und unter ihnen kommen dünne Spieße zum Vorschein, die anscheinend als Halterung gedacht sind. Besser als nichts.

Doch der Nox macht keine Anstalten, mich anzugreifen. Er steht einfach nur da, ohne sich auch nur einen Millimeter zu rühren.

»Was wollt ihr von mir?«, hauche ich. Ich starre in seine schwarzen Augen, traue mich nicht einmal zu atmen. Das Ding erwidert meinen Blick. Die Tiefe seiner Augen ist undefinierbar, unmenschlich und Furcht einflößend. Mein Herz schlägt mir bis zum Hals, macht es mir unmöglich, einen klaren Gedanken zu fassen. »Was seid ihr?«

Ein Klickern dringt aus seinem Schnabel, fast als würde es mir antworten. Allein die Tatsache löst mich aus meiner Starre. Ich beiße mir auf die Unterlippe und schließe meine Finger fester um das Metall des Kerzenständers. Dann stoße ich zu. Ohne Vorwarnung. Genau wie das Monster, das ich nicht sein will.

Das erschrockene Schnarren verrät mir, dass ich getroffen habe. Der Nox scheint dennoch nicht ernsthaft verletzt zu sein – bereits im nächsten Moment sieht er mich wieder einfach nur an, stumm und abwartend.

Ich stoße einen Fluch aus. So werde ich das Wesen nicht besiegen können. Ich muss mich an ihm vorbeikämpfen – und dabei irgendwie meine Jacke und meinen Rucksack aufsammeln.

Wieder beginne ich rückwärtszugehen. Das Ding verfolgt mich, bleibt aber immer auf Abstand. Als die nächste Lücke zwischen den Regalen links neben mir auftaucht, nutze ich die Gelegenheit. Ich husche um die Ecke und bleibe hinter der Statue eines Mannes stehen, bis das Wesen auf der anderen Seite erscheint. Dann werfe ich den Kerzenständer mit aller Kraft auf den Nox und haste so schnell vorwärts, dass ich beinahe über meine eigenen Füße stolpere. In dem Moment, in dem ein weiteres unmenschliches Klickern die Luft erfüllt, komme ich bei dem türkisfarbenen Ohrensessel an.

Kurzerhand schnappe ich mir meine Jacke, meinen Rucksack und das Buch über die medizinischen Untersuchungen. Ich brauche es mehr als dieses staubige alte Gemäuer, von dem kaum jemand die Wahrheit kennt. Mit der Kälte des Nox im Nacken stolpere ich blindlings vorwärts.

Der Fahrstuhl ist nur wenige Meter von mir entfernt, aber das kurze Stück kommt mir wie ein Kilometer vor. Irgendwo in meinem Rücken höre ich das Schnarren des Wolfsvogelwesens, kann aber nicht einschätzen, ob es mich verfolgt oder irgendwo stehen geblieben ist. Mit einem Mal kracht etwas hinter mir. Erst einmal, dann ein weiteres Mal, dann immer wieder, ein permanentes Donnern im Rhythmus meines galoppierenden Herzens. Ich kann nur hoffen, dass das Archiv tief genug unter der Erde ist, um den Lärm nicht bis nach oben dringen zu lassen.

Ich wage es nicht, mich umzusehen, aber was auch immer es ist, das so poltert, es scheint den Nox zu erwischen. Er klickert hinter mir, immer leiser, entfernter. Die Kälte nimmt ab, und als ich den Fahrstuhl erreiche und doch zurücksehe, liegt das Schattenwesen unter zahlreichen Büchern begraben da. Ich verschwende keinen weiteren Gedanken daran und husche in den Aufzug, sobald sich die Türen öffnen.

Kurz bevor der Fahrstuhl sich wieder schließt, hebt der Nox den Kopf und blinzelt mich an. Etwas tritt in seine Augen – etwas, das ich nicht genauer deuten kann, das mir aber einen kalten Schauer über den Rücken jagt. Mit einem Mal wird mir klar, dass er mich nicht angreifen wollte. Stattdessen werde ich das Gefühl nicht los, dass ich es gewesen bin, die sich wie ein Monster verhalten hat.

Ich schließe die Augen und atme einige Male tief ein und aus, ehe ich das Buch in meinem Rucksack verstaue und stattdessen mein Handy heraushole. Während meine Finger über das Display huschen, bete ich, dass der Empfang ausreicht.

Es klingelt nicht lange, ehe Marleen abnimmt.

Ich verschwende keine Zeit für eine Begrüßung. »Ich brauche jetzt dringend einen dieser Brownies.«

Paps klopft an meiner Zimmertür, als ich gerade dabei bin, das Buch aus dem Archiv ein weiteres Mal zu lesen. Hastig ziehe ich meinen Schulblock über die Seiten, ehe ich ihn mit einem »Ja?« hereinbitte.

In der nächsten Sekunde steckt er den Kopf durch die Tür. »Störe ich?«

»Nope.« Ich drehe mich auf meinem Schreibtischstuhl zu ihm um. »Ich mach nur gerade ... Hausaufgaben. Biologie.«

»Das habe ich immer gehasst.« Er setzt sich auf mein Bett. Sein Haar ist zerzaust, und er trägt eine Jogginghose. In diesem Moment sieht er so viel mehr aus wie Paps, als er es bei dieser ganzen Nox-Sache in den vergangenen Wochen getan hat.

Er lächelt müde. Eine Weile lang sieht er sich still in meinem Zimmer um, lässt seinen Blick über meine Lichterketten und Bücherstapel wandern. Dann schaut er in meine Richtung. »Ich bin stolz auf dich, Nika.«

Ich öffne abwehrend den Mund, aber er lässt mich nicht zu Wort kommen. »Spiel das jetzt nicht runter«, sagt er und rückt sich seine Brille zurecht. »Du bist unglaublich tapfer, dabei ist das Leben gerade so hart zu dir. Die Schattenwesen, die Schule, das Training …«

Das schlechte Gewissen bricht wie eine Flutwelle über mir zusammen. In meinem Kopf hat sich in den letzten Stunden der Entschluss gefestigt, noch einmal zu versuchen, Elias zu erreichen. Ich muss ihm einfach erklären, dass sich das Blatt gewendet hat und ich vermutlich nicht zu den Bösen gehöre, Chaosbegabte hin oder her. Wenn ich es nicht schaffe, ihn zu überzeugen, oder Elias mich einfach weiter ignoriert, werde ich morgen wohl oder übel mit Paps und Sophie reden müssen. Aber ich will noch nicht aufgeben. Zumindest heute Nacht noch nicht.

Deshalb zwinge ich mich zu einem Lächeln und schlucke den bitteren Geschmack herunter, der sich auf meiner Zunge breitmacht. »Danke, Paps!«

Mein Vater steht auf und kommt auf mich zu. Er streicht mir mit der Hand durchs Haar, wie er es immer mit Sophie macht, und lächelt, ehe er sich abwendet. An meiner Zimmertür angekommen dreht er sich noch einmal nach mir um. »Schlaf gut, Nika!«

»Nacht, Paps!«

Ich warte, bis er die Tür hinter sich ins Schloss gezogen hat, ehe ich mich wieder dem Buch aus dem Archiv zuwende. In der letzten Stunde habe ich es nicht nur noch einmal gelesen, sondern auch mit zahlreichen Klebezetteln und Markierungen versehen. Ein buntes Fähnchen überall dort, wo ein Hinweis darauf zu finden ist, dass Chaosbegabte nicht von Natur aus böse sind.

Bevor ich es mir anders überlegen kann, schnappe ich mir mein Handy. Obwohl es Tage her ist, seit ich Elias das letzte Mal angerufen oder geschrieben habe, finden meine Finger wie von selbst seine Nummer. Während das Tuten durch die Leitung dröhnt, wage ich es nicht, Luft zu holen. Mein Herz donnert dafür umso wilder, als würde es im nächsten Moment aus dem Käfig meiner Rippen ausbrechen und sich eigenhändig zu Elias aufmachen. Zu Elias, der nicht rangeht. Dessen Stimme bei seiner Mailboxansage den dummen Muskel in meiner Brust nur noch mehr antreibt.

Ich lasse mein Handy wieder sinken, starre einen Moment lang wie hypnotisiert auf Elias' Namen, atme viel zu laut in seine Mailbox hinein. Erst dann findet mein Daumen die Kraft, den Anruf zu beenden. Unschlüssig starre ich auf das Display. In meinem Kopf tauchen Bilder davon auf, was Elias wohl gerade macht. Redet er mit Xenia? Liest er gedankenverloren einen Krimi? Denkt er vielleicht gerade an mich? Oder hat er mich längt vergessen?

Mein Verstand brüllt mich an, das Smartphone aus der Hand zu legen, aber als würden meine Gefühle einen Kampf gegen ihn führen, schließen sich meine Finger nur umso fester um es. Ich öffne den Chat mit Elias nicht bewusst, doch im nächsten Moment ist alles da.

Unsere ersten Nachrichten, in denen wir wortkarg die Trainingszeiten vereinbart haben. Die Neckereien, die während der Trainingsstunden anfingen und schließlich in regelmäßigen Nachrichten weitergeführt wurden. Die Witze über unseren Lateinlehrer. Das einfache »Gute Nacht, Prinzessin«, das immer ganz plötzlich und unerwartet kam. Die Nachricht am Samstagabend, die ich eigentlich an Marleen schicken wollte, und seine Antwort darauf. Das letzte Mal, dass er mich Prinzessin genannt hat. Gott, wie sehr ich das anfangs gehasst habe.

Obwohl das erst wenige Tage her ist, fühlt es sich an, als wäre seitdem eine Ewigkeit vergangen. Eine unglaublich einsame, zähe Ewigkeit. Während ich ein weiteres

Mal die Nachrichten lese, in denen ich Elias nach unserem Streit angebettelt habe, sich bei mir zu melden, breitet sich ein dumpfes Gefühl in meinem Magen aus. Auf keine einzige von ihnen kam eine Antwort.

Ich bin schon dabei, mein Handy zurück auf den Schreibtisch zu legen, als mein Blick auf das Buch vom Archiv fällt. Die unzähligen bunten Klebezettel grinsen mir hämisch entgegen. Ich presse die Lippen aufeinander und blinzle die Tränen weg, die mir in die Augen steigen. Ich muss es einfach versuchen.

Elias, ich hab heute was herausgefunden. Bitte melde dich bei mir. Wir müssen reden. Dringend.

Ich schlage das Buch wieder auf und suche eine der eindeutigsten Stellen über die Unschuld der Chaosbegabten heraus. Dann schieße ich ein Foto davon und sende es hinterher.

Eine Weile blicke ich stur auf das Display, als könnte ich Elias so dazu bringen, mir sofort zu antworten. Auch wenn mein Herz in mir rebelliert, werfe ich das Handy auf mein Bett und zwinge mich, es zu ignorieren. Stattdessen ziehe ich mir meine Schlafsachen an.

Es ist schon spät, wahrscheinlich ist Elias längst im Bett und schläft. Das rede ich mir zumindest ein, während ich ins Bad gehe und mir die Zähne putze. Ich scheine recht zu behalten – wenige Minuten später krieche ich unter meine geblümte Decke und checke ein weiteres Mal mein Handy. Keine Nachricht.

Ich lasse meine Lichterketten an, während ich versuche, mein Herz zu beruhigen und in den Schlaf zu finden. Es ist dumm von mir, auf eine Antwort zu hoffen. Elias wird nicht schreiben. Das hat er auch die letzten Male nicht getan. Warum also sollte er es jetzt tun?

Dennoch fällt es mir schwer, ihn aus meinen Gedanken zu verdrängen. Ich habe erwartet, dass das Ganze von Tag zu Tag besser werden würde. Aber das wird es nicht – eher im Gegenteil. In meinem Kopf drehen sich die Überlegungen im Kreis, finden immer wieder zu denselben Schlüssen oder verlaufen ergebnislos im Sand. Ich bin ein zusammengerollter Haufen Elend, dem die Tränen in den Augen brennen und der ruckartig aufschreckt, als das Handy neben ihm vibrierend eine Nachricht verkündet.

Meine Finger zittern, während ich es hochhebe und mich die Helligkeit des Displays blinzeln lässt. Deshalb muss ich die Buchstabenfolge mehrmals lesen, ehe ich sie begreife.

Fünf Zeichen, die mein Herz zum Beben bringen.

Elias.

Fünfundzwanzig Buchstaben, die es in viel mehr Splitter zerbrechen lassen.

Bitte hör auf, mir zu schreiben.

Kapitel 26

Zuerst halte ich das Klickern für eine Einbildung, ein Mitbringsel des Traums, aus dem ich erwache. Stöhnend drehe ich mich um, ziehe die Bettdecke über meine Schulter und versuche, wieder in den Schlaf zu finden. Der automatische Timer hat meine Lichterketten ausgehen lassen, und es ist stockdunkel. Ich habe sicherlich noch ein paar Stunden Zeit, bis ich wieder zur Schule muss – und damit auch zur Matheklausur. Ein so lächerliches Problem, dass ich darüber lachen würde, wäre ich nicht so müde. So aber kuschle ich mich tiefer ins Kissen und lasse zu, dass der Halbschlaf seine sanften Hände nach mir –

Wieder ein Klickern. Diesmal ganz deutlich, lauter als zuvor.

Blinzelnd lausche ich in die Dunkelheit, bemühe mich, meine müden Sinne zu schärfen. Ich taste nach dem Schalter einer meiner Lichterketten, wage es jedoch nicht, ihn zu drücken. Das Klickern klingt anders als das eines Nox, dumpfer, kürzer. Zwar setzt das Prickeln in meinem Nacken beinahe automatisch ein, aber meine Fingerspitzen bleiben warm. Ich bin mir sicher, dass das kein Schattenwesen ist. Eine Erkenntnis, die mein Herz nur umso mehr zum Hämmern bringt. Was zur Hölle ist das?

Ich tue so, als würde ich mich in meinem Bett rekeln, und rutsche dabei näher an den Rand heran. Mit der Hand taste ich über die Matratze, den Nachttisch, meine Flasche

Wasser und schließlich nach meinem Baseballschläger, der gerade so weit entfernt steht, dass ich ihn noch erreichen kann. Erst als sich meine Finger fest um das glatte Holz schließen, schalte das Licht ein und sehe ...

... niemanden.

Perplex setze ich mich auf, schaue erst in die eine Hälfte meines Zimmers und dann in die andere, aber außer mir ist hier niemand. Kein Mensch, kein Tier, kein Nox, von dem das wiederkehrende Klickern kommen könnte. Trotzdem dringt das seltsame Geräusch ein weiteres Mal in mein Ohr. Jetzt bin ich mir sicher, dass es links von mir seinen Ursprung haben muss, und hieve mich auf die Füße.

Ich nehme mir nicht die Zeit, meine Schlafsachen zu richten, greife den Baseballschläger lieber mit beiden Händen und versuche, die Kälte des Laminats zu ignorieren. In dem Moment, in dem ich dazu ansetze, mich abermals im Dämmerschein der Lichterkette umzusehen, ertönt das Klickern ein viertes Mal. Diesmal bemerke ich eine Bewegung im Augenwinkel, und plötzlich muss ich mich nicht mehr umsehen. Ich weiß, woher das Geräusch kommt. Und mein dummes Herz hat sogar eine Vermutung, von wem.

Wie von selbst schließt sich mein Griff fester um den Baseballschläger. Ich hole tief Luft, ehe ich ans Fenster trete und es kurzerhand öffne.

Tatsächlich: Unten vor unserem Haus steht Elias, den Mond in seinem Rücken und nur vom dämmrigen Licht beleuchtet, das aus meinem Zimmer in den Garten fällt. In seiner rechten Hand scheint er etwas zu halten. Vermutlich die Kieselsteine, die er gegen mein Fenster geworfen hat. Er sagt nichts, sieht mich einfach nur an, während ich seinen Blick schweigend erwidere.

Keine Ahnung, ob ich sekunden- oder minutenlang so dastehe. Trotz der Entfernung und der Dunkelheit bilde ich mir ein, den Sturm in seinen Augen zu erkennen. Ich versinke darin, lasse mich von ihm mitreißen und schwimme plötzlich selbst in den unterschiedlichsten Gefühlen. Wut, Verzweiflung, Drängen, Sehnsucht.

Letztere lässt mich schwach werden. »Was willst du?« Mein halblautes Rufen klingt erstickt.

»Kannst du kurz runterkommen? Ich muss mit dir reden.« Auch seine Stimme ist gerade so laut, dass ich seine Worte noch verstehen kann. Er zieht sein Handy aus der Hosentasche und winkt leicht damit herum. »Ich hab versucht anzurufen, aber du bist nicht rangegangen.«

Vermutlich ist es dumm, aber ehe ich überhaupt registriert habe, was er da sagt, hat mein Körper schon zu einem Nicken angesetzt. Ich presse die Lippen aufeinander. Nur allzu gern würde ein Teil von mir ihn dort unten einfach in der Kälte stehen lassen. Aber der hat seine Rechnung ohne den anderen Teil gemacht. Denn so lebensmüde mich das vielleicht macht – Elias bedeutet mir etwas.

Deshalb schließe ich mit einem Seufzen das Fenster, wechsle meine Schlafkleidung gegen einen dicken Pullover und eine Jogginghose und verlasse mein Zimmer. Von unten dringen die Geräusche des Fernsehers in den Flur hinauf, übertönen den Klang meiner Schritte, als ich mich die Treppe hinabschleiche. Nervös zucken meine Finger um den Griff meines Baseballschlägers, den ich einfach nicht in meinem Zimmer liegen lassen konnte. Nur für den Fall.

Ich schleiche mich zum Steinbogen, der ins Wohnzimmer führt, und schiele daran vorbei. Wie fast jeden Abend ist Paps vor dem Fernseher eingeschlafen. Dennoch traue ich mich kaum zu atmen, während ich meine Schuhe einsammle und mich zur Hintertür schleiche. Um meinen Vater ja nicht zu wecken, brauche ich eine Ewigkeit, bis ich die Tür geöffnet und geräuschlos wieder hinter mir geschlossen habe. Eisig dringt die Kälte der Steinstufen durch meine Socken. Mit einem unterdrückten Fluch ziehe ich mir meine Schuhe über, ehe ich das Haus umrunde.

Dorthin, wo Elias noch immer steht – und mir stumm entgegenblickt. Ich mustere ihn ebenfalls schweigend. Die zusammengeschobenen Augenbrauen, das wüste dunkle Haar, das aussieht, als würde er gerade aus dem Bett kommen, den dunkelgrauen Kapuzenpullover und die Atemwolke vor seinem Gesicht.

Die Stille ist ohrenbetäubend, weshalb mein Herz, das unaufhörlich gegen meine Rippen donnert, noch viel lauter in meinen Ohren dröhnt.

»Hey, Prinzessin. Ich … «

Seine Stimme, seinen Kosenamen für mich zu hören, ist zu viel. Mit einem Mal rauscht das Blut in meinen Adern.

»Verdammt, Elias, was machst du hier? Was zur Hölle willst du – mir wieder Vorwürfe machen? Mich diesmal wirklich umbringen?« Ich schnappe nach Luft, rede aber so schnell weiter, dass er nicht einmal die Chance hat dazwischenzukommen. »Was soll das alles? Warum hast du dich nicht eher gemeldet? Hast du eigentlich eine Ahn-«

Weiter komme ich nicht. Mit einem Mal ist Elias so nah, dass ich wie von selbst aufhöre zu sprechen – und dann sind seine Lippen plötzlich auf meinen. Ganz leicht nur streifen sie über meine, sind mehr ein vorsichtiger Hauch als eine wirkliche Berührung und doch genug, um mir den Atem zu rauben. Mein Herz donnert gegen meine Rippen, während mein Kopf mit einem Mal wie leer gefegt ist. Nur am Rande bekomme ich mit, wie ich den Baseballschläger neben mir ins Gras fallen lasse.

In dem Moment, in dem Elias den Druck des Kusses verstärkt, stoße ich ihn weg. Er stolpert nur einige Zentimeter rückwärts, ehe er sich wieder fängt, meine Hände noch immer an seinem Pullover. Wir starren uns an, beide atemlos, bebend. Hinter seinen grauen Augen tobt ein Sturm, der mich magisch anzieht. Ich denke nicht mehr nach, kralle meine Finger in seinen Hoodie und ziehe ihn wieder an mich.

Dieser Kuss ist kein Windhauch mehr – er ist ein Gewitter. Hier und jetzt ist mir alles andere egal. Da sind nur noch Elias' Lippen auf meinen, seine Hände auf meiner Taille und er in meinen Gedanken. Elias löst einen Hurrikan in mir aus, ein Erdbeben, eine Flutwelle, ein Lauffeuer. Ich erwidere den ungezähmten Druck seines Mundes auf meinem, schmecke seine Sehnsucht und spüre, wie etwas in mir flattert, das viel zu lange geschlafen hat.

Genau das hier habe ich die ganze Zeit gebraucht. Ich brauche seinen Duft von Wald und Regen, der mit einem Mal überall ist, mich benebelt. Ich brauche seine Finger auf meiner Hüfte, die mich so nah an ihn drängen, dass es kaum noch einen Zentimeter gibt, an dem ich ihn nicht berühre. Ich brauche ihn. Und er braucht mich.

Und trotzdem können wir uns nicht eine Ewigkeit lang küssen. Irgendwann lösen wir uns voneinander, aber nur so weit, wie es sein muss, um Luft zu holen. Sein Atem bebt gegen meine Lippen, lässt mich erschaudern. Blinzelnd hebe ich die Lider, versinke in stürmischem Grau. Erst jetzt bemerke ich, dass ich meine Finger in seinem Haar vergraben habe, aber ich ziehe sie nicht zurück. Genauso wenig, wie Elias sich zurückzieht.

»Okay, wow«, hauche ich gegen seinen Mund, der nach Minze und Zitrone schmeckt. Meine Stimme klingt rauer, als ich sie in Erinnerung habe. »Das kam ... überraschend.«

Elias hebt einen Mundwinkel. Er ist immer noch so nah, dass ich sein Grinsen an meiner Wange spüren kann. »Ich musste unbedingt wissen, wie sich das anfühlt.«

»Bist du nur deshalb hergekommen? Um mich zu küssen?« Ich löse mich von ihm, während in meinem Innersten die unterschiedlichsten Empfindungen miteinander ringen.

»Nein«, sagt er bloß, führt seine Antwort auch nicht weiter aus, während er sich mit der Hand durchs Haar fährt. Falls er dadurch versucht, es zu richten, ist der Versuch hoffnungslos. Die Strähnen stehen in alle Richtungen ab, als käme er gerade direkt aus einem Tornado.

In mir kitzelt mich etwas, macht es mir schwer, das Grinsen zu unterdrücken, das sich auf meine Lippen stiehlt. Elias ist nicht hier, um mich umzubringen. Ganz im Gegenteil. Das weiß ich einfach.

»Dann sicher, um dich dafür zu entschuldigen, dass du in den letzten Tagen ein totaler Arsch gewesen bist.«

Elias verzieht den Mund, als würden ihm meine Worte wehtun, aber schließlich nickt er und senkt für eine Sekunde den Blick. »Das war ich. Und es tut mir leid.«

»Also glaubst du mir jetzt, dass ich nicht die Böse bin?«

Er hebt den Kopf und sieht mich wieder an, doch in seinem Gesicht ist keine Zustimmung. Stattdessen zieht er die Brauen zusammen, als wüsste er selbst nicht so genau, was er denken soll. Ich kann förmlich sehen, wie es hinter seiner in Falten gelegten Stirn arbeitet, und der Anblick macht mich nervöser, als ich es mir selbst eingestehen will. »Ich weiß nicht, was ich glauben soll. Einerseits ist da das, woran ich mein Leben lang geglaubt habe, und andererseits bist da du.«

»Hör zu, ich habe dich nicht angelogen«, sage ich. »Ich hatte keine Ahnung, wirklich nicht. Ich wusste nicht ... nein, genau genommen weiß ich immer noch nicht, was ...«

»Annika«, fällt er mir ins Wort. Dass er meinen richtigen Namen nutzt, nicht seinen Kosenamen für mich, lässt mich stocken, und so bleibt der Rest meines Geständnisses kribbelnd auf meiner Zunge liegen.

»Wir werden über all das reden. Wir finden eine Erklärung, versprochen, aber jetzt haben wir keine Zeit dafür.« Er stößt frustriert Luft aus und sieht sich kurz um, ehe sein Blick sich wieder mit meinem verhakt. »Du musst von hier verschwinden.«

»Was?«

»Du musst verschwinden. Und zwar schnell.« Seine Stimme ist genauso drängend wie der Ausdruck in seinen Augen. »Eigentlich dürften wir gar nicht mehr hier stehen. Du müsstest schon längst unterwegs sein.«

»Willst du mich jetzt doch umbringen?«, frage ich und versuche mich vergeblich an einem Kichern. Meine Worte waren als Witz gemeint, klingen ausgesprochen allerdings alles andere als komisch. Ich schlinge die Arme um meinen Körper.

Elias scheint das auch nicht witzig zu finden. »Das ist kein Scherz, Prinzessin«, erklärt er und streicht abermals mit den Fingern durch sein Haar. »Ich mein's ernst. Ich hab gehört, wie Jannis und Falk über dich gesprochen haben. Anscheinend haben sie den Verdacht, dass du etwas verheimlichen könntest. Etwas Magisches.«

Ich runzle die Stirn. »Woher ...?«

»Pascal, der Typ von der Party, hat Jannis etwas über den Nox verraten. Und als ich die letzten Tage zu Hause gewesen bin, hat Falk mich die ganze Zeit so seltsam gemustert. Was vielleicht daran gelegen hat, dass ich versucht habe, in sein Büro zu kommen, um ... irgendetwas herauszufinden. Was nicht geklappt hat. Und jetzt heute die Sache mit dem Einbruch ins Archiv ... das warst doch du, oder?«

Ich schlucke. Auch wenn ich bis jetzt versucht habe, den Teufel nicht an die Wand zu malen, war es nach dem Nox-Chaos, das ich dort hinterlassen habe, abzusehen, dass mein Einbruch nicht unbemerkt bleiben würde. Allerdings habe ich nicht damit gerechnet, dass die Spuren so schnell zu mir zurückführen würden. Verdammt!

»Ich weiß, dass das total dumm von mir war.« Nickend knirsche ich mit den Zähnen. »Aber vielleicht hat es sich gelohnt. Ich hab da was Interessantes gefunden, über Chaosbegabte. Sie sind ...«

»Annika, dafür haben wir jetzt keine Zeit«, fällt er mir mit eindringlicher Stimme ins Wort. »Wir reden später darüber und finden heraus, was du bist oder auch nicht bist. Das verspreche ich dir. Aber jetzt musst du schleunigst abhauen. *Bitte!*«

»Aber könnte ich nicht einfach so tun, als wäre alles normal? Ist eine Flucht nicht viel auffälliger?« Zögernd kaue ich auf meiner Wangeninnenseite. »Wenn sie mich für einen ganz normalen Begabten halten, habe ich doch nichts zu befürchten, oder?«

Elias presst die Lippen aufeinander. Einen Moment lang kann ich beobachten, wie seine Kiefer aufeinander mahlen, dann schüttelt er entschieden den Kopf. »Das ist zu gefährlich. Wenn Falk Blut gewittert hat, lässt er nicht so schnell wieder los. Und Jannis genauso wenig. Selbst wenn sie jetzt noch nicht sicher wissen, dass du eventuell zu ... zu den Chaosbegabten gehörst, werden sie nicht mehr so einfach von dir ablassen. Vor allem nach den Hinweisen der letzten Tage nicht. Und wenn sie dich erst mal haben ...«

Die Tatsache, dass er seinen Satz nicht beendet, lässt mich nervös von einem Fuß auf den anderen treten. Ich will etwas erwidern, seine Aussagen abschwächen, finde jedoch keine Worte. Stattdessen ist da nur noch die Erinnerung an Falks Selbstsicherheit bei unserem Aufeinandertreffen in der Buchhandlung und Jannis' scharfsinnigen Blick, als er mich an meinem Spind abgefangen hat.

Elias scheint mein Schweigen falsch zu deuten. »Hör zu, Prinzessin«, seufzt er. »In jedem anderen Fall würde ich meine Hand für meine Familie ins Feuer legen. Aber jetzt, hier? Ich bin mir ja selbst nicht sicher, wo oben und wo unten ist. Was richtig und was falsch ist.«

Ich beobachte, wie seine Finger in meine Richtung zucken. Wie von selbst streckt sich meine Hand ebenfalls zu ihm, aber da zieht er seine schon wieder zurück, fährt sich stattdessen mit ihr nervös über den Nacken.

»Sie sind keine schlechten Menschen. Aber sie sind gute Gildenmitglieder. Sie halten sich an Regeln.« Frustriert presst er die Lippen aufeinander. Ich kann sehen, wie sein Adamsapfel in seinem Hals hüpft. »Du musst verschwinden. Nur für ein paar Tage, okay?«

»Und dann?«

»Sehen wir weiter.« Jetzt streckt Elias seine Hand wirklich aus und schiebt mir eine widerspenstige Strähne aus dem Gesicht, die mir überhaupt nicht aufgefallen war. In seine Augen tritt ein sanfter Ausdruck, während seine Finger an meinem Ohr verweilen. »Vielleicht irre ich mich – ich hoffe es. Aber ich könnte mir niemals verzeihen, wenn dir etwas zustoßen würde und ich es nicht verhindert habe.«

Ich lege meine Hand über seine. »Und wenn du dich nicht irrst?«

»Werden wir einen Weg finden, dich aus der ganzen Sache wieder rauszuholen.« Er klingt entschlossen, aber in seinen Augen flackert etwas, das mir Sorge bereitet. Bevor ich ihn danach fragen kann, ist es bereits wieder verschwunden. »Aber dafür musst du erst mal aus der Schusslinie. Du kannst nicht hierbleiben, das ist zu gefährlich. Geh irgendwohin, wo dich niemand kennt, und nimm deine Schwester und deinen Vater mit.«

»Und was ist mit dir?«

Seine Lippen verziehen sich zu einem beinahe schon spöttischen Lächeln. »Ich nütze dir mehr, wenn ich hierbleibe, Prinzessin.«

»Okay.« Auch wenn allein die Vorstellung, Elias wieder zu verlieren, meinem Herzen einen Stich versetzt, weiß ich, dass er recht hat. Ich zwinge mich zu einem Nicken, versuche, den rasenden Muskel davon zu überzeugen, dass es das Richtige ist. »Okay.«

Ich tue, was ich schon die ganze Zeit wieder tun will, und überbrücke den Abstand zwischen uns. Als meine Lippen dieses Mal auf seine treffen, ist da nichts mehr von dem Sturm von vorhin. Kein Drängen, keine Forderung, nur noch Vertrauen und Sehnsucht.

»Ich schreibe dir, wenn ich in Sicherheit bin«, murmle ich gegen seine Lippen. Meine Lider flattern, während er mit seinem Finger unsichtbare Muster in meinen Nacken zeichnet. »Vielleicht kann ich für ein paar Tage …«

»Nein, sag's mir nicht«, unterbricht er mich rau und bringt wieder etwas Abstand zwischen uns. Was mich nicht davon abhält, meine Hände weiterhin im weichen

Stoff seines Kapuzenpullovers zu vergraben. »Es ist besser, wenn ich keine Ahnung habe, wo du bist. Es darf keine Spur zu dir führen.«

Perplex runzle ich die Stirn. »Ich vertraue dir.«

»Annika …« In diesem Moment ist mein Name so viel mehr als nur mein Name. Es ist ein Dank, ein Versprechen und eine Bitte, alles auf einmal. Und wie könnte ich ihm jemals etwas ausschlagen, wenn er mich ansieht, als wüsste er genau, was in mir vorgeht? Wie könnte ich jemals Nein sagen, wenn er mich küsst, so wie jetzt, als wäre ich alles, was ihn in diesem Sturm vor dem Ertrinken bewahrt.

Elias' Lippen streifen meine. »Pass auf dich auf, ja?«

»Du auch.«

Sanft fährt er mit dem Daumen über meine Lippen, eine Berührung, die genauso intim wie tröstend ist. »Werde ich, Prinzessin.«

Wir küssen uns, als wäre es das allerletzte Mal in diesem Leben. Ist es vielleicht auch. Während ich meine Finger in seinem Haar vergrabe, über seinen Nacken streiche und mich an ihm festhalte, fährt er mit seinen Händen über mein Gesicht, meinen Rücken, meine Hüfte. Dort verweilen seine Finger schließlich, während er mit seinen Zähnen an meiner Unterlippe zupft. Keuchend gebe ich mich ihm hin, vergesse für einen Moment alles auf dieser Welt außer uns beiden.

Viel zu früh löst er sich wieder von mir. Ein letztes Mal hebt er einen Mundwinkel, dann dreht er sich um und verschwindet genauso schnell, wie er gekommen ist. Ich beobachte, wie er durch unseren Garten läuft und schließlich auf die Straße biegt, wo die Scheinwerfer seines Jeeps wenig später aufleuchten. Auch als die Dunkelheit Elias und seinen Wagen schon längst verschluckt hat, stehe ich weiter da und atme die Nachtluft ein, die noch immer nach Wald und Regen riecht.

Kapitel 27

Eigentlich ist es albern, dass ich mich bemühe, Sophie möglichst sanft zu wecken. Spätestens in ein paar Minuten werde ich ihr den Boden unter den Füßen wegreißen, da tut es nichts zur Sache, ob sie jetzt aus dem Schlaf gleiten darf oder herausgerissen wird. Trotzdem schleiche ich auf Zehenspitzen zu Sophies Bett und nehme mir die Zeit, das kleine Nachttischlicht in Fuchsform anzuschalten, das sie schon hat, seit wir beide Kinder waren. Vollkommen friedlich liegt sie da und schläft. Ihre Bettdecke hat sie zu einem großen Haufen geknüllt, an den sie sich nun schmiegt, als wäre sie noch klein und die Decke ein riesiger Teddybär.

Ich atme einmal tief ein und aus, ehe ich die Hand nach ihr ausstrecke und sanft ihre Schulter drücke. »Sophie«, flüstere ich und sehe zu, wie ihre Lider flattern. »Wach auf!«

»Nika?« Mit einem Brummen richtet sie sich auf und blinzelt gegen das dämmrige Licht an. Sie reibt sich über die Abdrücke an ihrer Wange, die ihre Decke hinterlassen hat. »Was ist los?«

»Es ist etwas passiert«, sage ich und merke, wie diffus meine Aussage klingt. »Wir müssen mit Paps reden. Sofort.«

»Was meinst du damit?« Sie zieht die Stirn in Falten und sieht mich verärgert an, schwingt allerdings die

Beine über die Bettkante. »Die ganzen letzten Tage hältst du mich auf Distanz, und plötzlich willst du reden? Mitten in der Nacht?«

Ich verziehe den Mund. »Es tut mir leid. Wirklich, okay? Ich wollte das auch nicht, aber es ging nicht anders. Ich wollte dich beschützen – und hab mich dabei ziemlich dumm angestellt.«

Sie schnaubt. »Du brauchst mich nicht zu beschützen. Wir beschützen uns gegenseitig, schon vergessen?«

Wie von selbst bilden meine Lippen ein Lächeln. »Gut, dass du mich daran erinnerst, Zwerg.«

Jetzt hebt sich auch ihr Mundwinkel. »Lass uns zu Paps gehen.«

Das tun wir. Als wir in den großen, gemauerten Durchgang zum Wohnzimmer treten, in dem Paps noch immer auf dem Sofa döst, räuspert Sophie sich und bringt Paps so zum Blinzeln. Ein weiteres Räuspern lässt ihn endgültig wach werden. Er reibt sich über das Gesicht, richtet sich in eine sitzende Position auf und mustert uns verwundert.

»Nika? Sophie?«, fragt er. Seine Stimme klingt etwas belegt. »Was ist los? Ist eins dieser Dinger aufgetaucht? Ich hab euch gar nicht gehört.«

»Nein, du hast nichts verpasst.« Nervös zupfe ich am Saum meines Pullovers und sehe über meine Schulter zu Sophie, die mir auffordernd zunickt. »Aber ich muss euch was beichten. Es ist sehr wichtig.«

In jeder anderen Situation hätte er jetzt einen schlechten Scherz gemacht, da bin ich mir sicher. Heute jedoch scheint er den Ernst in meinem Gesicht und meiner vorsichtigen Stimme zu erkennen. Er sieht mich an, ohne dass ein einziges Wort über seine Lippen kommt. Braucht es auch nicht – der angespannte Ausdruck in seinen Augen ist Aufforderung genug. Neben mir setzt sich Sophie in Bewegung, durchquert das Wohnzimmer und macht es sich neben Paps so gemütlich, wie ihre angespannte Haltung es zulässt.

Ich atme tief durch und lasse mich auf den großen Hocker fallen, der vor dem Kamin steht. Die Reste des Feuers knistern in meinem Nacken, und trotzdem ist mir eiskalt. Bevor wir runtergegangen sind, hatte ich nicht mal genug Zeit, mir die Worte zurechtzulegen, die ich jetzt sagen will. Aber vermutlich hätte selbst das nicht gegen den Kloß in meinem Hals geholfen.

Für die ausführliche Version haben wir keine Zeit, also erzähle ich ihnen alles in der Kurzfassung. Angefangen bei Elias' ungewollter Anwesenheit, als der zweite Nox erschienen ist, über seine und Xenias Hilfe, das heimliche Training in der Sporthalle bis hin zu seinem Auftauchen vor meinem Zimmer in dieser Nacht. Nur sämtliche Details, die seine Lippen beinhalten, lasse ich aus.

Zu Beginn fällt Sophie mir immer wieder ins Wort, gibt Kommentare ab oder ergänzt wichtige Tatsachen, die in meiner hastigen Erzählung untergehen. Als ich bei dieser Woche und dem Streit mit Elias ankomme, wird sie mit einem Mal still und presst die Lippen mit jedem Wort, das ich erzähle, fester aufeinander.

Auch Paps unterbricht mich nicht. Zwar schieben sich seine Brauen ab und an zusammen, er beugt sich immer wieder vor und öffnet den Mund, aber bis auf ein undefinierbares Brummen hier und da bleibt er still. Ich rechne es ihm hoch an – wären unsere Rollen vertauscht, könnte ich nicht ansatzweise so ruhig bleiben.

»Es tut mir wirklich leid«, schließe ich und grabe meine Finger in die helle Wolldecke auf dem Hocker. »Anfangs habe ich nur Sophie eingeweiht und wollte dir nichts sagen, damit du dir keine falschen Hoffnungen machst, Paps.«

»Und weil Elias ein Steinbach ist«, fügt Sophie murmelnd hinzu.

Ich nicke. »Genau. Und dann ... habe ich mich einfach nicht mehr getraut, schätze ich. Ich wollte nicht, dass du sauer auf mich bist. Oder dass einer von euch beiden sich Sorgen macht.«

Er sagt immer noch nichts, sieht mich nur stumm an, weshalb ich schnell ein »Ich verstehe aber natürlich, dass du es jetzt bist ... sauer, meine ich« hinterherschiebe.

Jetzt regt mein Vater sich. Er fährt sich mit der flachen Hand über Schläfen und Wangen, ehe er mit einem Seufzen wieder in meine Richtung sieht. »Wenn ich nicht so wahnsinnige Angst um euch beide hätte«, sagt er, »würde ich euch den Rest eures Lebens lang einsperren. Vor allem dich, Nika. Nein, warte – ich *werde* dich den Rest deines Lebens lang einsperren.«

»Paps, es tut mir so leid.« Ich fange Sophies Blick auf. Zwar lächelt sie mich mitleidig an, aber im Funkeln ihrer Augen kann ich erkennen, dass es sie ziemlich verletzt hat, in den letzten Tagen so von mir übergangen worden zu sein. Was ich ihr nicht einmal vorwerfen kann – ich mag zwar nur das getan haben, was ich für das Richtige gehalten habe, aber im Nachhinein war das ziemlich dumm.

Mein Vater schnappt sich seinen Laptop vom Couchtisch, klappt ihn auf und schiebt sich seine Brille auf die Nase. »Aber bevor ich dich einsperre, werde ich euch in Sicherheit bringen.«

Er ist mir böse, das spüre ich. Ich sehe es an der Art, wie er immer wieder kurz über den Rand seines Laptops schielt, seinen Mund zu einer grimmigen Linie verzogen.

Allerdings scheint er meine Bestrafung auf später zu verschieben – und jetzt gerade, mit der Gilde im Nacken, macht ihn das zum besten Vater, den ich mir vorstellen kann.

»Danke, Paps«, murmle ich deshalb, stemme mich hoch und gehe zum Sofa, um mich auf seiner freien Seite fallen zu lassen und genau wie meine Schwester auf den Bildschirm zu schauen. »Was machst du da?«

»Ich suche nach einem Ferienhaus, in dem wir ein paar Tage anonym unterkommen können. Hotels sind zu unsicher, vielleicht beobachten sie meine Kreditkarte«, erklärt er, ohne vom Display aufzusehen. Er schlägt ein paar Seiten im Internetbrowser auf, doch alle Optionen sind entweder ausgebucht, oder die Vermieter fordern eine vorherige Kontaktaufnahme, wofür wir eindeutig keine Zeit haben. In was zur Hölle habe ich mich da bloß reingeritten?

Sophie scrollt auf ihrem Handy hin und her und kaut an ihrem Daumennagel. »Ich glaube, *airbnb* können wir auch vergessen. Durch die Zahlungsmethoden machen wir uns genauso erkennbar wie bei Hotels.«

»Und wenn wir richtig Pech haben, vermietet die Gilde nebenberuflich Ferienhäuser, und wir rennen ihnen direkt in die Arme.«

Mit einem frustrierten Seufzen zupft Paps an seinem Bart. »Hat dieser Elias eigentlich auch konkrete Vorschläge oder nur wahnwitzige Ideen?«

Ich presse meine Lippen aufeinander und zucke leicht mit den Schultern. Ich kann Paps' Verärgerung verstehen, aber meiner Meinung nach hat Elias schon genug für mich getan. Er hat seine Familie verraten. Meinetwegen.

Mein Vater scheint meinen Blick richtig zu deuten. »Sorry«, seufzt er und reibt sich die Schläfen. »Mir fehlt nur gerade der reiche entfernte Verwandte, der uns zufälligerweise in seinem Ferienhaus unterkommen lässt.«

Ich hebe einen Mundwinkel, ehe ich mich ins Polster der Rückenlehne sinken lasse. Je mehr Minuten verstreichen, desto nervöser werde ich. Am liebsten würde ich einfach meine Sachen in meinen Rucksack stopfen, mich mit Sophie und Paps ins Auto setzen und losfahren. Egal wohin, Hauptsache raus aus Falks Reichweite.

Kaum habe ich diesen Gedanken zu Ende gedacht, wird mir die volle Tragweite unseres Plans bewusst. Sophie und ich werden in wenigen Stunden nicht zur Schule gehen. Ich werde die Matheklausur nicht mitschreiben und anschließend auch nicht mit Marleen jubeln, weil wir einen weiteren Schritt in Richtung Abitur hinter uns haben. Ich muss ihr unbedingt schreiben. »Keine Spur darf zu dir führen« hin oder her – Marleen hat mir so viel geholfen, sie sollte wenigstens wissen, dass ich in Sicherheit bin. Wo auch immer das dann sein mag.

In den Tiefen meines Unterbewusstseins klingelt etwas. Etwas, das auf irgendeine Weise die Begriffe »Marleen« und »Flucht« miteinander verbindet, ohne dass ich diesen Zusammenhang wirklich erfassen könnte. Ich presse die Lider zusammen, um mich richtig zu konzentrieren, aber auch das bringt nichts. Verdammt!

Als ich die Augen wieder öffne, liegen Sophies und Paps' Blicke auf mir.

»Was ist?«, fragt er. Seine Lippen zucken, können sich offensichtlich nicht entscheiden, ob sie sich zu einem Lächeln öffnen oder aufeinanderpressen wollen. Sie entscheiden sich schließlich für Ersteres. »Haben wir etwa doch einen reichen Verwandten mit Ferienhaus, von dem ich nichts weiß?«

Mit einem Mal ist die Idee ganz nah. Es ist, als ob ich sie mit den Fingerspitzen berühren würde, aber bevor sie mir wieder entgleiten kann, halte ich sie fest.

»Marleen!«, platzt es aus mir heraus.

Auch in Sophies Augen blitzt die Erkenntnis auf. Paps hingegen legt nur den Kopf schief. »Hm?«

»Ihre Eltern haben doch ein Ferienhaus!« In den vergangenen Jahren bin ich immer mal wieder mit den Baumgardts dort gewesen und habe die Ostsee-Luft genossen. »Wenn ich sie frage, können wir dort sicher ein paar Tage übernachten.«

Sophie nickt. »Und die Steinbachs wissen sicher nichts davon, Marleens Familie hat ja nichts mit denen am Hut.«

Eine Weile kann ich beobachten, wie es hinter Paps' Stirn arbeitet, dann nickt er langsam. »Ja«, sagt er und hebt einen Mundwinkel. »Ich schätze, das ist besser als nichts. Solange Marleen nichts verrät, dürften sie uns dort nicht finden.«

»Genau«, stimme ich ihm zu und werde doch das unangenehme Gefühl nicht los, dass wir uns diese vermeintliche Sicherheit nur einzureden versuchen. Aber es nützt nichts: Wenn Elias wirklich recht hat, ist jeder Ort sicherer als dieses Haus. Wir müssen nehmen, was wir kriegen können.

Paps wirft einen Blick auf die Uhr. Es ist kurz vor halb sechs und eindeutig zu früh, um bei Marleen anzurufen und um Asyl zu betteln.

Mein Vater scheint das ähnlich zu sehen. »Geht hoch und packt ein paar Sachen zusammen.« Er klappt seinen Laptop zu. »Ich kümmere mich um das Nötigste.«

Wir sind am Durchgang zum Flur angekommen, ehe er überhaupt zu Ende gesprochen hat. Als ich nach Sophie die Treppe erklimme, ruft er uns ein »Mädels?« hinterher.

Über unsere Schultern hinweg sehen wir ihn an. »Hm?«, mache ich.

»Vergesst eure Baseballschläger nicht.«

Das tun wir nicht.

Zwar suche ich erst die anderen Dinge zusammen, von denen ich mich nicht länger als ein paar Tage trennen kann – Kleidung, drei Bücher, meinen Laptop –, aber danach folgt sofort der Baseballschläger.

Hoffentlich brauche ich den nur für die Nox, falls sie sich mal wieder entscheiden sollten, auf mich loszugehen. Keine Ahnung, ob ich es jemals über mich bringen könnte, einen anderen Menschen damit zu schlagen – wahrscheinlich nicht. Dennoch beruhigt mich das Gefühl, ihn einigermaßen griffbereit zu haben. Direkt neben meinem Kulturbeutel. Falls mich beim Zähneputzen ein Monster angreift. Oder ein Gildenmitglied. Wie praktisch. Ohne weiter darüber nachzudenken, ziehe ich den Reißverschluss der Tasche zu, werfe meine Kopfhörer in meinen Rucksack und richte mich auf.

Wie von selbst schweift mein Blick durch den Raum über all die Dinge, die mein Zuhause ausmachen. Das chaotische Sammelsurium aus Lichterketten über meinem Bett, die Kleiderstange, der verschnörkelte Standspiegel, die weiß gestrichenen Möbel. Eigentlich will ich nichts davon zurücklassen.

»Es ist nur für ein paar Tage«, wiederhole ich mit einem Flüstern Elias' Worte und hoffe, dass er recht hat.

Entschieden schultere ich meinen Rucksack und bin nun bereit, mein Zimmer zu verlassen. Nur für ein paar Tage. Ich bin schon fast an der Tür angekommen, als mir etwas einfällt. Das Buch aus dem Archiv. Verdammt!

Zwar scheint Elias mir mittlerweile zu glauben, dass ich nicht abgrundtief böse bin, meinen Versuchen, das Gespräch darauf zu bringen, ist er jedoch geschickt ausgewichen. Kurzerhand schnappe ich mir das Buch vom Schreibtisch und schiebe es in den Rucksack. Vielleicht kann ich Marleen bitten, es Elias zu geben. Außerdem wäre es ziemlich dämlich, das Ding hier liegen zu lassen, falls sich Falk und seine Leute Zugang zu meinem Zimmer verschaffen sollten. Dann könnte ich ebenso gut an die Wand schreiben: »Ich bin eine Chaosbegabte!« Warum klingle ich nicht gleich bei ihnen und frage, ob wir nicht einen Tee trinken wollen, damit sie mich in aller Ruhe ... ja, was eigentlich? Umbringen? In einen Käfig stecken? In einen »unglücklichen Unfall« verwickeln können?

Ich lege meine Sachen ans Treppengeländer und gehe zum Fenster am Ende des Flurs. Mein Handy, dessen Akku den Geist aufgegeben hat, liegt kalt in meiner Hand. Ich schließe es an meine Powerbank an und sehe zu, wie das Display aufleuchtet. Ich habe einen entgangenen Anruf von Elias, aber ein Blick auf die Uhrzeit zeigt mir, dass er eingegangen ist, bevor Elias hier aufgekreuzt ist. Bevor er meine Welt, von der ich dachte, sie könnte kaum chaotischer werden, noch mehr ins Wanken gebracht hat.

Ich schiebe die Benachrichtigung beiseite, genauso wie die Meldung von Pinterest, ich solle mir Sammlungen anschauen, die zu meinen eigenen Bücher-Pinnwänden passen. Ich sollte diese ständigen Mitteilungen dringend ausstellen – oder eine neue Sammlung starten. *Tipps und Tricks zur Flucht, wenn einem der Onkel seines Love Interests im Nacken sitzt,* oder so.

Augenrollend schüttle ich den Gedanken ab und wechsle in mein Telefonbuch, um die Nummer meines selbst ernannten Sidekicks zu wählen. Während das Tuten in der Leitung ertönt, trete ich von einem Fuß auf den anderen und sehe Sophie durchs Fenster dabei zu, wie sie einen Korb mit Essen ins Auto trägt. Meinen Polo hat Paps schon in die Garage gefahren.

Als ich gerade wieder auflegen will, nimmt endlich jemand ab.

Erst höre ich nur ein Rascheln und ein brummendes Geräusch, aber dann ist es unverkennbar die Stimme meiner besten Freundin, die sich mit einem belegten »Ja?« meldet.

»Marleen?«, frage ich und warte nicht auf eine Reaktion. »Ich brauche deine Hilfe.«

Kapitel 28

Es ist kurz nach sieben, als wir das Ortsausgangsschild von Attenafehn hinter uns lassen. Die Dunkelheit liegt wie eine Decke auf der Landschaft, die Straßen sind bis auf wenige Autofahrer wie leer gefegt, und ich habe immer noch nicht so recht begriffen, was wir hier eigentlich tun. Dabei sind wir längst mittendrin.

Asyl im Ferienhaus der Baumgardts zu bekommen, war noch einfacher als erwartet. Nach meinem Anruf hat Marleen nicht lange gezögert und sich ohne großes Hinterfragen in der Nähe ihres Elternhauses mit uns getroffen. Während sie mir den Schlüssel des Ostseedomizils gegeben hat, war die größte Hürde ihre Beschwerde, dass ich sie bei der Matheklausur im Stich lassen würde – und die war nicht mal ernst gemeint. Außerdem hat sie mir das Versprechen abgenommen, dass ich irgendwann die ganze Geschichte erzähle. Im Gegenzug hat sie mir zugesichert, dass sie Elias das Buch aus dem Archiv geben wird – und dass ihre Eltern nichts von der Sache erfahren. Je weniger Leute unseren Aufenthaltsort kennen, desto besser. Weshalb wir auch unsere Handys abgestellt haben.

Mit einem Seufzen lehne ich meinen Kopf gegen das Polster des Beifahrersitzes. Sophie döst auf der Rückbank, und Paps reckt gerade seinen Hals in Richtung der Preissäule der Tankstelle, die links zwischen zahlreichen Bäumen auftaucht und mit einem verwitterten Schild darauf verweist, dass sie die letzte Tankstelle vor der Autobahn ist. Es ist die gleiche, an der Elias damals die Muffins für uns geholt hat. Gerade als ich meine Gedanken wieder in eine andere Richtung scheuche, setzt mein Vater den Blinker und fährt aufs Tankstellengelände.

Im Dämmerlicht des Sonnenaufgangs sieht das Gebäude zugleich abstoßend und einladend aus, eine Tatsache, bei der sich mir seltsamerweise die Nackenhaare aufstellen. Ich will hier nicht halten, wir sind noch viel zu nahe an Falk und seiner Gilde, haben gerade erst Ostfriesland hinter uns gelassen. Ich bin drauf und dran, Paps zum Weiterfahren zu drängen, aber ein Blick auf die Tankanzeige – fast leer – lässt mich verstummen.

Mein Vater scheint nicht im Geringsten so nervös zu sein wie ich. Oder er versteckt es besser. Mit einem Lächeln sieht er mir zu hinüber und schnallt sich ab. »Ich bin gleich wieder da«, sagt er leichthin und steigt aus, ehe ich antworten kann. Wahrscheinlich sieht er mir meine Panik an der Nasenspitze an.

Unruhig rutsche ich auf meinem Sitz hin und her. Während Paps tankt, ist es halb so wild, aber anschließend ist er eine halbe Ewigkeit im kleinen Tankstellenshop verschwunden. Ich recke den Kopf, versuche, durch die Fenster hineinzusehen, kann aber nichts erkennen außer der Spiegelung der Zapfsäulen. Ein Blick über die Schulter verrät mir, dass Sophie eingeschlafen ist. Meine Finger kribbeln. Bis auf uns steht nur ein weiteres Auto hier. Was zur Hölle macht er so lange da drin? Ist ihm was passiert? Hat die Gilde …?

Ich höre ein Klacken neben mir, reiße die Augen auf und drehe mich panisch zum Fahrersitz um. Keine Ahnung, was ich vorhabe, aber meine rechte Hand hat sich wie von selbst zur Faust geballt und –

... trifft auf den Oberarm meines Vaters.

Er schiebt besorgt die Brauen zusammen und balanciert einen Papierbehälter mit Bechern in seiner Hand. »O Gott, Nika, ich bin's doch nur.«

Ich lasse meine Hand sinken und versuche mich an einer Erwiderung, aber mein Herz rast zu sehr, hindert mich daran, auch nur einen einzigen Ton herauszubringen. Ich stoße einen Schwall Luft aus und kämpfe das Prickeln in meinem Nacken zurück. Es war nur ein Fehlalarm. Es ist alles gut.

»Sorry«, murmle ich und ziehe einen Mundwinkel hoch. Erst jetzt fällt mir auf, dass Paps nicht nur heiße Getränke, sondern auch irgendetwas vom Tankstellenbäcker mitgebracht hat. Deswegen hat er also so lange gebraucht.

Er legt die Papiertüte in das Fach in der Mittelkonsole, stellt den Becher für Sophie in den Getränkehalter und reicht mir einen der anderen beiden. »Ich glaube, du brauchst einen Kaffee.«

Mit einem verlegenen Grinsen nehme ich das Heißgetränk entgegen. »Tut mir leid«, sage ich, als wir die Tankstelle in Richtung Autobahn verlassen. Keine Ahnung, wie lange wir weg sein werden. »Ich bin etwas durch den Wind und dachte ... ich dachte, du wärst jemand von der Gilde. Oder ein Nox.«

»Ein was?« Paps' irritierter Ton erinnert mich daran, dass ich ihm ja nie erzählt habe, wie wir die Kreaturen getauft haben.

»So haben Elias und ich die Schattenwesen genannt. Irgendwie war es dann einfacher, über sie zu reden«, erkläre ich deshalb und versuche, nicht weiter darüber nachzudenken. Aber sobald ich den Deckel der Elias-Kiste in meinem Kopf auch nur ein kleines bisschen anhebe, springen mir all die Gedanken und Erinnerungen wie Schachtelteufel entgegen. Vor allem die an vorhin – allein das prickelnde Echo von Elias' Lippen auf meinen lässt mich unruhig auf meinem Sitz hin und her rutschen und sorgt dafür, dass sich meine Finger im Polster vergraben.

»Hm, ach so.« Paps' Seitenblick ist für meinen Geschmack eindeutig zu wissend. Einen Moment lang bin ich mir sicher, dass er genau sehen kann, was in mir vorgeht, und mich beim nächsten Atemzug mit Fragen bombardieren wird, auf die ich keine Antwort weiß. Aber ich irre mich. Zwar ruht sein Blick zwischendurch immer wieder auf mir, aber er sagt nichts. Vermutlich kann er sich ohnehin ganz schön viel denken. Er hat mich schon immer besser gekannt, als ich es wahrhaben wollte.

Ich lehne mich wieder zurück und trinke meinen Kaffee. Leider ist der Becher viel zu schnell leer, hilft mir aber nicht im Geringsten dabei, die Augen offen zu halten. Vermutlich hilft kein Koffein dieser Welt gegen den Schlafmangel von heute Nacht. Jedes Mal, wenn mir die Lider zufallen, taucht Elias in meinen Gedanken auf. Ich wehre mich gegen das Flattern in meinem Magen, kämpfe darum, in der Realität zu bleiben.

Aber ich verliere diese Schlacht. Als Paps mich mit einem sanften »Nika, Schätzchen? Du musst aufwachen« weckt und ich blinzelnd die Augen öffne, zeigt das Navi an, dass wir uns in Hamburg befinden. Anscheinend habe ich die Hälfte der Fahrt verschlafen. Offenbar hat der Teil meines Gehirns, der für die Überlebensinstinkte zuständig ist, gerade Urlaub. Ganz toll!

Mit einem Grinsen steckt Sophie ihren Kopf zwischen die vorderen Sitze. »Na, ausgeschlafen?«

Ich ziehe einen Mundwinkel hoch und sehe mich um. Allem Anschein nach sind wir in einer Tiefgarage oder einem Parkhaus. Ein Stück weiter verweist ein Schild auf die Verkaufsräume des Einkaufszentrums, darunter zeigt ein kleineres die Richtung zu den Aufzügen. Links und rechts von uns stehen Autos in allen Formen, Farben und Preisklassen.

Ich runzle die Stirn und beobachte Paps dabei, wie er die – jetzt offensichtlich leere – Papiertüte vom Tankstellenbäcker zu einer Kugel zusammenknüllt. »Was machen wir hier?«

»Dafür sorgen, dass Sophie und du die nächsten Tage überlebt«, sagt er, und seinem Tonfall nach zu urteilen, soll das ein Scherz sein. Als ich nur die Stirn runzle, seufzt er. »Wir holen uns neue SIM-Karten.«

»Und was zu essen«, fügt Sophie hinzu. »Dein Magen hat zwischendurch so laut geknurrt, dass er es mit einem Nox hätte aufnehmen können.«

Wenige Minuten später setzen wir den Plan auch schon in die Tat um. Im Elektronikgeschäft kaufen wir uns neue Prepaid-SIM-Karten. Anschließend essen wir in einem Fast-Food-Restaurant viel zu fettige Burger und labberige Pommes, die selbst nach meinem ordentlichen Nachwürzen kaum nach etwas schmecken. Es ist noch nicht einmal elf Uhr, und bis auf uns sitzen nur eine Handvoll Leute an den schmierigen Tischen. Die meisten von ihnen sind so sehr mit sich selbst beschäftigt, dass sie gar nicht bemerken, wie ich jeden Einzelnen von ihnen eingehend mustere. Ohnehin wirkt niemand so, als würde er sich überhaupt für uns interessieren. Sehr gut.

Nachdem wir das Parkhaus hinter uns gelassen haben, dreht Paps das Radio leiser und wirft mir einen Seitenblick zu. Er sieht in den Rückspiegel, als könnten uns mögliche Verfolger bis hierhin belauschen, und seufzt. Sophie sieht von ihrem Handy auf, das sie bereits an ihre Powerbank angeschlossen hat und jetzt anscheinend in Betrieb nehmen will.

»Ich hätte nie gedacht, dass ich mal in der typischen Liam-Neeson-Rolle stecken würde«, sagt er, und in seinem Schmunzeln schwingt etwas Bedauerndes mit.

»Tust du nicht«, kommentiert Sophie vom Rücksitz aus. »Liam Neeson muss immer alle allein retten – aber wir sind zu dritt.«

»Und die Gilde ist zu …?«

Ich presse die Lippen aufeinander und zucke mit den Schultern, um dieses unangenehme Gefühl in meinem Nacken loszuwerden. »Keine Ahnung. Um ehrlich zu sein, hätte ich nicht gedacht, dass das noch mal wichtig werden könnte.«

Aber genau das ist es jetzt. Deshalb verbringen wir die nächste Stunde damit, über die Details der Gilde zu diskutieren und zu rätseln. Mit einem mulmigen Gefühl im Magen wird mir bewusst, dass ich viel zu wenig über die Menschen weiß, die allem Anschein nach hinter mir her sind. Weder, wie viele es sind, noch, zu welchen Mitteln sie zu greifen bereit sind.

Das Einzige, an das ich mich zu erinnern glaube, ist, dass die Gilde sich in verschiedene Regionen unterteilt hat. Aber selbst dieses Wissen bringt mir nicht viel. Immerhin habe ich keine Ahnung, ob Falk schon längst die anderen Regionen eingeschaltet und auf mich angesetzt hat. Ohnehin habe ich nur auf einen Teil von Paps' und Sophies Nachfragen eine Antwort und muss dem Rest mit einem kopfschüttelnden Schulterzucken ausweichen. Als nur noch Letzteres übrig bleibt, hat sich das ungute Gefühl in mir so breitgemacht, dass ich glaube, kaum noch Luft zu bekommen.

Kapitel 29

Das Ostseehaus der Baumgardts ist ein kleines Stückchen friedliche Idylle inmitten von rauen, ungenutzten Feldern. Zumindest ist es das gewesen, bis wir dort aufgekreuzt sind. Nicht einmal eine Stunde nach unserer Ankunft haben wir es in eine Festung verwandelt. Fast jeden Raum haben wir so ausgestattet, wie wir ihn im Notfall brauchen, weshalb jetzt Baseballschläger neben Weinregalen und kunstvollen Vasen stehen.

»Das fühlt sich irgendwie so an, als würden wir eine Kirche entweihen oder so.« Mit einem Seufzen lasse ich mich neben Sophie auf das riesige cremefarbene Sofa fallen. Es ist wirklich gemütlich hier. Der Mix aus Landhausmöbeln und Naturdekoration hat etwas Edles und gleichzeitig Heimeliges an sich. Ich kann's kaum erwarten, eines Tages mal wieder unter besseren Umständen hierher zurückzukehren. Vorausgesetzt, dass ich das Ganze überlebe. Schluckend reibe ich mir über die Oberarme.

Paps zieht eine Schublade auf, die sich am Kaffeetisch vorm Sofa verbirgt. Er wirft nur einen kurzen Blick hinein, ehe er das Feuerzeug darin beiseiteschiebt und eine Pistole danebenlegt. Ich will gar nicht wissen, wo er die herhat.

Sophie schnaubt. »Wir müssen das ganze Zeug unbedingt wieder einsammeln, bevor wir wieder von hier verschwinden.«

Bei dem Gedanken daran, wie Marleens Mutter beim Kerzenanzünden zufällig die Waffe entdeckt, muss ich schmunzeln. »Was ist der Plan für die nächsten Tage?«, frage ich und strecke mich, um aus der Fensterfront gegenüber zu sehen. Nur wenige Meter hinter dem Ende der Terrasse beginnt der Strand. Vollkommen abgelegen liegt er da, ein Stück wilde Natur inmitten von Dünen und Meeresrauschen. Selbst hier drin meine ich, die salzige Meeresluft riechen zu können. Ich möchte so schnell wie möglich da raus.

Paps folgt meinem Blick einen Moment lang, ehe er sich zu uns umdreht. »Ich würde sagen, wir machen einfach weiter wie bisher?«, sagt er, aber es klingt mehr wie eine Frage. »Lasst uns gleich ein bisschen Selbstverteidigung trainieren – nicht nur gegen Schattenwesen.«

»Und danach schau ich mal, was Google so über die Gilde weiß«, sagt Sophie. »Irgendetwas muss es ja geben.«

Ich seufze. Auch wenn wir jetzt an einem Ort sind, an dem alles nach Urlaub schreit, geht das wahre Leben weiter. Härter als zuvor.

»Nika, Schätzchen!«

Ein Rütteln an meiner Schulter, sanft und doch zu fest, um es abschütteln. Ich winde mich unter dem Griff, versuche mich aus den Klauen zu lösen, doch dadurch wird der Griff nur stärker.

»Nika!«

Panisch reiße ich die Lider auf, von denen mir nicht bewusst war, dass ich sie geschlossen hatte. Nach einem weiteren Blinzeln bin ich nicht mehr in dieser großen weißen Kirche, liege nicht mehr auf der Opferbank und werde auch nicht mehr von zahlreichen Nox und Männern in dunklen Roben umringt. Stattdessen verwandelt sich der harte Stein unter mir in Marleens weiche Matratze, und der einzige Mann, der mich ansieht, ist mein Vater. Und der Nox, der hinter ihm auf dem Schminktisch lauert und jetzt ein vibrierendes Klickern ausstößt.

Sofort springt Paps auf und dreht sich zu dem Schattenwesen um. Er nimmt sich nur wenige Sekunden Zeit, um es zu mustern – das undurchschaubare Wolfsgesicht mit dem abgebrochenen Geweih, den viel zu menschlichen, schwarzen Unterkörper –, bevor er schießt. Ehe ich überhaupt begriffen habe, woher er die Pistole plötzlich hat, wendet Paps sich schon wieder mir zu.

»Um den kümmere ich mich gleich.«

Er setzt sich erneut aufs Bett, ohne dem Kadaver einen weiteren Blick zuzuwerfen. Ganz im Gegensatz zu mir – viel zu sehr erinnert mich der Nox an das Ding aus meinem Traum, das direkt neben Elias stand und ihm die Hand auf die Schulter gelegt hat, während mich der mit einem bitteren Ausdruck gemustert hat. Ohne überhaupt Anstalten zu machen, mich von meinen Fesseln zu befreien. Ich erschaudere.

Ich bringe nur ein Nicken zustande und sehe mich im Zimmer um. Es ist eindeutig mitten in der Nacht. Vor dem Doppelfenster rechts von mir ist es dunkel, und hier drin erhellt nur die Nachttischlampe den Raum.

»Sorry«, sage ich leise und verwische damit die Sorge in Paps' Zügen. »Ich wollte dich nicht erschrecken.«

»Alles gut.« Er fährt sich mit der Hand durch das rotblonde Haar, das in den letzten Monaten eindeutig mehr graue Strähnen bekommen hat. »Sophie ist unten eingeschlafen und hat nichts mitbekommen. Und ich war sowieso wach.«

Bestimmt weil er die Nacht damit verbringt, mehr über die Gilde herauszufinden. Als ich ihm nach dem Duschen Gute Nacht gesagt habe, waren die Internetsuchen allesamt vergeblich gewesen.

Paps scheint mein Schweigen falsch zu verstehen. Er legt den Kopf schief und knetet seine eine Hand mit der anderen. »Möchtest du darüber reden? Über den Traum?«

Mit zusammengepressten Lippen schüttle ich den Kopf. »Es ist nichts. Nur die Gilde, die Nox ... das Übliche.«

Er nickt langsam. »Das wird schon wieder, Nika.«

Irgendetwas an seinen Worten facht die Wut in mir an. »Ach ja? Und wie?« Ich lasse ihm nicht die Zeit, eine Antwort auf diese einfache und doch so schwierige Frage zu finden. »Wenn es stimmt, was Elias vermutet, sind sie längst hinter mir her und –«

»Ich werde nicht zulassen, dass dir etwas passiert«, unterbricht er mich. »Meinetwegen können hier ganze Armeen vor der Tür stehen. Wenn sie dich wollen, müssen sie zuerst an mir vorbei.«

Uns beiden ist klar, wie utopisch diese Vorstellung ist. Wenn die Gilde uns tatsächlich ausfindig machen sollte, sind wir ihnen geliefert. Paps ist Informatiker, bis vor wenigen Wochen hat er noch nie einen ernsthaften Kampf gehabt, von Waffenerfahrung mal ganz zu schweigen. Die Gilde hingegen? Elias zufolge trainieren die ab dem zehnten Lebensjahr. Wir haben nicht die geringste Chance gegen sie.

Trotzdem zwinge ich mich zu einem Lächeln. »Danke, Paps!«

»Nichts zu danken«, murmelt er, und ich kann in seinen Augen erkennen, dass er genauso große Angst hat wie ich.

Kapitel 30

Das warme Wasser, das sanft um meinen Körper schwappt und ihn in einen süßen Duft einlullt, lässt mich für einige Minuten vergessen, inmitten welchen Chaos ich mich gerade befinde. Mit einem Seufzen lasse ich mich noch ein Stück tiefer in die Wanne sinken, spüre, wie sich meine verspannten Muskeln langsam lockern.

Heute ist mindestens genauso anstrengend gewesen wie gestern. Zwar hat Paps uns ausschlafen lassen, aber das Training danach war so ermüdend, dass ich das Gefühl habe, seit Tagen kein Auge zugemacht zu haben. Dass währenddessen meine Gedanken meinen Kopf martern, macht die Sache nicht besser. Sie rasen von einem Ort zum anderen und, so ungern ich es auch zugebe, zu Elias. Natürlich zu Elias.

Ich lehne meinen Kopf an den Rand der großzügigen Badewanne und schließe die Augen. Was ist das, mit mir und ihm? Kann es überhaupt etwas sein, solange sein Onkel mir im Nacken sitzt? Wäre es etwas, wenn all das nicht so wäre – wenn wir ganz normal wären?

Das Badewasser ist bereits kalt geworden, als ich endlich mit dem Grübeln aufhöre. Oder es zumindest versuche. Ich schlüpfe in meine Unterwäsche, streife mir Marleens Bademantel über und binde mir die nassen Haare zu einem Dutt, ehe ich einen Blick in den Spiegel werfe. Kein

Wunder, dass ich trotz des Bades wie eine Leiche aussehe. Immerhin fühle ich mich auch so.

In dem Moment, in dem ich zu meiner Zahnbürste greifen will, höre ich etwas von unten. Das Ferienhaus der Baumgardts hat keine elektronische Klingel, sondern einen altmodischen Türklopfer aus Gusseisen. Vielleicht brauche ich deshalb einen Augenblick, bis ich das Geräusch zuordnen kann.

Sofort überzieht eine Gänsehaut meinen Körper. Es ist bereits kurz vor Mitternacht. Wer auch immer das vor der Tür ist, ist sicher nicht zufällig hier.

Kurzerhand greife ich nach dem Baseballschläger, den ich neben der Wanne an die Wand gelehnt habe, und drücke die Klinke herunter. Einen Augenblick lang verharre ich so, lausche in die Stille, aber da ist nichts außer dem Klang von Paps' Schritten auf dem Laminat im Erdgeschoss. Ich hole tief Luft und zähle innerlich bis drei, ehe ich mich in Bewegung setze. Auf Zehenspitzen husche ich zum oberen Treppenabsatz, bin mit einem Mal froh darüber, dass ich mich für meine gepunkteten Wollsocken statt der Hausschuhe entschieden habe. Wenn ich gleich um mein Leben rennen werde, muss ich das zwar halb nackt tun, bin aber immerhin geräuschlos unterwegs. Wenigstens was!

Wenn ich mich über das minimalistische Treppengeländer lehne, kann ich zwar die imposante Haustür sehen, von der schlanken Scheibe daneben erkenne ich aber gerade mal eine der oberen Ecken. Was mir nicht viel mehr als die Tatsache verrät, dass der Bewegungsmelder das Licht hat angehen lassen. Ich presse die Lippen aufeinander.

In der nächsten Sekunde taucht mein Vater vor der Haustür auf. Selbst von hier oben kann ich erkennen, dass er unter Strom steht. Sein T-Shirt spannt sich über den Schultern, und der Haltung seiner Arme nach zu urteilen, hält er etwas in den nach vorne gestreckten Händen. Ich habe keine Zweifel daran, dass es eine Waffe ist, vermutlich sein Jagdgewehr.

Von Sophie hingegen ist nichts zu sehen. Hoffentlich hat Paps sie dazu gebracht, sich irgendwo zu verstecken.

»Paps?«, mache ich ihn halblaut auf mich aufmerksam.

Sofort bleibt er stehen und sieht über seine Schulter zu mir herauf. Sein Kopf zuckt in einer unmissverständlichen Geste in meine Richtung. »Bleib da oben«, zischt er. »Und wenn es einer von ihnen ist – dann renn. Renn einfach hier weg.«

Schluckend zwinge ich mich zu einem Nicken.

Für meinen Geschmack zögert Paps die Sache eindeutig zu lange hinaus. Während er seine freie Hand in Richtung Türklinke ausstreckt, trete ich von einem Fuß auf den anderen und kämpfe den Wunsch nieder, nach unten zu eilen. Ich habe nicht die geringste Ahnung, was ich tun soll, wenn das dort vor dem Haus wirklich einer der Gildenmitglieder ist. Abgesehen von davonrennen natürlich.

Plötzlich geht doch alles ganz schnell. Nach einem letzten Blick in meine Richtung reißt Paps die Haustür auf und richtet die Waffe auf –

Elias.

O Gott! Elias!

Ich blinzle nicht einmal, ehe ich die Stufen hinunterstolpere und mich in seine Arme werfe. In diesem Moment ist es mir egal, warum er hier ist und wie er uns gefunden hat. Das Einzige, was zählt, sind seine Arme, die sich um meinen Körper schlingen, und seine Wärme an meiner Brust.

Seine Stimme ist nur ein Murmeln an meinem Haar, doch die Worte lassen mein Herz einen Schlag aussetzen, ehe es weiter gegen meinen Brustkorb hämmert. »Hey, Prinzessin!«

»Hey!« Ich gönne mir eine weitere Sekunde mit meiner Nase in seinem Pullover, bevor ich mich von ihm löse. Er trägt eine dunkelgraue Beanie, und die braunen Strähnen, die darunter hervorlugen, wirken wie immer total zerzaust. »Was ... wie?«

»Marleen hat nicht dichtgehalten. Ich hab ihr gesagt, dass ich dich unbedingt finden muss, um dich zu beschützen«, erklärt er. Meinen Ärger über meine beste Freundin lässt er mit einem hochgezogenen Mundwinkel verpuffen. »Ich hab's zu Hause nicht länger ausgehalten. Ich musste einfach wissen, dass du in Sicherheit bist.«

Ich denke nicht mehr nach, lege meine Hände in seinen Nacken und ziehe sein Gesicht so dicht an meins, dass sich unsere Nasenspitzen berühren. Ich kann das Gewitter in seinen Augen erkennen, einen Sekundenbruchteil lang, bis sich meine Lider wie von selbst senken. Elias' Lippen pressen sich auf meine, und obwohl sie mir die Luft aus den Lungen rauben, bin ich das erste Mal seit der Nacht unserer Flucht wieder in der Lage, wirklich zu atmen.

Bis das Räuspern meines Vaters mich zurückspringen lässt. Ich drehe mich zu ihm um, spüre, wie mir die Hitze in die Wangen steigt, aber entgegen meiner Erwartung ist da keine Verärgerung und auch keine Verwirrung in seinem Gesicht. Stattdessen zuckt sein Mundwinkel, und in seinen Augen liegt ein Funkeln, das ich nicht so recht deuten kann.

»Ich würde ja so tun, als wäre ich überrascht«, fängt er an und fährt sich mit der Hand übers Kinn, »aber um ehrlich zu sein, habe ich mit so etwas bereits gerechnet. Und bevor wir irgendetwas anderes tun, solltet ihr beiden erst mal reinkommen.«

Hinter ihm taucht Sophie auf. Sie sieht zwischen mir und Elias hin und her. Im ersten Moment liegt Verwirrung in ihren Zügen, doch sie wird schnell durch wissend zuckende Mundwinkel ersetzt. »Hi, Elias!«

»Hey, Sophie! Guten Abend, Herr Fuchs!« Elias greift nach der Reisetasche, die neben ihm auf dem Boden liegt, und verschränkt meine Finger mit seinen. Auf seinem Rücken trägt er einen Rucksack, dessen Inhalt in den abstrusesten Formen gegen den schwarzen Stoff drückt. »Ich wollte euch nicht erschrecken. Aber ich konnte einfach nicht länger tatenlos in Attenafehn rumsitzen und abwarten.«

Ich folge Elias ins Haus und werfe einen Blick auf die Auffahrt, die bis auf unseren Kombi und Elias' Jeep vollkommen leer steht. Im Augenwinkel erkenne ich, dass der Jeep fremde Nummernschilder hat – vermutlich hat Elias sie getauscht, um nicht so leicht verfolgt werden zu können. Wie auch immer er das hinbekommen hat. Ich sehe mich ein letztes Mal um, ehe ich die Tür hinter mir zuziehe.

Einen Moment lang mustert Paps Elias, betrachtet ihn eindringlich von Kopf bis Fuß, dann seufzt er. »Okay, ich schätze, nach ... der Sache da draußen erübrigt sich diese Frage fast, aber ... auf wessen Seite stehst du?«

Ich bin kurz davor, ein gequältes »Paps« in seine Richtung zu werfen, aber Elias' Antwort kommt, bevor ich überhaupt den Mund öffnen kann.

»Auf Annikas.«

»Konnte ich mir denken.« Mein Vater wiegt das Jagdgewehr in seiner Hand und ist gerade dabei, es wieder wegzustellen, als er es sich anscheinend anders überlegt.

Mit einem Mal wird der Lauf der Waffe mitten auf Elias' Brust gedrückt, nur wenige Zentimeter von seinem Herzen entfernt.

»Paps!«

»Hör zu, Junge! Nur weil du meiner Tochter schöne Augen gemacht hast, bedeutet das nicht, dass ich dir blind vertraue. Wenn du mir also auch nur den geringsten Anlass gibst ...«

»Werde ich nicht.« Elias' Tonfall lässt überhaupt keine Zweifel zu. Auch wenn sein Gesicht absolut offen, beinahe nackt, wirkt, sind seine Worte aus Stahl.

»Ich werde nicht zögern.«

»Das weiß ich.« Sobald sich die Waffe von seiner Brust löst, streckt Elias seine Hand in meine Richtung aus. Erst streifen seine Finger meine nur, dann verschränken sie sich miteinander. Ich drücke sie sanft, was er wenige Herzschläge später erwidert.

»Gut, lasst uns zum eigentlichen Problem kommen.« Jetzt stellt Paps das Gewehr endlich weg, dreht sich um und geht voran in den großen Wohnbereich des Ferienhauses. Die Essgruppe steht ein Stück vom Sofa entfernt an der Fensterfront, die auf die Strandterrasse gerichtet ist. Das Meeresrauschen von draußen vermischt sich mit dem Knistern des Kamins. Irgendetwas an diesem Geräusch bereitet mir eine Gänsehaut.

Auf einen der Stühle an der Fensterseite setzt mein Vater sich und bedeutet uns, es ihm gleichzutun. Während ich mich schräg von ihm gegenüber fallen lasse, legt Elias seine Sachen ab und nimmt dann neben mir Platz. Sophie rutscht auf den Stuhl neben Paps.

Paps rückt seine Brille zurecht. »Also, wie hast du uns gefunden?«

»Marleen hat mir das Buch gegeben, das Annika aus dem Archiv mitgenommen hat. Da habe ich mir gedacht, dass sie weiß, wo ihr seid.« Elias sieht von meinem Vater zu mir. Seine Mundwinkel zucken, beantworten meine stumme Frage, ob er das Buch gelesen hat. Hat er. »Es hat mich einiges an Überredung gekostet, das herauszufinden. Aber keine Sorge – ich hab ihr eingetrichtert, dass sie es sonst niemandem verraten darf. Erst recht nicht meiner Familie.«

Die Vorstellung, wie Elias Marleen davon überzeugt hat, niemanden etwas zu verraten, bringt mich zum Schmunzeln. Garantiert glaubt sie jetzt erst recht, dass an all den Gerüchten was dran ist und Elias' Familie Dreck am Stecken hat. »Was hast du ihr denn erzählt?«

»Das meiste hat sie sich selbst zusammengereimt – ich hab nur erwähnt, dass du in großer Gefahr schwebst, und plötzlich fing sie an, etwas von Mafia zu reden.« Er zuckt mit den Schultern.

Mein Vater lässt sich nicht von Elias beruhigen. Seine Stirn legt sich in Falten, und er fährt sich mit der Hand durchs Haar. »Und warum bist du jetzt hier?«

»Ich hatte recht mit meiner Vermutung«, sagt er, und mit einem Mal ist jede Andeutung eines Lächelns von seinen Lippen verschwunden. »Seit gestern haben Jannis und Falk immer wieder die Köpfe zusammengesteckt. Sie reden über dich.« Sein Blick huscht in meine Richtung. »Heute haben sie mehrmals bei euch geklingelt und gemerkt, dass ihr nicht da seid. Deshalb wollen sie heute Nacht euer Haus überprüfen.«

Mir wird gleichzeitig heiß und kalt. Ich muss mir auf die Unterlippe beißen, um ihn nicht zu unterbrechen. Sophie scheint es ähnlich zu gehen; ihr Mund ist zu einer

Grimasse verzogen, die sie sonst immer nur bei Horrorfilmen aufsetzt.

»Wahrscheinlich sind sie schon längst dort gewesen. Es ist nur noch eine Frage der Zeit, bis sie realisieren, dass ihr ihnen einen Schritt voraus seid.«

Aus Paps' Kehle dringt ein Geräusch, das ich nicht deuten kann – irgendetwas zwischen Schlucken und Knurren. »Weiß jemand, dass du uns gefolgt bist?«

»Nein.« Elias' Finger zucken in meine Richtung, streifen ganz leicht über meine Haut. »Während die anderen weg waren, hab ich meine Sachen gepackt und bin losgefahren, ohne mit jemanden darüber zu reden.«

»In Ordnung.« Paps atmet tief ein und aus. »Und du bist hier, weil ...?«

»Weil ich wissen musste, dass Annika in Sicherheit ist. Und das kann ich nicht, wenn ich nicht einmal weiß, wo sie ist.«

»Ich bin froh, dass du hier bist«, bringe ich hervor, und jetzt sind es meine Finger, die geradezu magnetisch von Elias angezogen werden und sich mit seinen verschränken. Das ist die Wahrheit. Paps würde zwar alles geben, um mich zu beschützen, aber letztendlich sind wir Fremde in dieser Welt aus Geheimorganisationen und magischen Begabungen. Mit Elias hingegen haben wir zumindest eine Ahnung, gegen wen wir kämpfen.

Und weit abseits jeder Vernunft ist da auch noch mein Herz, das Elias' Anwesenheit damit begrüßt, voller Freude zu donnern.

Das dumme Ding in meiner Brust raubt mir den Schlaf, lässt mich einfach nicht vergessen, dass Elias nur wenige Meter von mir entfernt ist. In greifbarer Nähe. Den Flur runter, hinter der Tür schräg gegenüber.

Meine Finger kribbeln. Noch immer meine ich seine Berührung fühlen zu können, spüre, wie mir allein beim Gedanken daran die Hitze in die Wangen steigt. Er ist tatsächlich hier. Ich setze mich auf, rutsche ans hölzerne Kopfende des Bettes und schalte die Nachttischlampe ein. Das bringt so nichts. Zum Teufel mit Paps' »Ihr bleibt aber in getrennten Zimmern«-Regel.

Wie von selbst schwingen sich meine Beine über die Bettkante. Meine nackten Füße tragen mich über das viel zu kalte Holz bis hin zur Tür. Als ich meine Finger auf die Klinke lege, lärmt meine Sehnsucht ohrenbetäubend laut in meinem Kopf. Ich denke nicht länger nach, öffne die Tür. Und stehe direkt vor Elias.

Ein verschlagenes Lächeln spielt um seine Lippen. Er wartet, bis meine Verblüffung ebenfalls einem Grinsen weicht, ehe er einen Schritt in meine Richtung macht und uns so beide zurück ins Zimmer drängt. Er ist so nah, dass mir der Duft von Regen und Wald unwiderstehlich in die Nase dringt. Nachdem er die Tür hinter sich mit dem Fuß geschlossen hat, kann ich einfach nicht anders, als ihn an mich zu ziehen und zu küssen.

Was auch immer sein Plan war – er unterbricht mich nicht, ganz im Gegenteil. Keine Ahnung, wie meine Finger dahin gelangt sind, aber jetzt graben sie sich in sein Haar, während seine Hände sich auf meine Hüfte legen. Ohne sich auch nur einen Zentimeter von mir zu lösen, schiebt er mich rückwärts. Ich lasse mich davon nicht stören, nehme stattdessen alles von ihm auf, was ich kriegen kann. Wieder schmeckt er nach Zitrone und Minze, und seine Haut ist noch ganz warm von der Dusche, die er gerade genommen hat.

In der nächsten Sekunde ist da die Bettkante in meinen Kniekehlen, lässt mich rücklings auf die Matratze fallen.

Ich lande auf der weichen Decke und sehe mit einem Grinsen zu Elias hoch, der mich mit demselben Gesichtsausdruck betrachtet.

»Zwei Dumme, ein Gedanke, hm?«, murmle ich und beobachte, wie er sich neben mich auf die Seite legt, den Oberkörper auf seinen Unterarm gestützt.

»Ich musste dich einfach noch mal sehen, Prinzessin«, gibt er zu und fährt mir mit den Fingerspitzen über die Wange. Ich erschaudere unter seiner Berührung. »Übrigens – ich hab noch was für dich.«

Während ich noch überrascht blinzle, kramt Elias bereits in der Hosentasche seiner dunklen Jogginghose und holt ein pinkfarbenes Etwas hervor. Einen Moment lang lässt er es vor meinem Gesicht herumschwingen, dann legt er es in meine Hand und lächelt abwartend.

Ich nehme es genauer in Augenschein. Es ist ein Schlüsselanhänger, am metallenen Schlüsselring ist ein pinkes Band aus Filz befestigt, auf dem in Weiß der Schriftzug Prinzessin gestickt ist. Daneben ziert eine kleine Krone den Anhänger, die ebenfalls gestickt wirkt. Es ist unglaublich kitschig und gleichzeitig irgendwie perfekt.

Wie von selbst schleicht sich ein Grinsen auf meine Lippen. »Danke! Es ist ...«

»Ich hab's unterwegs an einer Tankstelle gesehen und sofort an dich gedacht.« Elias erwidert mein Lächeln.

»Was ich vorhin gesagt habe, habe ich ernst gemeint«, murmle ich. »Ich bin wirklich froh, dass du hier bist.«

»Das bin ich auch, Prinzessin.«

Elias' Lippen finden zurück zu meinen, drücken das aus, was wir mit Worten nicht sagen können. Einen Moment lang tauche ich in diesem Gefühl unter, genieße das zarte Knabbern seiner Zähne an meiner Unterlippe und das Kitzeln auf meiner Haut, als er rau nach Atem schnappt.

Viel zu schnell ist der Augenblick wieder vorüber. Irgendwie bin ich auf Elias gelandet. Ich betrachte ihn gierig, will mir jedes Detail genau ins Gedächtnis brennen. Das dunkle, zerzauste Haar noch etwas feucht vom Duschen, die Sommersprossen auf dem geraden Nasenrücken so blass, dass man sie nur noch erahnen kann, die winzige Narbe knapp über seiner Augenbraue, die mir bis jetzt noch nie aufgefallen ist.

Vor dem Fenster stürzt die Ostsee mit der gleichen Kraft gegen die Dünen, mit der auch mein Herz gegen meine Rippen donnert, so laut, dass ich die Wellen sogar hier drinnen hören kann.

Auch Elias' Blick wirkt etwas verklärt, doch als er auf meinen trifft, verschwindet der Ausdruck mit einem Blinzeln. »Was geht in diesem hübschen Köpfchen gerade vor?«, fragt er, und seine Stimme hat einen Unterton, der etwas in mir zum Vibrieren bringt. O Gott, diese Stimme!

»Ich wünschte, wir könnten das hier nächtelang tun«, gestehe ich und streiche mir eine Strähne aus dem Gesicht, die sich aus meinem Dutt gelöst hat. Um genau zu sein, hängt momentan insgesamt mehr Haar außerhalb des Zopfes als in ihm. Kurzerhand löse ich ihn. »Und ich verspreche dir, das werde ich auch versuchen, wenn das ganze Drama erst mal vorbei ist.«

Sein Mundwinkel zuckt. »Mir gefällt's, dass du das einfach so über meinen Kopf hinweg bestimmst.«

»Ich werde dir keine Wahl lassen.« Ich bemühe mich, meiner Stimme einen festen Klang zu verleihen, genauso cool zu wirken wie er.

»Keine Sorge, ich werde vollkommen freiwillig mitmachen.« Sein Grinsen verspricht so viel, dass die Schmetterlinge in meinem Bauch außer Rand und Band geraten. »Das klingt nämlich nach einem sehr guten Plan, Prinzessin. Ich kann's kaum erwarten.«

»Aber …« Ich habe wirklich nicht vorgehabt, die Stimmung umschwenken zu lassen, doch jetzt habe ich es ausgesprochen, dieses kleine, halsbrecherische Wort mit vier scheinheiligen Buchstaben, das all die Hürden offenbart, denen wir uns noch stellen müssen.

»Das schaffen wir schon.« Elias streckt eine Hand aus und fährt mit seinen Fingern durch mein Haar. »Falls du wirklich eine Chaosbegabte bist, werden wir Falk und die anderen davon überzeugen, dass du nicht böse bist.«

Skeptisch hebe ich eine Augenbraue und rolle von ihm herunter. »Und wie genau sollen wir das anstellen? Und sicher sein, dass ich nicht doch aus dem Weg geräumt werde?«

»Können wir uns das nicht morgen überlegen?« Er verzieht das Gesicht, als hätte er in eine Zitrone gebissen, fährt sich aber im nächsten Moment mit der Zunge über die Oberlippe. »Ich kann mich nicht konzentrieren, wenn du mit mir in einem Bett liegst.«

»Spinner.« Grinsend boxe ich ihm in den Oberarm, doch er fängt meine Hand ab und verschränkt seine Finger mit meinen. »Wie steht Xenia eigentlich zu dem Ganzen? Hast du ihr auch nicht gesagt, wo du hin bist?«

»Ich bin mir nicht sicher, was sie denkt, und wollte kein Risiko eingehen.« Er schüttelt den Kopf. »Ich weiß nicht. Seit wir das Training mit dir beendet haben, habe ich jeden ihrer Gesprächsversuche abgeblockt. Ich wollte nichts hören.«

»Vermisst du sie?«

»Hm, ja. Es ist ein komisches Gefühl, nicht auf der gleichen Seite zu stehen. Ich bin es gewohnt, dass sie mir in jeder möglichen Situation den Rücken stärkt, und jetzt weiß ich nicht einmal, was sie gerade macht.«

Ich drücke seine Hand. »Ihr seid ein Herz und eine Seele, oder?«

»Ja, die Sache mit Mama hat uns zusammengeschweißt.« Elias nickt gedankenverloren, und mit einem Mal macht es den Eindruck, als wäre er gar nicht mehr richtig hier.

Ich presse die Lippen aufeinander und denke daran, was er uns vor ein paar Stunden erzählt hat, als wir am Esstisch gesessen und über die Gilde diskutiert haben. Der Tod seiner Mutter war kein Autounfall. Nora Steinbach ist bei dem Versuch gestorben, einem Chaosbegabten zu helfen, seine Fähigkeiten in den Griff zu bekommen. Ich erschaudere bei dem Gedanken, aber im nächsten Moment redet Elias weiter und lässt mir keine Zeit mehr, weiter darüber nachzudenken.

»Hey, schau nicht so mitleidig.« Elias lächelt, ehe er mir einen Kuss auf die Lippen drückt.

Im nächsten Moment ist sein Körper über meinem, während sein Duft sämtliche meiner Gedanken zum Flirren bringt. Mit einem Keuchen erwidere ich den Druck seines Mundes, ziehe ihn näher an mich.

Und ehrlich – ich habe nicht die geringste Ahnung, was ich ohne ihn tun würde.

Kapitel 31

Am nächsten Morgen werde ich von Meeresrauschen und Sonnenlicht geweckt. Von Elias hingegen fehlt jede Spur. Nur der Schlüsselanhänger auf dem Nachttisch zeugt davon, dass er wirklich hier gewesen ist.

Ich lasse mich tiefer ins Kissen sinken und ziehe die Bettdecke über mein Gesicht, fest davon überzeugt, dass sie noch immer nach Wald und Regen duftet. Während mein Magen allein deswegen schon Purzelbäume schlägt, lasse ich die Geschehnisse der Nacht vor meinem inneren Auge Revue passieren. Das ansetzende Prickeln meiner Nerven lässt mir die Hitze in die Wangen steigen.

O mein Gott!

Mit einem Grinsen im Gesicht stehe ich auf, binde mir schnell die Haare zusammen und ziehe einen Pullover über meine Schlafkleidung, ehe ich mich auf den Weg nach unten begebe. Während ich die Treppe hinuntersteige, dringt ein Rumpeln an meine Ohren, das ich hier noch nie gehört habe. Sofort stellen sich die feinen Härchen in meinem Nacken auf. Was war das denn?

Das ungute Gefühl in meinem Magen wird stärker, als ich im Vorbeigehen zur Haustür blicke. Sie steht einen Spalt auf.

»Paps?«, rufe ich, bekomme aber keine Antwort. »Sophie? Elias?«

Ich drücke die Tür zurück in ihren Rahmen und biege um die Ecke zur Kücheninsel. Nur um im nächsten Moment wie angewurzelt stehen zu bleiben. Einige Schubladen und Türen der Küchenfront wurden aufgerissen, ihr Inhalt ist auf dem Boden verteilt. Jemand hat den Messerblock auf der Arbeitsfläche umgeworfen, und ich meine, dass eines der großen Messer fehlt. *Fuck!*

Irritiert lasse ich meinen Blick durch den Raum wandern. Die Terrassentür steht ebenfalls auf. In dem Moment, in dem ich wie von selbst einen Schritt darauf zu mache, höre ich ein gezischtes Rufen.

»Hat jemand von euch die Chaosbegabte gefunden?«

Sofort packt mich die Angst, legt ihre kalten Finger um meine Kehle.

»Sie ist noch oben.« Das ist Elias' Stimme, ebenfalls von draußen.

Wie von selbst taumle ich einen Schritt zurück, weg von ihm. Ich schließe kurz die Augen, um zu verstehen, was hier vor sich geht. Elias hat mich angelogen. Er hat mit meinen Gefühlen gespielt, nur um mich jetzt an seine Familie auszuliefern. Nein, das darf nicht wahr sein. Meine Gedanken wandern zu Paps und Sophie, und ich muss mich zusammenreißen, um nicht wie ein angeschossenes Tier zu wimmern.

Draußen schnaubt Elias. »Ich hole sie. Passt ihr auf die anderen beiden auf.«

Ehe ich mich dafür hätte wappnen können, tritt er in Sichtweite. Wie erstarrt beobachte ich, wie er sich der Terrassentür nähert, ohne mich wahrzunehmen. Erst als er über die Schwelle tritt, hebt er den Kopf, und unsere Blicke treffen sich.

Er öffnet den Mund. Doch was auch immer es ist, was er von sich geben will – er hat nicht die Chance, mir das ins Gesicht zu sagen.

Als ich das nächste Mal blinzle, taucht nur wenige Meter von ihm entfernt ein Nox auf, dicht gefolgt von zwei weiteren. Zum allerersten Mal bin ich zumindest halbwegs erleichtert, sie zu sehen. Sie verursachen Chaos – und kaum etwas kann ich besser gebrauchen, um Elias zu entkommen und Sophie und Paps zu finden.

Während der Erste der Nox aufrecht steht und mit der schlanken Gestalt trotz des Geweihs und des knochigen, übergroßen Schnabels irgendwie menschlich aussieht, lauern die beiden anderen auf vier Beinen. Einer von ihnen sieht aus wie ein Kojote und ist vergleichsweise klein, aber seine Haut ist genauso wachsartig schwarz wie die der anderen. Der andere ist größer, und sein Wolfsvogelgesicht sieht unheimlich vertraut aus. Obwohl alles in mir danach schreit, loszurennen, kann ich einen Wimpernschlag lang nichts anderes tun, als in die schwarzen Abgründe seiner irislosen Augen zu sehen.

Elias reagiert schneller als ich. Es dauert nur einen Sekundenbruchteil, ehe er sich in Bewegung setzt und eine Pistole hervorzieht, um sie auf den menschenähnlichen Nox zu richten. Er trifft ihn. Nur wenige Sekunden später geht das Ding mit einem Klickern zu Boden, was das Wolfsvogelgesicht dazu bringt, ein Schnarren auszustoßen, das mir durch Mark und Bein geht. Mein Blick schnellt zwischen der Haustür und der Terrassentür hin und her. Wohin –

Meine Gedanken werden jäh unterbrochen, als ich Paps erblicke, der mit seinem Gewehr im Anschlag durch die Terrassentür stürmt. Er zielt auf eines der Wesen, zögert keine Sekunde, bevor er abdrückt, trifft und hebt den

Kopf in meine Richtung. Auf seinen Lippen erscheint ein beruhigendes Lächeln.

Auch wenn das die Panik in meinen Muskeln sofort zurücktreibt, beantwortet er damit keine einzige der Fragen, die mir durch den Kopf schwirren. Ganz im Gegenteil. Hat ihn die Gilde doch nicht gefangen genommen? Und warum kämpfen Elias und er gerade Seite an Seite gegen die übrig gebliebene Kreatur, wenn Elias doch ein Verräter ist?

Es dauert nur wenige Minuten, bis die drei Nox zu leblosen Gestalten auf dem Boden geworden sind – und sich plötzlich ein starkes Paar Arme um meinen Körper schlingt. Für einen Moment gebe ich dem Drang nach, den herrlich wilden Duft von Wald und Regen in mich aufzunehmen. Dann werde ich wieder Herrin über meinen Körper, trete einen Schritt zurück und stoße Elias von mir weg.

Er bleibt wenige Dutzend Zentimeter vor mir stehen und sieht mich einfach nur an. Mit einem flauen Gefühl warte ich darauf, dass der Verräter-Elias zurückkehrt, meine Handgelenke packt und mich zu seinem Onkel auf die Schlachtbank zerrt. Aber nichts davon passiert. Stattdessen streckt er die Hand aus und schiebt mir eine verirrte Haarsträhne hinters Ohr.

Ich verstehe die Welt nicht mehr.

»Hör zu, Prinzessin«, setzt er an, aber ich nehme ihm die Chance, sich zu erklären, indem ich an ihm vorbei in die Arme meines Vaters stürze.

»Schhh, Nika, alles ist gut«, murmelt der in mein Haar, drückt mich an sich und fährt mit der großen Hand über meinen Rücken. »Wir haben dir etwas vorgespielt. Die Gilde ist nicht hier. Keiner von uns war überhaupt eine

Sekunde lang in Gefahr. Es tut mir leid, dass wir dich in dem Glauben lassen mussten.«

Was?

Ich halte einen Moment inne, will sichergehen, dass ich ihn richtig verstanden habe. Doch je länger ich darüber nachdenke, desto weniger Sinn ergeben seine Worte. Perplex taumle ich zurück, blicke zu meinem Vater hoch, der das alles ernst zu meinen scheint.

»Wie bitte?«

Aus den Augenwinkeln sehe ich, wie Sophie aus der Tür der kleinen Speisekammer in den Wohnbereich tritt. Sie schaut nicht aus, als hätte sie darin die Flucht vor der Gilde ergriffen. Ganz im Gegenteil. Vollkommen ruhig sieht sie zwischen uns hin und her und erwidert das Nicken, das Paps ihr zuwirft, mit einem kleinen Lächeln. Ich verstehe die Welt nicht mehr.

»Es war ein Test«, erklärt Elias und fährt sich mit der Hand durchs Haar, während er einen Schritt auf mich zu macht. »Wir mussten dir Angst einjagen, um –«

»Ein Test?« Ich spüre, wie der Ärger wieder in mir aufrauscht. Er bringt jeden Muskel in mir zum Flirren, und ich muss mich beherrschen, um Elias nicht von mir wegzuschubsen, als er in Reichweite kommt. »Du hast das gemacht, um mir Angst einzujagen? Mit voller Absicht? ›Komm, lass uns Annika zu Tode erschrecken und ihr nebenbei das Herz aus der Brust reißen, mal schauen, was passiert‹?«

Elias verzieht den Mund. »Prinzessin ...«

»Nenn mich nicht so!«

»Es war meine Idee«, zieht Sophie meine Aufmerksamkeit damit auf sich, was vermutlich der einzige Grund ist, warum ich nicht mit geballten Fäusten auf Elias losgehe.

Entschuldigend hebt sie einen Mundwinkel. »Wir mussten wissen, was geschieht, wenn du dich fürchtest – und ob es einen Zusammenhang mit den Nox gibt.«

»Ich bin doch kein Versuchskaninchen«, protestiere ich schwach, kann aber nichts dagegen tun, dass die Neugier in mir aufflammt. Ich versuche, meinen Ärger herunterzuschlucken, aber der bittere Geschmack auf meiner Zunge bleibt. »Und?«

»Ich schätze, es gibt einen.« Paps rückt seine Brille zurecht und sucht Elias' Blick.

»Du bist wirklich eine Chaosbegabte.«

»Ach wirklich?« Auch wenn ich mich bemühe, mir nicht anmerken zu lassen, wie sehr mich seine Feststellung trifft, klingt meine Stimme kratzig. Damit ist es offiziell: Ich gehöre zu den Menschen, die Elias' Familie am liebsten tot sehen würde. Meine Verbitterung verpacke ich als Sarkasmus: »Und ich dachte schon, wir sind zum Spaß auf der Flucht.«

»Wie wär's, wenn du nicht immer so ungeduldig wärst und mich stattdessen mal ausreden lässt?«

»Wie wär's, wenn du dir nicht immer alles aus der Nase ziehen lassen würdest?«, entgegne ich und verschränke die Arme vor der Brust, während ich in Elias' amüsiertes Halbgrinsen starre. Der bittere Beigeschmack des Ärgers löst sich von meiner Zunge und macht Platz für die Neugier, die mich mit einem Mal erfasst.

»Du bist eine Furchtwandlerin. Schätzen wir zumindest.«

»Und das heißt?« In meinem Kopf beginnt es zu rattern, aber falls ich das Wort jemals zuvor gehört habe, geht die Erinnerung jetzt im Wirrwarr meiner Gedanken unter. Das Einzige, das mir durch den Kopf schießt, ist, dass das wie die poetisch missglückte Beschreibung eines Angsthasen klingt. Das sind ja super Aussichten.

»Das versuchen wir herauszufinden.« Sophie wirft mir ein vorsichtiges Lächeln zu.

Paps zieht vom Küchentresen aus meine Aufmerksamkeit auf sich, indem er mit einem Buch winkt, das eindeutig nicht zu meinen Fantasyromanen gehört. Zu seinen Füßen liegt der Rucksack, den Elias gestern geschultert hatte, daneben ein kleiner Stapel weiterer ledergebundener Bände. Allem Anschein nach bin ich nicht die Einzige, die Bücher aus dem Archiv mitgehen hat lassen.

»Okay.« Ich beiße mir auf die Unterlippe und werfe einen Blick in Elias' Richtung, ehe ich zu meinem Vater hinübergehe und mich mit beiden Ellenbogen auf die Arbeitsfläche stütze. »Was wissen wir bisher?«

Elias grinst, als hätte er nur auf seinen Auftritt gewartet. »Nachdem Marleen mir dieses Buch zugesteckt hatte, dachte ich, ich mache der Prinzessin der Diebe mal ein wenig Konkurrenz«, bemerkt er. »Und anscheinend hatte ich ein wenig mehr Erfolg als du. Du kannst mich jetzt gern den König der Diebe nennen.«

Sophie kichert. Paps und ich hingegen stoßen zeitgleich ein Seufzen aus, doch im Gegensatz zu mir, die noch ein Augenrollen hinterherschiebt, unterbricht mein Vater Elias tatsächlich.

»Elias' Onkel Falk«, er spricht den Namen aus, als würde allein der Klang ihm Albträume bereiten, »hat ihm Märchen aufgetischt. Oder eher gesagt lange verstaubtes Geschichtswissen. Die Chaosbegabten sind zwar ziemlich kompliziert, aber schon seit Jahrzehnten nicht mehr der Feind dieser … Gilde. Nur scheint Falk das nicht zu interessieren.«

»Genau.« Elias lehnt sich mir gegenüber an den Tresen, die Brauen nachdenklich gesenkt. »Die Chaosbegabten sind nicht die Bösen. Dein Buch hatte recht damit – oder zumindest habe ich andere neuere Bücher gefunden, die ihm zustimmen. Wenn's nach denen geht, sollten wir die Chaosmagie lieber einen Chaosfluch nennen. Zwar passiert in deiner Umgebung jede Menge Chaos, aber nichts davon ist deine Absicht.«

Jetzt steigt auch Sophie mit einem Nicken ein. »Man kann eher sagen, es ist deine unbewusste Art, mit Stress umzugehen.«

»Das klingt nicht gerade sehr motivierend«, werfe ich ein und streiche mir eine Strähne aus dem Gesicht.

»Ach, so schlimm ist es vielleicht gar nicht.« Sophie stupst mit ihrer Schulter gegen meine. »Wir haben noch nicht alles gelesen, aber es deutet einiges darauf hin, dass die Schattenwesen nicht der einzige Nebeneffekt sind.«

»Okay, dann lasst uns weiterlesen.«

»So einfach ist das nicht, Prinzessin.« Elias lacht.

»Anscheinend gibt es verschiedene Arten von Chaosbegabten«, erklärt Sophie. »Ihre Begabungen sind wohl auch innerhalb der Arten ziemlich unterschiedlich und verworren.«

Mein Vater nickt. »Wir wollen eine Liste mit den Eigenarten von Furchtwandlern aufstellen und dann irgendwie herausfinden, was davon auf dich zutreffen könnte.«

»Wartet mal …« Ich sehe zwischen den beiden hin und her und schließlich zu der Asche auf dem Boden, die die Nox dort hinterlassen haben. Hoffentlich gibt das keine Flecken. »Wenn es verschiedene Chaosbegabten-Arten gibt, woher wissen wir dann, dass ich zu den Furchtwandlern gehöre? Und nicht zu irgendwelchen mit einem cooleren Namen?«

»Sorry, Prinzessin, die Nox sind ein eindeutiges Indiz.«

»Heißt das, ihr habt etwas über sie gefunden, in diesen Büchern?«

»Ganz genau.« Paps fährt mit dem Finger über die Kanten der aufgeschlagenen Seiten vor ihm. »Wir haben uns geirrt – sie wollen dich nicht angreifen. Ganz im Gegenteil.«

Verwirrt schüttle ich den Kopf und blicke zu Elias, doch der sieht nicht aus, als würde mein Vater einen Scherz machen.

»Es stimmt«, sagt er, und seine Stimme klingt ungewohnt vorsichtig. »Die Nox sind nicht deine Feinde. Sie sind nur ein Teil von dir – wenn auch ein ziemlich mächtiger. Sie sind deine Angst, irgendwie.«

Ehe ich überhaupt die Chance habe, eine Frage – oder besser Tausende – in den Raum zu werfen, ergreift Paps wieder das Wort. »Eine ziemlich abstruse Personalisierung, um genau zu sein. Sobald du dich fürchtest, formst du sie anscheinend unbewusst durch deine Fantasien und Gefühle. Und dann nutzen sie die Energie deiner Angst und kämpfen sich an die Oberfläche.«

»Wie Spezial-Antikörper quasi.« Das Schmunzeln schwingt in Elias' Worten mit.

»Das verstehe ich nicht.« Wieder schüttle ich den Kopf. »Das kann nicht sein. Sie sind real. Ihr seht sie doch auch!«

Paps legt seine Hand auf meine Schulter und bringt mich dazu, mich auf einen der Hocker zu setzen. »Niemand hat behauptet, dass sie das nicht sind. In deinem Kopf sind sie sterbliche Wesen, also sind sie das auch in Wirklichkeit.«

»Aber genau genommen sind sie nichts außer Angst«, schließt Sophie mit einem Blick auf die Asche. »Oder besser gesagt die Energie davon. Vermutlich lösen sie sich deshalb nach einer Weile auf – wenn deine Angst auch verpufft.«

»Und warum haben sie mich dann angegriffen? Bei unserem ersten Training zum Beispiel? Oder auf der Halloweenparty? Wenn sie mich doch eigentlich verteidigen sollten?«

»Genau können wir das nicht sagen.« Paps presst die Lippen aufeinander. »Aber wir vermuten, es hängt damit zusammen, dass du durch deine Gefühle die Nox steuerst. Vielleicht ist deine Überzeugung, dass die Nox dich irgendwann angreifen würden, auf sie übergesprungen.«

»Immerhin hattest du ja auch genug Grund, damit zu rechnen. Die Dinger sehen einfach verdammt gruselig aus«, wirft Sophie ein. »Und Elias' und Xenias Geschichten über dunkle Magie haben das Ganze dann auch nicht besser gemacht.«

»Genau.« Entschuldigend zuckt Elias mit den Schultern. »Du hast sie quasi dazu angestachelt, dich anzugreifen – und damit genau das zu tun, was du von ihnen erwartest.«

»Das ergibt doch alles keinen Sinn.«

»Magie ergibt keinen Sinn.« Etwas regt sich in Elias' Sturmaugen, und ich bilde mir ein, dass seine Finger in meine Richtung zucken, aber im nächsten Moment ist da nur wieder sein ernster Ausdruck und seine Hände auf der Arbeitsplatte.

»Bedeutet das, ich habe mich ganz umsonst gefürchtet? Ich war gar nicht in Gefahr?«

Jetzt schließen sich Elias' Finger tatsächlich um meine, warm und beruhigend inmitten von Chaosgedanken. »Hey, ich finde, es ist okay, sich vor seiner Angst zu fürchten.«

Einen Moment lang gönne ich mir die Ruhe, die sich wärmend in mir ausbreitet, dann beiße ich mir auf die Unterlippe. »Also kann ich sie nicht loswerden?«

»Nein.« Paps schüttelt den Kopf. »Vermutlich nicht.«

Die Erkenntnis legt sich wie ein Gewicht auf meine Schultern, drückt mich nach unten.

Elias zieht einen Mundwinkel hoch. »Aber anscheinend kannst du eine ganze Nox-Armee führen, wenn du willst.«

Ich nicke langsam, während sich das Lächeln auf meine Lippen schleicht. »Vielleicht kann ich Falk damit überzeugen, mich in Ruhe zu lassen.«

»Da staunt er bestimmt nicht schlecht.« Er schmunzelt. »Aber zur Sicherheit sollten wir schauen, was du noch so in petto hast.«

»Sehe ich genauso.« Paps schiebt sich die Brille auf den Nasenrücken.

»Lasst uns eine Liste mit den möglichen Fähigkeiten machen.« Sophie schwingt sich auf einen der Barhocker und schiebt ein paar der Bücher auf der Arbeitsfläche beiseite, um einen Block darunter hervorzuziehen.

»Ich weiß euren Elan ja sehr zu schätzen«, beginne ich zögernd, »aber was genau bringen uns diese Sachen, wenn Falk hier wirklich aufkreuzen sollte? Sollten wir nicht besser Nahkampf trainieren? Oder mit Schusswaffen oder so?«

»Seien wir mal ehrlich, Prinzessin.« Elias stößt sich von der Arbeitsplatte ab, um stattdessen mit verschränkten Armen und einer gehobenen Braue gegen den Kühlschrank zu lehnen. »Du bist keine gute Kämpferin.«

»Das muss ich leider bestätigen«, murmelt mein Vater und wirft mir ein entschuldigendes Lächeln zu.

»Also sollten wir herausfinden, ob du vielleicht doch ein paar Superkräfte hast.« Elias schmunzelt. »Falls das nämlich der Fall ist, helfen die dir bestimmt mehr als dein nicht vorhandenes Nahkampftalent.«

Sophie lacht, was ihr einen tadelnden Blick von Paps einbringt. »Du wirst trotzdem weiter Selbstverteidigung üben.«

Sie murmelt irgendetwas Unverständliches, protestiert aber nicht. Ich hingegen funkle Elias an und recke das Kinn vor, während ich nach einem Konter suche. Aber um ehrlich zu sein, hat er recht: Ich bin miserabel im Kämpfen. Auch wenn ich einige Fortschritte gemacht habe, seit diese ganze Sache angefangen hat, habe ich gegen Falk und den Rest der Gilde keine Chance. Denen wird das Trainieren ja quasi in die Wiege gelegt.

Also nicke ich. »Okay. Aber was machen wir, so insgesamt gesehen? Ob die Gilde uns findet oder nicht – ich möchte vorbereitet sein. Und ich glaube kaum, dass ein paar gezielte Zaubertricks und liebe Worte Falk überzeugen werden, dass ich nicht böse bin.«

Elias stößt einen Schwall Luft aus und fährt sich mit der Hand durchs Haar. »Ich denke, er weiß, dass du es nicht bist. So rein rational zumindest. Aber er glaubt es nicht – er hat sich da in irgendetwas verrannt. Vermutlich wegen ...« Er bringt den Satz nicht zu Ende.

Ich presse die Lippen aufeinander. Wegen seiner Mutter.

»Was für ein Fanatiker«, murmelt Paps und sieht zu Elias. »Nichts für ungut.«

Der winkt ab. »Du hast ja recht«, sagt er. »Wir sollten herausfinden, wie der Rest der Gilde dazu steht. Die Regeln sind ziemlich alt, und alles klingt danach, als würde Falk zu Unrecht an ihnen festhalten. Bestimmt befürwortet der ein oder andere ein wenig frischen Wind und ist bereit, uns zu helfen.«

»Und was, wenn nicht?« Mein Vater spricht genau das aus, was ich befürchte.

»Dann beantragen wir einen Prozess vorm obersten Rat.« Elias zwickt sich in den Nasenrücken. »Das sind die höchsten Tiere hier in Deutschland. Sie sind dazu verpflichtet, einzelne Fälle aus sämtlichen Perspektiven zu betrachten. Ohne Beweise können sie unmöglich beschließen, dass Annika ... böse ist. Aber erst mal sollten wir ein paar Tage abwarten. Wenn Falk sich Hilfe beim Rat suchen sollte, will ich nicht, dass wir ihm über den Weg laufen.«

Ich presse die Lippen aufeinander und fahre mit dem Zeigefinger über die Schieferplatte. »Der Plan gefällt mir nicht.«

»Eine bessere Option haben wir nicht.« Der Ausdruck in Elias' Augen verrät mir, dass er selbst nicht begeistert ist. »Außerdem glaube ich nicht, dass sie uns hier finden werden. Falk interessiert sich nicht für die Menschen, die ihm nichts bringen. Auch nicht für Marleens Familie. Soweit ich weiß, kennt er dieses Ferienhaus nicht.«

Etwas in mir kribbelt, will protestieren und mehr machen, als auf das Beste zu hoffen. Allerdings bringt mich der konzentrierte Ausdruck in Elias' Augen dazu zu nicken. Genau wie Paps und Sophie. Damit ist es beschlossene Sache.

In den nächsten Stunden vergraben wir unsere Nasen in den Büchern, die Elias aus dem Archiv geholt hat, und schreiben alles heraus, was wichtig oder interessant klingt. Wobei jedoch keiner von uns auf einen ultimativen How-to-be-a-Chaosbegabter-Guide stößt. Zwar hatte Elias ein wenig mehr Erfolg bei der Suche nach Büchern –

und weniger Nox im Nacken –, allerdings scheint kein Autor daran gedacht zu haben, wie es ist, von heute auf morgen von seinen angeblichen Fähigkeiten zu erfahren. Deshalb dauert es seine Zeit, bis wir eine brauchbare Liste erstellt haben – und selbst an deren Rand prangen noch unzählige Fragezeichen.

Mit dröhnendem Schädel lehne ich mich schließlich zurück und sehe in Paps' und Sophies ebenso müde Gesichter. Die Mittagspause, die wir zwischendurch eingeschoben haben, ist schon wieder eine Weile her. Inzwischen hat sich die Dämmerung über den Himmel gesenkt. Als Elias bemerkt, dass wir aufgehört haben zu blättern, hebt er den Kopf und schaut uns interessiert an. Im dämmrigen Schein der Deckenlampe sehen seine Züge beinahe magisch aus.

»Wollen wir vielleicht erst mal herausfinden, wie wir die Sachen ausprobieren können?«, schlage ich vor und deute auf die Aufzählung der Chaosfähigkeiten, deren Inhalt für mich viel eher nach einem Hogwarts-Stundenplan als nach der Realität klingt. »Ich glaube, damit sind wir schon mehr als einen Tag beschäftigt. Lasst uns erst mal drei Dinge versuchen oder so.«

Nickend zieht mein Vater die Liste zu sich und betrachtet den ersten Punkt. »Telekinese«, murmelt er mehr zu sich selbst.

Sophie schnaubt. »Vielleicht sollte man diesen Schreibern von der Gilde sagen, dass sie bei ihren nächsten Büchern Anleitungen dazulegen sollen. ›Wie man Dinge bewegt, ohne sie anzufassen.‹«

»Ich glaube, im Internet gibt es ein paar Übungen dazu.« Elias legt den Kopf schief. »Falk hat vor ein paar Jahren mal so einen Superman-Verschnitt trainiert, da waren Xenia und ich neugierig und wollten das auch probieren. Hat nicht geklappt.«

Grinsend lehne ich mich zu ihm rüber. »Vielleicht bin ich ja besser als du.«

Elias' Mundwinkel zucken.

»Alles klar, dann suchen wir im Internet. Wenn das diese Verrückten in den Fernsehshows immer können, kriegen wir das auch hin. Ich recherchier später mal ein bisschen«, murmelt Paps und sieht wieder auf die Liste.

Sophie kommt ihm zuvor. »Was haltet ihr von ... mit Schatten verschmelzen?«

»Keine Ahnung, wie wir das ausprobieren sollen.« Ich runzle die Stirn und sehe zu Elias, der aber genauso ratlos wirkt. »Aber apropos Schatten – ich würde das mit den Nox gerne noch mal testen. Ob sie mich wirklich nicht angreifen und ... einfach wieder verschwinden.«

»Gute Idee, lasst uns morgen damit starten, dass wir eins dieser Dinger beschwören. Vielleicht sind sie ja ganz handzahm.« Trotz seiner ironischen Worte wirkt Elias' Ausdruck ernst, und auch Sophie und Paps nicken zustimmend.

Ich hebe die Brauen und zwinge mich zu einem Grinsen. »O ja, ich wollte schon immer mal meine größten Albträume streicheln.«

Kapitel 32

»Also, Prinzessin, dann zeig mal, was du draufhast.« Elias lehnt mit verschränkten Armen am Esstisch und grinst mich auffordernd an.

Im nächsten Moment kommen Sophie und mein Vater zurück in den Wohnbereich. Sophie schwenkt einen Schlüsselbund in ihrer Hand herum, Paps hat Bretter unter seinen Arm geklemmt.

»Bereit?«, fragen Elias und ich im Chor.

Mit einem Nicken verfrachtet Paps die Bretter an die Wand neben dem Esstisch. »Bereit.«

Die letzten Minuten haben die beiden damit verbracht, sämtliche Türen und Fenster, die von diesem Raum abgehen, zu versperren oder zu verhängen. Mit Ausnahme der großen Fensterfront in Richtung Strand, an dem um diese Tageszeit – die Sonne ist vor knapp einer halben Stunde aufgegangen – glücklicherweise noch nichts los ist. Falls sich das später ändern sollte, müssen wir unbedingt die Vorhänge zuziehen. Aber für den Moment gibt es nichts, das uns davon abhält, unseren bescheuerten Plan in die Realität umzusetzen.

Sophie scheint meinen Gesichtsausdruck richtig zu deuten. Sie hängt den Schlüsselbund wieder an seinen Platz und kommt zu mir herüber. Mit einem Lächeln zieht sie mich in ihre Arme. »Du schaffst das«, murmelt sie so leise, das nur ich es verstehen kann.

In dem Moment, in dem sie wieder von mir ablässt, tritt Paps an mich heran. Beruhigend drückt er meine Schulter und streicht kurz mit der Hand über mein Haar, ehe er gemeinsam mit Sophie zur Terrassentür hinübergeht. Die Pistole in seinem Hosenbund wirkt vollkommen fehl am Platz, genauso wie der Baseballschläger, den Sophie sich im Vorbeigehen schnappt. Ich versuche, nicht länger darauf zu achten, als er mit einem Lächeln auf die Terrasse tritt und mir von dort aus zuwinkt.

Ich hole tief Luft und fange Elias' nachdenklichen Ausdruck auf. »Also«, murmle ich und versuche, die Nervosität aus meiner Stimme zu verbannen, »was genau war noch Schritt eins?«

»Schritt eins war, dass du versuchst, es selbst auszulösen«, wiederholt Elias, obwohl er vermutlich genau weiß, dass ich mich selbst darin erinnern kann. Wir sind den Plan bestimmt zwanzigmal durchgegangen. Dabei kann eigentlich nichts schiefgehen – es ist ja nicht so, als würde irgendjemand von uns zum ersten Mal gegen gruselige Schattenmonster kämpfen. Außerdem müssen wir es einfach herausfinden. Weshalb ich jetzt auf meine Hände starre und mich bemühe, all die Empfindungen heraufzubeschwören.

Doch egal, wie sehr ich es auch versuche, egal, wie intensiv ich mir das eisige Prickeln im Nacken und die klamme Kälte in meinen Fingern vorstelle – es passiert nichts. Gar nichts.

Als ich im Augenwinkel erkenne, wie Elias von einem Fuß auf den anderen tritt, hebe ich meinen Blick und schüttle den Kopf.

»Nichts?«

»Nope.« Ich sehe nach links und gebe Paps und Sophie ein Zeichen, ehe ich mich wieder an Elias wende. »Ich bin bereit für Schritt zwei.«

Nickend greift er nach dem schwarzen T-Shirt, das auf dem Sofa bereitliegt, wobei mir nicht entgeht, dass seine Lippen sich zu einer schmalen Linie verziehen. Was ich nur allzu gut verstehen kann – um ehrlich zu sein, haben wir nicht weiter als bis hierhin geplant. Wenn das nicht klappt, ist die letzte Option, auf echte Angst zu warten. Oder mich in eine Badewanne voll Spinnen zu setzen. Eine Möglichkeit, die ich allerdings für mich behalten habe.

»Bis gleich, Prinzessin«, murmelt Elias irgendwo ganz dicht an meinem Ohr, dann ist da nur noch die Schwärze seines T-Shirts vor meinen Augen und der Duft von Wald und Regen in meiner Nase. Elias hat vermutet, dass mir die Dunkelheit dabei helfen würde, der Realität zu entkommen und mich der Angst zu überlassen. Doch stattdessen höre ich mein Herz nur laut gegen meine Rippen donnern und spüre Elias' Wärme hinter mir.

Ich habe erwartet, dass er sich wieder von mir entfernen würde, doch obwohl seine Hände sich von mir lösen, sobald er das T-Shirt zugebunden hat, weiß ich, dass er noch da ist. Mein Versuch, ihn auszublenden, scheitert kläglich – genau wie meine Bemühungen, jetzt das Prickeln heraufzubeschwören. Anscheinend beschäftigt sich meine Konzentration lieber mit erfreulicheren Dingen als mit Angst. Übel nehmen kann ich ihr das nicht. Wenn ich könnte, würde ich es ihr gleichtun.

Als ich gerade dazu ansetze, Elias anzumeckern, ertönt seine Stimme hinter mir.

»Jeder Mensch hat einen Schwachpunkt, weißt du? Familie, Freunde. Würde ich versuchen, deinen zu finden, würde ich bei Sophie anfangen.«

Allein die Erwähnung ihres Namens, zusammen mit der alles verschluckenden Schwärze, reicht aus, damit sich die feinen Härchen an meinem Hals Unheil verkündend aufstellen. Ich habe eine Ahnung, worauf er hinauswill, und die lässt meine Fingerspitzen eiskalt werden.

»Schade nur, dass sie zusammen mit dir verschwunden ist. Aber du hast garantiert noch einen Schwachpunkt.« Er macht eine Pause, in der sein ruhiger Atem immer wieder gegen mein Ohr stößt. Nur das leise Rascheln seiner Bewegungen dringt dorthinein, als er mich allem Anschein nach umrundet. Im nächsten Moment ertönt seine Stimme direkt vor mir. »Wie wäre es mit Marleen? Fährt sie nicht bei gutem Wetter immer mit dem Rad zur Schule? Würde ich sie schnappen wollen, würde ich sie einfach auf dem Weg abfangen.«

In diesem Augenblick ist es vollkommen egal, dass ich das Spiel kenne, das Elias hier spielt – dass ich es selbst mit entworfen habe. Meine Fantasie macht sich selbstständig. Mit einem Mal sind da Bilder von Marleen, von schwarz behandschuhten Fingern, weißen Kleintransportern und ihrem zurückgelassenen Fahrrad am Straßenrand. Und bevor das Kribbeln in meinem Nacken überhaupt einsetzt, weiß ich es einfach.

Ich reiße das T-Shirt von meinen Augen und blinzle ins Gesicht des Nox. Das Schattenwesen steht gut zwei Meter hinter Elias und reißt seinen Blick zu ihm herum, als auch ich es tue. Es lässt sich auf alle viere fallen und stößt ein Klickern aus. Das asymmetrische Geweih ragt gefährlich in Elias' Richtung, all die wachsschwarzen Muskeln sind zum Zerreißen gespannt.

Elias dreht sich in dem Moment zu ihm um, in dem das Ding – meine Angst – einen Satz auf ihn zu macht. Doch er hält sich nicht an den Plan. Statt schnellstmöglich zu verschwinden, tritt er einfach nur einen Schritt zurück und starrt den Nox an.

Wie von selbst greifen meine Finger nach dem Baseballschläger, der direkt neben mir am Stuhl lehnt. Erst als meine Hand ihn fest umschließt, stehe ich auf. Nur für alle Fälle. »Jetzt geh schon raus!«

Elias wirft einen Blick in meine Richtung, stellt sicher, dass es mir gut geht, ehe er endlich auf mich hört. Mit einem Esszimmerstuhl hält er den Nox auf Abstand, bis er es zur Terrassentür geschafft und sich zu meiner Familie gesellt hat. Aus den Augenwinkeln sehe ich, wie Sophie nahezu an der Scheibe klebt. Höre, wie Paps und Elias sich unterhalten. Aber all das rückt in den Hintergrund, als sich der Nox in meine Richtung umdreht.

Ich erwidere seinen Blick. Betrachte die dunkle, glatte Haut und die Wasserspeierflügel, als würde ich etwas Derartiges zum ersten Mal sehen. Und auch der Nox bleibt still, mustert mich nur.

Vorsichtig mache ich einen Schritt auf ihn zu. »Ich habe keine Angst mehr, weißt du?«, murmle ich. Die Worte dringen an die Oberfläche, ehe ich mich ihrer überhaupt bewusst bin. Es ist albern, das weiß ich – wahrscheinlich versteht mich das Schattenwesen überhaupt nicht. Aber es fühlt sich richtig an. »Einen Moment war es schlimm, weil Elias diese Dinge gesagt hat. Doch das war nur ein Test.«

Der Nox klickert. Ganz leise nur.

»Du hast versucht, mich vor ihm zu beschützen, oder?« Ich gehe noch näher an ihn heran, den Baseballschläger nur noch ganz locker zwischen den Fingern. »Ich hatte solche Angst vor euch. Aber manchmal sind es wohl die harmlosesten Dinge, vor denen wir uns am meisten fürchten.«

Ohne wirklich zu wissen, was ich hier tue, strecke ich den Arm aus und lege meine freie Hand auf den kalten Schädel des Nox, genau zwischen sein Geweih. Seine Haut fühlt sich wie Wachs unter meiner Haut an, irgendwie angenehm. Er legt den Kopf schief, während sein Klickern unter meinen Fingern vibriert und bis in meine Zehenspitzen wandert. Wir sind eins. Und im nächsten Moment ist er weg.

Bevor ich überhaupt realisiert habe, dass zu meinen Füßen nur noch ein einsamer Haufen Asche liegt, sind Sophie, Paps und Elias wieder an meiner Seite.

Ich spüre die Hand meines Vaters auf meiner Schulter. »Alles in Ordnung?«

Nickend starre ich auf die Asche. »Ich glaube, ihr hattet recht.«

»Weißt du, ich könnte einfach die Nox auf dich hetzen, wenn du mich nicht in Ruhe lässt.« Ich grinse Elias an, der mit gehobenen Brauen zurückblickt.

»Und ich könnte einfach meine Familie auf dich hetzen«, erwidert er und hebt einen Mundwinkel. »Aber stattdessen starre ich seit Minuten auf leere, langweilige Coladosen. Also streng dich lieber an, oder ich überleg's mir doch noch mal anders.«

Seufzend sehe ich ebenfalls wieder zu den Coladosen. Vor ein paar Stunden standen wir schon einmal hier. Keine zwei Meter vor uns türmen sich drei frisch gekaufte Bretter aus dem Baumarkt zu einer Konstruktion auf, die einem schmalen Tisch ähnelt und Platz für mehrere Getränkedosen bietet. Auch wenn das inmitten all des Dekors nicht gerade schön aussieht, geht wenigstens keines der Luxusmöbelstücke hier kaputt. Das größte Opfer wären also die leeren Coladosen – nur dass es mir nicht einmal gelingt, sie zum Zittern zu bringen.

Ich wünschte wirklich, es wäre so einfach, wie Elias sich das vorstellt. Dann bräuchte ich bloß eine der Getränkedosen anheben und ihm damit sein dämliches Schmunzeln aus dem Gesicht wischen. Wer zuletzt lacht, lacht am besten, und so. Stattdessen habe ich nicht die geringste Ahnung, wie das überhaupt funktionieren soll. Und das, obwohl wir fast den gesamten Tag mit den Telekinese-Übungen verbracht haben, die Sophie und Paps aus dem Internet herausgesucht haben.

Was mir zuerst total blödsinnig erschien, lässt mich mittlerweile nicht nur ein Stück Papier auf einer Nadel drehen, sondern auch ein Streichholz in einer Schale Wasser lenken. Ohne auch nur irgendetwas davon anzufassen – nur mit meinen Gedanken. Also besitze ich entweder tatsächlich einen Funken Magie oder eine Diagnose, mit der man mich schnellstmöglich in eine Zwangsjacke stecken sollte. Ehe ich doch noch mit Coladosen um mich schieße.

Stöhnend verschränke ich die Arme vor der Brust und fange Elias' Blick auf. Im Gegensatz zu gerade wirkt er nicht mehr provozierend, sondern genauso fokussiert, wie ich es gerade versucht habe. Seine Kiefermuskeln bewegen sich, aber er sagt kein einziges Wort, wartet nur.

»Ich kann nicht mehr«, sage ich und presse die Lippen aufeinander. »Können wir das nicht auf morgen verschieben? Das ist echt anstrengend.«

»O ja, bitte.« Sophie schließt die Terrassentür hinter sich und lässt sich in ihren Sportsachen aufs Sofa fallen. In den letzten Stunden hat Paps seine Drohung wahr gemacht, meine Schwester weiter in Selbstverteidigung zu trainieren. »Und, hast du schon Erfolge, Dr. Strange?«

Ich schüttle den Kopf. »Nicht wirklich«, sage ich in dem Moment, in dem mein Vater ebenfalls in den Wohnbereich tritt. »Nur Hunger.«

»Wie aufs Stichwort«, kommentiert Paps. »Ich wollte gerade fragen, ob wir uns was beim Asiaten bestellen wollen.«

Gesagt, getan – während mein Vater bei einem Restaurant anruft und Sophie duscht, machen Elias und ich uns daran, das Chaos zu beseitigen, das wir mit dem Telekinese-Training verursacht haben. Einschließlich des Haufens Asche, der immer noch auf dem Boden liegt, als wüsste keiner von uns so recht, was er damit anstellen soll. Was die Wahrheit ist.

Zum ersten Mal scheint mir eine Zukunft mit den Nox an meiner Seite nicht vollkommen unmöglich – zumindest solange sie sich auflösen, wenn ich die Kontrolle zurückerlange. Vielleicht ist es wirklich machbar. Nur muss ich dafür erst mal dieses Drama überleben.

Gedankenversunken betrachte ich das Meer vor der Fensterfront. Trotz des Herbstes sind erstaunlich wenige Wolken zu sehen, und der Dämmerhimmel gibt der ganzen Szenerie etwas atemberaubend Schönes, Übernatürliches.

Irgendwann spüre ich eine Hand auf meiner Schulter. Der Duft von Wald und Regen umhüllt mich. »Wollen wir gleich ein wenig rausgehen?«

Wie von selbst nicke ich, kann den Blick aber nicht von dieser Aussicht losreißen.

»Geht ihr beiden ruhig«, sagt mein Vater irgendwo im Hintergrund. »Ich schreib euch eine SMS, wenn Sophie und ich mit dem Essen wieder da sind.«

Das lassen wir uns nicht zweimal sagen. Ich stehe auf und ergreife Elias' Hand, lasse zu, dass er mich bis zur Verandatür zieht.

»Ach, Elias?«, hält Paps uns zurück, als der Meereswind bereits auf unsere Gesichter trifft. »Pass gut auf mein Mädchen auf.«

Ich will protestieren, doch in dem Moment antwortet Elias schon.

»Ich glaube, das kann sie gut selbst«, sagt er, aber in seinem Lächeln steckt so viel mehr als das. Wenn es darauf ankommt, würde er an meiner Seite kämpfen und mich beschützen. Das ist mir in diesem Moment so klar, dass ich mich frage, wie ich jemals daran zweifeln konnte. Wie er daran zweifeln konnte.

Diesem Gedanken hänge ich nach, bis die Sohlen meiner Turnschuhe im Sand versinken und der Wind an meinem Wollcardigan zerrt. Es ist kalt, doch die Gänsehaut in meinem Nacken geht in dem Flirren unter, das Elias in mir auslöst, als seine Finger meine streifen und sich mit ihnen verschränken.

»Ich bin froh, dass du hier bist«, verlässt es meinen Mund, ehe ich mir der Worte überhaupt bewusst bin. Das habe ich ihm in den letzten beiden Nächten ständig gesagt, doch hier, abseits von weichen Kissen und gesäuselten Versprechungen, hat es einen anderen Klang. Eine andere Bedeutung.

»Ich auch«, murmelt Elias, lächelt und zieht mich weiter durch den Sand, der feucht unter unseren Sohlen ist.

Eine Zeit lang spazieren wir parallel zum Ufer, lassen das Ferienhaus der Baumgardts hinter uns und ersetzen es durch wilde Dünen.

»Ich kann nicht fassen, dass Falk uns jahrelang angelogen hat.« Er schüttelt ungläubig den Kopf. »Vor allem muss er doch gewusst haben, dass die Sache früher oder später auffliegen würde. Die Wahrheit lag in Form der Archivbücher ja direkt vor unserer Nase. Vermutlich hätte er sie entfernen lassen, wenn seine Befugnisse dafür gereicht hätten.«

Ich kaue auf meiner Unterlippe herum, will nichts Falsches sagen.

»Wieso um alles in Welt macht er das?« Er schnaubt. »Was soll schon rechtfertigen, dass man jemandem das Recht abspricht, leben zu dürfen? Ich habe geglaubt, dass es richtig ist, Menschen umzubringen. Unschuldige Menschen.«

»Vielleicht weiß er ja selbst nicht, dass er im Unrecht ist«, bemerke ich, obwohl alles in mir darauf pocht, ihm zuzustimmen. »Vielleicht braucht die Gilde eine Art Generalüberholung oder so.«

Elias lacht, aber es klingt freudlos. »Dafür werde ich sorgen.«

»Ich helfe dir.« Lächelnd drücke ich seine Hand in meiner. »Aber nicht heute Abend. Lass uns lieber über was Schöneres reden.«

»Über was denn?«

»Keine Ahnung.« Ich lege den Kopf schief und betrachte Elias von der Seite, kann nicht fassen, dass wir uns erst wenige Monate richtig kennen. Es kommt mir vor, als hätte es nie ein Leben ohne ihn gegeben – ohne seine doofen Sprüche, dieses idiotische Grinsen und den Geruch von Wald und Regen. Und obwohl ich das Gefühl habe, ihn von Grund auf zu verstehen, fehlen mir all die Kleinigkeiten, die seine Persönlichkeit ausmachen.

»Was ist deine Lieblingsfarbe?«

Sichtlich überrascht über meine Frage lacht er auf. »Grün«, sagt er. »Ein dunkles, warmes. Tannengrün.«

So machen wir weiter, teilen Nichtigkeiten miteinander – Lieblingssongs, -filme und all die anderen Dinge, die nichts zur Sache tun. Wir nehmen uns vor, mit dem Jeep nach Skandinavien zu fahren, wenn das ganze Chaos vorbei ist, um Nordlichter zu jagen. Und ich beschließe, das alles zu genießen – die Ruhe vor dem Sturm.

Kapitel 33

Mit einem Seufzen lasse ich mich am nächsten Nachmittag in Marleens Bett fallen. Die letzten Stunden habe ich mit Sophies und Elias' Hilfe damit verbracht, ziemlich erfolglos an meinen Telekinese-Fähigkeiten zu feilen.

Stirnrunzelnd drehe ich eine Coladose in meinen Fingern. Im Laufe des Vormittags habe ich es endlich geschafft, sie wenigstens zum Zittern zu bringen, was uns zumindest bewiesen hat, dass ich irgendeine Veranlagung haben muss, die über Streichholzbewegungen hinausgeht. Und auch wenn wir uns vielleicht längst den anderen möglichen Chaosbegabungen zuwenden sollten, lässt mich der Gedanke einfach nicht los. Wenn ich die Coladosen wackeln lassen kann, muss da einfach mehr sein.

Deshalb fische ich mir meinen Laptop vom Teppich vor dem Bett und drehe mich auf den Bauch, während er hochfährt. Sophie und Paps sind vor einigen Minuten zum Einkaufen gefahren, und Elias duscht im Badezimmer nebenan. Ich habe also eine Weile, um mir ganz in Ruhe ein paar Videos über Telekinese anzusehen.

Seit wir hier angekommen sind, habe ich den Laptop nicht ein einziges Mal angemacht. Als ich jetzt das Grinsen meiner besten Freundin auf dem Desktophintergrund sehe, habe ich mit einem Mal einen Kloß im Hals. Ich muss an Elias' Drohung über Marleen von gestern denken, und obwohl ich weiß, dass das nur ein Trick war, zittern mit einem Mal meine Finger. Ich muss ihr einfach sagen, dass bei mir alles in Ordnung ist. Mich vergewissern, dass es ihr gut geht. Mich bei ihr für all das bedanken, das sie in letzter Zeit für mich getan hat, ohne mich auch nur ein einziges Mal im Stich zu lassen.

Bevor ich länger darüber nachdenken kann, schnappe ich mir mein Handy vom Nachttisch. Bis jetzt lag es die meiste Zeit ungenutzt herum. Sophie, Paps und ich haben uns darauf geeinigt, uns nirgendwo einzuloggen. Kein Instagram, kein Facebook, kein WhatsApp – immerhin hat niemand von uns eine Ahnung, ob es Falk gelingen könnte, eine Anmeldung in den sozialen Medien irgendwie nachzuvollziehen. Mit einem Fanatiker im Nacken kann man immerhin nicht vorsichtig genug sein.

Aber um meine beste Freundin zu kontaktieren, brauche ich keins dieser Netzwerke. Wir haben so oft telefoniert, dass ich ihre Nummer auswendig kenne. Auch jetzt tippen meine Finger wie von selbst die Zahlenfolge.

Ich fühle mich, als würde ich etwas Verbotenes tun – genau genommen ist es ja auch so. Indem ich meine beste Freundin anrufe, mache ich uns angreifbar. Aber was soll denn schon passieren? Falk kann gar nicht wissen, dass ich genau diese Prepaid-SIM-Karte habe. Und falls er versucht haben sollte, Marleens Smartphone abzuhören, hat er es nach der tagelangen Funkstille sicher schon aufgegeben.

Dennoch bringt mich die Nervosität dazu, mich aufzusetzen. Als ich den Anruf-Button anklicke, halte ich gespannt den Atem an.

Obwohl ich damit gerechnet habe, dass Marleen meinen Anruf schnell entgegennimmt, wirft es mich etwas aus der Bahn, als bereits nach dem zweiten Tuten abgehoben wird. Einen Moment lang ist es still. Ich suche nach den richtigen Worten, um meine Freundin zu begrüßen, werde aber unterbrochen, ehe ich den Mund öffnen kann.

»Marleen, Spätzchen? Bist du das?«

Ich runzle die Stirn. Das ist nicht die Stimme meiner besten Freundin, sondern die ihrer Mutter. Und obwohl ich sie schon fast genauso lange kenne, wie ich mit ihrer Tochter befreundet bin, habe ich sie noch nie so aufgebracht gehört.

Während ich noch zu verstehen versuche, was hier gerade vor sich geht, höre ich Marleens Mutter aufgeregt in den Hörer atmen. Im Hintergrund raschelt etwas. »Marleen?« Jetzt klingt ihre Stimme flehend. Einen Augenblick lang wartet sie ab, dann ändert sich ihr Ton plötzlich wieder, ist mit einem Mal anklagend. »Wer sind Sie? Haben Sie meine Tochter?«

Nein. Das darf nicht sein.

Ich schlucke. Das Rauschen des Blutes in meinen Ohren vermischt sich mit dem des Wassers von der Dusche nebenan, und meine Finger beginnen zu zittern. Alles in mir schreit danach, zu antworten. Zu fragen, was mit Marleen passiert ist – ob es so ist, wie ein schreiender, rebellierender Teil von mir vermutet. Aber was auch immer ich sage, würde die Sache nur komplizierter machen. Zu viele Fragen aufwerfen, die ich nicht beantworten kann. Und höchstwahrscheinlich auch die Aufmerksamkeit der Gilde auf mich lenken. Falls sie nicht längst darin verwickelt ist.

Ich presse die Lippen aufeinander, nehme das Handy vom Ohr und lege auf – so schwer es mir auch fällt. Aber ich kann nichts tun – nicht, solange ich hier bin und nicht in Attenafehn. Mit einem Mal kann ich nicht mehr sitzen, stehe auf und trete von einem Fuß auf den anderen. In meinem Kopf rasen die Gedanken, überschlagen sich, schreien alle durcheinander. Auch wenn Marleens Mutter kaum etwas gesagt hat, weiß ich einfach, was passiert ist. Marleen ist weg. Verschwunden. Das sieht ihr nicht ähnlich – Marleen würde niemals weglaufen. Sie kann nicht freiwillig weg sein. Das alles hier kann kein Zufall sein – und es gibt nur eine Gruppe von Menschen, der ich zutraue, hinter alldem zu stecken. Das hier ist meine Schuld. Ich muss etwas tun.

Als die Selbstvorwürfe so stark auf meinen Schultern lasten, dass ich mich an der Lehne von Marleens weißem Sessel abstützen muss, um nicht zu Boden zu sinken, fasse ich einen Entschluss. Ich lausche auf das Wasser der Dusche, unter der Elias steht, nicht ahnend, was ich gerade erfahren habe. Für einen winzigen Augenblick bäumen sich die Zweifel in mir auf, aber ich schiebe sie zurück. Auch wenn höchstwahrscheinlich seine Familie hinter dieser ganzen Sache steckt, hat Elias nichts damit zu tun. Wenn es anders wäre, wäre die Gilde längst hier.

Bevor ich meinen Entschluss in die Tat umsetzen kann, kommt Elias herein. Sein schwarzes T-Shirt klebt an einigen Stellen an seiner Haut, ist dort noch dunkler als ohnehin schon. Mit einem Handtuch fährt er sich über seine Haare, hört jedoch abrupt auf, sobald er mich sieht.

Sein Blick bleibt am Handy hängen, das ich noch immer in meinen zittrigen Fingern halte. Die Stirn in Falten gezogen kommt er auf mich zu. »Ist alles in Ordnung?«

»Marleen ist weg.« Ich schiebe das Handy in die Tasche meiner Jeansjacke, wehre seine Hände ab und verschränke die Arme vor der Brust.

»Was? Woher weißt du das?«

»Ich wollte sie anrufen, aber ihre Mutter ist rangegangen.«

»Prinzessin, das –«

Ich unterbreche ihn.

»Sie ist weg. Verschwunden. Jemand hat sie entführt.«

»Was meinst du damit, jemand?« Er verzieht den Mund, scheint selbst zu bemerken, dass niemand anders als seine eigene Familie dahinterstecken kann. »Etwa ...?«

»Sieht ganz danach aus.«

»Fuck!« Mit mahlenden Kiefern beginnt er, vor mir auf und ab zu laufen, und zwickt sich immer wieder in den Nasenrücken. »Was machen wir jetzt?«

»Ich gehe sie suchen.«

»Prinzessin, das kannst du nicht machen. Das ist doch ...« Seine Stimme wird leiser. »Das ist genau, was er will.«

In diesem Moment wird mir klar, dass er mich nicht einfach ziehen lassen wird. Aber das geht nicht. Er darf mich nicht hierbehalten, unter keinen Umständen. Ich muss Marleen finden. Ich muss einfach. Also muss ich ihn irgendwie ablenken. Und auch wenn allein der Gedanke daran mir beinahe das Herz herausreißt, weiß ich auch schon, wie.

Ich presse die Lippen aufeinander, entferne mich einen Schritt von ihm. »Bist du deswegen hier?«, frage ich, und die Worte schmerzen auf meiner Zunge. »Um mich abzulenken, während deine Familie meine beste Freundin einsammelt? Das perfekte Druckmittel? Genau so, wie du es gestern erzählt hast?«

Seine Gesichtszüge verziehen sich vor Entsetzen, und ich spüre, wie etwas in ihm zerbricht. »Nein! Natürlich nicht! Ich bin auf deiner Seite, verdammt!«

Ich weiche vor ihm zurück, stolpere rückwärts in Richtung des Flurs.

»Prinzessin, das musst du mir glauben.« Für einen Moment sieht er an die Decke, verschränkt die Hände im Nacken und scheint stumm zu fluchen. Zeit, die ich nutze, um aus dem Zimmer und zur Treppe zu gelangen. Dann schnellt sein Blick wieder zu mir, er hastet mir hinterher. »Wenn du jetzt gehst, dann –«

»Komm nicht näher«, stoße ich hervor, sobald er mit ausgestrecktem Arm einen Schritt in meine Richtung macht.

Es tut weh, ihn zurückzuweisen. Aber ich muss zu Marleen. So schnell wie möglich. Ich presse die Lippen aufeinander, als sein gequälter Blick sich mit meinem verhakt. Das erste Mal seit dem ganzen Wahnsinn heiße ich das Prickeln in meinem Nacken willkommen. Bin froh über die Kälte, die sich von den Fingerspitzen an in mir ausbreitet.

»Du kannst doch jetzt nicht einfach dorthin rennen.« Entgegen meinen Worten kommt Elias einen Schritt näher, dann noch einen. »Denk doch mal nach! Du rennst direkt in ihre Falle!«

Selbst wenn er recht hat, ist es egal. Das alles ist nur meinetwegen geschehen. Ich werde nicht zulassen, dass Marleen etwas passiert. Ich muss es wenigstens versuchen. Das bin ich meiner besten Freundin schuldig.

»Ich mein's ernst«, sage ich und muss mich bemühen, meinen eisigen Ton beizubehalten, während das Kribbeln immer kälter wird und ich rückwärts die Treppenstufen herunterstolpere. Elias ist mir dicht auf den Fersen. Die Tür kann nicht mehr weit entfernt sein. »Bitte, Elias. Versuch nicht, mich aufzuhalten.«

Er scheint die Veränderung in meiner Stimme zu bemerken. Er stürzt vorwärts, ist jetzt nicht mehr vorsichtig, sondern so unbändig wie das Gewitter, das sich in seinen Augen abspielt.

Doch gegen meinen Hurrikan kann er nichts ausrichten. Es ist zu spät. Sein Donnern geht in meinem Sog unter, als ein Nox zwischen uns auftaucht. Erst nur ein einziger, eine dürre Mischung aus Hirsch und Wolf, dann, als Elias an ihm vorbeiwill, gleich noch mehr von ihnen. Ihr Klickern dringt an meine Ohren und sorgt dafür, dass sich die dünnen Härchen in meinem Nacken aufstellen.

Diesmal kämpfe ich nicht. Ich renne weg.

Ich denke nicht länger nach, stürze herum, angle mir den Schlüssel vom Jeep von der Kommode neben dem Eingang und haste aus der Tür hinaus. Alles geht ganz schnell, innerhalb weniger Sekunden sitze ich auf dem Fahrersitz, der viel zu weit von den Pedalen entfernt ist, um bequem fahren zu können. Aber dafür habe ich jetzt keine Zeit.

Mit zittrigen Fingern stecke ich den Schlüssel ins Schloss, drehe ihn. Nicht ein einziges Mal wage ich es, Luft zu holen. Elias wird schnell sein. Ich muss noch schneller sein – und bin es auch.

In dem Moment, in dem Elias aus der Haustür heraus stürmt, starte ich den Motor und brettere von der Auffahrt. Ich werfe keinen Blick in den Rückspiegel, will Elias' Miene nicht sehen. Mein Herz pocht auch jetzt schon zu heftig in meiner Brust, zu schmerzlich.

Energisch schüttle ich den Kopf. Hier geht es nicht um das dumme Ding in meiner Brust. Hier geht es um meine beste Freundin. Und da zählt jede Sekunde.

Und genau das ist die Sache mit denen, die wir lieben: Am Ende lassen wir alles andere für sie zurück.

Ich fahre bis zur Autobahn, ohne einen einzigen Blick in den Rückspiegel zu werfen. Dann folge ich den Schildern zu den größeren Orten, die in derselben Richtung liegen wie Attenafehn. Hamburg, Bremen, Oldenburg, Leer.

Mein Handy vibriert unaufhörlich in meiner Jackentasche. Auch wenn alles in mir dagegen anschreit, kann ich nicht anders, als mich zu fragen, wer mich anruft. Elias, nach dem dieser ganze verfluchte Wagen riecht, wie Wald und Regen und falsche Versprechungen? Oder Sophie? Paps?

O Gott, schießt es mir durch den Kopf. Er wird garantiert fuchsteufelswild sein.

Der Gedanke bringt mich aus dem Konzept. Der Wagen, den ich bis jetzt so gut unter Kontrolle gehabt habe, fährt durch meine zittrigen Finger plötzlich Schlangenlinien. Prompt werde ich von einem anderen Autofahrer angehupt, doch das macht das Ganze eher noch schlimmer. Ich beiße mir auf die Unterlippe. Verdammt!

Kurzerhand nehme ich die Abfahrt zum nächsten Parkplatz; ein düsteres Stück Asphalt unter mächtigen Baumkronen, auf dem außer mir noch zwei Lkw-Fahrer Platz gefunden haben. Ich parke den Jeep möglichst weit weg von ihnen und bringe den Motor zum Verstummen. Mit einem Seufzen lehne ich meinen Kopf gegen die Stütze, atme tief durch und erlaube mir, kurz im Duft von Wald und Regen unterzutauchen, ehe ich mein Handy aus der Tasche ziehe.

Ich habe fast zwanzig verpasste Anrufe. Mit fahrigen Fingern hebe ich mein Smartphone ans Ohr, um die Nachrichten auf der Mailbox abzuhören.

Elias' Stimme ertönt als Erstes. »Annika, bitte ruf mich an.«

Die Mailbox gibt mir mit einem Piepen zu verstehen, dass sie zur nächsten hinterlassenen Nachricht springt.

»Ich bin auf deiner Seite. Das verspreche ich dir, Prinzessin. Hör zu – dass ich dir vorgeworfen hab, mich in dieser ganzen Nox-Sache anzulügen, war falsch. Aber du hast meine Welt auf den Kopf gestellt, und ich musste mir einiger Dinge klar werden.« Elias stockt. Vor meinem inneren Auge taucht ein Bild von ihm auf, mit mahlenden Kiefern und fest zusammengepressten Lippen. »Aber jetzt sind wir beide auf derselben Seite. Bitte ruf mich an. Ich verstehe, dass du Marleen retten willst, aber unsere Chancen stehen wesentlich besser, wenn wir einen Plan haben. Du tust genau, was er möchte. Bitte sei nicht so dumm.«

Wieder ein Piepen.

»Zusammen werden wir sie da rausholen. Versprochen.«

Die nächste Sprachmemo ist von meinem Vater. Eine Weile lang höre ich nur Rauschen, dann ein Rascheln, ehe seine Stimme ertönt. »Hey, Nika!« Er atmet hörbar aus. »Elias hat uns erzählt, was passiert ist. Bitte versuch nicht, die ganze Schuld auf dich zu nehmen. Das konnte keiner von uns ahnen. Wir werden Marleen finden, versprochen, aber dafür müssen wir zusammenhalten. Bitte ruf mich zurück.«

Piep!

»Annika.« Paps seufzt. »Ruf mich sofort an.«

Als Nächstes ist da wieder Elias, seine Stimme noch tiefer und rauer, als sie ohnehin schon ist. »Ich weiß, du willst keinen Beschützer. Aber das will ich auch gar nicht sein – ich möchte nur an deiner Seite kämpfen dürfen. Bitte schlag mir das nicht aus.«

Die Mailbox springt zur nächsten Nachricht, wieder von meinem Vater.

»Wir sind auf dem Weg nach Attenafehn. Ruf mich an, damit wir einen Plan schmieden können.«

Piep!

»Nika, verdammt!« Die Stimme meiner Schwester bringt mein Herz für einen Moment aus dem Takt. »Was soll das? Ich weiß, dass du sie beschützen willst. Aber wir haben doch gesagt, dass wir uns auch gegenseitig beschützen. Du musst das nicht allein tun. Lass uns dir helfen.«

»Scheiße«, murmle ich und lasse die Hand mit dem Handy sinken.

Sie haben recht, das weiß ich – zusammen sind wir wesentlich stärker, und wenn ich allein gehe, bin ich der Gilde vermutlich hilflos ausgeliefert. Dennoch werde ich den Gedanken nicht los, dass wir dafür keine Zeit haben. Was, wenn Marleen irgendwo im Dunkeln sitzt, mutterseelenallein, hilflos und ohne die geringste Ahnung, was mit ihr geschieht? Und das alles nur meinetwegen.

Nein, das kann ich nicht zulassen. Vielleicht begebe ich mich damit direkt in ihre Hände, aber darüber darf ich nicht nachdenken. Was zählt, ist, dass Marleen da wieder rauskommt. Ich muss die Zweifel beiseiteschieben, mich erst mal auf das Wichtigste konzentrieren. Wie ich mich aus der Sache wieder rauswinde, kann ich mir immer noch überlegen. Ich nicke, um mich selbst davon zu überzeugen, und greife nach meinem Handy. Ich werde nicht hier ausharren und nichts tun. Das kann ich einfach nicht.

Stattdessen schicke ich eine Nachricht an Sophie.

Ich kann nicht auf euch warten. Vielleicht zählt jede Minute.
Ich melde mich, sobald ich etwas herausgefunden habe.
Hab euch lieb.

Entschlossen befördere ich das Handy auf den Beifahrersitz und lasse den Motor aufheulen. Kaum habe ich den Parkplatz hinter mir gelassen, wird der ohnehin schon wolkenverhangene Himmel vor der Frontscheibe noch dunkler. Wenige Sekunden später beginnt das Unwetter.

Dicke Regentropfen versperren mir die Sicht, trommeln laut auf die Karosserie. Ein Donner bringt die Luft zum Bersten und wird eins mit dem Beben meines Herzens.

Ich drossle das Tempo etwas, zwinge mich aber weiterzufahren. Wenn ich mich nicht täusche, dürfte ich nicht mehr lange unterwegs sein. Oldenburg liegt nur noch wenige Kilometer vor mir, und von dort kann es höchstens eine halbe Stunde dauern, bis ich die Autobahn verlassen und auf Landstraßen weiterfahren muss.

Dennoch vergehen die dreißig Minuten viel zu langsam, ziehen sich in die Länge wie der Kaugummi, den ich in Elias' Mittelkonsole gefunden habe.

Kapitel 34

Ich parke den Jeep ein Stück von Marleens Elternhaus entfernt auf dem Parkplatz des Friedhofs. Von hier aus kann ich das Licht im Küchenfenster unten erkennen, ebenso wie die anklagende Finsternis hinter dem Fenster von Marleens Zimmer. Auf der Auffahrt steht Steves Auto. Mit fahrigen Fingern knibble ich am Lenkrad herum und sehe mich um.

Der Parkplatz liegt im Licht der einzelnen, flackernden Straßenlaterne beinahe gespenstisch da. Ein Stück von mir entfernt parkt ein alter Ford, dessen grauer Lack schon ziemlich angerostet ist. Ich versuche, nicht darüber nachzudenken, warum man ausgerechnet bei Dunkelheit an einen ohnehin schon gruseligen Ort gehen sollte, und steige aus dem Jeep.

Um ehrlich zu sein, habe ich keine Ahnung, was ich jetzt tun soll. Auch wenn es vermutlich alles andere als clever ist, jetzt bei Marleens Eltern zu klingeln, ist das der einzige Anhaltspunkt, den ich gerade habe. Immerhin weiß ich nicht, wo die Gilde –

Mit einem Mal trifft mich etwas am Hinterkopf. Ein dumpfer Schmerz explodiert in mir, reißt mich von den Füßen. Im nächsten Moment durchfährt mich ein Stechen und zerrt die Realität von mir weg. Von einer Sekunde auf die andere ist alles schwarz.

***

Als ich die Augen blinzelnd wieder öffne, könnten Sekunden, aber auch Tage vergangen sein. Ich habe nicht die geringste Ahnung. Mit einem Ächzen hebe ich meinen viel zu schweren Kopf, sehe mich um. Vor den Fenstern des Klassenraums verschluckt die Dunkelheit die Außenwelt, gibt mir das Gefühl, endgültig den Kontakt zur Normalität verloren zu haben.

Warte mal … Klassenraum?

Aus meiner Kehle dringt ein Geräusch zwischen Brummen und Wimmern, sobald ich auch nur versuche, meinen Kopf zu drehen. Verdammt, tut das weh! Scheiße! Was zur Hölle ist nur passiert?

»Bloß nicht zu übermütig, Annika. Na, das war wohl doch etwas zu wenig Betäubungsmittel – du solltest erst in paar Minuten wieder wach werden.«

Ich stutze, kann die Stimme nicht identifizieren, die von irgendwo hinter mir ertönt. Ich versuche, mich umzudrehen, kann meine Hände aber nicht mehr als ein paar Millimeter bewegen. Doch, die linke geht – allerdings nur wenige Zentimeter, ehe mir die Kontrolle entrissen und meine Hand mit viel Kraft zurückgezogen wird. Bevor ich auch nur ansatzweise begreife, was mit mir geschieht, sind meine Handgelenke an den unbequemen Schulstuhl gefesselt, auf dem ich sitze. Nur wenige Augenblicke später auch meine Fußknöchel. O Gott!

Ich presse Lippen und Lider zusammen und bemühe mich, mich zu konzentrieren, aber die Bilder meiner Erinnerung sind wackelig, teils verkehrt herum, und verschwimmen vor meinen Augen. Was ist passiert?

»Ich hätte von Anfang an auf meine Intuition hören sollen«, murmelt die Männerstimme hinter mir verärgert, tut mir aber immer noch nicht den Gefallen, sich in mein Blickfeld zu begeben. Wer auch immer es ist, allem Anschein nach hat er mich überrumpelt und hierhergebracht. Er muss also zumindest etwas stark sein. Eine Information, die mir aber nicht weiterhilft – im Gegensatz zu seinen nächsten Worten. »Schon im Unterricht habe ich gedacht, dass da ... irgendetwas von dir ... ausgeht. Aber du hast mich hereingelegt, hast mich in dem Glauben gelassen, dieses Gefühl sei nur eine Nuance von diesem dummen Jungen und seiner Schwester.«

Eine Ahnung quillt in mir hoch. Zunächst nur ein leichtes Rinnsal, das im nächsten Moment zu einem reißenden Wasserfall wird.

»Bei der Sache mit dem Basketballkorb hätte ich es mir denken müssen.« Eine kurze Pause. »Verrat mir eines. Was hattest du davon, dem armen Adrian das Ding beinahe auf den Kopf zu werfen?«

Selbst wenn ich antworten wollte, würde mich der bittere Geschmack in meinem Mund davon abhalten. Er legt sich kiloschwer auf meine Zunge, sorgt dafür, dass ich nicht mehr hervorbringe als ein armseliges Husten.

Schritte erklingen hinter mir, quietschende Sportschuhsohlen auf dem billigen Kunststoffboden des Klassenzimmers. Wenige Sekunden später erscheint Herr Naumann vor mir. Ein schmales, schadenfrohes Lächeln liegt auf seinen Lippen, während er sich vorbeugt und mich aus nächster Nähe betrachtet, die Arme hinter seinem Rücken verschränkt. Augenblicklich steigt mir der Geruch von kaltem Rauch ins Gesicht und lässt mich die Nase rümpfen. Demonstrativ wende ich den Blick ab, starre auf seine verwaschene Trainingsjacke.

»Erst dachte ich, du wolltest dich an Adrian rächen, weil du ihn magst und er dich nicht. So ein kranker Mist, wie ihr Teenager ihn heute eben tut, du weißt schon.« Er lacht, als hätte er einen Witz gemacht. »Aber dann haben wir begriffen, dass du mit Falks Neffen unter einer Decke steckst.«

Ich starre ihn nur an, während alles in mir versucht, das Puzzle zusammenzusetzen. Als ich es endlich kapiere, hämmert mein Herz so sehr gegen meine Brust, dass es wehtut. Mein Sportlehrer gehört zur Gilde. Und ich bin ihr in die Falle getappt, ehe ich überhaupt in Marleens Nähe gekommen bin. Scheiße!

Herr Naumann bemerkt nicht einmal, was in mir vorgeht, versinkt im nächsten Augenblick schon wieder in seinem Monolog. »Ich glaube, ich weiß, wieso –«

Ein Klopfen unterbricht ihn. Im nächsten Moment kann ich aus den Augenwinkeln beobachten, wie sich die Tür links von mir öffnet. Mir stockt der Atem.

Mein dummer Geist ist allem Anschein nach noch immer vom Schlag mit dem Hockeyschläger geschädigt. Kaum habe ich registriert, wer uns da nun Gesellschaft leistet, beginnt er auch schon, sich ein Happy End einzureden. Sie ist keine Verräterin. Stattdessen wird sie gleich den Pappbecher in ihrer Hand fallen lassen, eine Waffe ziehen und damit bewahrheiten, was auf ihrem Shirt steht. *Girls support girls.*

Aber natürlich tut Xenia nichts von alledem.

Stattdessen hat sie lediglich einen Seitenblick für mich übrig, ehe sie Herrn Naumann zunickt. »Du sollst wieder rausgehen und mit Jannis Wache halten«, sagt sie nüchtern und macht eine motivationslose Handbewegung in meine Richtung. »Falk will mit ihr reden. Allein.«

Herr Naumann nickt langsam, sein Blick huscht zwischen uns beiden hin und her. »In Ordnung«, sagt er schließlich und wendet sich zum Gehen. Mit einem »Sag Bescheid, wenn ihr Hilfe braucht« verlässt er den Klassenraum, verzichtet aber darauf, die Tür wieder zu schließen.

Ich runzle die Stirn. Vertraut er Xenia nicht?

Allerdings liegt er falsch darin, ihre Loyalität anzuzweifeln. Im ersten Moment wartet Xenia zwar, lauscht genauso wie ich den verhallenden Schritten im Schulflur, doch auch als wir alleine sind, ändert sich nichts an ihrem distanzierten Auftreten. Stattdessen wirft sie mir einen undefinierbaren Blick zu, während sie auf mich zutritt und mir den Pappbecher vor die Nase hält, wobei sie das Wasser beinahe in mein Gesicht schüttet. Eine Bewegung, die eindeutig zu ruckartig ist, um wie ein Versehen zu wirken.

Ich bemühe mich, mir nichts anmerken zu lassen, während ich den Ausdruck in ihren Augen erforsche. Was hat sie dazu bewegt, mich als die Böse anzusehen? Bin ich in ihrer Version dieser Geschichte das hinterlistige Biest, das ihren Bruder weggeschnappt hat?

Statt mir die stumme Frage zu beantworten, schwenkt Xenia den Becher in meine Richtung. »Was ist, hast du keinen Durst?«, fragt sie mit ungewohnt heiserer Stimme. Als ich sie weiterhin nur anstarre, seufzt sie entnervt. »Du denkst doch nicht ernsthaft, dass ich dich vergiften würde, oder?«

Ein abgehacktes Lachen ertönt von irgendwo wie das schadenfrohe Bellen eines Kojoten. Die feinen Härchen in meinem Nacken stellen sich auf, aber das ist nichts gegen das flaue Gefühl in meinem Magen, das mich erfasst, sobald Falk den Raum betritt.

»Aber nicht doch, das wäre doch langweilig.« Gutmütig legt er seiner Nichte eine Hand auf die Schulter und betrachtet mich mit einem viel zu freundlichen Lächeln. Wie Besucher einer Kunstgalerie stehen sie da, sehen mich an, als könnten sie mehr in mir lesen, als ich tatsächlich bin.

Ich recke das Kinn vor und will mich gegen diese Demütigung zur Wehr setzen, aber meine Zunge liegt nach wie vor wie ein trockenes, altes Tuch in meinem Mund und hindert mich daran, überhaupt irgendetwas zu sagen. Stattdessen habe ich mit einem Mal mit den Tränen zu kämpfen, die mir ohne Vorwarnung in die Augen steigen. Scheiße!

»Kein Grund zur Panik. Keiner von uns wird dir ein Haar krümmen«, fährt Falk fort. Ich glaube ihm nicht ein einziges Wort, bis sich seine Stimme senkt und mit einem Mal nicht mehr unbeschwert, sondern finster klingt. Er fährt sich mit der Hand über sein makelloses Hemd, wie um die nicht existierenden Falten darin zu glätten. »Das wird Elias übernehmen.«

Mein Herz hüpft so hoch in meinem Hals, dass ich mich daran verschlucke und ein jämmerliches Husten ausstoße. Was genau will Falk damit sagen?

Xenia lässt meine Gedanken ein jähes Ende nehmen. Als sie mir ein weiteres Mal den Becher gegen die Lippen drückt, hält sie den Kopf gesenkt und versperrt mir die Sicht in ihre Augen. Im ersten Moment will ich mich wieder wehren, aber das bedeutet nur, dass ich hilflos bleiben würde, geknebelt durch meine eigene Zunge. Widerwillig befeuchte ich meine Lippen mit dem Wasser aus dem Becher. Zuerst bleibt meine rissige Haut am durchweichten Papier kleben, aber schließlich gelingt es mir, ein paar Schlucke zu trinken.

Viel zu schnell zieht Xenia den Becher wieder weg. Bereits wenige Sekunden später fühlt sich meine Kehle schon wieder staubtrocken an, aber wenigstens gelingt es mir, ein paar Worte zu krächzen. »Wo ist Marleen?«

»Sie ist –«, platzt es aus Xenia heraus, ehe sie von ihrem Onkel unterbrochen wird.

»Nicht hier«, beendet Falk, und ein selbstgefälliges Lächeln spielt um seine Lippen. »Aber es ist wirklich amüsant zu sehen, wie schnell du hier aufgetaucht bist. Ich habe nicht gedacht, dass du uns *so* schnell in die Falle läufst – so dumm habe ich dich dann doch nicht eingeschätzt. Und trotzdem bist du jetzt hier.«

Wie von selbst pressen sich meine Lippen aufeinander, während sich meine Hände – so gut es in den Fesseln eben geht – zu Fäusten ballen. Scheiße, Scheiße, Scheiße! Falle hin oder her, ich habe wirklich damit gerechnet, zumindest eine Chance zu haben.

Falk lächelt schmal. »Xenia, lass uns bitte kurz allein.«

Sie tut, was er von ihr verlangt, allerdings nicht ohne mir vorher einen Blick zuzuwerfen, der mich unruhig hin und her rutschen lässt. Das bringt mich auf eine andere Idee, doch genauso schnell, wie sie gekommen ist, verwerfe ich sie wieder. Dafür sind die Fesseln viel zu eng – selbst wenn ich es schaffen würde, den Stuhl irgendwie umzukippen, würde ich mit ihm zu Boden gehen.

Falk wartet, bis Xenia die Tür hinter sich ins Schloss gezogen hat, ehe er mich ein weiteres Mal von Kopf bis Fuß betrachtet. Mit ihm allein zu sein, jagt mir mehr Angst ein, als ich jemals zugeben würde, und als hätte es nur darauf gewartet, setzt das vertraute Prickeln in meinem Nacken ein.

Falk bekommt davon nichts mit. Interessiert legt er den Kopf schief. »Elias ist dir hinterhergerannt wie ein hilfloser Welpe, oder?«, fragt er und stößt ein Lachen aus, eine einzige disharmonische Silbe im Flirren meiner Ohren. »Oh, lass mich raten. Er war von Anfang an auf deiner Seite, hm?«

Ich recke das Kinn vor.

»Gaukelt ihr euch ewige Liebe vor, hm?« Falk lacht, ein kaltes Geräusch, das etwas in mir zum Brennen bringt. »Macht es Spaß, Romeo und Julia zu spielen?«

Wäre mein Mund nicht so schrecklich trocken, würde ich ihm ins Gesicht spucken.

»Solche Geschichten haben niemals ein Happy End, wenigstens das müsstest du doch wissen. Was hast du erwartet? Dass ihr die Welt verändern könnt, ihr dummen Teenager?«

»Wo ist Marleen?«, krächze ich.

»Eins nach dem anderen.« Ich kann ihm ansehen, wie sehr er es auskostet, mich dermaßen auf die Folter zu spannen. »Am Anfang habt ihr euch echt geschickt angestellt. Vor allem, wie du in seiner Nähe geblieben bist, um deine Magie hinter seiner zu verstecken. Ihr habt mich fast hinters Licht geführt.«

Mit hervorgerecktem Kinn zwinge ich mich, ruhig zu bleiben.

»Aber auch nur fast. Mein Bauchgefühl war seit unserer Begegnung in der Buchhandlung nie ganz weg, doch ich hatte nichts Handfestes, keine Beweise dafür, dass du eine Begabte bist. Geschweige denn eine Chaosbegabte«, fährt Falk fort. Er genießt es regelrecht, sich selbst zu lauschen, betrachtet mich unter halb gesenkten Lidern. »Bis ihr einen Fehler gemacht habt. Auf dieser Halloweenparty hat dich ein Freund von Jannis gesehen, während du mit deiner Magie gespielt hast, nicht? Es war dumm, zu glauben, er würde die Klappe halten. Früher oder später trifft jeder, der reden will, auf jemanden, der ihm zuhört.«

Ich presse die Lippen aufeinander.

Falks Mundwinkel zuckt. »Das war wirklich dumm. Ein dummer Fehler, der einem dummen Mädchen ein dummes Ende bescheren wird.«

Kapitel 35

In dem Moment, in dem Falk sich zu mir herunterbeugt, als wäre ich ein Haustier, das er auf Ungeziefer untersuchen muss, explodiert das Kribbeln in meinem Nacken. Ich schließe die Augen, versuche dagegen anzukämpfen, aber das macht es nur noch schlimmer. Hinter meinen Lidern kann ich das Licht flackern sehen, genauso unruhig wie das stolpernde Herz in meiner Brust, und dann weiß ich einfach, dass es zu spät ist.

Alles geht ganz schnell. Noch bevor ich die Augen wieder aufreiße, ertönt ein Schuss, so ohrenbetäubend und gewaltig, dass ich für einen Sekundenbruchteil glaube, selbst getroffen worden zu sein. Doch das wurde ich nicht. Zumindest nicht direkt. Nur wenige Meter entfernt von mir liegt ein Nox auf dem grässlichen Boden des Klassenzimmers. Eine wachsartig schwarze Gestalt irgendwo zwischen Fuchs und Mensch. Schluckend wende ich den Blick ab, versuche, dieses Chaos in mir zurückzudrängen.

Aber es gelingt mir nicht. Kaum hebe ich den Kopf in Falks Richtung, fängt es schon wieder an. Das Prickeln in meinem Nacken. Die Kälte in meinen Fingern. Es ist vollkommen dumm, dagegen anzukämpfen. Es sind nicht die Kreaturen, die das hier anrichten, ich bin es selbst. Meine Angst – und die wütet so unbezähmbar in mir wie ein Tornado.

Ohne mit der Wimper zu zucken oder überhaupt hinzusehen, hebt Falk seine Waffe und tötet den zweiten Nox. Die Kugel trifft ihn nicht gleich tödlich, sondern irgendwo oberhalb des Beckens. Mit einem zittrigen Klickern geht das Ding zu Boden. Das Geräusch reicht mehr als genug, um den Sturm in mir noch weiter anzufachen.

Und genau das ist es, was Falk zu wollen scheint. Mit einem zufriedenen Lächeln legt er den Kopf schief und betrachtet mich. »Weißt du, du hast es nicht gerade zum Geheimnis gemacht, dass du eine von ihnen bist. Eine von den Chaosbegabten.« Er spuckt das Wort förmlich aus. »Vielleicht hättest du die Angstwesen vor uns verstecken können, uns irgendeine andere Erklärung auftischen können, ja. Aber dann diese Nacht-und-Nebel-Aktion mit der Flucht? Elias' seltsames Verhalten, die Stimmungsschwankungen? Viel zu offensichtlich.«

Alles in mir schreit danach, ihn ein weiteres Mal nach Marleen zu fragen, doch das würde ihn nur dazu treiben, mich weiter zu auf die Folter zu spannen. Ich muss ihn zum Punkt kommen lassen und herausfinden, was er will, wenn ich überhaupt noch die geringste Chance haben möchte. Also beiße ich die Zähne zusammen, würge jedes Wort über meine beste Freundin herunter wie viel zu trockenes Brot und zwinge mich, Falk direkt anzusehen.

»Ich habe niemandem etwas getan«, stoße ich hervor und muss mich nicht einmal bemühen, dass es ängstlich klingt. Das tut es – und macht meine Aussage noch viel ehrlicher. Denn ich habe Angst. Panische Angst, die in meinen Adern pulsiert und mich dazu antreibt, etwas zu tun. Irgendetwas. Ich ziehe an den Fesseln, bilde mir ein, dass sich die an meinem rechten Handgelenk gelockert hat, aber selbst das bringt nichts. Ich sitze auf dem Präsentierteller.

»Darum geht es hier nicht, Kindchen.« Falks Stimme ist kaum mehr als ein Säuseln, eine trügerische Melodie. »Es spielt keine Rolle, was du getan hast, sondern es geht um das, was du noch tun wirst. Das Böse ist in dir, und du wirst es nicht loswerden, bis es dich übermannt. Bis du nicht mehr die bist, die kontrolliert, sondern die, die kontrolliert wird.«

»Nein.« Energisch schüttle ich den Kopf. »Du hast keine Ahnung, wie es in mir aussieht. Du kennst mich nicht.«

Er lacht. »Ein Tier bleibt ein Tier, du dummes Mädchen, egal, wie unschuldig es aussieht. Glaub mir, ich habe genug von euch gesehen. Ich kenne dich.«

»Was hast du gegen Chaosbegabte?«, frage ich. »Elias hat gedacht, die ganze Gilde sieht das so, aber ich glaube, das stimmt nicht.«

»Natürlich stimmt das nicht – der Rest der Gilde ist viel zu verblendet. Seit der Freiheitsbewegung dieser Chaosbegabten verschließen sie die Augen vor der Realität. Als hätte sich in den Fünfzigern irgendetwas geändert – was für ein Schwachsinn!« Er verzieht den Mund, als hätte er in eine Zitrone gebissen. »Die oberste Maxime der Gilde ist stets dieselbe geblieben: Das Gemeinwohl von Menschen und Begabten steht im Vordergrund, nicht das des Einzelnen.«

Ich will etwas erwidern, mich verteidigen, habe aber nicht die geringste Ahnung, was ich sagen soll. Über mir flackert das Licht, bringt das Durcheinander in mir zum Ausdruck. Wieder prickelt es in meinem Nacken.

»Du musst das so sehen: Letztendlich ist es egoistisch von dir, leben zu wollen und das Dunkle in dir zu ignorieren. Stell dir vor … am Ende bringst du noch jemanden um.«

»Das würde ich niemals tun!«

»Natürlich nicht.« In seiner Stimme schwingt der Spott ganz unverblümt mit.

Ehe ich überhaupt realisiere, dass ein weiterer Nox aufgetaucht ist, hat er bereits seine Waffe gezückt und geschossen. Wieder ist die Kugel nicht direkt tödlich. Das macht er mit Absicht – das Glitzern in seinen Augen verrät mir, wie sehr er diesen klickernden Todeskampf genießt.

»Ich habe euch eine Chance gegeben, das habe ich wirklich. Aber nach der Sache mit –«

Die Tür des Klassenzimmers fliegt auf, so heftig, dass sie gegen das Regal an der Wand daneben prallt. Beim nächsten Wimpernschlag mischt sich ein Donnern von draußen darunter. Das Geräusch drängelt sich in das Donnern meines Herzens, lässt den Muskel in meiner Brust für einen Schlag aussetzen, bevor er umso schneller und rhythmusloser weiterpoltert. Einen Sekundenbruchteil lang fesselt mich der Anblick der zahlreichen Papierblätter, die vom Schwung der Tür beflügelt aufstieben, nur um sich wenig später in einem Zettelregen dem Boden zu nähern. Dann reiße ich meinen Blick los und sehe endlich, wer Falk unterbrochen hat.

Mit einem grimmigen Ausdruck im Gesicht steht Elias im Klassenraum, die Hand noch an der Türklinke. Ich versuche einen Blick hinter ihn zu erhaschen, kann aber niemanden erkennen. Ich kann nur hoffen, dass Sophie und Paps Marleen suchen und anschließend zu uns stoßen.

Kurz gebe ich mich der Vorstellung hin, dass Elias das alles hier geradebiegen und wieder einmal mein Lebensretter in Lederjacke sein wird. Diesmal noch viel elementarer als all die Male zuvor. Doch kaum trifft sein Blick auf meinen, zwinge ich mich, diese Idee wieder niederzuringen.

In seinen Augen stehen genauso viel Angst und Ratlosigkeit, wie sie in meiner Brust pulsieren. Von alldem lässt er sich nichts mehr anmerken, sobald sich sein Kopf hebt. Seine Aufmerksamkeit gilt jetzt seinem Onkel, der ihn mit verschränkten Armen und einem zufriedenen Lächeln betrachtet.

»Da bist du ja endlich«, sagt Falk, ehe Elias überhaupt zu Wort kommen kann, und hebt die Augenbrauen. »Der zweite Hauptdarsteller in diesem Theater. Um ehrlich zu sein, habe ich damit gerechnet, dass Joachim dich hierherbringen würde.«

»Ich habe sein Angebot abgelehnt«, presst Elias zwischen zusammengepressten Kiefern hervor und schließt die Tür hinter sich zu. Das Zucken seiner Finger zu einer Faust sagt mir, dass sein Ablehnen kein höfliches »Nein danke« an unseren Sportlehrer gewesen ist. »Was genau veranstaltest du hier?«

»Das, was richtig ist.« Etwas in Falks Gesicht gibt zu erkennen, dass er das wirklich glaubt. Dass er meint, es wäre gerechtfertigt, mich umzubringen, nur weil ich gefährlich werden könnte. »Du kennst unsere Maxime, Elias. Deine kleine Freundin ist nicht gut für das Gleichgewicht. Sie gefährdet unsere Welt. Sie ist in der Lage, Menschen zu verletzen. Oder die Existenz der Begabten ans Licht zu bringen. Verstehst du denn nicht, wie gefährlich sie ist?«

Ich will protestieren, aber Elias kommt mir zuvor.

Vehement schüttelt er den Kopf. »Annika ist nicht das, was du über sie denkst. Sie ist nicht böse.«

»Sie hat dir vollkommen den Kopf verdreht.«

»Nein.« Seine Stimme klingt, als könnte sie gleich den ganzen Klassenraum zum Gefrieren bringen. »Du bist derjenige, der mir den Kopf verdreht hat. So viele Lügen. Du hast uns in dem Glauben aufwachsen lassen, dass Mama von Ungeheuern umgebracht wurde. Stimmt das überhaupt?«

»Natürlich stimmt das!« An Falks Stirn pulsiert eine Ader, zieht sich hoch bis zu seinem grauen Scheitel. »Schau doch mal genau hin! Du denkst, sie tut keiner Fliege was zuleide, oder? Du irrst dich – hinter diesem scheinheiligen Blick schlummert die Dunkelheit. Das Böse.«

In dem Moment, in dem ich ein ungläubiges Schnauben ausstoße, erhebt Elias die Stimme. »Du kannst Annika doch nicht für etwas verurteilen, das ein anderer getan hat!«

»Elias, mein Junge, du verstehst das nicht. Sie sind alle gleich.« Mit einem Mal wird sein Ausdruck wieder sanfter, beinahe schon fürsorglich. »Du kannst nichts dafür ... sie hat dich vollkommen um den Finger gewickelt, oder?«

»Das ist doch völliger Bullshit!«

Ich will ihm zustimmen, halte mich jedoch zurück, als sich Falks Blick abermals ändert. Eine Weile betrachtet er mich ausgiebig, ehe er sich wieder an seinen Neffen wendet.

»Ich sorge dafür, dass das heute noch ein Ende hat.«

Obwohl er kein weiteres Wort sagt, weiß ich genau, was er damit ausdrücken will. Angst packt meine Nerven und entlockt meiner Kehle ein klägliches Wimmern.

Elias' Aufmerksamkeit schnellt zu mir. »Das werde ich nicht zulassen.«

Das dünne Lächeln, das auf Falks Lippen erscheint, jagt mir einen Schauer über den Rücken und lässt die Panik in meinem Nacken kribbeln. »Sei nicht dumm, Junge. Du entscheidest, wie viele von uns diese Nacht überleben.«

Mehr braucht es nicht.

Weniger als eine Sekunde presse ich die Lider zusammen, und als ich sie einen Herzschlag später wieder aufreiße, sind sie überall. Auf dem Pult, direkt hinter Falk, kauert eines der Wolfsvogelwesen auf schmalen schwarzen Fängen, jeden einzelnen Muskel angespannt zum Sprung. Neben Elias hockt eine nahezu menschlich aussehende Gestalt, deren glattes Gesicht von einem riesigen, säbelförmigen Schnabel unterbrochen wird und aus deren Rücken wachsartige, unvollständige Flügel sprießen.

Links von mir vernehme ich ein Klickern, aber aus dem Augenwinkel kann ich nicht viel mehr erkennen als ein asymmetrisches schwarzes Geweih. Meine kalten Finger geben mir Gewissheit, dass hinter mir noch viel mehr von ihnen sind, eine vibrierende Armee der Angst. Kaum schießt mir dieser Gedanke durch den Kopf, als das Chaos bereits ausbricht.

In meinem Rücken setzen sich die Nox in Bewegung, stürzen nach vorn, auf Falk und Elias zu. Die beiden sind kaum schnell genug, um ihre Waffen zu ziehen, werden förmlich unter den Kreaturen meiner Furcht begraben. In diesem Moment verstehe ich es. Ich bin wirklich gefährlich. Denn die Nox hatten nie vor, mich zu verletzen, ganz im Gegenteil: Sie wollen mich beschützen.

Und genau das tun sie: Während ich auf diesem schrecklich harten Schulstuhl sitze, die Hände an die kalten Stäbe der Lehne gefesselt, liefern sich Elias und Falk einen verzweifelten Kampf gegen die Nox, den sie haushoch verlieren würden, hätten sie nicht ihre Pistolen. Aber selbst so sind sie ihnen unterlegen: Kaum hat Elias einen von ihnen niedergeschossen, wobei er – so rede ich es mir zumindest ein – etwas reuevoller aussieht als sonst, wirft sich der nächste auf ihn. Mit seinen langen, schmalen Krallen fährt er über Elias' Wange. Ich presse die Lippen aufeinander und versuche, die Kreaturen irgendwie unter Kontrolle zu bekommen. Aber es ist vergeblich – sie mögen ein Teil von mir sein, aber Angst ist und bleibt unkontrollierbar.

Deshalb muss ich tatenlos dabei zusehen, wie ein weiteres dieser Dinger Elias auf die Knie zwingt, während Falk immer unkontrollierter durch den Raum schießt. Es grenzt an ein Wunder, dass er in seiner Raserei niemanden von uns trifft. Kurz befürchte ich, er könnte Elias' Ablenkung ausnutzen und jetzt zu Ende bringen, was er vorhat. Doch der Mann wirft mir nicht mal einen Blick zu, während die Wut sein Gesicht zum Leuchten bringt.

Jetzt, da Elias hier ist, scheinen die Schüsse die anderen Mitglieder der Gilde in Aufruhr zu versetzen. Jannis stürzt in den Raum, dicht gefolgt von Xenia, der die Panik eindeutig ins Gesicht geschrieben steht. Während sie hastig ihre Hüfte abtastet, wie auf der instinktiven Suche nach Waffen, von denen sie keine bei sich trägt, zückt ihr Cousin seine Pistole. Dass die Nox ihn noch nicht bemerkt haben, kommt ihm zugute. Innerhalb weniger als einer Minute hat er gemeinsam mit seinem Vater die letzten vier Kreaturen umgelegt.

Mit einem Mal ist es wieder still. Zu still.

Das Klassenzimmer ist ein Chaos aus schwarzen Kadavern und blanker Panik, aber das scheint Falk nicht zu stören. Er sieht sich kurz um, ehe er seinem Sohn zunickt. »Löse ihre Fesseln«, sagt er mit einer nichtssagenden Geste in meine Richtung. »Es ist Zeit, zum Punkt zu kommen.«

Jannis gehorcht sofort. Mit energischen Schritten kommt er auf mich zu, ganz mechanisch, ohne mich wirklich zu beachten. Er entfernt meine Fesseln so schnell, dass ich nicht einmal die Gelegenheit habe, meine wiedergewonnene Bewegungsfreiheit auszunutzen. Denn kaum kratzt das Seil nicht mehr auf meiner Haut, schließen sich seine Finger wie ein eiserner Ring um meine Handgelenke.

Mit einem Schnalzen seiner Zunge schüttelt Falk den Kopf. »Nein, lass sie los. Sie weiß, was passiert, wenn sie zu fliehen versucht.«

Zögernd lockert Jannis seinen Griff. Er betrachtet mich skeptisch und wartet einen Moment, bevor er zurücktritt. Jetzt steht er rechts von mir, Xenia links neben der Tür und Falk direkt vor mir, gleich neben Elias. Ich bin umzingelt. Ein Prickeln steigt in meinem Nacken auf, aber es ist eher ein leises Echo als tatsächliche Furcht – für die hat mich in dem Moment die Kraft verlassen, in dem ich die Nox-Armee heraufbeschworen habe.

Zu meiner Überraschung lässt Falk mit der Pistole von seinem Neffen ab. Er trennt uns nicht länger voneinander, sondern gibt ihm einen Schubs in meine Richtung.

»Los, nun geh schon zu ihr«, sagt er, und ein freudloses Schmunzeln verzieht seine schmalen Lippen. »Es ist deine Aufgabe, zu beenden, was ihr beide angerichtet habt. Töte sie!«

Kapitel 36

Das Blut rauscht in meinen Ohren, während Elias mit langsamen Schritten auf mich zukommt. In seinen Augen tobt ein innerer Sturm, und die Pistole in seiner rechten Hand zittert. Irgendwo an meiner Seite höre ich, wie jemand scharf Luft einzieht.

Vermutlich sollte ich Angst haben. Immerhin hat dieser verrückte alte Mann am Pult gerade meine Hinrichtung verkündet. Aber sosehr mein Verstand mich auch anschreit, ich kann mich nicht vor Elias fürchten. In seinem Gesicht erkenne ich all die Erinnerungen, die gerade auch durch meinen Kopf schießen: die Neckereien am Anfang, das Training, das Flirten, die gemeinsamen Momente.

Uns hätte klar sein müssen, dass wir mit dem Feuer spielen, sobald wir erkannt haben, dass wir auf gegnerischen Seiten stehen. Doch das hat uns nicht aufgehalten. Eher hat es uns noch mehr angefacht, das Donnern unseres Gewitters lauter und die Blitze zwischen uns heller werden lassen. Wie dumm wir gewesen sind. Wir hätten wissen sollen, dass beim Spiel mit dem Feuer irgendwann nur noch Asche übrig bleibt.

Denn in einer Sache hat Falk recht: Wir sind Romeo und Julia. Ein ritterlicher Romeo, der nichts anderes wollte, als seinem Herzen zu folgen, und eine sture Julia, die geglaubt hat, sie könnte das Dunkle ausschließen, und sich mit ihrer Naivität selbst vergiftet hat. Unsere Geschichte hat kein Happy End.

Und genau deshalb steht Elias jetzt vor mir, die Pistole in seinen zitternden Fingern – aber er richtet sie nicht auf mich. Natürlich tut er das nicht. Wir mögen zwar Romeo und Julia sein, aber wir werden ihre Fehler nicht wiederholen. Wir werden uns nicht gegenseitig in den Tod treiben.

Elias' Blick verhakt sich mit meinem und erzählt mir all das, was wir nicht laut aussprechen dürfen. Dann, als mein Herz mit einem Mal ganz langsam schlägt und mein Atem ganz ruhig fließt, dreht er sich zu seinem Onkel um.

»Nein«, sagt er. »Ich werde das nicht tun.«

Falk lacht. Ein langsam anschwellendes Geräusch, das sich von einem seichten Rauschen zu einer Lawine entwickelt. »Du dummer, dummer Junge.« Er schüttelt den Kopf. »Du bist genauso naiv wie deine Mutter, hm?«

In Elias' Gesicht spannt sich etwas an, seine Kiefer pressen sich aufeinander. »Rede nicht über sie«, presst er hervor. »Dazu hast du kein Recht. Du hast uns angelogen.«

»Ich habe nicht gelogen«, sagt Falk. »Ein Chaosbegabter hat sie umgebracht – und das nur, weil sie so dämlich war, diesem Monster zu vertrauen. Sie musste ja unbedingt versuchen, ihn zu trainieren. Ich hab ihr gleich gesagt, dass das eine dämliche Idee ist.«

Aus Xenias Kehle dringt ein Laut, der kaum noch menschlich klingt und Falk dazu bringt, sich nach ihr umzudrehen. Er stößt ein Schnauben aus, als er die Tränen sieht, die ihr übers Gesicht laufen. Obwohl sie mich verraten hat, muss ich einfach Mitleid mit ihr haben. Am liebsten würde ich zu ihr gehen und sie in meine Arme schließen, aber um ehrlich zu sein, fehlt mir dazu der Mut. Verflucht! Wo bleibt meine Angstarmee, wenn ich sie am nötigsten brauche?

»Was ist?«, fragt Falk, und der Spott schwingt in seinen Worten mit. Über uns beginnen die Neonröhren zu flackern. »Sie war selbst schuld daran, indem sie diesen Ungeheuern vertraut hat. Das ist die reine Wahrheit. Stell dich nicht so an.«

»Xenia«, murmelt Elias und sagt damit so viel mehr als ihren Namen. Ihre Blicke treffen aufeinander, doch das stumme Gespräch, das ihre Augen führen, verstehen vermutlich nur sie selbst.

Bis es jäh abgerissen wird, als Falk mit wenigen Schritten bei Xenia ankommt und seine Hand auf ihre Schulter legt. Was im ersten Moment wie ein unerwarteter Trostversuch aussieht, entpuppt sich als Grausamkeit. Kaum hat er sie berührt, zieht er sie an sich und stößt seine Waffe gegen ihre Stirn. Xenia scheint nicht wirklich zu realisieren, was hier passiert: Zwar werden ihre Augen kugelrund, aber sie versucht nicht einmal, ihren Onkel von sich wegzustoßen. Stattdessen steht sie wie zur Salzsäule erstarrt da. Ihr Gesicht ist aschfahl, und ich bin mir sicher, dass es bei mir nicht anders ist.

»Was soll das?«, herrscht Elias seinen Onkel an und tritt auf die beiden zu, aber Jannis hält ihn mit einem Wink seiner Waffe davon ab, ihnen noch näher zu kommen.

»Bleib, wo du bist!«, herrscht er seinen Cousin an. Das sind die ersten Wörter, die er heute Abend in meiner Gegenwart sagt, und ich wünsche mir mit einem Mal, er würde nicht so sehr wie sein Vater klingen. Wie schafft er es, mir mit so wenigen Silben eine Gänsehaut zu bescheren?

Trotzdem. Obwohl ich mit aller Kraft versuche, das Prickeln in meinem Nacken heraufzubeschwören, lässt es mich im Stich. Also stehe ich wehrlos inmitten eines Kreises aus Pistolen.

Falks Grinsen wird breiter. »Na, Elias, was ist dir wichtiger? Dieses Monster oder deine Familie, hm?«

Etwas in Elias' Zügen zuckt, genauso wie die Waffe in seiner Hand. »Fick dich!«

Dann hebt er die Pistole – und zielt damit direkt auf seinen Onkel.

Irgendein Instinkt scheint Xenia dazu zu drängen, den Moment der Überraschung auszunutzen und sich aus Falks Griff zu lösen. Stolpernd entfernt sie sich ein paar Schritte von ihm und findet schließlich Halt an einem der Schultische.

Ich stoße einen Schwall Luft aus, von dem mir nicht einmal bewusst war, dass ich ihn angehalten habe. Aber auch wenn sich die angespannte Situation damit in meinen Augen wenigstens etwas gelockert hat, beweist mir das metallische Klicken, wie sehr ich mich irre. Ich reiße meinen Kopf in die Richtung, aus der das Geräusch kommt, habe aber kaum Zeit, um zu begreifen. Bei meinem nächsten Herzschlag löst sich die Kugel aus Jannis' Waffe.

Bis zu diesem Moment habe ich nicht gewusst, dass Zeit unglaublich schnell vergehen und sich gleichzeitig unfassbar in die Länge ziehen kann. Ich sehe buchstäblich, wie die Patrone Zentimeter für Zentimeter auf mich zukommt, und bin doch nicht schnell genug, um auch nur mit der Wimper zu zucken.

Schon jetzt beginnt mein Leben an mir vorbeizuziehen. Ich sehe Sophie, Paps, Marleen, Elias. Elias, der weniger als einen Meter von mir entfernt ist. Der das Klicken der

Pistole auch gehört hat und mich jetzt ansieht, intensiv, verzweifelt. Der Hurrikan in seinen Augen bricht mir das Herz. Ich will so viel sagen, aber über meine Lippen kommt nur ein unmenschliches Krächzen.

Instinktiv strecke ich den Arm aus, will ihn erreichen, doch es ist zu ...

Es funktioniert.

Ich habe zwar nicht die geringste Ahnung, wie ich das gemacht habe, aber es funktioniert. In dem Moment, in dem ich in der festen Überzeugung, nun zu sterben, die Lider aufeinanderpresse, passiert nichts. Ich warte auf den Einsatz des Schmerzes, bin bereit für die kalt brennenden Qualen des Todes, doch stattdessen schlingen sich zwei Arme um mich. Ich warte – eine Sekunde, zwei, drei. Inzwischen müsste ich den Schmerz doch spüren. Aber da ist nichts.

Mit einem Blinzeln öffne ich die Augen. Genau in dem Augenblick, in dem die Tür des Klassenzimmers ein weiteres Mal mit einem kräftigen Stoß geöffnet wird. Bevor ich überhaupt realisiere, was hier vor sich geht, stürmt eine Gruppe schwarz gekleideter Menschen den Raum. Sie sehen aus wie eine Spezialeinheit, die gerade *Criminal Minds* entsprungen ist: schwarze Sicherheitswesten, stählerne Schutzschilder, schwere Schusswaffen.

»Falk Steinbach«, ruft eine kräftige Frauenstimme. »Der oberste Rat der Gilde klagt Sie wegen Verstoßes gegen die obersten Maximen an. Sie –« Die Frau stockt.

Das bringt mich dazu, meinen Blick von den Neuankömmlingen zu lösen und in Falks Richtung zu blicken. Doch er ist nicht dort, wo ich ihn vermutet habe. Oder zumindest nicht auf derselben Höhe.

Ein Röcheln dringt an meine Ohren, bringt mich dazu, den Kopf in seine Richtung zu senken. Und dort liegt Falk, eine Hand auf das Hemd an seiner Brust gepresst, das jetzt nicht mehr makellos ist. Ganz im Gegenteil: Auf dem dunkelblauen Satin breitet sich ein noch dunklerer Fleck aus, der von Herzschlag zu Herzschlag größer wird.

Jannis lässt sich von den schwarzen Gestalten nicht aufhalten, schubst sogar eine von ihnen beiseite, um zu seinem Vater zu gelangen. In seinen dichten Wimpern sammeln sich Tränen, als er neben ihn auf die Knie sinkt und irgendetwas murmelt.

Einen Moment lang verstehe ich gar nichts. Dann erst begreife ich.

Wären da nicht Elias' Arme, die noch immer um meinem Oberkörper liegen, hätte ich den Boden unter den Füßen verloren. Die Kugel hat nicht mich getroffen. Sondern Falk. Und das meinetwegen. Das Telekinese-Training hat mir das Leben gerettet – und mich zur Mörderin gemacht. Jetzt reißt mich die Erkenntnis doch von den Füßen, lässt mich gegen Elias sinken und aus der Realität abdriften.

Nur am Rande bekomme ich mit, wie zwei der Gildenmitglieder Falk zu verarzten beginnen und ein anderes Jannis von ihm wegzieht. Jemand hält Jannis fest, redet auf ihn ein, während die anderen mit Falk sprechen, ihm das Hemd vom Oberkörper streifen und die Wunde versorgen.

Aber ihre Mühen sind vergeblich. Falks Blick huscht ein letztes Mal zu mir, klagt mich an, ehe er auf seinem Sohn verweilt. Dann erlischt das letzte Flimmern in seinen Augen. Ich habe ihn getötet.

Ich schließe für einen Moment die Lider, kann nur erahnen, wie das Licht dahinter flackert.

Mörderin.

Ich kann nicht anders, als kraftlos das Geschehen zu beobachten. Zwei der Einsatzkräfte verschwinden. Kurz darauf sind sie zurück, mit einem Leichensack, und haben gegen Jannis zu kämpfen, der sie anschreit und weint und schließlich von ihnen nach draußen geschleift wird. Ich habe seinen Vater getötet.

Ich habe ihn umgebracht – und jetzt bin ich sogar zu feige, um länger hinzusehen, reiße den Blick von diesem schrecklichen Bild los. Ich sehe, wie jemand mit Xenia redet, spüre, wie Elias mich auf einen der Stühle setzt, um zu ihr hinüberzugehen und sie in seine Arme schließen. Jemand legt mir eine Decke über die Schultern.

Irgendwann später erscheint ein Gesicht vor meinem. Frauenlippen bewegen sich, aber ich höre nicht, was sie sagen. Zu laut ist der entsetzliche Gedanke in meinem Kopf, schreit mir wieder und wieder dasselbe Wort entgegen.

Mörderin!

Mörderin!!

Mörderin!!!

Stunden oder Sekunden später hüllt mich mit einem Mal der Geruch von Wald und Regen ein. Ich ergreife diese Rettungsleine, um mich in die Realität zurückzukämpfen, und als ich blinzelnd wieder zu mir komme, sitzt Elias neben mir und lächelt schwach.

Er drückt mir einen Kuss auf den Scheitel. »Es ist okay, Prinzessin. Du bist in Sicherheit«, murmelt er.

»Wie …?«

»Während ich zu dir gefahren bin, hat Xenia Kontakt zum Rat aufgenommen. Scheint so, als hätte Falk die Gilde für seinen eigenen Rachefeldzug missbraucht. Niemand hier will dich noch umbringen.«

Obwohl ich nicht einmal wirklich verstanden habe, was er da sagt, bemühe ich mich um ein Nicken. »Ich muss Marleen finden«, bringe ich hervor und will aufstehen, aber Elias hält mich mit einer Hand auf meinem Oberschenkel zurück.

»Ihr geht es gut, sie war bei meiner Tante. Dein Vater hat angerufen, er und Sophie haben sie gefunden und kommen gleich her. Sie sind alle okay.« Elias streicht mir eine Strähne aus dem Gesicht. »Alles wird gut.«

Ich kann nicht anders – in diesem Moment rücken die Vorwürfe gegen mich selbst in den Hintergrund und werden von der Erkenntnis überdeckt, dass meiner besten Freundin nichts passiert ist und ich nicht länger ganz oben auf der Abschussliste eines selbstgefälligen Egozentrikers stehe.

Ich habe jemanden umgebracht. Aber meiner Familie und Marleen geht es gut – das ist das Wichtigste. Wichtiger als meine Unschuld.

Als würde die Last der ganzen letzten Wochen von mir abfallen und mich gleichzeitig die neue Schuld nach unten drücken, sacken meine Schultern nach vorne. Mir entfährt ein wimmerndes Keuchen. Heiße Tränen bedecken meine Wangen, als Elias mich an sich zieht.

»Es ist okay, Prinzessin«, murmelt er gegen mein Haar. »Es ist vorbei.«

Epilog

»Alles in Ordnung da drin, Prinzessin?«

Elias' warme Stimme holt mich zurück in die kalte Realität, macht mir bewusst, wo ich bin: im Badezimmer von Steve, Marleens Freund, die Hände so fest an die Emaille des Waschbeckens geklammert, dass meine Fingerknöchel weiß hervorstehen. Nicht zurück in diesem nächtlichen Klassenzimmer. Die Schüsse da draußen stammen nicht von Pistolen, sondern von Feuerwerkskörpern, die irgendwelche ungeduldigen Jungen zu früh in den Himmel steigen lassen. Denn es ist noch nicht einmal Mitternacht.

Ich lockere meinen Griff und zwinge mich, ruhig ein- und auszuatmen. Mein Blick hebt sich zum Spiegel, trifft auf das kleine schwarze Ding, das hinter mir auf dem Rand der Badewanne sitzt und mich beobachtet, wobei es mit den Ohren zuckt und den Kopf schief legt, den übergroßen Schnabel leicht geöffnet. Ein Nox.

Es ist fast wie damals, bei der Halloweenparty. Und doch so anders.

Keines dieser Wesen greift mich an, sie betrachten mich nur und versuchen auf ihre seltsame Art, mich zu beschützen. Wir wissen immer noch kaum etwas über sie, haben nicht begriffen, wie ihr Verstand funktioniert. Aber dafür weiß ich inzwischen wenigstens, wie ich mit ihnen umgehen muss: Gelingt es mir lange genug, die Angst zurückzudrängen und mich bewusst in der Realität zu positionieren, lösen sich die Nox auf. Wenn ich nicht mehr an sie denke, bleibt nicht viel von ihnen übrig. Nur noch ein kleiner Berg Asche, der darauf hinweist, dass sie überhaupt jemals da gewesen sind. Genau wie jetzt.

Mit einem Seufzen schnappe ich mir ein Tuch und wische die Überbleibsel weg, ehe ich alles zusammen im kleinen Mülleimer in der Ecke verschwinden lasse. Hoffentlich vermisst Steves Mutter ihren Waschlappen nicht. Der Gedanke lässt meinen Mundwinkel zucken, doch gleichzeitig rufe ich mir ins Gedächtnis, dass ich nichts von dem hier auf die leichte Schulter nehmen sollte. Es ist immer noch nicht einfach. Denn die Nox sind nicht unbedingt Angst in ihrer Reinform. Albträume reichen ihnen – und die kann ich erst recht nicht kontrollieren.

Genauso wenig wie die Fluten des schlechten Gewissens, die in unregelmäßigen Abständen immer wieder über mir zusammenbrechen. So wie es gerade der Fall gewesen ist. Während wir alle gemütlich zusammensaßen und uns die Zeit an diesem Silvesterabend vertrieben haben, drehte sich das Gespräch plötzlich um Jannis Steinbach, dem das erste Jahr ohne seinen Vater bevorsteht. Die anderen glauben, dass Falk an einem Herzinfarkt gestorben ist und Jannis und seine Mutter in den Harz gezogen sind, um einen Neustart zu wagen. Sie haben keine Ahnung, wie recht sie damit haben. Denn die Gilde hat den beiden – genau wie Herrn Naumann – schwere Verstöße gegen ihre Maximen vorgeworfen. Sie dürfen keine Begabten mehr trainieren und sämtliche Erinnerungen an die Gilde und an Magie wurden ihnen genommen – anscheinend durch einen Begabten.

Ich habe keine Ahnung, wie die beiden Falks Tod in Erinnerung haben. Ich jedenfalls habe immer noch Albträume von jener Nacht. Und mit der Erwähnung von Jannis, gemischt mit dem Klang der Feuerwerkskörper, war der nächste Panikanfall auch nicht weit entfernt.

Denn ich kann einfach nicht vergessen, dass es meine Hände, meine Kräfte waren, die Falk umgebracht haben. Ich war es, die Jannis' Patrone umgelenkt hat. Ich bin die Mörderin.

Vielleicht werden mich die Albträume mein Leben lang verfolgen. Und doch weiß ich tief in meinem Innersten, dass ich kein Monster bin. Ich bin nicht das, wofür er mich gehalten hat. Das damals im Klassenraum war ein Unfall – das hat mir der Prozess des obersten Rates bestätigt. Nur ist es nicht immer einfach, es selbst so zu sehen. Ganz im Gegenteil.

Auch wenn es die Last meines Gewissens nicht leichter macht, habe ich habe seitens der Gilde nichts zu befürchten. Nach ihren Grundsätzen sind Chaosbegabte seit Ende des Zweiten Weltkrieges nicht mehr als Bedrohung anzusehen. Seitdem erhalten Begabte wie ich von der Gilde ein spezielles Training, für das einige Mentoren extra ausgebildet werden. Genauso wie Tessa, die auch in jener Nacht dabei gewesen ist und ab nächster Woche offiziell meine Trainerin sein wird. Wie sich herausgestellt hat, ist die Gilde schon lange nicht mehr so streng regional strukturiert, wie es einmal der Fall gewesen ist. Nur hat Falk diese Gemeinschaft abgelehnt, vermutlich aus Angst, sie könnte seine persönlichen Ziele bedrohen.

»Prinzessin?« Wieder reißt mich Elias' Stimme aus dem Wirrwarr meiner Gedanken. »Wenn du mir nicht sofort antwortest, sehe ich mich gezwungen, die Tür aufzubrechen.«

Ich blinzle einige Male und zwinge mich, die Mundwinkel anzuheben, ehe ich durchs Badezimmer gehe und die

Tür öffne. Sobald mein Blick auf Elias fällt, ist das Lächeln auf meinen Lippen echt. Er sieht gut aus – ausgeschlafen, nicht mehr so müde wie noch vor ein paar Wochen. Nur die Sorge in seinem Gesicht ist noch nicht ganz verschwunden. Dafür bin ich verantwortlich.

Entschuldigend beiße ich mir auf die Unterlippe und zupfe an meinem Wollkleid. »Sorry!«

»Schon gut.« Mit einem sanften Lächeln zieht er mich an sich, drückt mir einen Kuss auf die Stirn und lässt mich mein Gesicht an seinen weichen Pullover schmiegen. »Alles in Ordnung bei dir?«

Ohne mich von ihm zu lösen, nicke ich. »Ja. Es war nur ... es ist egal. Lass uns zu den anderen gehen.«

Elias tut mir diesen Gefallen. Hand in Hand machen wir uns wieder auf zum Rest der kleinen Party, der sich bereits auf Steves Auffahrt versammelt hat. Es ist kurz vor Mitternacht, und Marleen wirft mir einen prüfenden Blick zu, den ich mit einem Lächeln erwidere. Seit ich ihr die Wahrheit über Elias und die Nox erzählt habe, vergewissert sie sich noch häufiger als früher, ob bei mir alles in Ordnung ist. Auf mein Lächeln hin wendet sie sich wieder Steve zu, der ohnehin nur Augen für sie hat. Neben ihnen hantieren ein paar seiner Mannschaftskollegen schon mit Böllern und Raketen herum, bereit, sie jeden Moment in den Himmel abzufeuern.

Direkt daneben haben sich Xenia und ein paar ihrer Freundinnen in einer kleinen Traube zusammengefunden. Die Mädchen lachen laut in dem Versuch, gleichzeitig ihre Bierflaschen, Smartphones und Wunderkerzen in den Händen zu balancieren.

Ich drücke Elias' Finger, als wir uns zu ihnen gesellen. Mit einem Mal bricht die Aufregung aus, Handys werden gezückt, Bier- und Sektflaschen herumgereicht. Ehe ich mich versehe, halte ich auch eins von diesen viel zu herben Küstenbieren in der Hand. Wie von selbst schleicht sich ein Lächeln auf meine Lippen. Es tut unglaublich gut, für eine Weile einfach normal sein zu können, inmitten von jungen Menschen, die nicht einmal von der Existenz von Begabten wissen. Und es tut gut zu wissen, dass Sophie gerade genau das Gleiche mit ihren Freundinnen erlebt, nur am anderen Ende der Stadt.

»Drei, zwei ... eins! Frohes Neues!«

Das Ende des Countdowns versinkt im Lärm von Feuerwerkskörpern und dem Klirren von Glasflaschen. Ich hebe den Kopf, als der Himmel über mir explodiert, will das Farbenspektakel genießen, doch der Klang der Raketen macht mir einen Strich durch die Rechnung. Er verschafft den Erinnerungen einen Vorsprung, liefert mich ihnen aus und lässt mich beinahe wieder in ihnen versinken – in meiner Angst, meiner Schuld.

Wäre da nicht Elias' Hand, die meine sanft drückt und mich so davon abhält, in diesen Abgrund zu stürzen.

»Hey«, murmelt er ganz dicht an meinem Ohr, zieht das Wort in die Länge wie eine Melodie. Vorsichtig streicht er mir eine Strähne aus dem Gesicht, die sich aus meinem Dutt verirrt hat. »Alles ist gut. Es ist okay.«

Sein Lächeln ist mein Anker. Ich schaffe es, die Angst und die Schuld zurückzudrängen, sie irgendwo ganz hinten in meinem Kopf zu verstauen, wo sie nicht mehr an mir zerren, sondern nur noch leise nach mir rufen.

Mit einem zaghaften Nicken hebe ich einen Mundwinkel. Elias hat recht – es ist wirklich alles okay. Ich bin kein Monster. Ich bin stärker als das Chaos in mir.

Danksagung

Auf dem Cover steht zwar nur mein Name, aber hinter diesem Buch stecken einige ganz besondere Menschen, die diesen Roman und mich auf unserem Weg begleitet haben. Auch wenn ich es schon einige Male persönlich getan habe, ist es jetzt an der Zeit, noch einmal ganz offiziell Danke zu sagen.

Mein größter Dank gilt meiner Familie – Mama, Papa, Oma und Opa. Danke fürs Zuhören, auch wenn ihr die meiste Zeit wohl wenig Ahnung hattet, worüber ich da eigentlich gerade rede. Geschweige denn, was ich schon wieder stundenlang an meinem Laptop mache. Danke, dass ihr trotzdem immer an mich geglaubt hat. Jeder auf seine ganz eigene Art.

Vor allem dir, Doreen – hast du dich in der Aufzählung oben schon vermisst? – einen ganz besonderen Dank. Danke, dass du die Geschichte wohl tausendmal mit mir durchgesprochen hast. Dass du Nika und Elias fast genauso gut kennst wie ich. Du bist mein größter Kritiker, und das ist nicht immer leicht, aber ich bin dir so dankbar dafür und könnte mir keine bessere Schwester wünschen. Danke, dass du immer an meiner Seite bist.

Und natürlich danke an dich, Thorben. Danke, dass ich dich zu jeder Tages- und Nachtzeit mit *Nox* nerven durfte und du immer ein offenes Ohr für mich hattest. Danke, dass du es aushältst, wenn ich mal wieder mehr Zeit vor dem Laptop als mit dir verbringe. An deiner Stelle hätte ich das Ding vermutlich schon aus dem Fenster geschmissen – aber zum Glück bist du nicht ich.

Danke an die lieben Menschen vom Piper-Verlag. Ihr habt Nika und Elias ein Zuhause gegeben, und das bedeutet mir unglaublich viel. Obwohl es mittlerweile schon eine ganze Weile her ist, dass ihr meinen Traum Wirklichkeit habt werden lassen, haut mich der Gedanke, bei euch veröffentlichen zu dürfen, immer noch aus den Socken. Ein ganz besonderer Dank gilt an dieser Stelle meiner Lektorin Elke. Es ist wirklich wundervoll, mit dir zusammenzuarbeiten!

Danke auch an meine Testleser – Alina, Lisa, Alexandra, Rebekka, Ilka, Nina und Kate. Ihr seid allesamt und jedes Mal wunderbar. Danke für eure lieben Worte, eure Kritik und eure Last-Minute-Einsätze. Ihr habt viel Zeit in mich und *Nox* gesteckt und stets an mich und die Geschichte geglaubt. Ohne eure Hilfe wäre *Nox* niemals das geworden, was es heute ist! Ein ganz großes Danke geht an Alina und Lisa – ihr habt *Nox* mehrmals gelesen und nicht nur glorreiches Feedback gehabt, sondern auch meine Nerven ein ums andere Mal beruhigt. Danke, danke, danke!

Meine Mädels von *Kind of Magic* – ich danke euch! Danke für die gemeinsamen Schreibsessions und das Brainstormen. Danke für die GIF-Wars, die virtuelle Schokolade, wenn es mal nicht so gut lief, und die Peitschenhiebe. Oder kurzum: Danke für alles! Ihr seid magisch!

Ich danke dir, Viktoria, für die gemeinsamen Schreibtage und den Austausch. Danke fürs »an mich glauben«, fürs Anfeuern und für die Arschtritte.

Und natürlich: Danke, Helga, dass du *Nox* und mich auf jedem Schritt unseres Weges begleitet hast. Danke fürs

Mitfiebern und dafür, dass du immer an mich geglaubt hast. Ganz besonders dann, wenn ich es selbst nicht getan habe.

Last, but not least: Danke dir, liebe Leserin, lieber Leser. Danke, dass du *Nox* und mir eine Chance gegeben und uns deine Zeit geschenkt hast. Damit hast du mir einen Traum erfüllt! Vergiss nie: Du bist stärker als deine dunkelsten Seiten – du musst nur den Mut haben, dich deinen Dämonen zu stellen.